恋に焦がれたブルー

宇山佳佑

集英社文庫

目次

恋に焦がれたブルー

わたしたちの恋っておとぎ話みたいだね。
あなたといると身体が焦がれて痛くなる。
あなたがいないと心が涙で痛くなる。
ほかの誰かとなら、こんなに傷つくことはないのかな。
でもね、たとえそうでも思っちゃうんだ。
それでもやっぱり、あなたがいいって……。

第一章　空色の笑顔

「あなたの足に触らせてください！」

夕陽色に輝く放課後の廊下に夏目歩橙の声が響き渡ると、それまで楽しげに談笑していた生徒たちが驚きの表情で振り返った。突然の変態の登場に辺りは異様な空気に包まれる。興味津々の様子でこちらを見ている男子生徒。何事だと眉をひそめる真面目そうな女子生徒。そんな視線を一身に集め、歩橙は身体を直角に折り曲げる。そしてもう一度、あらん限りの声で叫んだ。

「どうしてもあなたの足に触りたいんです！」

特殊性癖を告白された女の子は当然のことながら困惑している。

真っ白な頬がだんだんと血の気が引いて青色に変わると、ようやく生徒たちの注目を集めていることに気づいたらしい。今度は顔を真っ赤にして、陽光に照らされたセミロングの黒髪を振り乱しながら頭を激しく右左に振った。絶対絶対絶対にイヤ！　とでも言いたげな様子だ。

しかし歩橙はそれでもめげない。

「どうしても、どぉぉぉしても、あなたの足じゃなきゃダメなんです！　だってあなたは――」

ごくんと唾を飲み、彼女に顔を寄せた。

「あなたは僕のシンデレラだから！」

バチン！　と黄色い火花が目の中で弾けた。ビンタをされたのだ。

ほっぺたを押さえて呆然とする歩橙。我に返ると、目の前には唇をきゅっと結んだ彼女の顔がある。茶色がかった瞳が光を吸った琥珀のように輝いている。

その顔を見て、歩橙は思った。

か、可愛い……。スマホで撮りたい。いや、違う！　怒らせてしまった！

「き、気持ち悪い……」と彼女が涙声で呟く。

歩橙は首がもげて生首が廊下を転がり回るくらいの勢いで頭を激しく振り回し、

「違うんです！　誤解なんです！　僕はただ、あなたに靴を――」

夕陽射す廊下の向こうに彼女の背中が小さく見えた。

逃げられてしまった……。歩橙はがくりと首を垂らした。

渡良井青緒――。彼女のことがずっとずっと好きだった。入学したあの日からずっと。隣の隣のクラスのあの子のことをいつも目の端で追いかけていた。小動物を思わせる小柄な身体。雪のように白い肌。目はアーモンド形でくりくりしていて大きくて、唇は優しい桜色をしている。髪は鎖骨の辺りまである艶やかな漆黒。控えめな印象の落ち着いた顔立ちの女の子だ。

彼女は目立つタイプじゃない。いつも派手な女子生徒たちの陰で、コソコソ身を隠すように学校生活を送っている。その姿は屋根裏部屋でひっそり暮らすシンデレラみたいだ。

彼女に初めて目を奪われたのは、入学式に向かう桜並木でのことだった。

世界中の青という青をかき集めたような晴天が頭上に広がっている。魔法にかけられたシンデレラのドレスみたいな鮮やかな青空。その青の中を薄紅色の桜の花びらが朝日を浴びて気持ちよさそうに泳いでいる。新入生たちの靴音が耳に心地よい。真新しい革靴が奏でる音楽には、これからはじまる高校生活への期待と不安がありありと込められていた。そんな色とりどりの靴音を聞きながら、歩橙が校門までのゆるやかな坂道を上っている。

昨日は遅くまで靴の勉強をしていたので、ものすごく眠い。中学生の頃から靴作りを独学することが彼の日課だった。だから昨夜（ゆうべ）もつい夜更かしをしてしまったのだ。

ふわぁ~と大きくあくびをしていると、誰かと肩がぶつかった。

「あ、すみません」と反射的に謝った刹那（せつな）、腹に巨大なミサイルでも撃ち込まれたのかと思った。

紺色のダブルのブレザーに赤と青のストライプのリボン。チェックのスカートが目に眩（まぶ）しい。黒髪に桜の花びらをひとつ載せ、彼女はそこに立っていた。

それが渡良井青緒だった。

まず目についたのはローファーだ。靴作りの勉強をしているからついつい靴に目がいってしまう。甲の部分を覆うアッパーに穴の開いたベルトが付いたペニー・ローファーだ。革はキップだと思う。生後六ヶ月から二年の牛革で丈夫で質がいい。なかなか高価な靴のようだ。しかし、つま先には無数の擦り傷がある。ヒール部分の色落ちも激しい。要するにボロボロなのだ。誰もが真新しい靴を履く中で、彼女の靴だけがやけに古ぼけて見えた。

入学式なのに……。そんな心の声が聞こえたのか、青緒は頬を紅色に染めて恥ずかしそうに逃げてしまった。その背中が「見ないでください！」と言っている。歩橙はひとり佇み、桜舞い散る坂道を駆けてゆく彼女の背中に、いつまでもいつまでも、見惚れていた。

入学初日にボロボロのローファーを履く女の子。

彼女の姿が目に焼きついて離れなかった。

渡良井青緒は、いつも走っている。帰りのホームルームが終わると荷物をまとめて一目散に廊下へ飛び出す。友達も作らず、部活や委員会にも入らず、どこかへ急いで走ってゆくのだ。

そんな彼女を見つめながら、歩橙はその背中にそっと訊ねる。

渡良井さん、そんなに急いでどこへ行くの……。

渡良井青緒は、いつもひとりぼっちだ。校舎と校舎の間の薄暗い中庭で、毎日ひとりで昼食を摂っている。しかもコンビニで買った一袋百円程度のスティックパンだ。それをちびちび食べているのだ。真似してみたが、とてもじゃないが足りなくて身が持たない。

ぽつんとひとりでパンを齧る彼女を見ながら、歩橙はその背中にそっと訊ねる。

渡良井さん、もっと食べたいって思わないのかな……。

渡良井青緒は、いつも下を向いている。誰かと話す姿はほとんど見たことがない。笑ったところなんて多分一度もないと思う。大きなその目に寂しさを湛え、毎日下を向いて歩いているのだ。

そんな彼女の背中を見るたびに、歩橙はどうしようもなく思ってしまう。

渡良井さん、君の笑顔が見てみたいな……。

だから歩橙は決意した。

彼女に靴をプレゼントしよう！　僕の作った靴で彼女を笑顔にするんだ！

しかし靴を作るには必要なものがある。詳細な足のデータだ。

オーダーメイドの靴というのは、その人のためだけに作られる特別な一足だ。作り手と履き手が〝対話〟をしながらひとつの靴を作り上げることから『ビスポーク（Bespoke）』と呼ばれている。

そして今日、歩橙は二年半熟成させた想いを胸に、彼女に対話を試みたのだが……。

「バッカじゃないの？　気持ち悪ぅ〜」

無数の言葉の飛沫(しぶき)が雨のように歩橙に降り落ちている。さっきから何度もしつこく罵(ののし)ってくるこの女の子は落窪桃葉(おちくぼももは)。歩橙の幼なじみで、同じ横浜青嵐(よこはませいらん)高校に通う同級生だ。蔑(さげす)むような視線を向けて、ネチネチネチネチ小言を繰り出す桃葉。一方の歩橙は微動だにしない。椅子(いす)の上でぐったりしたまま『あしたのジョー』のように真っ白な灰になっている。

彼が身につけたくすんだ色のエプロンには『落窪シューズ』とある。桜木町(さくらぎちょう)駅からほど近い野毛(のげ)商店街に店を構える小さな靴店。桃葉の生家だ。大型店のような品揃(しなぞろ)えとまではいかないが、運動靴から婦人靴、地域の学校の上履きまで、幅広い商品を取り揃えている。特に紳士靴には力を入れていた。シーリングライトに照らされた四段棚には所狭しと革靴が並んでいる。オーソドックスな内羽根式のプレーントウはもちろん、ビジネスでもフォーマルでも使えるストレートチップ、バックルの付いたモンクストラップ、飾り革がW字型に縫い付けられているウィングチップまで、一通りの種類がずらりと並んでいた。店主が靴をこよなく愛する姿勢が品揃えからも見てとれる。

桃葉は明るい栗色(くりいろ)のショートボブを指先でくるくるといじりながら目を細めると、

「足触らせてほしいって、そんなん誰でも引くに決まっててんじゃん。ほんと引く。マジで引く。そのほっぺのニキビを触った手で足触られるくらいなら、ノコギリで切り落とした方が百倍マシなんだけど。ていうか、足触った手でなにするつもり？　どこ触るつもり？　勘弁してよ。マジで変態。幼なじみとして恥ずかしいを通り越して懲役食らってほしいんだけど」

歩橙は力なく立ち上がると、年代物のワーフェデールのスピーカーから流れるカーペンターズの『ふたりのラヴ・ソング』をブツッと消した。そして泣き腫らした真っ赤な目を桃葉に向けて、

「もういいよ、桃葉。それ以上なにも言わないで。メンタルが持たないから」

桃葉は試着用の長椅子に腰を下ろして足を組む。制服のスカートからは健康的で肉付きのよい小麦色の足が伸びている。そして踵を脱いでつっかけていたローファーをパカパカと揺らしながら、

「ていうか、もうちょっと人がいないところで言えばよかったのに」

「そのつもりだったよ。でも面と向かったら、つい口から出ちゃったんだ」

「足を触りたいって？」

「あなたは僕のシンデレラですって」

「おえぇぇ～」桃葉は大袈裟に顔を歪めた。「今時シンデレラとかマジであり得ないし」

歩橙は一生分泣いたせいか、一切の感情が消え失せ仏のような穏やかな顔をしている。人は恋する相手にドン引きされてビンタまでされると悟りを開く生き物らしい。

「学校やめるよ」

「は？」

「もう渡良井さんに合わせる顔もないし」

桃葉はやれやれとため息を漏らすと、スマートフォンを操作してある画像を歩橙に送った。それを見た瞬間、彼の眼球はぼろっと床にこぼれ落ちそうになった。青緒の写真だ。校門近くの坂道で、恥ずかしそうに視線を逸らす彼女の姿がある。真っ白な夏服姿が目に眩しい。その隣にはピースをしている笑顔の桃葉。ツーショット写真だ。

歩橙の手はバイブレーション機能を搭載したかのように激しく震えた。

「も、も、も、桃葉……こ、こ、こ、これって……」

「あんたが落ち込んでるからプレゼント。写真がほしいって言ってたでしょ？　今朝、学校行くとき偶然会ったから撮らせてもらったの。どう？　少しは元気――」

桃葉の手をぎゅっと握った。

「ありがとう！　ほんんんんんとにありがとう！　やっぱ持つべきものは幼なじみだね！」

「は、放してよ」と桃葉は慌てて手を振り払った。

ああ、渡良井さん……。君はなんて可愛いんだ。これはまさに人類の進化の終着点だ。人が猿から進化したのは、最終的に彼女という存在に行き着くためだったのかもしれない。そんな意味不明なことを思いながら、歩橙は画面の中の青緒に唇を寄せた――が、

「スマホって便座の十倍以上の雑菌がついてるらしいよ」

う、うそ……。桃葉の言葉にすんでのところで思いとどまった。

「おい、お前ら！　見てみろよ！」

年季の入った自動ドアがギシギシと音を立てて開くと、桃葉の父・玄太が意気揚々と入ってきた。逞しい腕には発泡スチロールの箱がある。常連客が北海道旅行で大量のカニを送ってくれたらしい。

「美味そうなズワイガニだろ！　今日はカニ鍋だ！　歩橙、お前も食ってけ！」

「やった！　ありがとう、おじさん！」

玄太はカニのような顔を綻ばせてニカッと笑った。

桃葉とは赤ん坊の頃からの付き合いだ。二人の父は高校時代の同級生で、物心がついた頃から彼女はずっと傍にいた。兄弟姉妹のいない歩橙にとって、桃葉はなんでも相談できる姉のような存在。いや、違う。勝ち気で男っぽい性格だから、兄と言った方が適切かもしれない。もちろんそのことを言うと桃葉は風船のように頬を膨らませて「なんでわたしが兄貴なのよ」と怒ってしまう。

五歳のときに母を病気で亡くしてからというもの、歩橙にとって落窪家は第二の家族も同然だった。実父との関係は最近上手くいっていない。会話もほとんどない。歩橙が一方的に避けているのだ。自動車に搭載するシステムを作る会社を経営している父は、エリート志向で歩橙を自分の型にはめようとする。「良い大学へ行け」「良い会社に入れ」なんて前時代的な価値観を強要してくるのだ。顔を合わせれば進路の話ばかり。だから辟易していた。それに引き換え玄太は陽気で親しみやすい。

「歩橙！　お前が一人前のコードウェイナーになったら、店の開店資金は俺が出してやるからな！」

炙ったカニ味噌に日本酒を混ぜて美味そうに啜ると、玄太は喉の奥が見えるくらい大きく笑った。

小上がりの畳の上、ちゃぶ台の真ん中に置かれた鍋の中で、ぐつぐつ煮立ったカニが真っ赤な顔で汗をかいている。その足の一本をひょいっと摑むと、桃葉が「コードウェイナーってなぁに？」と訊ねてきた。歩橙は「靴職人のことだよ」と彼女の器にポン酢を足しながら教えてあげた。

「でもおじさん、僕が一人前の靴職人になるなんて夢のまた夢だよ」

頭をはたかれた。冗談のつもりだろうが、分厚い手のひらで叩かれるとものすごく痛い。

「なに言ってるんだバカタレ。人生ってのはチャレンジしてナンボだろうが」

それはそうだけど……。でもそんな簡単じゃないっての。

歩橙は頭のてっぺんを撫でながら小さくため息を漏らした。

「そういえば歩橙って好きな靴職人がいたよね？　えーっと、なんて名前だっけ？」

箸の先でカニ身を掘りながら桃葉を無視した。これ以上この話題を掘り下げてほしくない。

「そうそう！　榛名藤一郎！　スマホにメモっておいたんだ〜」

「だと思ったぜ！　やっぱいいよな、榛名藤一郎は！」と玄太が唸りながら膝を叩いた。

「へぇ〜、そんなすごい靴職人なんだ」

すごいなんてもんじゃないよ。歩橙はカニ身を咀嚼しながら心の中で呟いた。

榛名藤一郎はロンドンで『ＬＯＫＩ』というビスポーク専門店を営む一流の靴職人だ。彼の作る靴は独創的で先鋭的。それでいてひとつひとつの作業が息を呑むほど繊細で丁寧だ。ハンドソーンウェルテッドという、すべてを手縫いで行う製法に強いこだわりを持っており、そのステッチ——縫い目のことだ——は〇・一ミリとずれていない。初めて彼の靴を見たとき、こんなにも美しい靴がこの世にあるんだ……と、ため息を誘われたほどだった。

ビスポークで靴を作るのは家を建てることと同じとも言われている。一足の靴が完成するまでにはおよそ二百もの工程があり、そのひとつひとつに職人の個性と魂、そして信念が込められている。榛名藤一郎の靴には大胆なデザインも多い。だが、ひとつひとつの作業は巧緻を極める。まさに胆大心小。荒々しい男性と美しい女性が同居しているかのような魅惑的な靴。それが世界中にファンを持つ『ＬＯＫＩ』のビスポークなのだ。

歩橙が彼を敬愛する理由は、作品以外のところにもある。それは榛名が言った〝ある言葉〟だ。その言葉に背中を押され、歩橙は靴職人を志すようになったのだった。

「——手紙を送ってみろ！　手紙！　弟子にしてくださいってよぉ！」

日本酒をしこたま飲んで酩酊した玄太が太い腕を首に回してきた。あまりの酒臭さに顔をしかめていると、桃葉が「今時、手紙とかあり得ないし」とオレンジジュースに口をつけて笑った。

「うるせぇ！　ここぞってときは手紙に限るんだ！　とにかく連絡してみろ！　いいな、歩橙！」

苦笑いで誤魔化していると、桃葉がその様子に気づいてくれて、パン！　と手をひとつ叩いた。

「はいはい、今日はここまで～。歩橙、そろそろ帰りなよ」

ありがとうと目で伝えると、彼女はウィンクを返してくれた。


桃葉と二人でシャッターの下りた商店街を歩く。ビニール袋の中では、お土産のカニたちが満員電車のサラリーマンのようにぎゅうぎゅうになって揺られている。

「ごめんね。毎度毎度パパがウザがらみしてさ。靴のことになると、いつもああなんだよね」

桃葉は半袖のサマーパーカーのポケットに手を突っ込みながら恥ずかしそうに言った。

「慣れっこだから大丈夫だよ。それにおじさんと話してるの楽しいし」

「でもパパの言うことも一理、いや、百理くらいあると思うけどな。本気で靴職人になりたいんだったら一番好きなコードウェイナーだっけ？　ダメ元でもコンタクト取ってみればいいじゃん」

「そんなの無理だよ。だってもしもだよ？　もしも榛名藤一郎が弟子にしてくれることになっても、『ＬＯＫＩ』はイギリスのロンドンにあるんだ。そんな遠くまで行けるわけないよ」

「その無理っていうのは、お金のこと？　それとも、おじさんのこと？」

「お金のことだよ」

「嘘(うそ)つき。どうせおじさんに反対されると思ってビビってるんでしょ？」

　くそ、図星だ。父さんは僕が靴職人になることを許さないと思う。バカなことを言うなって一蹴(いっしゅう)するに決まっている。だから相談すらしていない。どうせ言っても無駄だと思って。

「いいんだ。プロにならなくても靴は作れるし。それに僕は飽き性だからさ。桃葉だって知ってるだろ？　子供の頃から塾も習い事も長続きしなかったこと」

「英会話に絵画教室、水泳、ピアノ、ボーイスカウト、そろばん、書道、あとそれから……」

「だから靴も趣味で作ってるくらいがちょうどいいんだ」

　桃葉はなにも言わない。その横顔は納得していないようだった。

　商店街の突き当たりまでやって来ると国道にぶつかる。「じゃあね」とひとりで歩き出すと、名前を呼ばれて振り返った。しかし彼女はなにも言わない。右肘(みぎひじ)を抱えながら車道の方に視線を向けてゆらゆらと頼りなく揺れている。

　どうしたんだろう？　歩橙が小首を傾(かし)げていると、

「好きなの……」

突然の告白に石のように硬直した。噴き出た汗がシャツの背中をぐっしょり濡（ぬ）らす。

「ボロアオのこと、そんなに好きなの？」

な、なんだ、そのことか。びっくりした……。早合点（はやがてん）した自分が恥ずかしい。

歩橙はワイシャツをパタパタさせて内に溜（た）まった熱を逃がした。

「ボロアオじゃないって。渡良井青緒さんだよ」

「ごめんごめん。みんながそう呼んでるから。ボロボロの靴を履いた青緒ちゃん。で、どうなの？」

「うん、まぁね」と曖昧（あいまい）に濁（にご）した。

「ふーん、そっか。じゃあいつか作れたらいいね。渡良井青緒ちゃんの靴」

「変なの。なんだか桃葉らしくないね。いつもなら『どうせフラれるに決まってるわよ』ってからかうくせに。今日はどういう風の吹き回しさ」

桃葉はふふふと笑って両手を腰に当てた。

「わたしも成長したのよ。弟の恋愛成就を願うのが、兄貴ってもんでしょ？」

「年上ぶっちゃって」

街灯に照らされた桃葉の笑顔は、なんだか少し、寂しそうだった。

彼女と別れて夜の国道をゆっくり歩く。家に帰るのが億劫（おっくう）だ。高校三年生になってからというもの、父は顔を合わせれば「どこの大学を受けるんだ？」としつこく訊ねてくる。今までは適当な大学名を口にしてやり過ごしていたけど、九月を迎えて受験勉強も本格的になった。「予備校には行かなくていいのか?」「家庭教師をつけるなら言え」と迫られるたび暗澹とした気持ちになる。

でも父さんが厳しく言うのも無理はない。高校受験のときに第一志望に落ちて、父さんの希望よりもずーっと下の高校に入ったんだ。私立を受けるって選択肢もあったけど、僕は簡単に諦めた。そこで一度信頼を失ったんだ。大学受験に神経質になる気持ちも分かる。それなのに「靴職人になりたい」なんて言ったら……。あーもう、やめたやめた。これ以上考えたらストレスで円形脱毛症になっちゃうよ。コンビニで立ち読みでもしようかな。

後方から追い抜いてゆく車のヘッドライトがコンビニを照らしている。自動車が三台ほど駐車できる比較的大きめのコンビニだ。でもカニを持って入店するのは迷惑だ。やめておいた方がいい。

ん？　あれって？　歩橙はコンビニの隣のドラッグストアの前で足を止めた。

渡良井さんだ……。

ガラスの向こうに制服姿の青緒がいる。

夜でもやっぱり彼女は可愛い。思わず頬が緩んだが、すぐに首をぶんぶんと振った。

顔を合わせても気まずいだけだ。そう思って踵を返そうとするが、ぐっと堪えて立ち止まった。

こ、こ、声をかけよう。今日はごめんなさいって謝ろう。あれは誤解なんです。本当はあなたの靴を作りたいだけなんです。素直にそう伝えるんだ。カニを持ったまま。カニを持ったまま!?　いやいやいやいや、ダメだって！　なんでこの人カニを持ったまま謝りに来たの？　マジでキモいんですけどって、引かれるに決まってる！

　そんなことを考えていると、コスメコーナーにいた青緒が真っ赤な口紅を手に取った。そして次の瞬間、その口紅を握りしめ、ドアの方へと歩き出した。

　まさか、万引き……？　止めなくちゃ！

　咄嗟（とっさ）に店のドアを押し開けた。そのとき、

「万引き！」と若い女性の声が耳をつんざいた。慌てた青緒は脱兎（だっと）の如（ごと）く走り出す。しかし前を見ていなかったせいで歩橙と激突。二人は尻餅をついて倒れた。「痛たた」と顔を上げると視線がぶつかった。彼女は大きな目に不安の色を滲（にじ）ませている。その傍らには赤い口紅が転がっていた。

「万引きしたのはお前か!?　ちょっと来なさい！」と駆けつけた中年の店員が青緒の腕を摑んだ。「その制服、青嵐高校だな！」

　ぐいっと腕を引かれて無理矢理立たされると、青緒は店内へと連れ戻されてゆく。なにかを言いたげなまなざしが歩橙に刺さる。助けを求めているんだ……。直感的にそう思った。だから「あの！」と店員を呼び止めた。二人が同時に振り返ると、歩橙は精一杯の笑顔を青緒に向けた。大丈夫だよ、と伝えるように。そして、店員が拾い忘れていた口紅を手に立ち上がり、

「ぼ、僕なんです」

「え……」と青緒の口から驚きの声が漏れた。

「この口紅、盗んだの僕なんです！　なんかむしゃくしゃして、やっちゃったんです！　だからごめんなさい！　その子は関係ないんです！」

「いや、でも」と店員は当惑している。「なんで男なのに口紅を盗むんだ？」

そ、その通りだ！　どうしよう！　どう誤魔化せばいい!?　そ、そうだ!!

「好きなんです！」

「は？」と目をパチパチさせる店員。青緒も呆然としている。

歩橙は意を決して口の周りに真っ赤なルージュを塗りたくる。

そして、夜の横浜に響き渡るほどの大声で叫んだ。

「僕はカニと女装が大好きなんです！」


あくる日、歩橙は一週間の停学処分となった。

職員室に呼び出され、教頭から処分を言い渡されると、授業を受けずに帰るように命じられた。

さっきから教師たちの視線が痛い。それもそのはずだ。盗んだ口紅を口の周りに塗りたくってカニを頭に載せて踊りまくったんだ。店員も客も青緒も呆れていた。正気の沙汰ではないと思ったに違いない。パトカーに押し込まれるまで踊るのをやめなかったのだから。

「夏目って女装趣味があるらしいぜ」「口紅万引きしたらしいよ」「それで頭にカニ載せて口紅塗って踊り狂ったんだろ」「変態じゃん！」「この前はボロアオの足を触りたいって言ってたしな」

職員室から一歩出ると、そんな生徒たちのひそひそ話が矢のように背中にブスブスと刺さった。まるで武蔵坊弁慶（むさしぼうべんけい）だ。立ったまま死にたい。

ツイッターを見ると『カニの変態さん、マジウケるｗｗｗ』という誰かのつぶやきと共に、踊りまくる自分の姿が投稿されていた。動画はすでに一万『いいね！』を超えていた。

い、一万って……。まさかこの動画、これから一生、僕が死んだあともネットに残り続けるの？

数百年後の未来人が自分の動画を見ながらケラケラ笑っている。そんなSFな光景を思い浮かべて歩橙はぞっとした。あまりに深いため息が出たものだから身体がしぼんでしまうかと思った。それにさっきから、ひっきりなしにスマートフォンが震えている。父親からだ。昨日は警察署まで玄太に来てもらったから誤魔化せたものの、恐らく学校から停学処分の連絡がいったのだろう。どうせ帰ってもこっぴどく叱られるだけだ。だから歩橙は屋上で時間を潰（つぶ）すことにした。

重たい鉄扉を押し開けると、残暑のしっとりとした風が天然パーマの髪を揺らす。夏の日差しが屋上の緑色のタイルを焼いている。そのせいか辺りは少しだけ太陽の匂いがした。歩橙はその優しい香りを胸いっぱいに吸い込んで深呼吸をひとつする。

誰もいない屋上は好きだ。青空を独り占めできるから。

はしごを登って給水塔の上に腰を下ろすと、鞄(かばん)からF3サイズのスケッチブックと、ヌメ革のペンケースから2Bの鉛筆を出した。使い込んだスケッチブックには靴のデザインがいくつも描いてある。男性用のオックスフォードやダービー、モンクストラップタイプのオリジナル作品だ。

絵もデザインもまだまだ下手(へた)だ。だけど、この数年でそこそこ上達したように思う。別のページには雑誌で見かけた素敵なブーツや百貨店でこっそり撮ったパンプスの写真が貼ってある。その脇には靴の特徴や値段、ブランド名などの情報が事細かに付記してあった。歩橙の努力の結晶だ。

風がページをめくると、いくつかのレディース靴のデザイン画が現われた。

青緒のための靴だ。

彼女にはどんな靴が似合うだろう。この二年半、毎日のように考えてきた。でも未(いま)だに答えは出ていない。だから今日も新たなデッサンを描いた。自分の作った靴を青緒が履くところを想い浮かべながら。

しばらく鉛筆を走らせ、疲れたら首を回して空を見上げる。いつもより青空を近く感じた。手を伸ばせば青の中を泳ぐ尾流雲(びりゅううん)を摑めるような気さえする。歩橙はストレッチがてら右手を伸ばしてみた。しかし摑めたのは色のない空気だけだ。そりゃ無理だよな、と苦笑いがこぼれた。

　でも、今日の空はうんと綺麗（きれい）な青色をしているな……。

　その胸に、亡き母の言葉が蘇（よみがえ）った。

　あれはまだ五歳の頃。病気がちだった母の見舞いに病室を訪ねたときだ。退屈そうにしていたら母に鼻を摘（つま）まれた。そして母は、朗らかに微笑（ほほえ）んでこう言った。

「そんなつまらなそうな顔をしていたら青空が逃げちゃうわよ。青は〝笑顔の色〟なんだから」

「笑顔の色？」

「悲しい気持ちのときに見る空って全然綺麗じゃないでしょ？　空が青いなぁ、綺麗だなぁって素直に思えるとき、人はうんと幸せなの」

　そして母は、歩橙の頭を撫でてこう続けた。

「空は、あなたの心の色を映す鏡なのよ」

　歩橙は「鏡？」と呟き、窓の外の蒼穹（そうきゅう）を見た。

「だから、いい？　歩橙の大切な人が悲しい顔をしていたら、そのときはたくさん笑顔にしてあげてね。その人が見る空が、うんと綺麗な青色になるように」

母の言葉を思い出しながら、歩橙はスケッチブックの中の靴を指先でそっと撫でた。

青は渡良井さんの色だ……。彼女を見るたび、僕はいつでも笑顔になれる。綺麗で、鮮やかで、でも手の届かない美しい青空。だけど昨日、ちょっとだけ、ほんのちょっとだけ近づけた。あのドラッグストアで目が合ったとき、彼女が「助けて」って言っているような気がした。心が通じ合ったんだ。もちろんそんなの勘違いに決まってる。でも気づいたら踊ってた。必死に、馬鹿みたいに、一生懸命に踊っていたんだ。彼女を守りたい一心で。だからいいじゃないか。世界中が僕の動画で笑っても、未来人が笑っても、後悔なんて微塵もないさ。ネットに一生残り続ける？　望むところだ。だってあれはお姫様を守る勇敢な王子様の姿なんだから。なんてね、なにが王子様だよ。自分で言って恥ずかしくなる。でもいいさ。彼女の力になれたんだ。だから胸を張ろう。

だけど――。

給水塔から校庭を見下ろすと、女の子が校庭へ飛び出してきた。

青緒だ。彼女がキョロキョロと辺りを見回しながらどこかへ走ってゆく。

だけど、どうして？　渡良井さん……。

歩橙はその背中にそっと訊ねた。

「どうして君は、万引きなんてしたの？」

「どうして万引きしなかったの？」

ベッドに座ってこちらを睨(にら)む墨野(すみの)あすなを直視できずにいる。

綺麗な顔なのに、こんなふうに敵意をむき出しにする表情は童話に出てくる悪者みたいだ。

早く解放してくれないかな……。顔を下に向けたまま視線だけを右へと移すと、漆黒の闇(やみ)を映す窓ガラスに自分の顔が反射している。オドオドしていて、なんて情けないのだろう。

青緒は今、ピンクを基調としたあすなの部屋の真ん中に立っている。いや、立たされている。壁には人気アイドルグループのポスターが大きく貼られ、ベッドの枕元にはおにぎりみたいな猫のぬいぐるみが大小それぞれ置いてある。ティーン向けの雑誌の『可愛い女子高生の部屋特集』に出てきそうな、そんなお手本のようなファンシーな部屋だ。しかし室内に流れる空気は灰色で重い。

チェックのスカートをぎゅっと握って下を向いていると、「なんとか言いなよ！」と足を蹴(け)られて床に膝(ひざ)をついた。あすながずいっと立ち上がり、仁王立ちしてこちらを見下す。

「さっさと盗まないから見ててマジでムカついたんだけど。まぁでも、わたしが『万引き！』って叫んだときのあんたの顔は最高に笑えたけどね」

やっぱりだ。やっぱりあの声はあすなちゃんだったんだ……。

青緒は怒りで拳（こぶし）を震わせた。

「てか、さっきの誰？　あんたのこと助けたあの変な男。友達？　もしかして彼氏だったりして？」

耳が熱くなって「違う」と慌てて頭（かぶり）を振った。彼はただの同級生だ。

「違うじゃなくて、違いますだから。てか、明日またトライしてよね」

「ねえ、もうやめない？　わたしたち高校三年生だし、こんな馬鹿げたことやめた方がいいと思うの」

「馬鹿げたこと？　なによ、それ？」

あすなの顔色が変わると、青緒は怯（おび）えて「いや、その……」と返答に困った。

「てか、誰かにチクったら出てってもらうから。いい？　ママに言えば、あんたなんて速攻追い出されるんだからね。ママはあんたのことを仕方なく育ててるの。だってそうよね。勝手に出て行って、勝手に子供産んだどうしようもない妹の子供なんて、誰だって育てたくないに決まってるもん」

どうしようもない……。あすなのことを鋭く睨んだ。しかしその途端、鼻を踏みつけられた。鉄の味がする。鼻血が出たみたいだ。

「なによ、その目。立場考えなって。わたしに刃向かうとかマジであり得ないんだから……って、あーもぉ、鼻血！　マジ最低！　カーペットが汚れるじゃん！」

投げつけられたティッシュの箱が無様に頭にぶつかり、青緒は奥歯をぎゅっと噛んだ。こんな生活もうたくさんだ。でも半年、たったあと半年で卒業できる。だから我慢するんだ。

高校に入ってからというもの、青緒は生活のすべてをアルバイトに捧げてきた。学校が終わると一目散に教室を飛び出し、一時間でも長く働けるように職場へと急ぐ。コンビニ、コーヒーショップ、十八歳になってからはフリーターと身分を偽り深夜のファミリーレストランでも週に数回働いている。すべては自立するためだ。でも今追い出されたら路頭に迷う。高校生がひとりで部屋を借りるのは難しい。だから耐えるんだ。大学進学なんてできないと早々に諦めた青緒は、ただ自由になることだけを夢見て今を生きていた。

「青緒ちゃん、進路は決まったの？」

遅めの夕食の席で、伯母の芽衣子に訊ねられた。

四十代とは思えぬ若々しさと美貌の持ち主だ。けれど、瞳がビー玉みたいでおっかない。しゃべるたびに薄い唇が歪むのは底意地の悪さの現れだろう。

「はい。相模原にある段ボールの製造会社で、事務のお仕事をすることになりました」

「ここから通うつもり？」

「いえ、会社の近くに部屋を借りようと思っています」

「お金は？」

「今頑張って貯めています」

「それならよかった。進路決定おめでとう」

目がちっとも笑っていない。見せかけの笑顔に胸が痛くなる。いなくなることを喜ばれているみたいだ。でもそれはお互い様。わたしだってこんな家、早く出て行きたいんだから。

「本当に進学しなくていいのかい？」

あすなの父が口を挟んだ。頬のこけた陰鬱な顔をした男だ。それでもこの家の中での唯一の味方だ。伯父だけはいつもこっそり優しく接してくれていた。

「もぉ、あなたったら。無理言っちゃダメよ」と芽衣子が夫の肩をぽんと叩く。「青緒ちゃんはあすなと違って学区で下から二番目の学校に通ってるんだから。進学なんて逆立ちしても無理よ」

「そうそう。進学率だって一割程度なんだよ。マジ底辺。ダッサ」とあすなが口を曲げて笑った。

それは違う。本当はもっと上の学校にも入れたんだ。元々はあすなちゃんよりわたしの方が勉強だってずっとできた。でもあすなちゃんは嫉妬する。自分よりも良い学校に入ったら、ひがんで酷いことをしてきたに違いない。だったら『青緒ちゃんはわたしより下だ』って思わせておいた方がいい。仕方なく今の高校を選んだんだ。

「だけど青緒ちゃんが望むなら、予備校に通うお金くらい」と伯父が言いかけると、芽衣子が「あなた」とぴしゃりと制した。まるで氷の悪魔だ。たった一言で辺りの空気を凍らせてしまう。口を氷にされた伯父は、もうなにも言えなかった。

「お気遣いありがとうございます。本当に大丈夫ですから」

「そうね。青緒ちゃんはもう十分勉強したものね。うちのお金もいっぱい使ったし」

「すみません……」

「あら、どうして謝るの？　わたしが意地悪を言ってるとでも思ってるの？」

「そんなことは」

「そうよね。ここまで育ててあげたんだもの。感謝されこそすれ、憎まれる筋合いなんてないわ」

青緒はバレないようにテーブルの下で拳を握った。

お母さんのお葬式のあと、親戚のみんなはわたしの押し付け合いをした。お母さんは──理由は分からないけれど──親族とずっと疎遠だった。だからわたしも会うのは初めてだった。中には「そんな子は施設に預ければいいんだ」と心ないことを言う人もいた。でも伯母さんは毅然とした態度で「うちで引き取ります」と言ってくれた。その言葉が嬉しかった。芽衣子伯母さんはわたしを助けてくれるんだ。そう思って心から感謝した。でもそれから数年後、わたしは知ってしまった。伯母さんはわたしを育てることで役所からもらえる一般生活費が目当てだった。あの頃、伯父さんの経営する工場が上手くいっていなかったから、お金がほしかったんだろう。要するにお金で買われたんだ。月々五万円程度の金額で。それで悟った。世の中は結局、愛情よりもお金なんだ。愛なんかじゃ生きてゆけない。ご飯も食べられない。でもお金があれば大抵のものは手に入るって。

「ごちそうさまでした。美味（おい）しかったです。今日もありがとうございます」

ちっとも美味しくなんてない。こんな冷たい食卓じゃ料理の味なんて感じないよ。

機械のような笑みを浮かべて、食器を手に立ち上がった。

青緒は今、玄関脇の小部屋で暮らしている。元々はあすなと二人部屋だったが、思春期を迎えた頃に「青緒ちゃんと別々の部屋にして！」と彼女がだだをこねたのだ。その結果、物置代わりに使っていたこの部屋に押し込められた。「自分の部屋があるだけマシよね」と笑っていたあすなの顔を憎らしく思うけれど、彼女の言う通りだと今は思う。あすなと一緒の部屋なんかより、狭くても自分の城を持てた方が百万倍は気楽だ。

部屋には芽衣子とあすなの私物が所狭しと置いてある。ハンガーラックには冬物のコートがぎっしりと掛かっており、防虫剤の臭（にお）いも酷い。ブランド物の箱も堆（うずたか）く積んである。青緒の荷物なんてほんのわずかだ。生活スペースは二畳にも満たないだろう。しかし狭さは苦にならない。それより暑さが問題だ。空気の循環が悪いこの部屋は兎にも角にも暑かった。格子のついた小窓はさながら刑務所の独房といった感じで、風が迷い込むことは滅多にない。芽衣子に与えられた頼りない扇風機だけでは、近頃の気候変動を思わせる異常な酷暑を乗り切ることは困難だ。それでも青緒は冷却シートを額や首筋にペタペタ貼って、この忌々しい炎暑をしのいでいる。

折りたたみ式のローテーブルの上の時計に目をやると時刻はもう九時だった。そろそろ深夜バイトの時間だ。中学時代のジャージを脱いでライトブルーのネルシャツとジーンズに着替える。ずっと着ているヨレヨレの私服だ。でも別に構わない。おしゃれをしたい理由なんてないのだから。

ローテーブルの下に手を突っ込み、ブルーのポーチを引っ張り出す。中には通帳が入っている。預金額は百九十二万円。この数字がなによりの栄養剤だ。

えーっと、今月のお給料がだいたい八万円だから……。やった！　目標金額達成だ！

今まで節約節約の毎日でコツコツお金を貯めてきた。お昼ご飯もケチったし、洋服も化粧品も買わなかった。修学旅行にも行かなかった。すべては自由になるためだ。その夢がいよいよ叶う。

よし、もうひと息！　通帳をしまって立ち上がろうとする——と、傍らの三段ラックに目がいった。リサイクルショップで買ってきた安物の棚には教科書が並んでいる。

その中に一冊だけ絵本がある。古ぼけた背表紙には『シンデレラ』とあった。

青緒の胸に、優しい柔軟剤の匂いが湧き立つ。布団の中でいつも嗅いでいたお母さんの匂いだ。誘われるように絵本に手を伸ばしたが思いとどまり、青緒は色のない瞳で部屋を出ていった。

墨野家は桜木町駅のほど近く、掃部山公園から数分のところにある住宅地の一角にひっそりと建っている。両隣を厳めしい邸宅に挟まれた窮屈な建売住宅だ。趣味の悪いモスグリーンの外壁は長年の雨風でくすんでおり、門灯に照らされたセダンも疲れきっている。それでもこの家を初めて見たとき、幼い青緒の心は躍った。母とは狭いアパート暮らしだった。だからお金持ちになれた気がして嬉しかった。けれど、それは幻想に過ぎなかった。この家のどこを捜してもお母さんの姿はない。母と暮らした、畳が褐色に焼けた狭い和室が恋しくなった。

帰りたいな……。眠れぬ夜、母の笑顔を思い出し、青緒は布団の中でひとりで泣いた。

母は忙しい人だった。女手ひとつで青緒を育てるため、昼は花屋のパート、夜はコンビニの弁当工場の作業員として、身を削るようにして働いていた。だからどこかに連れて行ってもらった記憶はほとんどない。お風呂だって毎日ひとりで入っていた。夏にプールに行きたいとせがんでも「お母さん、忙しいから」とはぐらかされた。でも寝る前には決まって絵本を読んでくれた。青緒はお母さんの声が大好きだった。甘くて優しい楽器のような声。その声で読んでもらう物語は格別だ。中でも三歳の誕生日に買ってもらった『シンデレラ』が一番のお気に入り。誰に対しても優しくて、働き者で父親想い。

シンデレラは青緒の憧（あこが）れだった。だから彼女がお父さんに会えなくなる場面では一緒に泣いて、継母（ままはは）たちに虐（いじ）められる場面では顔をしかめて一緒に悔しがった。ネズミの友達は可愛くて「わたしもこんな親友がほしいな」って思った。魔法の力で綺麗になったシンデレラに青緒の心は奪われた。そして王子様の前で幸せそうに微笑む彼女に、いつもいつも、見惚れていた。

「わたしも王子様と出逢（であ）えるかなぁ？」

ある夜、青緒は布団の中で恥ずかしそうに訊ねた。すると母は「出逢えるに決まってるじゃん！」とオリーブ色の髪を揺らしてにっこり笑った。夏なのに今日も長袖を着ている。この檸檬色（レモンいろ）のサマーセーターがお母さんのトレードマークだ。

「いいかい、青緒ちゃん」と母が人差し指を立てる。大事なことを言うときのいつもの口癖だ。

「女の子には誰でも、世界にひとりだけ王子様がいるのよ」

「お母さんにも？」

「もちろん。それが青緒のパパなんだよ。う〜〜んと素敵な王子様だったんだから」

「青緒もパパに会ってみたかったなぁ……」

母は痛々しげな顔をして、なにも言わずに抱きしめてくれた。

「今からすごく大事なことを言うからよく聴いてね。女の子が幸せになる絶対条件よ」

「なになに!?」

「いつでも笑顔でいること」

「笑顔？」

「そう、笑顔でいるの。嫌なことがあっても、悲しいことがあっても、痛いことがあっても、いつでも笑顔でいるの。そうしたら王子様はその笑顔を目印に、きっと青緒を捜し出してくれるわ。もしも笑顔じゃなかったら、王子様は青緒の前を通り過ぎて他の女の子のところに行っちゃうからね」

「やだ！」と青緒は母から身体を離した。「青緒もシンデレラになりたい！」

「よぉし、じゃあ笑顔の練習だ！」と母がこちょこちょと脇腹をくすぐってきた。ソーダ水のように笑みが弾ける。母も楽しそうに笑っている。薄い壁の向こうの住人には怒られてしまったけれど、母と過ごすこんな他愛(たわい)ないひとときが青緒にとっての一番の宝物だった。

いつかわたしもシンデレラみたいにガラスの靴を履きたい。だからいつでも笑顔でいよう。王子様がこの笑顔を目印に捜し出してくれるように……。

それが小さな青緒の、大きな大きな夢となった。

夜道をひとり歩きながら「はぁ」とため息をひとつ漏らす。

なんて子供っぽくて馬鹿馬鹿しい夢なんだろう。王子様なんているわけないじゃん。それに、こんなボロボロの靴を履いているんだ。王子様だって苦笑いで素通りするに決まってる。

地面を踏む古びたローファーに目をやった。あすなが中学生の頃に履いていた靴だ。高校入学の際に芽衣子に与えられたのだ。どうせ新品を買うのをケチったのだろう。この二年半、何度も何度も買い換えようと思った。同級生から『ボロアオ』という不名誉なあだ名で呼ばれていることは知っている。投げ捨てようとしたことは一度や二度じゃない。でも結局、二年半履き続けた。靴なんかにお金をかけるくらいなら、将来のために貯金した方がマシだと思ったから。

橋の真ん中で足を止めた。川面を見ると、映り込んだ半月が笑っている。その横には冴えない青緒の顔がある。無愛想でムスッとしていて不細工だ。

晩夏の夜風がふわっと吹き抜け水面を揺らすと、可愛げのないその顔が壊れて消えた。

笑顔は王子様に見つけてもらう目印か……。そんな目印とうの昔に捨ててしまった。墨野家にもらわれてきた六歳の頃に。だからわたしは王子様とは出逢えない。そもそも出逢う必要もない。男の人に幸せにしてもらわないと、継母やその娘から逃げられない弱虫なシンデレラになんてなりたくない。わたしは自分の力で自由を手に入れるんだ。だからガラスの靴なんていらないんだ。

――あなたは僕のシンデレラだから！

風の中に彼の声が聞こえた気がした。今日の放課後、突然声をかけてきた同じ学年の男の子だ。天然パーマの髪の下は真っ赤な顔で、少し太めの眉が困ったようにハの字に下がっていた。運動部ではなさそうな頼りない胸板は今にも壊れてしまいそうなほど震えていて、不安な様子が伝わってきてこっちまで緊張した。それで彼は思い切り叫んだ。「あなたの足に触らせてください!」って。

あれは一体なんだったんだろう。変態? それとも足フェチ? うわうわ、気持ち悪い。でもな、さすがにビンタは酷かったかなぁ。思わず手が出てしまったんだ。おかげで今もジンジンしている。

青緒は橋の欄干に寄りかかりながら、小さな右手に視線を落とした。

ううん、多分違うや。もう痛みなんて感じてない。罪悪感がそう思わせているんだ。それにさっきのドラッグストアでも……。あのあと彼、大丈夫だったかなぁ。やっぱりお店から出てくるのを待っているべきだった。あすなちゃんに「行くよ」って腕を摑まれて逃げてしまったんだ。

明日、学校で見かけたら謝ろう。

ちゃんと目を見て「昨日はありがとう」って伝えなきゃ……。

「三組の夏目歩橙、万引きして停学だってさ」

一時間目の授業が終わってすぐの休み時間、同級生の言葉に青緒は眠い目を見開いた。

停学? 朝までのバイトの疲れはあっという間に吹っ飛んで、気づけば教室を飛び出していた。

わたしのせいで彼は停学になってしまった……。

必死に捜したけれど彼はどこにもいない。三年三組の教室にも、図書室にも、体育館にも、校庭にも。職員室を訪ねると、プリントをコピーしていた三組の担任で生活指導の先生と目が合った。青緒は正直に「万引きしたのはわたしです！」と告げようとした。しかしそれより先に、「渡良井、就職先が決まったんだってな。おめでとう」と言われてしまった。その瞬間、青緒の勇気はガラスのように割れて壊れた。

もし本当のことを言ったら内定取り消しになっちゃう。

「で、なんか用か？」

「い、いえ、なんでもありません」

最低だ、わたしって。彼に罪をなすりつけて平然とやり過ごそうとしているだなんて。

職員室を出て二階の廊下まで戻ると、男子生徒の笑い声が耳に響いた。歩橙のことを噂（うわさ）しているようだ。「この動画マジでウケるわ」とスマートフォンを覗（のぞ）いてケタケタ笑っている。気になって声をかけようとしたが、そんな勇気はない。男子に話しかけたことなど一度もないのだから。

「カニの変態さんだってさ。こんな瞬間よく撮れたよな」

「その場にいた奴（やつ）が撮ったんだろ」

嫌な予感に背中を押されて「あの！」と声をかけてしまった。

まさかボロアオが話しかけてくるなんて。彼らは驚いて目と口を丸くしている。

しかし構わず「それ見せてください！」とスマートフォンを覗き込んだ。

そこには歩橙の姿があった。頭にカニを載せて口紅を塗って「ぼ・く・は！　カニと・女装が・大・好き・です！」と手と足をバタバタさせて間抜けな調子で踊っている。

廊下を見渡すと、たくさんの生徒たちがこの動画を見て笑っているようだった。

こんな動画を撮れるのはひとりだ。あすなちゃんだ。わたしのせいで彼は学校中の、ううん、学校だけじゃない、もしかしたら日本中で笑いものにされちゃう。

わたしはなんてことをしてしまったんだ……！


学校が終わると、みなとみらいの街を肩を落として歩いた。さっきから考えるのは歩橙のことばかりだ。連絡を取ろうにも電話番号が分からない。そもそもスマートフォンすら持っていない。先生に住所を訊いて訪ねてみようかとも思ったが、そんな勇気なんてない。結果この有様だ。

青緒は夕陽に照らされる黒いローファーを見た。街の景色を見るよりも、こんなふうに足元を見ている方が多い気がする。あすなに虐められるたび、伯母に嫌みを言われるたび、学校の人たちに『ボロアオ』と馬鹿にされるたび、いつもこうやって足元に目を向けて逃げているのだ。

ため息と共に山下臨港線プロムナードの欄干に肘を預ける。この道は赤レンガ倉庫のある新港地区と山下公園までを結ぶ遊歩道だ。夕焼けに染まる海や空をスマートフォンで撮影する観光客の姿が目立つ。誰もが楽しげに笑っている。その中で青緒だけが浮かない顔をしていた。
やっぱり家に謝りに行くべきだよね……。欄干に突っ伏して小さく唸った——が、次の瞬間「あ！」と身を乗り出した。大さん橋へと続く一本道に歩橙の姿を見つけたのだ。白いワイシャツが夕陽を浴びて橙色に光っている。呼びかけようと息を吸い込んだが、周りの目が気になって躊躇ってしまう。意気地のない自分に苛立ち「あーもう！」と近くの階段を駆け下りた。

「——あの！」

象の鼻のような形をした防波堤で歩橙にようやく追いついた。彼は仰天して「渡良井さん！」と飛び跳ねるようにして腰かけていた石垣から尻を上げた。ドギマギしている歩橙のもとへ大急ぎで駆け寄ったが、次の言葉が出ない。俯いてしまう。青緒は自分の頬を両手で叩いた。

なにやってんのよ！　たくさん迷惑かけたんだから、ちゃんと謝れバカ！

「スマホ持ってませんか!?」

「持ってますけど……」

「じゃあ撮ってください！」

「なにをですか？」

「踊ってるところです！　口紅もカニもないけど、今から踊るんで撮ってください！　それをネットにばら撒いてください！」

「待ってください！　そりゃあ渡良井さんの踊る姿なんてお宝映像ですよ！　でもどうして急に踊るんですか!?」

「わたしのせいで停学になっちゃったから！　その上、ネットに動画まで！　だから同じ目に遭います！　一緒に恥をかきます！　じゃあいきます！　せーの！」

「ちょっと待ってください！」

「いいの！　早く撮って！　わたしのうんと恥ずかしい姿を！」

「違うんです！　めちゃめちゃ人が見てるんです!!」

「え……？」

大勢の視線を集めていることにようやく気づいた。三十人はいるかもしれない。こんなにたくさんの人の注目を集めたのは初めてだ。穴があったら入りたい。その穴の中で朽ち果ててしまいたい。

あまりの恥ずかしさに、青緒は両手で顔を押さえてその場にうずくまった。

「あの、渡良井さん……。もしよかったら場所、変えませんか？」

それから二人は山下公園にやってきた。海に向かって等間隔に置かれたベンチに離れて座ると、「大丈夫ですか？」と歩橙が額に皺（しわ）を寄せて声をかけてくれた。

「ダメです。消えてなくなりたいです」

青緒は自分の影を見ながらいつもよりも背中を丸めた。

「でも、わたしにはあれくらいしかできないから。本当にごめんなさい」

「昨日のことなら気にしないでください。僕は全然気にしてませんから」

「嘘はやめてください」

「嘘？」と彼は目をしばたたかせた。

「停学になったんですよ？　それにあの動画だって。あれはわたしの親戚が――」

あすなの恐ろしい顔が目に浮かんで、言葉が口の奥へと引っ込んだ。青緒は目を瞑って、

「とにかく、全部わたしが悪いんです！　だからもっと責めてください！」

「責めるだなんてとんでもない。だって僕、渡良井さんに感謝してるんですから」

「感謝？　どうして？」

「あの動画を見たとき、正直恥ずかしくて死ぬかと思いました。もしかしたら一生消せないのかなってショックで吐きそうにもなりました。でも今はちょっと格好いいかもって思っているんです」

「格好いい？」

「自己満足です。勝手な妄想です。どうしようもないくらい恥ずかしい考えです。けど――」

歩橙の横顔が夕陽色に染まった。

「なんだか、お姫様を守る王子様みたいだなって」

「お、お姫様……!?」青緒はびっくりしてのけぞった。

おおおお、お姫様ってなに!?　どういうこと!?　それってまさか、わたしのこと!?

その動揺が伝わったのか、歩橙の顔が電球のように光った。

「い、今のナシ！　嘘です！　忘れてください！」

そ、そんなこと言われても、忘れられるわけないじゃん。急に『お姫様』だなんて言われたら。

お姫様……お姫様か……まぁ、悪い気はしないけど……。

そのときだ――。

チリチリチリと、左胸の心臓の辺りが焼けるように反応した。

痛っ……。なにこれ？　火傷(やけど)みたいにヒリヒリする。

「やっぱりごめんなさい！」

歩橙が突然叫んだものだから、痛みを忘れて顔を上げた。

「こ、今度はなんですか？」

「やっぱり嘘っていうの嘘です！」

こちらを向いた歩橙の瞳が夕陽に輝く。その中に自分がいる。誰かの瞳の中にいることが、こんなにも恥ずかしいことだなんて知らなかった。

「やっぱり僕、思っちゃってます。あなたのこと、お姫様だって」
ヤ、ヤ、ヤバい、どうしよう。背中が汗でぐっしょりだ。この人が変なことを言うからだ。それにさっきから胸がチリチリ燃えるように痛い。どうしたんだろう、本当に。
「か、からかってるんですか？　わたしボロアオですよ？　それに万引き犯ですよ？

そんなお姫様なんていませんよ。というか、訊かないんですか？　わたしが万引きした理由」

「はい。訊かなくて大丈夫です」

「そうですよね。興味ないですよね」

「そうじゃなくて。きっとなにか事情があったんだと思います」

「信じるの？　わたしすごく悪い奴かもしれませんよ？」

「それはありませんよ」

「どうして言い切れるんですか？」

「だってあなたは、靴を大事にする人だから」

「え……？」

歩橙は彼女の足元に優しいまなざしを向けた。

「その靴、すごく丁寧に手入れをしてるから。毎日埃(ほこり)を払って布拭(ぬのぶ)きをして、シュークリーナーをかけて、保湿クリームも塗っているんでしょうね。一日でも長く履けるようにこまめに手入れをしているんだなぁって。僕、靴の勉強をしているから分かるんです。あなたがその靴を大事にしてること。だから僕は渡良井さんを信じます。靴を大切にする人に、悪い人はいないはずだから」

初めてだ。こんなふうにこの靴を見てくれた人は……。

学校のみんなはこのローファーを馬鹿にした。ボロボロだって笑った。「ボロアオはお金がないんだ」って陰口を叩いていた。だからこんなふうに褒められると素直に嬉しい。でも――と、顔をしかめた。

そんな言葉に惑わされちゃダメよ、渡良井青緒。この人は誰かと賭けとかをしているかもしれない。ほら、前にもあったじゃない。一年生のとき「ボロアオをデートに誘えたらジュースおごりな」とか言って、バカな男子がからかってきたことが。今回だってきっとそれと同じだ。

「そんなこと言って、どうせ内心では馬鹿にしてるんですよね？」

「まさか！　本当に思ってますよ！」

「それに大事にしてるわけじゃありません。この靴、親戚の子が中学生のときに履いていた靴なんです。お古なんです。みんなが言うように、お金がないから仕方なく履いているだけです。だから大事になんかしていません」

本当はこんな靴しか履けない自分が情けない。本当はみんなみたいにピカピカの靴で学校に通いたい。本当はもっと素敵な靴で歩きたい。わたしだって本当は、本当は――、

「本当はもっと可愛い靴で胸を張って歩きたいんです！　笑顔で歩いてみたいんです！」

「じゃあ――」

緊張に包まれたその声に誘われて顔を上げると、彼の潤んだ瞳がすぐそこにあった。

「僕が作ります。あなたが胸を張って歩きたくなる靴を」

チリチリ……。さっきよりも胸が熱く、ことさらに痛くなる。

夕陽に照らされた彼の顔をもうこれ以上、恥ずかしくて見ていられない。なんて答えていいか分からない。それ以上にこの沈黙が耐えきれない。だから青緒は唇をきゅっと引き締めて、

「気持ち悪いこと言わないでください！」

そう言って鞄を取ると、古びたローファーで地面を蹴って逃げ出した。

走りながら今までにないほど腹が立った。あの人はわたしをからかっているんだ。わたしを困らせて楽しんでいるんだ。ムカつく。本当にムカつく。でも、だけど……。

一番腹が立つのは自分自身だ。

そんなふうにしか思えない卑屈なわたしが誰よりムカつく。

「痛っ……！」

公園の入口付近で胸を押さえて立ち止まった。さっきから左胸が焼けるように痛い。

公衆トイレに入ってワイシャツのボタンを外してみると、ブラジャーの縁の少し上に五百円玉ほどの痣があった。眉をひそめてその痣を見つめる。橙色に彩られ、チリチリと、ジンジンと、内側から響くように痛かった。

小窓から差し込む夕陽が地面に暖かな日だまりを作っている。その光は闇に飲まれて静かに消えた。夜が訪れたのだ。光を失った薄暗い公衆トイレの中、青緒の不安な顔がくすんだ鏡に鈍く映る。

夕陽色したこの痣は、一体なんなんだろう……。


「本当にいいのかい？」

床屋の親父がバリカンのスイッチを入れた。

「はい。もう俗世に未練などありません。僕は仏門に入ります。頭皮までそぎ落とす勢いでやってください」

歩橙は鏡の前で悲しく笑った。バリカンの刃がブブブブと迫る――と、「なにやってんのよ、バカ！」と桃葉がドアを蹴破る勢いで飛び込んできた。商店街の人に話を聞いて慌てて来たらしい。

歩橙の髪は、文字通り間一髪のところで守られた。

「――もう諦めたら？」

港の見える丘公園のベンチで、桃葉がミニペットボトルの紅茶を飲んでぽそりと呟く。

夜の公園にはうら寂しい空気が流れている。港湾ならではの橙色の光が泣き疲れた目にしみる。

諦めるか……。歩橙は桃葉に背を向けたまま、手すりにもたれて項垂れた。

「気持ち悪いって言われたんでしょ？　だったらもう脈ないじゃん。諦めた方がいいと思うけどな」

　あのとき僕はありったけの勇気を振り絞った。それこそ一生分の勇気を未来から前借りするくらいのつもりで。でも彼女にとって、それはただの気持ち悪い言葉にすぎなかったんだ。そりゃあそうだよな。突然「足を触りたい」って言ってきたり、頭にカニを載せて踊ったりするような、ちょっとヤバめの変態が「あなたの靴を作りたい」なんて言ったってドン引きするに決まってるよな。

「そんなことより進路は考えたの？　進路希望調査票の提出、明日までよ？　あんた停学中でしょ？　代わりに出しといてあげるから、ちゃんと考えなさいよね」

　進路か……。そろそろ本気で父さんと向き合わなきゃな。でもなんて言えばいいんだ。「靴職人になりたい」なんて言ったら叱られるに決まってる。だからといって、言われるがままに進学したってやりたいことは特にない。僕はこれからどうすればいいんだろう。

　大きなため息で夜空の雲が遠くの国まで吹き飛びそうだった。

「どうするつもり？　靴職人？　それとも大学？　そろそろ第一志望は決めなさいよね」

　第一志望は変わらないよ。僕の人生の第一志望は、渡良井さんの靴を作ることだ。

　夜八時を過ぎた頃、二人は公園を出た。たぎるような蝉の声がそこかしこの木々から騒がしく聞こえる。元町まで続く坂道を下っていると、何台かの車が二人を追い抜いていった。走行音が闇間に消えると、「よくやったと思うよ」と桃葉の優しい声がほのかに響いた。

「歩橙は頑張ったよ。一年生の頃からずっとあの子のことが好きで、女性ものの靴を作るために一生懸命研究したりしてさ。そういうの見てたからかな。わたしは渡良井青緒がムカつくよ」

「それは違うよ。渡良井さんがいたから頑張れたんだ」

うっすら見える夏の大三角形に語りかけるように、歩橙は夜空を見上げて呟いた。

「中学生の頃に靴職人になりたいって思ったけど、実際に靴を最後まで仕上げたことなんて一度もなくてさ。革とか道具は買ってみたけど、途中で投げ出してばかりだったんだ。モチベーションっていうのかな？　そういうのもだんだんなくなってて。でも渡良井さんに出逢って初めて思えたんだ。僕の靴でこの子を笑顔にしたいって。生まれて初めて本気になれたんだ」

歩橙は自身の指先を見た。十本の指のほとんどに絆創膏（ばんそうこう）が貼られてある。革や糸を扱う際に切ってしまうのだ。そのたびに絆創膏を貼って幾度も痛みに耐えてきた。

「今まで勉強もスポーツも長続きしなかったけど、渡良井さんのためなら指を切っても、痛くても、なにがあっても耐えられる気がする。だから渡良井さんは僕にとってのモチベーションなんだ」

歩橙は恥ずかしくて「なんてね」と苦笑した。

「発言がちょっとイケメンすぎたかな。あはは」

「ねぇ、歩橙？」と前をゆく彼女が立ち止まり、静かに振り返った。

光り輝くマリンタワーを背負った桃葉は、少しだけ緊張しているように見える。

「もしよかったらなんだけどさ、わたしに靴――」

スマートフォンの着信音が彼女の震えた声をかき消した。不吉な予感がする鳴り方だ。ポケットから引っ張り出すと、ディスプレイの光が歩橙の驚く顔を照らした。父親からのメッセージだ。

『いつまでほっつき歩いてる。お前の部屋に入った。靴の本も道具も全部捨てた。早く帰ってこい』

捨てたって……。思わず我が目を疑った。

「歩橙？」と桃葉の声がしたのと同時に、地面を蹴って猛然と走り出した。


歩橙の自宅は、みなとみらい大通りに面した高層マンションの十九階にある。掃除の行き届いた清潔なエントランスには愛想のよいコンシェルジュが常にいて、いつでも笑顔で出迎えてくれる。

この日も「お帰りなさいませ」と挨拶(あいさつ)してくれたが、返事をする間もなくエレベーターのボタンを連打した。さっきから心臓が激しく胸を叩いている。走ったからじゃない。これから起こることを想像して怯えているのだ。

家の扉は鍵(かぎ)が開いたままだった。自動で電灯の点(つ)く玄関で靴を脱ぐと、その片方がひっくり返ってしまった。しかし無視してリビングへと駆け込んだ。

父・鉄也は窓辺で煙草をくゆらせていた。大きなガラス窓の向こうには、みなとみらいの煌びやかな夜景が広がっている。しかしガラスに映る父の険しい表情の前では、どんなに美しい街の灯も鈍色に見える。父は学生時代にラグビーをしていたから身体が大きい。チャコールグレーのセーターの下の背中は大きく、厚く、威圧的だ。振り返った眼光には怒気が込められている。その眼力を前にして、歩橙は猫に睨まれたネズミのように小さくなった。それでも振り絞るようにして「僕の靴の本は？　道具は？」と恐る恐る父に訊ねた。

「メールに書いただろ。捨てたよ。本はシュレッダーにかけた」

「まさか、スケッチブックも……？」

「ああ、捨てた」と父は煙草の煙をぷかりと吐いて灰皿で揉み消すと、セーターに付いていたノートの切れ端らしき紙くずを摘んでゴミ箱に放った。

「勝手に部屋に入るなって言ったろ！　それなのにどうして!!」

「お前が進路のことで煮え切らないからだ」

父は厳めしい骨張った顔を不愉快そうに歪めた。

「俺はお前が心配なんだ。だからちゃんと勉強しているか確認するつもりで部屋に入った。でもお前は勉強は一切せずに靴のことばかり考えていたんだな。まさか靴職人になりたいなんて言うつもりじゃないだろうな？　高校に入ったときに約束したろ？　大学くらいは良いところに入るって」

「うるさい！　僕の人生は僕が決める！　父さんの言いなりにはなりたくないよ！」

「だったら今すぐこの家から出て行け」

その言葉になにも言い返せなくなった。

さっきまでの剣幕は潮が引くように消えてゆく。

「言うことの聞けない奴はこの家にいる資格はない。さっさと出て行くんだ」

父さんは分かっているんだ。そうやって言えば、僕がなにも言い返せなくなるって。

「いいか、歩橙。お前のことを想って言っているんだ。俺は大学受験に失敗して散々苦労した。今の会社を興すまで、いろんな奴に馬鹿にされて見下されてきたんだ。ただ学歴がないだけでな。だから同じ苦労をしてほしくないんだよ。それなのにお前は俺の言うことに耳を貸さずに、挙げ句の果てには停学にまでなった。これじゃあ高校受験のときと同じで――」

「分かってるよ!!」

歩橙は目角（めかど）を立て、喉が焼けるほど大声で怒鳴った。

「父さんを失望させたって言いたいんだろ！　分かってるって！　でも僕は……」

喉が音を立て、大粒の涙が溢（あふ）れ出た。

「僕は靴職人になりたいんだ！　最初は趣味でもいいって思ったよ！　でもやっぱりどうしてもなりたいんだ！　その理由ができたんだ！　だから分かってよ！　応援してよ！」

「靴職人なんて指先ひとつの才能の世界だ。そんな世界で活躍できるのはたったひと握りの選ばれた人間だけなんだよ。もしダメだったらどうするつもりだ？　そのとき三十を過ぎているかもしれないぞ？　そうなったら人生後戻りはできないぞ？　お前にその覚悟があるのか？」

一言一言を刻みつけるような語勢に、歩橙はなにも言えなくなった。

「もし母さんが生きてたら――」

やっとの思いで吐き出した言葉に、父の太い眉がピクリと動く。

「きっと応援してくれたはずだよ。頑張れって……。良い大学に行くよりも、夢を追いかける方が偉いって。そう言って、僕を応援してくれたはずだ」

鉄也は窓辺を見た。小さな仏壇には妻の遺影がある。その笑顔は歩橙とよく似ていた。父は切なげなまなざしで亡き妻を見つめていたが、すぐに眼光を鋭くさせた。そして戸棚の中の書類をテーブルの上にポンと放って、

「予備校だ。手続きはしてある。来週から通うんだ」

そう言い残してリビングを出て行くと、歩橙は憤懣遣る方ない思いで書類を壁に投げつけた。

どうして父さんは、僕の話に耳を傾けてくれないんだ……。

翌週から予備校に通いはじめた。父に簡単に従っていることが情けなくもあったが、

高校生の自分が家を出て生きてゆくことなど不可能だ。だから諦めて現実を受け入れることにした。

あれ以来、父との会話はまるでない。予備校に通うことを告げても、「そうか」と短く答えるだけだった。そんな父が憎らしくもあるが、なにより許せないのは自分自身の心根の弱さだ。

通うことになった予備校はテレビCMもやっているような有名校で、横浜駅近くのビルの六階に入っている。受付には『勉強の秋、気持ちを込めて頑張ろう！』という仰々しいスローガンが貼られており、その向こうでは生真面目そうなスーツ姿の事務員がパソコンに向かっている。仕切りで区切られた自習室や面談室、英文を口に出して読める音読室などもある。勉強にはうってつけの環境だ。しかし歩橙の表情は暗い。寿司詰め状態の講義室の後方で、ぼんやりと天井を見上げていた。隣の席の桃葉が「集中しなさいよ」と肘で小突いてくる。彼女は二年生の秋からこの予備校に通っていて、本気で大学進学を目指しているみたいだ。ノートには細かい文字で英文がびっしりと記されていた。歩橙はテキストに視線を落として「退屈だな」と独り言ちる。靴作りの勉強ならいくらでも集中できるのに、興味のない勉強はこんなにも苦痛なんだと改めて思い知らされた。

講義を終えてビルから外に出ると、今まで重かった身体が幾分か軽くなった気がした。嫌々勉強していたからか肩が凝って仕方ない。でも次の模試でいい点を取らなければ父にまた文句を言われてしまう。帰って勉強しなくちゃな。しかしどうにも気が進まない。

九月も下旬に差し掛かり、夜ともなると夏の気配は薄らぎはじめていた。カーディガンを身につける女子たちの姿も増えたように思う。

首を縮めて歩いていると、バシン！　と背中を叩かれた。こんなことをするのは桃葉くらいだ。

「なにすんだよ」とじろりと睨むと、彼女が「一緒に帰ろ」と隣に並び立った。

「一緒にって……。僕んち、ここから近いし歩いて帰るよ」

「じゃあわたしも歩く」

「桃葉の家は野毛だろ。遅いし電車で帰りなよ」

「いいのいいの。予備校来る前にハンバーガー二つも食べちゃってさ。ダイエット、ダイエット」

嘘ばっかり。きっと僕を心配してくれてるんだな。

通行量の多い片側三車線の国道を並んで歩きながら、彼女は予備校の情報を色々と教えてくれた。現国の講師は偉そうだとか、日本史の講師は年下の彼女がいるとか、どうでもいいことばかりだったけれど、「そうなんだ」と相づちを打って大袈裟に笑った。

これ以上、心配されたくはなかった。

「それにしても、よく予備校に通う気になったね」

「別に通いたくて通ったわけじゃないよ。父さんが勝手に申し込みしたから仕方なくね」

「でもわたしはよかったたって思ってるよ。経済的に許すなら大学に行っても損はないもん。靴職人になるのはその後だっていいわけだしさ。学歴とお金はいくらあっても困らないものよ」

「確かにそうだけど。桃葉って意外と合理主義者なんだね」

「女はいつでも計算高いのよ」と彼女は口の端を持ち上げ、ふふんと得意げに笑った。

「桃葉はどうして大学に行きたいの？　なに学部志望？」

「あれ？　言ってなかったっけ？　わたし、学校の先生になりたいの」

「えぇぇぇ!?　桃葉が先生!?　似合わない！」

ごつんと頭を殴られた。殴り方が玄太と同じだ。手のひらで頭部を撫でながら「ごめん」と謝ると、桃葉は「分かればよろしい」と下唇をにゅっと突き出した。

「でもなんで先生に？」

彼女は少し言い淀んだ。遠くでバイクの走行音が響くと、その音に背中を押されるように「歩橙みたいな子を守ってあげたいんだ」と長いつけまつげを揺らして目を細めた。

「自分のコンプレックスが原因で虐められたり、酷いことを言われたりするような子たちを守ってあげたいの。それで言ってあげたいんだ。君はちっとも悪くないんだぞって」

歩橙は自分の足元に視線を落とす。特注の茶色い革靴が街灯に照らされて淡く光っている。コツコツと地面を叩く靴音を聞きながら「羨ましいな」と冴えない瞳を桃葉に向けた。

「羨ましい？　わたしが？」

「大学に入って知識をつけて教員採用試験に合格して……。そんなふうに勉強することで夢を叶えられる仕事が羨ましいよ。もちろんそれ以外の苦労もたくさんあるんだろうけど。この間、父さんに言われたんだ。靴職人は指先ひとつの才能の世界で、活躍できるのはほんのひと握りの人間だけだって。そのとき思ったんだ。そんな才能、僕にはないのかもって。もし靴職人の世界に飛び込んで通用しなかったらどうしようってビビったんだ。それで予備校に通うことにしたんだよ。大卒の資格があれば、靴職人がダメでも潰しが利くと思って。夢に保険をかけた時点で僕の負けだよね」

僕は父さんに負けた。自分自身に負けたんだ。

自分を信じることができなかったんだ……。

桃葉はそんな幼なじみの心中を察するように「そうだ！」と笑って、胸の前で手を合わせた。

「願掛けしに行かない!?」

「願掛け？」

「受験生の間で流行(はや)ってるの。大さん橋の先端で、夢とか志望校にまつわるものを持って願いを込めると、その願いが叶うって。今から行ってみようよ！」

「ごめん。今日はもう帰るよ」

桃葉に気を遣われるのが辛(つら)かった。歩橙は点滅する信号を足早に渡って彼女と別れた。

ひとりになると最寄りのファミリーレストランで勉強をすることにした。父には『桃葉の家で勉強するよ』と嘘のメッセージを送った。多分バレることはないだろう。時刻は十一時を過ぎている。年齢のことで止められたら二十歳の浪人生だと言い張ろう。普段ほとんどファミリーレストランに行くことのない歩橙は、そんな安易な気持ちで店のドアを開けた。

客のいない金曜の夜の店内ではＪ－ＰＯＰのインストゥルメンタル曲が静かに流れ、全体的にゆるい空気が漂っている。歩橙は四人がけのボックス席に座りメニュー表を開いた。

落ち込んでてもしょうがない。腹も減ったし、がっつり食べよう。

メニューを眺めたままテーブルの隅のコールボタンを押すと、ややあって「お待たせしました」と女性店員がやって来た。歩橙はメニューの品々を目で追いながら「ジャンボハンバーグと若鶏の竜田揚げセットにご飯大盛り。あとポテトフライとクラムチャウダーとフォカッチャもください」と言って店員の顔を見上げた。その途端、顔面に隕石がぶつかったような衝撃を受けて、ひっくり返って仕切り板に頭をぶつけた。

「わわわ、渡良井さん……！」

青緒が立っている。しかもフリフリのミニスカート姿だ。ブルーのリボンがよく似合っている。

か、可愛い！　スマホで撮りたい！　いや、違う！　なんでここに渡良井さんが!?

てか、どんだけ食うんだよ！　プロレスラーかよ！　それに先週あんなことがあったばっかりなのに、バイト先に来るってどんだけストーカーなんだ！

あれ？　でも変だぞ。うちの学校、夜十時以降のバイトは禁止されているはずだけど……。

青緒はなんとも気まずそうな顔をしている。その表情を見て察した。

ああ、そうか。彼女は身分を偽ってバイトをしているのかもしれないぞ。

「ご、ご注文繰り返しますね」

青緒は平静を装って咳払い（せきばら）いをひとつすると、ハンディターミナルの画面に視線を落とした。あたふたして戸惑っている。だからすかさず手を広げ、

「やっぱりカルボナーラとエスプレッソをください」

「ジャンボハンバーグと若鶏の竜田揚げ大ライスセットと、ポテトとクラムチャウダーとフォカッチャですね」と彼女は冷たい視線のまま最初の注文を繰り返した。

時すでに遅しだった。こういうときにビシッと決まらない自分がみっともない。

食事を終えると勉強をはじめた。しかし数時間経（た）ってもちっとも集中できていない。さっきからスマートフォンでパグの動画ばかり見ている。このままでは獣医になってしまいそうだ。でもやっぱり一番見てしまうのは渡良井さんの制服姿だ。あのフリフリのスカートは芸術品だ。制服を作ったデザイナーにはノーベル平和賞をあげたい。こんなにも〝渡良井さん映え〟させるなんて素晴らしい才能の持ち主だ。彼女の制服姿を見たら世界から戦争が消えることは間違いナシだもんな。

歩橙の鼻の下は伸びに伸びてカーペットに着地しそうだった。青緒はその視線に気づいたようだ。じろりと睨まれ、鼻の下が大急ぎで戻ってきた。

ひ、引かれてる……。そうだよな、空気を読めって。そろそろ帰った方がいい。

そう思いながら荷物をまとめはじめた矢先、彼女が「お水のおかわり、いかがですか？」とピッチャーを手にやってきた。「お、お願いします」と歩橙はグラスを両手で彼女に向けた。

これって、もうちょっといてもいいってことですよね？

「受験するんですか？」水を注(つ)ぎながら、青緒がテーブルの上の参考書を見た。

「ええ……。まぁ一応、受験ですかね」と気まずくてノートで本を隠す。

「そうなんですね」と彼女は素っ気なく呟き、ぺこりと頭を下げて「ごゆっくりどうぞ」と去って行く。その背中を目で追いながら、歩橙はテーブルの上にぺたんと突っ伏した。

かぁ～～～、なんて情けないんだ。渡良井さんに「あなたの靴を作りたい」って言っておきながら、その言葉を簡単に捨ててしまうだなんて。自分で自分を殴りたい。ボコボコにしたい。不良に絡まれてカツアゲされた中三の夏みたいに、全治一週間くらいの怪我(けが)を負いたい気分だ。

「ひとつ訊いてもいいですか？」と青緒が振り返って戻ってきたので、「ど、どうぞ」と背筋を伸ばした。

「どうして靴職人になりたいんですか？」

夢を捨てた僕が偉そうに語っていいのかなぁ。でもな、せっかく渡良井さんが質問してくれたんだ。誠心誠意ちゃんと答えたい。

「僕の足、左右で長さが違うんです」

そう言って両足をボックス席から通路に放り出すと、彼女に靴底を見せてあげた。

「ほら、靴底の厚さがちょっとだけ違うでしょ？」

ソールの厚さが左右で数センチ異なっている。しかし、それは凝視しなければ分からない程度の差だ。青緒は身を屈めて「本当だ」と目を丸くしていた。

「生まれつき関節がずれていて、右足の方がちょっとだけ短いんです。今は治療のおかげで左右差はほとんどなくなりました。けど、子供の頃は酷かったんです。歩くのが下手でクラスメイトに笑われてばかりいて。そのたびに幼なじみの女の子が守ってくれていました。女子に助けられるなんて格好悪いけど、自分じゃ言い返す勇気もなかったから、いつもビクビク怯えて下ばかり見て生きていたんです。それこそ、人の顔より人の靴を見る方が多かったくらいでした」

「人の顔より……」青緒がぽそりと呟いた。

「そんなふうに靴ばっかり見ていたら、だんだん靴自体に興味が湧いてきたんです。靴って面白いんですよ。人間性がすごく出るんです。ズボラな人は靴だって汚いし、格好つけな人は靴もなんだか気取ってて。靴は顔以上にその人の心を表わすんだなぁって思うようになりました。それ以来、靴のことばっかり考えちゃって」

「それで靴職人に？」

「ある人と出逢ったんです」

「ある人？」

「中学一年生のとき、幼なじみのお父さんが録画していたテレビ番組に出ていた人です。芸術家とかスポーツ選手とか、一流の人たちが自分の仕事に対する想いを語る密着番組なんですけど、そこに出ていたある人が言っていた言葉に救われました。榛名藤一郎っていう靴職人です」

「榛名藤一郎……？　どんな言葉だったんですか？」

歩橙は咳払いをひとつすると、その言葉を彼女に教えてあげた。

「足の形は人それぞれ違う。甲高の足、幅の狭い足、左右の形や長さが違う足。様々な足があります。でもどんな足をしていても、それはその人にとってかけがえのない個性なんです。だから僕はその足が喜んでくれる靴を作りたい。どんな足をしていても、どんな人生を生きていても、僕の靴を履いたその人が『この足で、この靴で、明日も歩いていきたい』と思えるような、そんなかけがえのない靴を作りたいんです――。その言葉を聞いて思ったんです」

そのときの感動を、胸を打った喜びを、心の沸き立ちを思い出して微笑した。

「この足でもいいんだって……」

歩橙は笑顔を青緒に向けて、

「足のことで虐められたこともあったけど、でもこの足でいいのかもしれない。だから下ばかり見ていないで顔を上げて生きていこう。この足で歩いていこう。生まれて初めてそう思えたんです」

青緒は黙ってこちらを見ている。その目に警戒心はない。

「それで僕も届けたくなりました。あのとき感じた『歩きたい』って感動を、僕の靴を通じて世界中の人に……なーんて、格好いいこと言ってますけど、実はもう捨てちゃったんですよね。靴職人になる夢」

「え？　どうして？」

「親に反対されて」と歩橙は眉の端を下げて情けなく笑った。

「可哀想ですね」

「悪いのは僕ですから」

「ううん、そうじゃなくて。可哀想なのは、中学生のあなたです」

「中学生の僕？」

「はい。きっと今のあなたが夢を諦めたって知ったら、中学生のあなたはショックだろうなって。あ、ごめんなさい。なんだか偉そうに」

「渡良井さんの言う通りです……」

その通りだ。僕は僕を裏切ったんだ。夢を持ったあの頃の僕を。でも人生は一度しかないんだ。もしも夢に挑んで失敗したら取り返しがつかなくなる。そうだよ、人生は失敗が許されないんだ。

「あのぉ、すみません」と白髪交じりの店員が声をかけてきた。

「失礼ですがお客さん、まだ高校生ではありませんか？」

歩橙はハッと目の色を変えて顔を上げた。

「お客さん？　聞いてます？　身分証のご提示を――」

歩橙は絆創膏だらけの手を握りしめた。そして勢いよくボックス席から飛び出すと、彼女の腕をむんずと摑んだ。青緒は驚き、びくりと肩を震わせた。

「渡良井さん！」

「は、はい？」

「僕と……」

身体中に散らばった勇気を、もう一度、心の真ん中にかき集めた。

「僕と付き合ってください！」

「えぇ!?」と青緒と店員が驚くと、歩橙は彼女の手を引き走り出した。

「食い逃げ！　食い逃げだ！」と店員が叫ぶ。しかし構わず扉を押し開けた。

その瞬間、優しい光が目に飛び込んだ。

暗い夜は、もう終わっていた。

生まれたての朝に飛び出すと、そのまま国道を全力で走った。

　空はうっすらと白んで、夜明けの気配が桜木町を柔らかく包んでいる。時刻は午前五時を過ぎていた。空一面を淡い群青色が覆い、ビルの隙間からは橙色に輝く太陽の予感が見えた。冷風が頬を叩く。空気がピンと張り詰めている。そんな朝の静寂を破るように、歩橙はみなとみらいの街を駆け抜けた。走って走って走り続けた。靴底の高さの違う靴で、長さの違う足で、アスファルトを蹴ってどこまでも懸命に走った。後ろで青緒が「どこ行くの!?」と困惑の声で叫んだ。

「あとでお店には僕から謝ります！　だからお願いします！　今は僕と付き合ってください！」

　彼女はそれ以上なにも言わなかった。黙って手を引かれてくれた。

　たどり着いたのは、大さん橋だ。二人の他に人の気配はない。ウッドデッキを踏みつけて桟橋の先端を目指す。海風が芝生を揺らす。歩橙の髪を揺らす。不安そうな青緒のまつげを揺らす。そして目的の場所にたどり着くと、歩橙は疲れ果てて倒れ込んだ。青緒も膝をついて肩で息をしている。

「なんで大さん橋なの？　ここでなにをするんですか？」

　ぜぇぜぇと息を切らして青緒が訊ねるので、呼吸を整え、彼女の顔をまっすぐに見た。

「あなたに証人になってほしいんです」

「証人？」

「僕の夢の証人に」

右の靴を脱いで紐を抜き取った。震える膝に力を込めて立ち上がると、長さの違う足を引きずりながら栈橋の先端へ向かう。

青緒はなにも言わずに彼の背中を見ている。

歩橙は広く輝く海を見て、大きく息を吸い込み、強く思った。

この海の向こうに、僕が目指す夢の世界がある。

榛名藤一郎がいる世界があるんだ。

誓うんだ。願いが叶う、この場所で。

歩橙は靴紐を強く強く握りしめた。そして、

「僕は靴職人になります！」

今までの人生でこれ以上にないほど胸が昂ぶっていた。

「絶対になってみせます！　なにがあっても諦めません！」

こんなにも大声で叫んだのは生まれて初めてだ。喉が痛い。それでも、また息を吸い込んだ。

「世界中が笑っても、世界中が無理だと言っても、ほんの少しの人間だけが活躍できる才能の世界だとしても、だったら僕はそのひと握りになってみせます！」

諦めない。絶対に諦めない。誰がなんと言おうと、僕は僕の人生をもう絶対に諦めないぞ。だって可哀想じゃないか。僕が僕を信じてあげないでどうするんだ。それにまだなにもはじまっていないじゃないか。僕らはまだ高校生だ。まだたったの十八歳なんだ。

全部全部これからじゃないか。それなのに、なにもせずに諦めるなんて絶対に嫌だ。失敗したっていいじゃないか。失敗は恐れるためにあるんじゃない。

失敗っていうのはきっと——挑むためにあるんだ！

だったら僕はどんな失敗だって乗り越えてやる。何度だって挑んでやる。

それでいつか、僕は必ず——、

「それでいつか、僕は必ず渡良井さんの靴を作ります！　あなたがどこまでも歩きたくなるようなガラスの靴を！　胸を張って笑顔で歩ける靴を！　必ず作ってみせます！」

僕はなる。なってみせる。渡良井さんの人生が虹色に輝くようなガラスの靴を作れる靴職人に。ううん、彼女だけじゃない。もっともっと多くの人が、たくさんの人が、世界中の人が、何年、何十年って僕の靴を履いて笑顔で歩いてゆける——そんな靴を、いつか必ず作ってみせる。

青緒が歩橙の背を見つめている。その瞳に光が弾ける。海の向こうから真新しい太陽が顔を出したのだ。世界が一瞬で鮮やかな色に染まる。空も、海も、街も、桟橋も、なにもかもが橙色に染まってゆく。まるで夢の幕開けのように。

振り返ると、青緒がこちらを見上げていた。二人は見つめ合う。太陽が地平線の少し上まで昇ると辺りはさっきよりも明るくなった。ベイブリッジも、ランドマークタワーも、遠くに建ち並ぶビルたちも、なにもかもが朝焼けに染まる輝かしい世界だ。でもその中で、彼女が一等輝いて見えた。

「ごめんなさい。バイト中なのに勝手に連れ出しちゃって。それに食い逃げも」

「本当です」と彼女は眉間に皺を作った。でも怒ってはいないみたいだ。

「それに今のはなんなんですか？」

「願掛けです。受験生の間で流行ってるみたいで。夢とか志望校とかにまつわるものを持ってここでお願いすると、その願いが叶うって」

「でも今のはお願いっていうか、宣言みたいでしたけど」

「確かに」と歩橙は苦笑した。「あ、もしよかったら、渡良井さんも願掛けしてみませんか？　誰もいないことだし」

青緒は少し考えて「なんにもないから」と首を振った。

「そっか。バイトの制服ですもんね。夢にまつわるものなんて持ってないですよね」

「ううん、そうじゃなくて。わたし、夢とかそういうの、なんにもないんです」

彼女は自分を卑下するように口の端を曲げて笑った。

「強いて言うならお金かな。お金のために毎日バイトしてるんです。一時間でも長く働きたいから学校をすぐに飛び出して、フリーターって嘘までついて、こんなふうに時給の良いバイトをしてるんです」と制服のリボンを引っ張った。

そうか、だから彼女はいつも一生懸命走っていたんだ。

「わたしの人生、全部お金なの。夢よりお金。高校生活はお金に青春を捧げたんです。だからなのかな。ちょっとだけ、今そこで叫んでいるあなたを見て、羨ましいって思っちゃいました。わたしもこんなふうに胸を張れる夢があったらなって……」

青緒は寂しそうに俯いてしまった。

「歩いてみませんか？」

「え？」と顔を上げた青緒に、歩橙はにこりと微笑みかける。

「僕と一緒に、ここから歩いてみましょうよ」

青緒の顔が、橙色の朝日に美しく染まった。

「僕は一人前の靴職人になれるように、渡良井さんは夢を見つけられるように、ここから一緒に歩いてみましょうよ。夢が叶うこの場所から。渡良井さんなら見つけられますよ。両手に抱えきれないくらいたくさんの夢を。お金を貯めることだって立派な夢です。夢はいくつあってもいいんです。だって——」

歩橙は満面の笑みを彼女に向けた。

「だって僕らは、まだ高校生なんですから！」

「………」

「今からなんにでもなれるし、どこまでだって歩いてゆけます！　チャンスはいくらだってあるはずです！　僕が世界一の靴職人になることだって、もしかしたら本当に叶うかもしれませんし。だって僕らはまだきっと、たくさんある可能性をひとつだって失ってはいないんですから」

「前向きなんですね」

「渡良井さんのおかげです」

「わたしの？」

「渡良井さんが前を向かせてくれたんです。ずっと下ばかり見ていた僕を」

青緒の瞳が輝いて見えた。それに、ほんの少しだけ表情が和らいだ気がした。

「夢はいくつあってもいい……か」

青緒が歩橙の言葉を噛みしめた。そして、

「じゃあ、夏目君――」

初めて名前を呼んでもらえた。その驚きと喜びで、歩橙の胸は焦がれるように熱くなる。心が鮮やかな空色に包まれてゆく。

「作ってくれませんか？　わたしに靴を」

「履いてくれるんですか!?」

「ち、違います！　あなたがもし世界一の靴職人になったら、プレミアがついて高値で売れるかなぁって思ったんです！」

「お金のためってことですか？」

「そ、そうです。全部お金のためです」

歩橙はぷっと吹き出した。笑いが止まらなくなった。

彼女は嘘が下手くそだ。そんなところもたまらなく可愛い。

「じゃあ、なにがなんでも世界一の靴職人にならないとですね！」

清々(すがすが)しい笑い声が空まで届くと、その合間に青緒の声が潮風に乗って届いた。

「あなたって――」

柔らかなその声に誘われて目を向けると、青緒の表情がゆっくりと動いた。

「変な人ですね」

笑った……。渡良井さんが笑ってくれた。

青緒は白いほっぺにえくぼを作り、歯を光らせ、愛らしく笑っている。

瞼(まぶた)が熱くなったのは太陽のせいじゃない。涙が込み上げたからだ。

夢なんて叶わないと思ってた。僕は飽き性で、すぐに投げ出してしまう弱虫だから、どうせ頑張ったって夢なんて叶わない。そう思って生きてきた。でもそれは違うって、渡良井さんは教えてくれた。高校三年間、毎日のように願ってきた夢を、彼女は今叶えてくれた。

渡良井さんの笑顔が見たい――。

その夢を、こんなにも素敵な形で叶えてくれた。

歩いてみよう。ちょっとの可能性があるのなら、どんな困難な道でも、誰が反対しても、苦しくても、一歩一歩、歩いてみよう。そしたら、いつかたどり着けるかもしれないだろ。この青空の彼方(かなた)にある、果てしない夢のゴールに……。

どうしてあんなこと言っちゃったんだろう……。

青緒は浴槽に顔を半分ほど沈めながら今朝の出来事を反芻していた。

彼の声がまだ耳の奥に温かく残っている。朝焼けが瞼の裏で輝いている。

夏目君に靴を作ってもらいたい。そう思った気持ちに嘘はない。彼が夢を叫ぶ姿を見て、本気でそう思ったんだ。それにちょっとだけ、ちょぉぉぉぉっとだけ、格好いいかもって思っちゃった。だってだって、あんなこと叫ばれたら誰だってときめいちゃうよね。それってわたしだけ？　恋愛経験がなさすぎるから簡単にキュンとしちゃった？　だとしたら恥ずかしいな……。

ため息がぶくぶくと泡になってお湯の中に溶けて消えた。

でも、ちょっとだけ嬉しかったな。ちょっとだけ？　まぁまぁ？　ううん、だいぶ嬉しかったぞ。男の人にあんなふうに言われたのは初めてだから素直に嬉しい。それに、あのとき思ったんだ。もしかしたらこの人は、わたしにガラスの靴をくれる……って、ナシナシナシ！　今のナシ！　なに考えてるのよバカ。もう子供じゃないんだから。王子様なんていないって。それにシンデレラに憧れるのはやめたんだ。もっと現実的に生きなきゃダメよ、渡良井青緒。

湯船のお湯でバシャバシャと顔を洗う。やがて水面の揺らぎが落ち着いて、そこに不格好な笑顔が見えた。不器用だけど、確かに笑っている自分にちょっとだけ驚いた。

胸を張って笑顔で歩ける靴か……。

夏目君の靴を履いたとき、わたしはちゃんと歩けるのかなぁ。

「痛っ！」

胸の谷間に痣ができている。オレンジジュースをこぼしたようないびつな形だ。

まただ。なんだろう、これ……。触ってもつねっても痛みはないのに、チリチリと内側から焼けるように鋭く痛い。火傷に少し似ている。でも痛みはあっという間に引いてゆく。痣もそうだ。しばらくの間、橙色に残っているけど、二日もすれば消えてしまう。

あの日、夏目君と初めて話したときにできた心臓のところは、もうすっかり綺麗になっている。でも今朝、また新しい痣ができた。この間よりも大きな痣だ。左胸から右胸にかけて広がっている。なにが原因なんだろう？　週が明けたら皮膚科に行ってみよう。月曜日の放課後は夏目君に足のサイズを測ってもらう。だから朝一番で行こう。変な病気じゃなければいいけど……。

一階の奥にある風呂場から部屋まではリビングを通らなければならない。この瞬間はいつも気が重い。芽衣子やあすながリビングにいると面倒だ。しかしこの日は誰もいなかった。ほっと胸をなで下ろす――と、「青緒ちゃん」とリビングのドアの向こうで声がした。あすなだ。息を吞んで身構えると、ピンクのモコモコの寝間着を着たあすながが笑みを浮かべて入ってきた。嫌な予感がする。こういうべっとりとした笑い方をするとき、あすなは決まって面倒ごとを言う。

「ゲームしようよ」と、あすなは爪楊枝をこちらに向ける。

「二日あげる。それまでにスーパーのお菓子の中にこれを入れてきてよ。証拠の動画も撮ってきてね。月曜の夜にチェックするから」

「無理だよ！　それにわたし、スマホ持ってない！」

「今時スマホ持ってないとかあり得ないんだけど。なんとかして撮ってきて。いいね」

あすなは一方的にそう告げて、爪楊枝を指で弾いて出て行った。

バタンとドアが閉まると、青緒は悔しくて下唇を嚙んだ。

今朝の嬉しい気持ちが台無しだ。いつもいつもこの繰り返しだ。これじゃあまるであすなちゃんの奴隷じゃん。なにも言い返せない自分が情けない。彼は一生懸命変わろうとしているのに、わたしはちっとも変われていない。いつまでも下を向いている弱い自分のままなんだ……。


月曜日、電話で学校に許可を取って登校前に皮膚科へ寄った。

家の近所の病院はあすなや芽衣子も利用している。かといって学校の近くだと同級生に会うかもしれない。だから少し離れた医院を選んだ。長年この場所で地元の人々を診ているのだろう。年季の入った床は節だらけで反り返り、踏みつけるたびにギシギシと音を立てている。

青緒は問診票に記入して、順番が来るのを静かに待った。と、そこに、

「あれぇ？　渡良井青緒じゃん」

華やかな声がしたので驚いて顔を上げると、同じ高校の制服を着た女子がドアのところに立っていた。リボンをだらしなく緩めた明るい髪色の女の子。小麦色の肌が健康的で、まつげが不自然なくらいカールしている。ちょっと化粧は濃いけれど、なかなかの美人だ。笑顔が抜群に可愛い。

「ねぇねぇ、わたしのこと覚えてる？　ほら、この間の写真の。三組の落窪桃葉」

彼女は学年でも目立つ存在だ。所謂（いわゆる）スクールカーストの上位で友達も多い。そんな子がどうしてわたしなんかとって、ずっと疑問に思っていたんだ。

桃葉が「今日はどうしたの？」と断りもせず隣に座った。シャンプーの甘い匂いがする。スカートのふれ合うほどの距離に緊張しながら、青緒は「ちょっとニキビが気になって」と重たい黒髪で顔を隠した。

「えー、ニキビなんてどこにもないじゃん」と桃葉が下から顔を覗き込んできた。

うっ……しまった。墓穴を掘ってしまった。あんまりジロジロ見ないでほしい。

「か、顔じゃないの」と誤魔化すと、「もしかしてお尻!?」と桃葉が叫んだ。待合室にいた老人たちが注目する。恥ずかしさで顔から火が出そうだ。青緒は「違います！」と全否定した。

した。

「わたしもニキビなんだ。うちらニキビ友達だね」と彼女はほっぺの赤いできものを指

桃葉は、あははと肩を揺らして笑っている。並びの良い白い歯が眩しかった。

「ごめんごめん、冗談だってぇ」

悪い人ではなさそうだ……。青緒は警戒心を少しだけ解いた。

「この間は写真撮ってくれてありがとね」

「いえ。でもどうしてわたしなんかと？」

「実はさぁ、あなたの写真をどぉ〜〜〜してもほしいって男子がいてさぁ」

「なんのためにですか!?」

「そりゃあエッチなことに使うためによ」

「エ、エッチ!?　困ります！　そんなのダメです！　誰なんですか、その人!?」

「それは内緒。個人情報は保護しないとね」と桃葉はふふんと意味ありげに笑った。

「でも安心して。悪いことに使うような奴じゃないから。それだけはわたしが保証するよ」

そんな自信満々に胸を叩かれても……。あーあ、写真なんて撮らなきゃよかった。診察の前

お団子のような体型の看護師に名前を呼ばれ、青緒は力なく立ち上がった。診察室のドアを開けた。

にどっと疲れてしまった。「またね」と手を振る桃葉に会釈し、診察室のドアを開けた。

結局、この場では原因らしい原因は分からなかった。

七十歳を過ぎているであろう老医師は「念のため大きな病院で診てもらった方がいい

かもね」と紹介状を書いてくれている。青緒は身を乗り出して「悪い病気なんですか？」とハンカチを握る手に力を込めた。そんな不安を意に介さず、老人は「今のところはなんとも言えないなぁ」と素っ気なく人差し指だけでキーボードを叩いていた。

ちょっとは安心させてほしいのに……。

青緒はムスッと片頬を膨らませた。

診察室を出ると、「どうだった？」とマガジンラックの女性誌を読んでいた桃葉が声をかけてきたので、「普通のニキビって言われました」と咄嗟に嘘をついた。

「ふーん。それにしては長かったねぇ」

「それはその、初診だったから」

今度は桃葉の名前が呼ばれた。よかった。また下手な嘘で墓穴を掘らずに済んだ。安堵（あんど）して椅子に座ろうとすると、「そうだ、青緒ちゃん」と桃葉が診察室の前でくるりと回った。

「このあと学校行くよね？　一緒に行こ。ちょっと待っててよ」

そう言うと、彼女は返事よりも先に診察室の中へ消えてしまった。

青緒ちゃんか……。学校の人にそんなふうに呼ばれたのは初めてだ。むず痒（がゆ）かったけど、悪い気はしない。だから会計を済ませてからもベンチに残った。そんな自分がちょっとだけ不思議だった。

桃葉と一緒に医院を出ると、強い日差しに同時に顔をしかめた。今日もまだまだ夏の名残だ。もうすぐ十月だというのに蝉は合唱を繰り返している。そんな下手くそな歌声を聞きながら、彼女と学校までの道を行く。横浜でも屈指の急坂を上っていると、後ろで桃葉が「暑いよぉ～」と唸った。

誰かと通学するなんて初めてだ。なんだか恥ずかしいような、気まずいような。複雑な思いが胸の中をぐるぐる回って、暑さなんて感じる暇もない。

「あーもう限界！　ちょっと休憩！」

途中のコンビニでアイスを買って坂の上の公園に立ち寄った。木陰に据えてあったパンダとたぬきのロッキング遊具に腰を下ろすと、桃葉はパピコをパキッと割って、その一本を分けてくれた。

「いいの？」

「もちろん。暑いときはお互い様よ」

「あ、ありがとう」と、おずおずと礼を言って一口齧ると、爽やかな味が口の中で広がった。なんだかいつも以上に美味しく思える。同級生と寄り道して食べるアイスってこんなに美味しいんだな。

「青緒ちゃんって好きな人いるの？」

突然の質問にアイスを喉に詰まらせた。ゲホゲホと咳き込みながら「いません！」と首を振って否定すると、桃葉は「よかった」と中身が半分ほど減った容器を咥えたまま笑った。

よかった？　どういう意味だろう？　言葉の意味が分からず小首を傾げた。

「わたしはいるよ。好きな男子。青緒ちゃんも知ってるよね？　夏目歩橙って」

急に彼の名前が出てきたのでパピコを握りつぶしてしまった。アイスがにゅるっと飛び出す。

な、なに動揺してるのよ、わたしは……。

汚れた手をハンカチで拭きながら心を落ち着かせた。

「わたしたち幼なじみなの。親同士が仲良くて、子供の頃からずっと一緒なんだ。それこそ兄弟みたいに育てられてね。わたしが兄貴で、あいつが弟って感じかな。だから歩橙のことならなんでも分かってるつもり。弱虫で、臆病で、嘘が下手くそで。そんなふうにずっと近くにいたからかな、あいつはわたしのこと女の子として見てくれていないの」

桃葉はフグのように膨れた。その顔は絵に描いたような恋する女の子の横顔だった。

「歩橙のこと、好きにならないでね……」

「え？」

「だってほら、ライバルが増えると困るでしょ」と桃葉は慌てて笑う。変なことを口走ってしまったと後悔しているのだろう。額に汗が浮かんでいる。でも、彼女はすぐに真剣な顔をして、

「恥ずかしい話なんだけどさ、わたしね、あいつのこと十八年間ずーっと好きなの。今も変わらず大好きなの。だからお願い。歩橙のこと、好きにならないで」

「そんなの当たり前――」と口を開いたが、なぜだか急に言葉が続かなくなった。

歩橙の笑顔が脳裏に浮かんだからだ。両胸がチリチリ痛い。

彼はいい人だ。すごくすごくいい人だ。でもわたしが夏目君に抱いているこの気持ちは恋なんかじゃない。そうだよ。今まで男の子に優しくされたことなんてなかったから、ちょっとだけ嬉しくなっただけのことだ。だからこれは勘違いだ。ときめいてしまったのも、嬉しいって思ったのも、全部全部、わたしのただの勘違いだ。

「大丈夫です。わたしは彼のこと、絶対に好きになりません」

「だよね！　あんな冴えない奴、普通は好きにならないよね！」

安堵の笑みを浮かべる桃葉を見て、青緒の胸は焼けるように痛くなる。

すごく可愛くてちょっと苛つく。女の子が幸せになる条件を百パーセント満たすような素敵な笑顔だ。不器用なわたしの笑顔とは大違いだ……。

青緒はすっくと立ち上がり「ごめんなさい。先に行きます。今日、日直だって忘れてました」と逃げるようにその場を去った。急坂を一気に駆け上がると、額に汗して空を見上げた。今日の空は優しい薄水色をしている。とても綺麗な色だ。でも歩橙と見たあの桟橋からの朝焼けとは比べものにならない。青緒の心がこの空の青さを濁らせていることを、彼女はまだ知らなかった。

その日の放課後、青緒はひとり美術室で授業の課題に取り組んでいた。『今の感情を水彩画で表現する』という課題だ。六限終わりに提出するつもりだったが、今の自分の感情が分からず筆が鈍ってしまい、時間内に終わらせることができなかったのだ。

筆をパレットに置くと、出来上がった絵をまじまじと眺める。

なんだかすごく混乱した絵だ。絵本の中で魔女が大暴れしているような、混沌(こんとん)とした絵になってしまった。きっと彼女に言われた言葉が引っかかっているんだ。いや、違う。自分自身の言葉だ。彼のことを絶対に好きにならないっていう言葉が……。

「渡良井さん！」

その声に驚いて肩が縦に震えた。慌てて振り返ると、歩橙が小脇に透明なクリアケースを抱えて戸口に立っていた。西日に彼の笑顔が弾けると、青緒の胸はドキドキ高鳴る。

彼が持っているケースの中には、ノートやメジャーなどが入っている。これから足の採寸をするための道具だろうか。

「クラスで聞いたら、ここじゃないかって言われて！」

なんだかすごく緊張している声。壊れたスピーカーみたいなデタラメなボリュームだ。

「あれ？　この絵、渡良井さんが描いたんですか!?」と彼は目と口をまん丸にして駆け寄ってきた。

あんまりジロジロ見ないでほしいんですけど。頭の中を覗かれている気分で居心地が悪い。青緒は無言のまま、乾ききっていない絵を裏返した。

「元気ないけど、どうかしました？　あ、もしかしてバイト先でなんか言われましたか？　食い逃げと勝手に連れ出しちゃったこと。僕、何度でも謝りに行きますよ」

「ううん、そうじゃなくて。靴のことです……」

「靴のこと？」

「靴を作ってもらうって約束、やっぱりキャンセルでもいいですか？」

「ええええええ!?　どうしてですか!?」

　歩橙の大声に、廊下で雑談をしていた女子たちがドアから顔を覗かせる。なにやらひそひそ話をしている。二人の関係を邪推しているみたいだ。その視線が気になって、青緒は「場所、変えませんか？」と歩橙を連れて美術室を出た。

　課題を提出すると、夕陽射す下駄箱へと向かった。幸いなことに生徒たちの姿はない。ブラスバンド部の演奏が遠くで聞こえるだけで、辺りは驚くほど静かだった。

「あれから色々考えたんですけど、やっぱり靴を作ってもらうの、悪いなって思ったんです」

「なんでですか!?」

　上手い言い訳が見つからないや。あの子のことは口が裂けても言えないし。どうしよう……。

「し、調べたんです。靴のこと色々。オーダーメイドで作るとすごく高いって本にそう書いてありました。一足で二十万円とか三十万円もするって。そんなお金ありませんので結構です」

「いやいやいやいや！　僕は素人ですからお金なんていただきませんよ！　材料費も全部出します！」

「そういうの嫌なんです。借りを作ってるみたいで」

「借りを作るだなんてとんでもない！　作るのは靴です！　僕が作りたくて作るんです！　それにこれは練習でもあるんです！　だからお願いします！　僕と付き合ってください！」

僕とじゃなくて、僕に、でしょ？　前も同じようなこと言ってたけど、それは狙いで言ってるの？　目を細めて歩橙のことをちょっとだけ睨んだ。

「練習なら、わたしじゃなくてもいいですよね？　もっと仲のいい女の子とかいないんですか？　たとえば、ほら……同じクラスの子とか？」

そうだよ、あの子の靴を作ってあげればいいんだ。きっとすごく喜ぶもん。わたしなんかよりも何百倍も可愛らしい笑顔で「わぁ、ありがとう歩橙！」なんてお礼を言うはずだ。あの子、夏目君の靴を履いたら、きっとすごく嬉しそうな顔するんだろうな……。

「渡良井さんの足じゃなきゃダメなんです！」

「どうしてですか？」

「それは」と歩橙は視線を逸らした。

もじもじする姿を見ていたらこっちまで恥ずかしくなる。

もしかして夏目君、わたしのこと……。だから靴を作りたいの？

チリチリチリと胸が痛んだ。

バカ、そんなはずないじゃん。青緒はその痛みに背中を押され、

「とにかく結構です！　キャンセルでお願いします！　失礼します！」

上履きを脱いでボロボロのローファーに履き替えた。わたしにはこの靴がお似合いだ。ずっとこのみっともない靴を履いていればいいんだ。可愛げのないバカなわたしは。

そう思いながら一歩を踏み出すと、

「賭けをしてください！」

その声に、つい振り返ってしまった。彼は下駄箱から誰かのスニーカーを取った。白と黒のチェックのＶＡＮＳのスニーカーだ。

「今からこの靴を投げて、上を向いて落ちたら渡良井さんの靴を作る。ソールの方――靴底が見えて落ちたら靴作りはキャンセル。それでどうですか!?」

確率は二分の一だ。でも、もしも上を向いて落ちたらあの子に悪い。十八年間も片想いしてるんだ。その気持ちを応援してあげなくちゃ。だけど――青緒は知らぬ間に頷(うなず)いていた。

「ありがとうございます！」と歩橙は目を輝かせて笑った。

ああもう、なにしてるんだろう、わたしは……。

日が傾きはじめた校庭の真ん中に立つと、歩橙は「いきますよ！」とこちらを振り返る。そして「せーの！」と叫んで空に向かって靴を放り投げた。回転しながら靴が宙を

舞う。その向こうでは入道雲が黄金色に輝いている。夕陽がスニーカーを照らすと、つま先がキラリと光った気がした。

青緒はその靴の軌道を見つめながら、心の奥でそっと思った。

わたしってずるい人間だ。彼の申し出を断れなかった。もしも靴が上を向いたら言い訳できると思ったんだ。彼がしつこかったから。靴が上を向いて落ちたからって。

本当の本当は、夏目君に靴を作ってほしい。そう思っているのに……。

靴が地面でバウンドする。

歩橙は食い入るように靴の行方を見守っている。青緒も同じだ。

もぉ、意気地なし。いい加減に認めなさいよ……。

スニーカーが砂埃を巻き上げてもう一回跳ねると、歩橙が「頼む！」と祈った。

青緒は神様にバレないように手をきゅっと握った。

しかし、靴は裏返ったまま着地する。青緒は「あ……」と呟いた。

が、その直後、靴は起き上がり小法師（こぼし）のように反転して、上を向いてピタリと止まった。

「いやったぁぁぁ――――――！」とジャンプして大喜びする歩橙の声が耳に響くと、

青緒は自分が笑っていることに気づいた。その笑みを慌てて噛み殺すと、黄昏色（たそがれいろ）に染まる空を静かに見上げた。

夏の終わりの空はひぐらしの声を抱き、入道雲が頬を赤らめてにっこり笑っている。

いい加減に認めなさいよ。

わたしは夏目君のこと、すごくすごく、気になっているって……。

屋上の鉄扉を押し開けると、空はさっきよりも鮮やかな薄紅色に染まっていた。まるで桜の花びらが空一面に広がっているような幻想的な色彩だ。空のほつれを縫うように飛行機雲が白い線を引いて彼方へと流れてゆく。その向こうの空の下では、みなとみらいの街が真っ赤に燃えていた。

彼が教室から持ってきてくれた椅子に座ると、青緒は黙って上履きを脱いだ。

「あ、靴下も脱いでくださいね」

「裸足(はだし)になるの!?」

青緒は仰天して自分のことを抱きしめた。

「はい、その方が正確な数値を計測できるので」

て、てことは、素足を触られるってこと!?　ど、ど、どうしよう。男の子の前で裸足になるなんて大きくなってから初めてだよ。その上、触られちゃうなんて。あーもう、ちゃんと足を洗っておけばよかった。今さら「洗ってきてもいい？」なんて言えないよね。この子、足が臭いのかなって思われちゃうし。あーあ、こんなことなら昨日ちゃんとお手入れをしておけばよかった……。

素足になると風がくすぐったかった。青緒の細くて白い足にオレンジ色の夕陽が反射すると、皮膚がガラスのように美しく光った。傍らでは歩橙が地面にノートを広げている。その上に足を置くように言われたので、青緒はこわごわと乗せた。

歩橙が「はじめましょう」と柔らかく微笑んだ。

ちょっとだけいつもの彼と違って見える。なんて言ったらいいのかな。靴作りに向かうとき、夏目君はなんだかちょっと、すごく大人だ。

ノートの上に置いた足の周りを鉛筆でなぞられると、こそばゆくてつま先がぴくんと動いた。「動かないで」と囁く声がさらにむず痒くて、青緒はたまらず空を見上げた。

今日の夕焼けはいつもより鮮やかな色をしている。

まるで恋い焦がれているかのような柔らかな橙色だ。

よかった、今が夕暮れ時で。顔が赤いのがバレなくて済むや……。

彼はメジャーを駆使して足を採寸してゆく。踵からつま先までの長さ、親指の付け根と小指の付け根、踵の幅、傾斜角度、甲の高さまで。彼の温かい手で触られるたび、青緒はきゅっと目を瞑った。耳が熱い。耳だけじゃない。顔も熱い。ううん、全身が熱い。それに比例するように身体がチリチリと痛んだ。青緒は平静を装い、自分自身に何度も言い聞かせた。

なに照れてるのよ、まったく。これはただの靴を作ってもらうための行為なんだよ。

それなのに、なんでだろう……。

なんだか特別なことをされているみたいで、すごくすごく恥ずかしい。

閉じていた目を薄く開くと、歩橙がこちらを見上げていた。目が合ってドキッとする。

「渡良井さんの足って珍しいですね」

「そ、そうなんですか……？」

「普通、足って左右非対称なんですよ。特にアジア人の場合は左足の方が大きい人が多いんです。でも渡良井さんはぴったり左右対称です」

足の形なんて考えたことなかったや。

青緒は緊張している自分の足に視線だけを向けた。

「日本人は偏平足の人が多いけど、渡良井さんの足は土踏まずもしっかりしているし、指だってまっすぐで、ちっとも曲がっていないし。だから――」

歩橙が優しく笑いかけてくれた。

「綺麗ですよ」

息の仕方が分からない。でもいいや。今は息なんかしなくたって。呼吸をしたら今の気持ちが空気に溶けちゃう。綺麗だなんて言われたのは初めてだ。たとえそれが足のことでも、彼はわたしを綺麗だって思ってくれた。それが嬉しい。とっても嬉しい。女の子として認められた気がして。

そう思った次の瞬間、みぞおちの辺りが激しく痛んだ。これまでの痛みの比ではない。焼けた鉄を内側から押しつけられたような激痛だ。あまりの痛みで思わず声が漏れた。

彼が心配してくれたので、「なんでもないです」と口を押さえて必死に堪えた。でも痛みは断続的に続く。脂汗が湧き出て視界が霞む。歯を食いしばっていないとまた声が漏れてしまいそうだ。

それから二人はしばらく黙った。沈黙の間に飛行機が遠くへ飛び去る音が聞こえる。

「あのね、渡良井さん」

ようやく痛みが引いてきたので、青緒は深呼吸して顔を上げた。

「実は僕、あなたに謝らないといけないことがあるんです。さっきの賭けでズルをしたんです。あのスニーカー、ソールが重く設計されているから何回投げてもアッパーが上に向くように落ちるんです。そのことを知ってて賭けを持ちかけました。どうしても、あなたの靴を作りたくて」

そんなこと急に言われても……。

恥ずかしさのあまり下を向いた。照れてる顔を見られたくなかった。

歩橙は次の言葉に困っている。

節ばった指が気まずそうにそわそわと橙色の中で動いている。

「……いっこ訊いてもいいですか？」

「なんですか？」と歩橙が青緒を見上げた。

夕陽が二人の間で目映(まばゆ)く光る。彼の顔が眩しい。直視できないくらいに。

「夏目君は――」

橙色の世界で、青緒は顔を真っ赤にして訊ねた。

「わたしの写真を友達からもらいましたか？」

歩橙は顔を背けた。頬が夕焼けみたいに橙色だ。それが答えだった。

「も、もらってませんよ」

もらったんだ。あの子から、わたしの写真……。

あなたはわたしのことが好きですか？　そんなことを訊く勇気はない。でも彼の仕草とほっぺの色でもう十分だ。十分すぎるほど胸がいっぱいで息苦しい。

「あ、あの、渡良井さん……今度一緒に出かけませんか？　靴に使う革を選びに行きたいんです。だからその、僕と……僕とデートしてください！」

もしかしたらガラスの靴を履かせてもらうとき、シンデレラはこんなふうに王子様に見上げられていたのかな。恥ずかしそうで、愛(いと)おしそうで、顔を真っ赤にしている王子様。なんてね。彼はそんなんじゃない。それにわたしはシンデレラじゃない。どこにでもいる普通の高校生だ。でも、

「考えさせてください……」

でも、人生で一度くらいはいいかもしれない。

こんなシンデレラごっこも悪くないかも……。

変なの。なんで今日はそんなふうに思っちゃうんだろう。

青緒は空を見上げた。そこには、心を溶かすほどの美しい茜色(あかねいろ)が広がっている。

分かんないや。分かんないから夕陽のせいにしてしまおう。デートを断らなかったのも、シンデレラみたいって思ったのも、全部全部、夕陽のせいだ。だって今日の夕焼け

は、見ているだけでなんでも許せちゃいそうなんだもの。それくらい、呆れるくらい、嘘みたいに綺麗な空だ。

さっき坂の上で見上げた青空より、何倍も、何十倍も美しく思う。

きっと夏目君がくれた言葉が空に溶けて光っているからだ。

そっか、そうなんだ。

空って、心の色を映しているんだ……。


「前に話しましたよね。この靴、親戚にもらったお古だって」

学校からの夜の帰り道、駅までの近道の公園で青緒は自身のローファーに目を落とした。隣にいた歩橙も足を止めて靴に目をやる。辺りに人の気配はない。蟬の声ももう聞こえない。

「わたしのお母さん、わたしが六歳のときに死んじゃったんです。学校から帰ってきたら家で倒れてて。救急車で運ばれたんですけど結局そのまま……。それからわたしの人生は変わりました。親戚の家に引き取られて十年以上も居候しているんです。なかなか肩身が狭くって、わがままも言えませんでした。クラスのみんながピアノとかダンスを習ってるのを羨ましく思っても、お金がかかることは一切頼めなくて。子供の頃ってみんなと同じことしてないと仲間はずれにされちゃうでしょ？　だからわたしはいつもひとり。親戚の子は――あすなちゃんは人気者で、いつでもみんなの輪の真ん中にいて、クラスの子たちに言うんです。『青緒ちゃんのお母さんは死んじゃって可哀想だから、うちで引き取ってあげたの。だからみんなも仲良くしてあげてね』って。裏では万引きしろとか、近所の家の窓ガラスを割ってこいって、面倒なことばっかり命令するくせに」

「じゃあ、あの万引きも？」

「高校三年生なのにバカみたいですよね。この間も言われたんです。スーパーのお菓子に爪楊枝を入れてこいって。本当バカみたい。でも――」

所々剝げた赤茶色の合皮の鞄を胸に抱いた。

「一番のバカはわたしです。なにも言い返せないで下ばかり向いているわたしなんです。昔の夏目君と同じです。綺麗な空を見るよりも、この靴ばかり見て生きてきました。だからなのかな。夏目君が夢を諦めようとしてるのを聞いて、なんだかすごく応援したくなりました。わたしは捨てちゃったから。子供の頃の夢なんて」

「どんな夢だったんですか？」

「笑わない？」

歩橙が鷹揚に頷くと、青緒は照れくさそうに紅色の頰を指で搔いた。

「シンデレラ……」

あまりの声の小ささに、彼が「え？」と聞き返す。青緒は勇気を振り絞って、

「わたし、シンデレラになりたかったの」

それで素敵な王子様に見つけてもらいたかった。

お母さんが、お父さんに見つけてもらったみたいに……。

「でも現実を知って諦めました。今のわたしはシンデレラじゃなくてコソコソ生きるネズミです。親戚や学校のみんなに酷いことを言われないように、虐められないようにって、身を潜めて生きてる情けないネズミなんです」と眉尻を下げて悲しく笑った。「夏目君、大さん橋で言ってくれましたよね？　夢はいくつあってもいいって。だったらわたしは――」

唇の端がふるふる震える。青緒は悔しさを吐き出すように呟いた。

「勇気がほしいです……」

涙がこぼれ落ちそうだった。弱くて意気地のない自分が心底嫌になる。

「なにがあっても顔を上げて、胸を張って、歩いてゆける勇気が……」

「分かりました！　じゃあ僕が魔法をかけます！」

そう言うと、彼は近くの樹木から果実をひとつ摘んできた。マスカットのような小さな青い実だ。

「これ、食べたことありますか？　まだちょっと若いけど」

彼は制服のシャツの裾ですそでその実を丁寧に拭きながら、

「シンデレラって魔法使いの力で綺麗なドレス姿になりますよね。でもあれってもっと古い話ではそうじゃなかったんです。えーっと、なんてタイトルだったかなぁ？」

「バジーレの『灰かぶり猫』？」

「そう、それです！　その話だと魔法をかけるのはナツメの木なんですよね」

歩橙が持っていたのは、ナツメの実だ。

「だから僕はあなたに魔法をかけてあげられるんです。僕の名前は、夏目歩橙だから」

彼の笑顔を見た瞬間、みぞおちの辺りがまた鈍く痛んだ。

歩橙がナツメの実に「はぁぁぁぁ～」と念を込める。そして、こちらへ差し出すと、

「ここに僕の勇気をありったけ込めました。だからこれを食べれば、きっと強くなれるはずです」

彼の言葉が嬉しかった。優しさが胸を打った。青緒はナツメの実を受け取ると、ゆっくり口へと運んだ。奥歯でぐっと噛むと、シャリっという歯ごたえと共に口いっぱいに爽やかな味が広がる。

これを魔法の味って言うのなら、なんて甘酸っぱいんだろう。

「不思議ですね」と青緒は目を細めて微笑んだ。

「なんだか本当に、夏目君の魔法にかかったみたいな気がします」

星が笑う空の下、それより優しく笑う彼を見て、青緒の身体は痛くなる。それでも顔は歪めなかった。今だけは、彼の前で笑っていたいと思ったから……。

家に帰ると、あすなに「もう言いなりにはならない」と告げた。心臓が破裂するほど緊張した。

あすなは苛立ちを露（あら）わにして「じゃあこの家から出て行ってよ」と吐き捨てる。いつもなら俯いてしまうが、今日は退（ひ）かなかった。歩橙にもらった勇気をすべて使って毅然と言い返した。

「それは無理。だって伯母さんにはわたしが高校生でいる間は、わたしを育てる義務があるから」

あすなの口の端が怒りで震えている。顔が紅潮して炎のようだ。

「わたしに逆らったこと絶対後悔させてやるから」と彼女は大きな舌打ちをした。

あすなの部屋を出ると、緊張の糸が切れて壁に背中を預けてへなへなと尻をついた。

怖かった……。もちろん今も怖い。仕返しされたらどうしようって不安もある。だけど今は勇気を出せた自分を褒めたい。夏目君のおかげだ。彼がいなかったら、わたしはずっとあすなちゃんに怯えて暮らしていた。下を向いたまま卒業していたに違いない。

夏目君が変えてくれたんだ。意気地なしのネズミだったわたしを。

この感謝を伝えたいな。今度こそ、心を込めて「ありがとう」って。

自室に戻るとルーズリーフを袋から一枚抜き取った。お母さんが学生の頃、まだスマートフォンや携帯電話がなかった時代、ルーズリーフを手紙にして気持ちを書いて友達に渡していたらしい。

不思議な折り方をしたその手紙を見たとき、幼い青緒は「わたしもやりたい！」と母にせがんだ。そして毎日のように手紙の交換をして遊んでいた。青緒の手は、今もその折り方を覚えていた。

明日、彼の上履きに入れてみよう。勇気を出して伝えるんだ。今感じている素直なこの気持ちを。

あくる日、青緒はいつもより早く家を出た。そして歩橙の上履きに手紙を忍ばせた。ドキドキしながら辺りを見回し、誰もいないことを確認すると、そのまま逃げるように階段を上った。

この日は一日中、勉強なんて手につかなかった。肌もチリチリ煩わしいほど痛かった。

そして放課後、いつものようにバイトに向かうために教室を飛び出した。階段を駆け下りてボロボロのローファーを履いて校庭に出ると、真ん中あたりで「渡良井さん！」と聞こえた。よく通る彼の声だ。振り返ると、歩橙は三階の教室の窓辺で笑っていた。

その手には──青緒は歯を見せて笑った。

手紙だ。下駄箱に入れたあの手紙がある。

読んでくれたんだ……。そう思うと身体がさっきよりも痛くなる。

歩橙が両手を広げて大きな丸を作った。

それを見て、青緒は痛みに堪えて、にっこり笑った。

夏目君は「いいよ」って言ってくれているんだ。

あの手紙でお願いした、わたしの新しい夢を……。

夏目歩橙君へ

昨日、夢が叶いました。
親戚の子に自分の気持ちを言えたんです。
生まれて初めて勇気を出せました。
夏目君の魔法のおかげです。
だからありがとう。
ほんとにありがとう。

それからね、考えさせてもらってたデートの件、
あれOKです……。
（わたしなんかでよければですが）

あと、最後にいっこだけ。
あのね、夏目君……
あなたの靴を履くことを、
わたしの新しい夢にしてもいいですか？

渡良井青緒

　歩橙は意を決して榛名藤一郎にメールを送った。弟子にしてほしいこと、榛名のもとで働かせてほしいこと、靴への想いを動画にまとめて、いくつかのデザイン画と一緒に送信した。

　しかし送ったあとで後悔した。玄太おじさんが言うように手紙を書くべきだったんじゃないのか？　弟子入りの志願をメールで済ませるって失礼だろ。「最近の若い奴は」って思われたりしないだろうか？　でも榛名さんはまだ四十歳だ。若いし大丈夫なはずだ。そんな不安もあったけれど、メールを送ったことで夢のスタートラインに立てた気がして誇らしかった。

　渡良井さんも勇気を出して一歩を踏み出したんだ。僕も負けてはいられないぞ。

　自室の窓に広がる朝焼けを見ながら、歩橙は今一度、夢への決意を心に誓った。

　それから二時間ほど眠って出かける準備をはじめた。今日はいよいよ青緒とのデートだ。朝から緊張で水すら喉を通らない。食欲も睡眠欲も〝渡良井さん欲〟の前では相手にならないのだ。

　着ていく服は決めてある。何度も自分会議を重ねた結果、爽やかな水色のオックスフォード・ボタンダウンシャツにした。それに薄手の紺色のダウンベストを合わせてテーパードのジーンズを穿く。靴も綺麗に磨いた。バイト代を貯めて買ったセミオーダーのフルブローグだ。メダリオンと呼ばれるつま先の穴飾りがお気に入りなのだ。シューツリーを外して靴べらを使って丁寧に足を通していると、「どこに行くんだ？」と父が寝室から顔を覗かせた。ここのところ鉄也の帰りはいつも遅い。目の下は黒い隈に縁取られていた。せっかくのデートなのに小言を言われてはたまらない。歩橙は「予備校で勉強してくる」と玄関から飛び出した。しかしエレベーターの中で後悔した。

また父さんから逃げてしまった……。

「お、お待たせしました」

青緒の硬く緊張した声が鼓膜をくすぐり、歩橙はくるりと振り返る。その瞬間、見慣れた桜木町の駅前は宝石をちりばめたような光に包まれた。薄いブルーの花柄のワンピースに、大きめの白いカーディガンを着た青緒が照れくさそうに立っている。服の色がお揃いだ。そんな些細なことでも嬉しくなる。セミロングの黒髪を後ろで束ねている姿も新鮮だ。耳を出した彼女は制服姿のときよりも大人っぽい。

思わず「可愛いです！」と口走ってしまった。

耳を真っ赤にして俯く青緒。歩橙は大慌てで駆け寄った。

「違うんです！　渡良井さんの普段着を見るの初めてだったから、つい口が勝手に！」

「普段はもっとダサいんです。ネルシャツとかパーカーしか持ってなくて。でもたまにはおしゃれもいいかなぁって思って、新しい服を買ってみたんです」

「今日のデートのためにですか!?」

「ち、違います！」彼女は急き込むように首を振った。「でも靴を買うお金まではなかったんです。ちょっと後悔。可愛いの買えばよかったなって」

　青緒は恥ずかしそうにつま先をもじもじさせている。

「じゃあ可愛くしましょう！」

　そう言うと、歩橙は駅の傍の雑貨店へと走った。そして戻って来ると、彼女の前に跪き「足を貸してくれますか？」と腿をポンポンと叩いた。戸惑う彼女に「靴に魔法をかけてあげるんです」と手の中のものを見せる。青緒は口角を上げてふっと笑った。

「でもいいんですか？　ズボンが汚れちゃう」

「構いません。渡良井さんに踏まれるなら、このジーンズも本望なはずです」

「意味が分かりません」と彼女は口元を押さえてくすっと笑った。

　青緒が恐る恐る足を腿に置く。歩橙の手の中にはひとつ五百円の赤い造花のコサージュがあって、それを黒いローファーのベルトの穴に付けてあげた。もう片方の靴も同じようにすると、くたびれたローファーが少しだけ華やかになった。青緒は変身した靴を見て嬉しそうに笑っている。その笑顔は太陽を背負い、ガラスの靴を愛でるシンデレラのように愛らしく輝いて見えた。

　横浜市営地下鉄で隣の高島町駅までやって来ると、しばらく歩いて革問屋を目指した。

ここは歩橙の行きつけの店だ。螺旋階段を有した店内には、所狭しと多種多様な革が筒状になって棚に収まっている。牛や馬はもちろん、鹿や蛇、サメやエイの革まである。

青緒は「サメの革でも靴を作るんですか？」と目と口をまん丸くしてびっくりしていた。

「サメの革ってすごく丈夫なんですよ。コインで削っても傷ひとつつかないし、海の生き物だから雨にも強いんです。あ、これなんてどうですか？」

彼が指さす先には、黒やタン、ネイビー、グリーンといった色の革が吊されている。青緒はそれらを見上げながら「コードバン？」と札の文字を音読した。

「農耕馬のお尻の革です。きめ細かくてなめらかで、しっとりとした質感が特徴です。『キングオブレザー』、『革のダイヤモンド』って呼ばれていて、一頭から採れる量がごくわずかなんですよ」

「へぇ〜、じゃあ高いんだ」

「あ、お金のことは心配しないでくださいね。僕が全部出しますから」

「そんなの悪いです。お金はわたしが出します。それにもっと安い素材で構いません」

「いやでも、僕がお願いしてるわけですから。せっかくだし上質な革で作りましょうよ」

「別にケチってるわけじゃないんです。なんていうのかな……」と青緒は胸の前で手を弄ってなにやら言いづらそうにしている。それから視線を斜め下に逃がすと「どんな靴でも好きになれそうな気がするので」と恥ずかしそうに頬を桜色に染めた。

「そ、そ、それはまさか、僕が作る靴だからですか!?」

「違います。ボロボロのローファーよりマシだからです」

そうだよなぁ、そんなわけ——青緒の様子がおかしい。腹の辺りを押さえて苦しそうだ。

「どうしました？　お腹が痛いんですか？」

「ううん、なんでもないの。ごめんなさい、ちょっとトイレ」

弱々しく笑うと、彼女は足早に螺旋階段を下りていった。

トイレから戻ってからも青緒の表情は険しかった。顔色も悪い。帰ることも提案したが、彼女は「大丈夫」の一点張りだ。だから少し早いけれど、昼食を摂りながら休憩することにした。

巨人の握り拳みたいなパティが名物のハンバーガーショップにやって来ると、店内はデート客で混みすぎるほど混んでいた。さすがは日曜日の昼時だ。アメリカ西海岸を感じさせる内装は瀟洒で、スピーカーからはカーペンターズの『トップ・オブ・ザ・ワールド』が流れていた。

十分ほどベンチで待ち、窓辺の席へと案内された。窓外の川の眺めがいい感じだ。アメリカンダイナーを彷彿とさせるシートに向き合って座ると、「さっきは心配させてごめんなさい。お詫びにごちそうしますね」と青緒が笑顔でメニューを手渡してくれた。

よかった。いつもの渡良井さんの笑顔だ……と、ホッとした途端、空腹だということに気づいた。ぐぅ～と腹が大きく鳴ると、彼女はくすくすと愛らしく笑った。

「——どんな靴がいいか考えてみてくれましたか？」

食後にバケツみたいな大きなグラスでコカ・コーラを飲みながら青緒に訊ねた。

「色々悩んじゃって。『歩きやすい靴』ってことくらいしか思いついていないんです」

「歩きやすいのは大事なことですよ。色とか形とか、希望があったら遠慮なく言ってくださいね」

「うん、ありがと。でも夏目君って靴のことたくさん勉強してるんですね。驚きました」

大きくて形のよい目で見つめられると面映(おもは)ゆい。だけど視線を外すのがもったいない。

もうちょっとだけ彼女の瞳の中に住んでいたい。

「あの、渡良井さん。いっこ提案があるんですけど」

「なんですか？」

「敬語、やめてみませんか？」

青緒は驚いた猫のように瞳孔(どうこう)を小さくさせた。それから視線を右へ左へ動かして、

「そ、それもそうですね……あ……そ、そうだね」

「つ、ついでに呼び名も変えてみちゃったりする？」

「なんて呼ぶつもりですか!?」

「それは、そのぉ……青緒ちゃんとか？」

「遠慮しておきます」と青緒はコーヒーカップを両手で包んで小人みたいに縮んでしまった。

くそぉ、失敗したぁ～。調子に乗りすぎたぁ～。なんで僕は肝心なときに焦るんだ

……ん？

　青緒がまた苦しそうに腹の辺りを押さえている。

「本当に大丈夫？　今日はもう解散にしましょう」

「ううん、平気。夏目君、敬語になってるよ」

　青緒は明らかに無理して笑っていた。蒼白な顔を見ていると不安が募った。

　それからしばらくの間、たどたどしい会話が続いた。気を抜いたらすぐに敬語が出てしまう。お互い「すみません」と何度も謝りながら、どうにかこうにか会話のキャッチボールを続けた。それでも青緒の体調はかなり回復したみたいだ。顔色もよくなってきた。

「夏目君は将来、自分のお店を持ちたいんですか？　あ、持ちたいの？」

「いつかはね。でもまだ具体的にはなにも決めてないんです。あ、決めてないんだ。そうだ！　いっこ協力してほしいことがあるんだ！」

「協力してほしいこと？」

「僕が将来作るお店の名前、考えてくれないかな!?」

「わたしが!?　そんなの無理だよ！」

「なんでもいいから。渡良井さんが好きなものとか、気に入ってるものなら、なんでも」

「でも責任重大……」

「大丈夫。渡良井さんが考えてくれたなら、それだけでどんな名前でも好きになれるから。気楽に考えて。思いつかなかったら、それでもいいから」

「じゃあ考えてみるけど……。あんまり期待しないでね？」

「やった！」とガッツポーズを作った。「あ、それから報告も！　前に話した榛名藤一郎さんに今朝メールしたんだ！　弟子にしてくださいって！　返事はまだないけど」

「でもすごい。本当にすごいよ。いい返事がくるといいね」

「いやでもなぁ〜、もしＯＫしてくれたらイギリスだもんなぁ〜」

「どういう意味？」

「渡良井さんに会えなくなるのが寂しいなぁって」

「質問、いい？」と青緒は遠慮がちに手を挙げた。

「そういうのって、なにかの雑誌に文例とかが書いてあるの？」

「文例？」

「女の子が喜ぶようなセリフ特集みたいな」と青緒が上目遣いでこちらを見た。

「才能だと思います！　どうやら僕には、渡良井さんを笑顔にする才能があるみたいです！」

「変なこと言わないでください」

　引かれてしまった……。歩橙はがくりと肩を落とした。

「でも本当に弟子入りできたらいいね。榛名さんの作る靴、すごく素敵だから。実は気になって学校のパソコンで『ＬＯＫＩ』のことを調べたの。そしたら素敵な靴ばかりでびっくりしたよ」

「渡良井さんもそう思った!?　榛名さんってフルハンドっていって全部手縫いで作ってるんだ！　そのこだわりが本当にすごくてさ！　すくい縫いも出し縫いも、機械じゃ出せないほんのわずかな糸の遊びでお客さんの足に合わせていくんだ……って、どうかした？」

　青緒が口角を持ち上げてくつくつと笑っている。

「子供みたいに一生懸命話すなぁって」

「ごめん。つい熱くなっちゃって」

「ううん。そんなふうに夢中になれることがあって羨ましい。それに将来のこともちゃんと考えてててすごいよ。わたしは十年後や二十年後の自分がなにをしてるかなんて想像もつかないもん。なんの仕事してるんだろうな」

「絵本作家は？」

「絵本作家？　わたしが？」

「うん！　前に美術室で絵を描いてたでしょ!?　あれを見て思ったんだ！　それから手紙に描いてくれたネズミのイラストも！　渡良井さんには絵を描く才能があるよ！　シンデレラも好きだし、ぴったりだと思うんだ！」

「無理だよ。無理無理。わたしが絵本作家なんて絶対無理」

「そんなことないって！　僕は読んでみたいけどな」

「それ、本気で言ってる？」

「もちろん！　だからいつか読ませてよ！　渡良井さんが描いたとっておきの絵本！」

「無理だと思うけどな。あ、そろそろ出よっか。次のお客さんが待ってる」

店の出入り口を見ると、数組のカップル客が順番を待っていた。

伝票を手に立ち上がる青緒を「あの！」と呼び止めた。

歩橙は緊張したまなざしで彼女を見上げ、

「七時間後の夢について相談してもいい？」

「七時間後？」と店内の時計を見た。「夜の七時の夢ってこと？」

「うん。今日どうしても叶えたい夢があって。……乗ってみたいんだ」

歩橙は窓の外を見た。

川の向こうに大輪の花が咲いている。その花はビルよりも大きくて、空に届きそうなほどの存在感を街の中で示している。コスモワールドの大観覧車だ。

「十八年間この街で暮らしてるけど、実は一度も乗ったことがなくて。ずっと乗ってみたいなって思っていたんだ。だから――」

立ち上がり、青緒の瞳をまっすぐ見つめた。

「その夢、渡良井さんと一緒に叶えてみたいです」

「け、敬語になってますよ……」

「渡良井さんも……」

二人は顔を見合わせ、恥じらいながらくすりと笑った。

それから夜を待ってコスモワールドへ向かった。カップルたちの列に紛れて順番を待っていると、歩橙はなんだか自分のことを誇らしく思えた。

今まではこの列に並ぶ恋人たちを遠くで見ているだけだった。でも今、僕は誰より素敵な女の子とここに並んでいる。恋人たちがアトラクションに一時間や二時間も待つ気持ちが分かった気がする。きっとみんなこの時間で思い出を作っているんだ。少し肌寒い風も、ジェットコースターに乗る人々の喚声も、手すりの冷たさも、ちょっと緊張している彼女の横顔も、きっと一生忘れられない宝物になるんだ。

ようやく順番が巡ってくると、運良く青色のゴンドラに乗ることができた。

青は渡良井さんの色だ。神様からのプレゼントに違いない。

ゴンドラが高度を上げると、窓の向こうで色鮮やかな街の光が饒舌に煌めいた。天の川の上を飛んでいるみたいだ。青緒と並んで座った山下公園、偶然立ち寄ったバイト先のファミリーレストラン、夢を叫んだ大さん橋がミニチュアのようだ。ほんのわずかだけど、二人で過ごしたいくつもの〝しるし〟が夜のみなとみらいの中で輝いている。

「ねぇ、夏目君」

向かいに座っている青緒が夜景を見ながら囁いた。

「作ってほしい靴のイメージ、実は前から考えてたの。でもね、恥ずかしくて言えなかったんだ」

彼女が惜しそうに夜景から目を離すと、歩橙の顔をまっすぐ見つめた。琥珀色がかった瞳が街の光を吸い込んで宝石のように輝く。その美しさに息を呑んでいると、青緒はふっと微笑んだ。

「笑顔色の靴がいいな」

「笑顔色？」

「うん。夏目君の作ってくれた靴を履くとき、わたしはいつでも笑顔になるの。楽しくて、嬉しくて、幸せだなぁって思って笑うの。そんな靴を作ってほしいな……ってちょっと抽象的かな」

青緒は額に皺を作って自嘲気味な笑みを浮かべた。

「でも、その日までに磨いておくよ」

それから、素敵な笑顔を見せてくれた。

「頑張って笑顔、磨いておくから」

「今のままで十分だよ。だって僕は、渡良井さんのその笑顔が好きなんだから」

「す、好き……!?」

「ち、違う！　今の嘘！　冗談だから！」と歩橙は慌てふためいた。あまりにバタバタしたものだからゴンドラが激しく揺れる。びっくりした青緒は頬を膨らませて怒ってしまった。

「ごめん、渡良井さん」

「もぉ、びっくりした。揺れると怖いからあんまり動かないで」

「そうじゃなくてね。嘘っていうの、やっぱり嘘なんだ」

ずっとずっと想っているこの気持ちを渡良井さんに伝えたい……。

歩橙は呼気を震わせながら、精一杯の勇気で彼女に告げた。

「僕はあなたの笑顔を、すごくすごく可愛いって思っています」

青緒はびっくりして目を丸くすると、すぐに俯き、真っ赤な顔を隠してしまった。でも、露わになった小さな耳が恥ずかしそうに色づいている。

「け、敬語……」

「ごめん……」

ゴンドラが揺れて金属が軋む音だけが辺りを包む。長い長い沈黙。でも居心地よい沈黙だ。観覧車が頂上に差し掛かると、青緒の背後で夜景がことさらに輝いた。すると、彼女が沈黙を破った。

「隣、いい？」

「う、うん」

青緒は花柄のワンピースをきゅっと摑んで勇気を探しているみたいだ。そして歩橙の隣にやってきた。今までにないほど彼女を近くに感じる。息づかいを感じる。心臓の音を感じる。青緒がいなくなった目の前のシートの向こうでは、夜景が幾億の星のように輝いている。二人は無言のままその光を見つめた。でもやっぱり隣が気になってしまう。青緒の手が触れられそうな距離にある。けど触ることなんてできない。触ったらなにかが変わってしまう気がして怖い。意気地なしの指先が椅子の上を行ったり来たり。

そのときだ。歩橙の肩が重くなった。青緒が頭を預けてくれたのだ。

「……重くない？」

彼女の声は震えていた。

「ううん。ちょうどいいよ」

歩橙の声も震えていた。

青緒の重さが胸に響いて、心がすごく、焦がれて痛い。

その重さを感じながら歩橙は思った。

渡良井さん、勘違いしてしまいそうだよ。心地よくてちょうどいい、この幸せな重さを感じていると、僕のこの肩は君を休ませるためにあるのかもって……。

「ねぇ、夏目君？」

視線だけを彼女に向けた。

黒髪でその表情は見えない。シャンプーの香りが鼻先をくすぐる。

「わたしも、あなたのこと――」

青緒の小さな手が、一回り大きな歩橙の手の上に重なった。

「好きになってもいいですか？」

二人は、どちらからともなく指を絡めた。

「はい、喜んで」

「また敬語になっちゃったね」

「ほんとだね」

彼女の手も、僕の手も、すごくすごく震えていた。でも僕が震えていたのは緊張しているからだけじゃない。嬉しかったんだ。大好きな人が、僕のことを好きになりたいって言ってくれたことが。七十億人もいる人の中で、たったひとりの彼女が、同じ気持ちでいてくれることが。

渡良井さんは僕に素敵な色をくれた。その色は、どんな夜景にも負けない奇跡のような綺麗な色だ。きっと生涯忘れ得ぬ、恋という名の、鮮やかな色だった。


観覧車を降りると、青緒はまた具合が悪くなってしまった。ベンチに座って腹を押さえて呻いている。あまりに苦しそうだったので救急車を呼ぶべきか迷った。係員も心配して来てくれた。

「すみません！　救急車！　救急車を呼んで――」

そこまで言うと、青緒は「大丈夫」と歩橙のシャツを引っ張った。

「少し休めばよくなるから」

「でも……！」

青緒は首を振った。大事にはしたくない。その目が強く物語っていた。

彼女の言葉の通り、十分ほど休むと体調はすっかり回復したようだ。

「どこか悪いの？」と訊ねたけれど、青緒は首を横に振って「最近お腹の調子がよくなくて」と曖昧に笑っていた。

「病院に行った方がいいんじゃ……？」

「この間、行ったよ。ここの近くの大学病院。検査も受けたの」

「じゃあ結果が出たら教えて。絶対に教えてね」

「うん。でもあんまり心配しないで。きっと大丈夫だから」

桜木町駅まで戻る途中、汽車道の上で青緒が足を止めた。

前を歩いていた歩橙は振り返り、

「まだ調子悪い？」

「ううん、そうじゃなくて。考えてみたの」

「え？」

「『サンドリヨン』ってどうかな……」

「サンドリヨン？」

「将来、夏目君が開くお店の名前。シンデレラみたいなお話って、前に言ってた『灰かぶり猫』以外にも『サンドリヨン』っていうのがあるの。夏目君がたくさんの人に魔法をかけてあげる、そんな素敵な靴屋さんになってほしいから。だからサンドリヨン……どうかなぁ？」

「それだよ!!　それしかないよ!!」

「よかった。気に入ってくれて」

彼女の笑顔が夜景に照らされた川面に映える。

なんて素敵な笑顔なんだろう。歩橙は青緒の微笑みを胸に焼きつけた。

そして心から願った。

これからも、ずっとずっと見つめていたいな。渡良井さんのこの笑顔を……。

でも、それが最後だった。

十八歳の彼女が笑ってくれた、それが最後の、笑顔になった。


「ごめんなさい！」

あくる日の登校時、校門で桃葉を待ち伏せしていた青緒は、彼女が来るなり頭を下げて謝った。

「な、なに急に？」と桃葉は小麦色の顔に戸惑いの色を滲ませている。

「謝らないといけないことがあるんです！　あの約束、わたし守れません！　ごめんなさい！」

「約束？」

「夏目君を……好きにならないって約束です……」

桃葉の表情が一瞬強(こわ)ばった。しかしすぐに笑顔になって、

「そっか。分かったよ」

「怒ってないの？」

「しょうがないよ。恋は誰にとっても平等だもん。それに簡単に謝ったら恋心が可哀想だよ。きっと青緒ちゃんの恋心は言ってるよ？　そんな簡単に謝るような安い気持ちじゃないわって」

そうかもしれない。夏目君を好きだという気持ちに嘘はない。

だから胸を張ってもいいのかもしれない……。

「それにわたしは負けるつもりなんてないもんね。だって幼なじみって鉄板設定じゃん。映画でもドラマでも、最後は幼なじみが勝つものでしょ？」

桃葉はニヒヒと健康的に笑った。その笑顔に青緒も頬を緩ませた。

「ありがとう、落窪さん」

「桃葉でいいよ。青緒ちゃん」

青緒は少しはにかみながら「うん、桃葉ちゃん」と言い直した。

チャイムの音が聞こえ、桃葉が「あ、ヤバ。遅刻遅刻」と校舎の方を指さす。

「わたしこれから病院なの」

「もしかしてまたニキビ？」

「それは内緒」

「なのにわざわざ来てくれたんだ。律儀ねぇ。いつでもよかったのに」

「ううん、今日謝りたかったの。それじゃあ」

校門から続くゆるやかな下り坂を生徒たちの流れに逆らいながら歩いてゆくと、十月の風が衣替えをした彼らの間をすり抜けて頬にぶつかる。清々しい初風だ。秋空を見上げて深呼吸をひとつ。絹雲が風に吹かれて流れてゆくのが目に映った。コバルトブルーの絵の具にうっかり白色をこぼしてしまったような、そんな不完全さがこの青空をより一層美しく引き立てている。

このところ空が綺麗だなって思うことが格段に増えた。夏目君のおかげだ。彼がわたしに幸せな気持ちをたくさんくれるから、今日も空は青く輝いて見えるんだ。彼のことを好きにならなかったら、この空とも出逢えなかったんだな。それに、今のこの気持ちとも。

肩甲骨の辺りに激痛が奔(はし)った。

まただ……。なんでこんなに痛いんだろう。

以前はチリチリと焼けるような痛みだったが、痛みは日に日に増している。熱した鉄を内側から押しつけられるような鋭さだ。橙色の痣も痛みに比例して大きくなっている。わたしの身体どうしちゃったんだろう。これから聞く検査結果で原因が分かればいいけど……。

パシフィコ横浜の近くにある大学病院に到着すると、自動ドアの前で足を止めた。もしも悪い病気だって言われたら……。そんな不安を頭を振って追い払う。この慶明(けいめい)

大学みなとみらい病院は国内でも有数の医療技術を誇っていて、優秀な医師も多いとネットにそう書いてあった。だから大丈夫。きっと大丈夫だ。

青緒はごくりと唾を飲み、くたびれたローファーで自動ドアをくぐった。

窓口で受付を済ませると、案内されたのは脳神経内科だった。

先週、精密検査を受けたときは皮膚科だったのに？　もしかして脳に原因が？

悪い予感が胸をかきむしった。

二階の診察室は落ち着いた雰囲気に包まれていた。日当たりがよくて、部屋に充満する太陽の匂いが不安な気持ちを和らげてくれる。コバルトグリーンのカーペットも心を安らがせる一助となっていた。窓の外には大きな銀杏（いちょう）の木があって、黄色く色づきはじめた葉が北風に吹かれて不安げに揺れている。その窓を背に、デスクに向かう医師の姿がある。彼女は「どうぞ」と机の前の椅子に座るように促した。一重瞼がドライな印象を与えるが、とても綺麗な顔の女性だ。でも食生活が悪いのか、古風な顔立ちはやけにほっそりとして見える。髪の毛もボサボサで飾りっ気がない。

「脳神経内科医の横光数子（よこみつかずこ）といいます。びっくりしたでしょう。受付で突然、脳神経内科に行けなんて言われて」

実年齢は四十代後半といったところだろうけれど、笑顔は学生のようだ。

「今も怖いです」と正直な気持ちを打ち明け、青緒は椅子に浅く腰を据えた。

「リラックス、リラックス」と横光医師は大袈裟に肩を上下させて笑う。

「さて、さっそく本題に入りたいんだけど、今日は保護者の同席はナシだったわね？」

青緒は慎重すぎるほど慎重に頷いた。芽衣子やあすなに余計なことは知られたくない。精密検査を受けるときも大変だった。保護者の承諾書にサインをもらおうとしたら、伯母は「なんの検査なの？」と詰問してきた。青緒の身体が心配だからではない。費用がいくら掛かるのか、面倒ごとにならないかを気にしているのだ。「検査費用は青緒ちゃんが自分で払うのよね？」と鋭い視線を向けてきたので、青緒は「迷惑はかけません」と首を縦に振った。そうやってなんとかサインしてもらえたのだった。

医師は青緒の表情を見てなにかを察したのだろう。話を先に進めてくれた。

「でも、もしもなにかしらの意思決定――例えば手術の同意書にサインをしてもらうとか、そういうことが必要になった際には、保護者への説明はマストなの。それは理解してもらえるかしら？」

「わたし手術受けるんですか!?」

「例えばの話よ。だから今日は病状の説明だけになるってこと。ごめんなさいね、驚かせて」

よかった……。吐息を漏らし、浮かせた尻を椅子へと戻した。

数子はデスクの端に備え付けてあるパソコン画面に目をやった。恐らく検査結果が表示されているのだろう。胃が反転する思いがして目の前の景色が歪む。今にも気絶してしまいそうだ。

「痛みを伴って橙色の痣が出現する、だったわね。まずは『帯状疱疹』のようなものを想像するわ。皮膚に神経痛のような痛みが起こる病気よ。痛みは皮膚の違和感やしびれを感じる程度のものから、ピリピリしたりズキズキしたり、チクチクって針で刺されたようなものまである。焼けるような痛みを感じる患者さんもいるわね。水ぶくれを伴う赤い発疹が現われることもあるの」

「似ているけど違うと思います。帯状疱疹はネットで調べました。でもわたしの場合、痛みはすごく短い時間です。数分もすれば消えちゃうから」

「そうね。帯状疱疹の原因はウィルスだけど、検査の結果、渡良井さんの身体には帯状疱疹ウィルスは見つからなかった。だから原因は別にある。ちなみに、痣もすぐに消えるの？」

「以前はだいたい二日も経てば消えていたんですけど、今は長いときで一週間くらい残ってて。あと、どんどん大きくなっています。昨日、学校の男の子と出かけたときにできたものなんて、びっくりするほど大きくて。だから上半身は痣だらけなんです。胸とかお腹とか、あと背中も」

「見せてもらえるかしら？」

　躊躇いが胸を過った。しかし意を決してブレザーを脱ぎ、ワイシャツのボタンを上から順々に外して上半身を露わにする。痣は左胸を中心に右胸、鎖骨、脇腹、みぞおち、そして下腹部まで侵食していた。まるで酷い火傷を負ったかのようだ。場所によっては橙色は濃く、その濃淡が不気味さをより一層引き立てている。数子は回転椅子から立ち上がると、こちらへ来て青緒の身体をじっと見つめた。それから指で痣に触れた。他人に身体を見られたり触れられたりするのは初めてだ。

汚いって思われていないかな……。

青緒の肌は羞恥心で燃えるように熱くなっていた。

「もういいわ。どうもありがとう」

急いでシャツのボタンを留めていると、顎に手を添えていた数子が唐突に「考えられる原因は」と口にした。青緒の手がピタリと止まる。そして蒼白な顔を医師へと向けた。

「脳の誤作動ね」

「脳の誤作動？」意味が分からず鸚鵡返ししてしまった。

「こんな話があるの。二〇〇一年のアメリカで、ある患者が病院に緊急搬送されてきた。彼の肌には無数のオレンジ色の痣があって、身悶えるほどの痛みに半年もの間、悩まされていたの。初めはチリチリと火傷のような痛みだったけど、その痛みは日に日に増して、やがて熱した鉄を押しつけられるようなものへと変わっていった。でも痛みは数分程度で嘘のように引いてゆく」

「わたしと一緒です！　原因はなんだったんですか!?」

数子はひとつ間を空け、青緒に告げた。

「犬の鳴き声よ」

信じられない答えに苦笑いがこぼれた。

「犬の鳴き声？　なんですかそれ。意味が分かりません」

「脳には痛みの信号を伝える、車でいうところのアクセルのような機能と、痛みの信号を抑えるブレーキのような機能が備わっているの。でもこの彼の場合、なんらかの原因でその機能に誤作動が生じたのね。それで犬の声を聞くと脳が勝手にアクセルを踏むようになって、痛みと痣を出現させたの。この現象は医学的には『ブレイン・マルファンクション——脳の誤作動——』って呼ばれているんだけど、この病気の厄介なところは今も原因が分からないところにあるの」

「原因が……分からない……？」

「ええ。どうして脳が誤作動を起こすのか、痛みと共にオレンジ色の痣が出現するのか、詳しいことはまだなにも分かっていないの。だから彼は今もこの病気と闘っているわ」

　全身の血が一気に引いてゆくのが分かった。指先が氷のように冷たい。

じゃあわたしも、これからずっとこの痛みに耐えなきゃいけないの？

ううん、違う。違うよ。わたしはその人とは違う。だって、

「わたしは犬の鳴き声なんて聞いても痛みは出ません！　だから間違えています！　そんな病気じゃありません！」

「この病気は世界で約千例ほど報告されているわ。でもね、痛みや痣が出現する原因は人それぞれなの。彼のように犬の鳴き声がきっかけの人もいれば、特定の食品を摂取す

ると出現する人もいる。ある音楽や、時間帯、香りなんかに反応して、痛みと痣が出現するケースもあるわ」

じゃあ、わたしが痛みを感じる原因って……。

「渡良井さんはどんなときに痛みを感じる？」

もしかして――。

「なにか規則のようなものはあるかしら？」

数子の言葉を打ち消すように、青緒は何度も頭を振った。

違う。絶対に違う。

でも考えれば考えるほど、理由はひとつしか見当たらない。それは、

「夏目君……」

「誰かしら？」と数子の細い眉がピクリと動いた。

「同じ学校の男の子です。彼と出逢ってから、この症状が現われるようになりました。最初は軽い痛みだったけど、痣も小さかったけど、彼のことをたくさん考えるようになったら、そうしたら、痛みも痣も、どんどん大きくなって」

言葉を探すように一言一言つっかえながら伝えると、数子が身を屈めて下から顔を覗いてきた。

「その彼は、恋人？」

「好きな人です」

「そう」と数子は残念そうに呟いた。「もしかしたら、彼を好きだと思う気持ちを脳が痛みと誤認しているのかもしれないわね」

違うって言いたかった。でも言えなかった。だってその通りなんだから。先月よりも今月の方が、先週よりも今週の方が、昨日よりも今日の方が、彼をたくさん好きだと思っている。そう思えば思うほど、好きになればなるほど、わたしの身体はどんどん痛くなっている。でも、だったら、この先どうやって……どうやって彼のことを……。

「治してください」

青緒は懇願のまなざしを数子にぶつけた。

「お願いします！　治してください！　なんでもします！　薬でも手術でもなんでもいいから治してください！　お金ならなんとかします！　だからわたしの身体を元通りにしてください！」

目頭が熱くなって頰が濡れた。知らぬ間に涙が溢れていた。

「やっと好きになれたんです……」

言葉が涙で詰まってしまう。

「今まで誰も好きになれなかったけど、やっと好きな人ができたんです……夏目君のことを好きだって思えたんです……彼も好きだよって言ってくれたんです……だから……だから……」

だから無理だ。今さら無理だ。

夏目君の優しさを知ってしまったら、今さら好きって気持ちは取り消せない。この気持ちを、なかったことになんてできないよ。

「残念だけど今の医学では根治はできないの。痛みを感じたら鎮痛剤を飲むしかないわ」

「じゃあ……わたしは……」

「あとは痛みの原因にできる限り近づかないこと。できることはそれだけよ」

いくつもの涙がこぼれ落ち、青緒の表情がみるみる崩れてゆく。

「わたしはもう――」

「夏目君のこと、好きじゃいられないってことですか……？」

窓から差し込む午後の日差しが、青緒の目には希望なき鈍色に見えた。

痛み止めの錠剤と皮膚の塗り薬をもらって病院を出ると、青緒は力なく空を見上げた。さっきまでの青空が嘘みたいに霞んで見える。青色が濁っている。彼女の心が映した空の色だ。

道行く人々が笑っている。楽しそうな大学生カップル、高校生の恋人同士、アイスを食べさせ合っている若い男女。その笑顔のひとつひとつが青緒の心を鋭利な刃物で切り裂いてゆく。

ずるいよ、みんな。

普通に恋して、普通に付き合って、普通に「好きだよ」って言い合えて。

どうしてわたしなの？

どうしてわたしだけが、こんな病気にならなきゃいけないの？

恋をしたら、身体が焦がれてしまうだなんて……。

当てもなく街を歩き、臨港パークにたどり着いた。遠くに見える真っ白なベイブリッジが西日を反射させ、その近くを鯨のようなタンカーが悠然と泳いでいる。風は穏やかで優しい。冷気を孕んだ軟風が青緒の涙の跡を乾かしてくれる。「大丈夫？」って心配してくれているみたいだ。その優しさがまた涙を誘い、青緒は石段に腰を下ろして目頭を押さえた。しかしいくら押さえても涙は溢れてくる。身体に痛みが現われる。歩橙のことを思うたびに。

「渡良井さん！」

その声に身体がさらに痛んだ。よく通る彼の声。大好きな歩橙の声だ。

目を向けると、手を振りながら学生服姿の歩橙が海沿いの道を走ってくる。

「やっと見つけた！　めちゃめちゃ捜したよ！　桃葉に病院に行ったって聞いたんだ！　昨日、あの観覧車の近くだって言ってたから、心配になって来ちゃったよ！」

青緒は立ち上がると、バレないように涙を拭った。

「検査の結果出た？　どうだった？　大丈夫だった？」

「うん、ただの胃腸炎だって」

嘘をついた。本当のことなんて言えるわけがなかった。

「よかったぁ～」と歩橙は安堵して天を仰いでいる。

心配してくれていたんだ。顔が汗でびっしょりだもん。一生懸命わたしを捜してくれたんだね。

そう思うと背中の真ん中が痛くなる。青緒は涙で滲む視界の中で歩橙を見つめた。

違うよね、夏目君……。

夏目君じゃないよね？　わたしの身体を痛くさせるのは。

全部わたしの勘違いだよね？　先生の間違いだよね？

これからも夏目君のこと、好きでいられるよね？

「渡良井さんに報告があるんだ！」

無邪気な笑顔に身体が痛んだその瞬間、青緒は実感してしまった。歩橙の笑顔を素敵だと思うと、この身体は痛くなると。

彼女は歩橙の笑顔を直視できずに涙を堪えて目を伏せた。

お願い、夏目君。そんなふうに笑いかけないで……。

「渡良井さんに一番に報告したくてさ！」

お願いだから優しくしないで……。

「今朝、榛名さんから返信がきたんだ！　メールになんて書いてあったと思う!?　なんと！　高校を卒業したらこっちに来なさいって言ってくれたんだ！」

夏目君を好きだなって思ったら、あなたの笑顔を見ちゃったら、わたしは……わたしの身体は、焦がれて痛くなっちゃうから……。

「渡良井さんのおかげだよ！　渡良井さんがいなかったら、きっと榛名さんにメールなんてできなかったもん！　だからありがとう！　本当にありがとう！」

でも笑わなきゃ。夏目君は好きって言ってくれたんだ。わたしの笑顔を。

こんな不器用な笑顔を、可愛いよって、そう言ってくれたんだ。

だから笑おう。ちゃんと笑おう。

笑って応援するんだ。夏目君の夢を。

「おめでとう、夏目――」

作りかけた笑顔が泡のように消え、青緒はまた靴に視線を落とした。

痛くて全然笑えない。一緒に喜んであげられない。

ねぇ、夏目君。わたしはどうしたらいいのかな。あなたを好きって思ったら、この身体は痛くなる。たくさん痣が現われる。だったらこれからどうすればいい？　あなたを好きでいることも、好きでいなくなることも、どっちも辛いわたしはこれから……。

その翌日、青緒は高校を退学処分となった。

放課後、バイトに行こうと教室で帰り支度をしていると、突然担任教師に呼び出された。病気の件もあって気が滅入っていた。覇気のない声で「アルバイトがあるんですけど」と伝えると、担任は「いいから来なさい」と強い語勢で言い放った。その口ぶりに只事(ただごと)ではないと察し、担任の後に続いて職員室の隣の会議室へ入った。その途端、青緒は我が目を疑った。

ロの字に据えられた長机の一辺に教頭と、学年主任でもある生活指導の教師――歩橙の担任だ――が座っている。そして、その向かいには、

「伯母さん……」

いつも以上に着飾った芽衣子が、真っ赤な口紅を塗った唇を不愉快そうに歪めている。

どうしてここに……。

そう思っていると、「座りなさい」と生活指導の教師が伯母の隣の席を指さした。青緒は訳が分からぬまま、震える足を前に出して左隣にようやく座った。

「お忙しいところご足労ありがとうございます」と教頭が恭(うやうや)しく挨拶をすると、伯母は「いいえ」と短く答えた。その声には怒りが滲んでいる。青緒の右半身は氷のように冷たくなった。

「お電話でもお伝えしたのですが、渡良井君の処分に関してご相談をと思いましてね」

「処分？」意味が分からず腰を浮かした。「処分ってどういうことですか!?」

「渡良井君。君は二十二時以降にファミリーレストランでアルバイトをしているね？」

虚を衝(つ)かれて絶句した。どうしてバレたんだろう……。

「してません」と反射的に嘘をついた。すると教頭の隣の学年主任が「しらばっくれる

な！」と声を荒らげた。「証拠ならあるんだよ」と机上に写真を並べる。そこには深夜のファミリーレストランで働く青緒の姿があった。背後の時計は〇時を過ぎている。誰かが盗撮したもののようだ。

――わたしに逆らったこと絶対後悔させてやるから。

あすなちゃんだ……。

彼女は知っていたんだ。わたしが隠れて深夜バイトをしていたことを。

「どうなんだ？　答えなさい」と担任教師が攻撃的な視線をこちらへ向けた。

「青緒ちゃん」

伯母の射貫くような声に肩が震えた。

「正直に言いなさい」

青緒は真綿で首を絞められるような息苦しさに耐え切れず、

「すみませんでした……」

「認めるんだね？」と教頭が机の上で手を組んだ。

青緒はパイプ椅子から勢いよく立ち上がり、

「すぐに辞めます！　だから許してください！　進路も決まっているんです！　内定をいただいているんです！　もし停学になったら会社にご心配を――」

「君は退学だよ」教頭が青緒の言葉を遮った。

「退学？　待ってください！　どうして退学なんですか!?　確かに深夜のアルバイトは

「校則違反です！　でもいくらなんでも退学なんて！」

「これだけじゃないんだよ、これだけじゃ」学年主任が唇を曲げて怒鳴った。

「どういうことですか？」

「万引きだよ」と印籠を向けるようにスマートフォンの画面をこちらに見せた。

青緒が口紅を盗む瞬間の動画だ。歩橙が庇ってくれたあの夜の出来事が克明に記録されていた。

こんな動画まで……。目眩に襲われ、パイプ椅子に腰を落とした。

「あの万引きはお前がやったことなんだな？　それなのに、うちのクラスの夏目に罪をなすりつけるなんて。お前には罪の意識ってもんがないのか？　呆れるよ、まったく」

青緒はなにも言い返せなかった。罪を犯したことを隠して、彼の優しさに甘えていることにずっと罪悪感を抱いていた。だから教師の言うことを否定することなんてできない。

「深夜バイトに加えて万引きまでとなると、我が校としては庇うことはできません。どこの誰だか知らないが、こうやって証拠を送りつけてきた輩もいる。SNSに動画と共に学校名を出されたらたまったものではありませんからね。そういう訳で墨野さん、お電話でもお伝えしましたが渡良井君は退学とさせていただきます。なにかご意見は？」

教頭が厳格な口調で告げると、芽衣子は「特にございません」と躊躇う間もなく頷いた。庇う素振りすら見せない冷徹な伯母が信じられず、青緒は驚きの視線を彼女に向けた。

伯母は前を見たまま「失望したわ」と吐き捨てた。

「こんなことをして、人として恥ずかしくないのかしらね」

「違います」青緒はスカートの上で拳を震わせた。「あすなちゃんです……これは全部あすなちゃんがしたことです……」

伯母の目が鋭く光った。

「なんですって？」

「わたしは無理矢理やらされたんです！　嫌だって言いました！　でも逆らったら家を追い出すって脅されて、仕方なく万引きしたんです！　だから悪いのは全部あすなちゃんです！」

「いい加減になさい！　この期に及んでうちのあすなに罪をなすりつけるつもり!?」

「彼女に本当のことを言わせます！　だから待っててください！」

青緒は会議室を飛び出した。

あすなちゃんのスマートフォンには動画があるはずだ。手に入れるんだ。それで白状させよう。これは全部あすなちゃんが仕組んだことだって。そうしないと……そうしないとわたしは、なにもかも失ってしまう！

「——あすなちゃんがやったんでしょ！」

自宅に駆け戻った青緒は、一目散にあすなの部屋に飛び込んだ。ベッドでスマートフォンを弄っていたあすながこちらを睨んで「ノックしてよ」と悪びれる様子もなく言った。

「答えて！　あすなちゃんがあの写真と動画を学校に送ったんでしょ!?」

「だったらなに？」

「なにって……。なんでそんな酷いことするのよ!?」

「てか、そんなん決まってんじゃん。わたしに逆らうからでしょ」

楽しそうにケタケタ笑うあすな。その態度にカッとなり、彼女の頬を思い切り叩いた。それで火がついたあすなは「なにするのよ！」と激高して殴りかかってきた。髪の毛を摑まれ、引っ張り回され、壁に叩きつけられ転倒する。口の端が切れて血の味がした。

「ムカつくのよ、あんた！　昔からずっと！」

落雷のような怒号が耳をつんざいた。

「いきなりこの家で暮らしはじめて、ママとパパにヘラヘラ媚(こ)びてさぁ！　学校でもそうよ！　わたしの友達の機嫌取ったりして！　どうせわたしのポジション奪うつもりだったんでしょ!?　マジでウザい！　あんたが笑うとイライラするの！　だから消えてよ！　今すぐ消えて！　もう高校生じゃないんだから育てる義務はなくなったでしょ!?　ほら、さっさと出てけよ！」

青緒は言葉にならない叫び声を上げてあすなに襲いかかった。揉み合いになると、興奮したあすながペン立てからハサミを取って刃先をこちらへ向けた。刺されると思って、身を守ろうと両手をデタラメに振り回す。その拍子に手の甲があすなの鼻にぶつかった。ぐしゃりという鈍い音がしたかと思うと、そのあとに短い悲鳴が続いた。鮮血がカーペットに飛び散る。あすなは両手で鼻を押さえて悶絶(もんぜつ)した。鼻が折れたみたいだ。明後日(あさって)

の方向に曲がっている。

「なんの騒ぎ!?」と学校から車で戻ってきた芽衣子が怒鳴り込んできた。そして鼻から血を流してへたり込む娘を見て「あすなちゃん！」と大慌てで駆け寄った。

「青緒ちゃんがいきなりぶったの！　わたしをそのハサミで刺そうとしたの！」

あすなは泣き叫びながら床に転がるハサミを指した。

「嘘です！　あすなちゃんが刺そうとしたんです！　それに万引きだって！　スマートフォンを調べてください！　あの動画があるはずです！　お願いします！　信じてください！」

芽衣子が青緒の頬をしたたかに叩いた。

「親が親なら子も子ね」

「どういうことですか……？」

「自分の主張ばかりで呆れるわ。百合子(ゆりこ)に――あんたの母親にそっくりよ」

「お母さんに？」

「あんたを身ごもったときもそう。親戚全員が反対したのに、百合子は産むの一点張り。それで勝手に家を飛び出して音信不通になって。その挙げ句にあんたのことまで押しつけて。自分を捨てた男の子供なんて、さっさと堕(お)ろせばよかったのに」

「捨てた？」

「あら？　聞いてなかったの？　あんたの父親はね、百合子とあんたを捨てたのよ。どうせ子供ができたって言った途端、怖じ気づいて逃げ出したんでしょ」

花でも愛でるみたいな笑顔に、青緒は思わず後ずさった。

嘘だ。お父さんがそんなことするはずない。だってお母さんは言ってたんだ。お父さんは素敵な王子様だって。それなのに、わたしたちを捨てただなんて、そんなことあるはずない……。

知らぬ間に涙が溢れて顎先からこぼれ落ちた。

わたしは望まれなかった子供なの？　お父さんにも望まれなくて、親戚のみんなに堕ろすように言われて、お母さんに迷惑をかけて生まれてきた、いらない子供だったの？

青緒は顔を引き歪め、鼻水を垂らしながら無様に泣いた。

あすながニヤニヤしながらこちらを見ている。殺してやりたいと思った。この場で二人を刺し殺して、自分も死んでしまいたかった。

「そんなことはどうでもいいわ。それより、あすなちゃんのことはどう責任を取るつもり？」

どうでもいい？　わたしの気持ちなんてどうでもいいの？

最低だ。この人たちは最低な人間だ。もう嫌だ。こんなところ一秒だっていたくない。

「出て行きます、こんな家」

「こんな家？　今まで育ててもらった恩はないわけ？　よくそんなことが言えるわね。あんた、そんなんじゃロクな人生歩まない――」

「うるさいッ!!」

青緒は殺意を込めた視線を芽衣子に放った。

「伯母さんにそんなこと言われる筋合いない！　わたしのこと、お金のために引き取ったくせに！」

「それのなにが悪いの？」

悪びれる様子もなく伯母は言った。

「あんたを引き取るメリットなんて、お金以外になにもないでしょ？　自分にはそれ以上の価値があるとでも思ってたの？　出て行くのは勝手だけど、治療費はしっかり払ってもらいますからね」

もういい。どうでもいい。こんな人生、どうなったって構わない。最初からロクな人生じゃなかったんだ。望まれずに生まれてきて、お母さんを失って、変な病気になって、学校も退学になって、希望なんてなんにもない。だからこんな人生、もう諦めてやる……。

休日は観光客で賑わう赤レンガ倉庫も、平日の夜ともなると人の気配はほとんどない。今はそれでいい。誰にも泣き顔を見られたくはなかった。

倉庫の前、制服姿の青緒が俯きがちに石段に座っている。涙を拭った手の甲が橙色に染まっている。しかし痛みはない。それは痣ではなく、倉庫をライトアップしている光だった。でも青緒の目には忌々しい痣のように映って見える。

橙色なんて大嫌い。この色は、わたしを傷つける苦痛の色だ。

青緒はうつろな目で傍らのボストンバッグに視線を向けた。

十年以上あの家で暮らしていたのに、鞄ひとつに全部の荷物が収まってしまうだなんて。自分の人生がいかにちっぽけだったかを思い知らされた気分だ。結局貯金の半分も取られてしまった。「傷害罪で被害届を出してもいいのよ」と芽衣子に脅され、三年間必死に貯めたお金を奪われたのだ。

わたしの高校生活って、一体なんだったんだろう……。

夜風が時を追うごとに冷たくなってゆく。青緒は制服のブレザーの前ボタンを閉じた。それでも耐えられそうになかったので、マフラーを出そうと鞄のチャックを開く。すると、一冊の絵本が目に留まった。『シンデレラ』だ。お母さんが買ってくれた絵本。大事な大事な青緒の宝物だ。

膝に置いて表紙を見つめると、母の笑顔がシンデレラの笑顔と重なった。

――今からすごく大事なことを言うからよく聴いてね。女の子が幸せになる絶対条件よ。

大粒の涙が雨のように絵本に降り注ぐ。

――嫌なことがあっても、悲しいことがあっても、痛いことがあっても、いつでも笑顔でいるの。

そんなの無理だよ……。

さっきあんなに泣いたのに涙はちっとも涸れてくれない。

青緒は手で顔を覆って泣いた。

絵本が膝の上から滑り落ちると、地面の上でページが開かれた。

全部なくなっちゃった。たった十八年間だけど、今まで一生懸命に生きてきたつもりだった。お母さんがいなくなっても、ひとりぼっちになっても、あすなちゃんに虐められても、負けないぞって必死に耐えてきたつもりだった。お金だって貯めたんだ。毎日毎日必死になって働いたんだ。本当は部活だってしたかった。友達だってほしかった。文化祭とか修学旅行にも参加したかった。笑顔で高校生活を送ってみたかった。でもそういうのを全部諦めて、誰にも甘えずに生きてきたんだ。本当はお母さんに甘えたかった。お父さんにも会ってみたかった。それなのにお母さんは死んじゃった。お父さんには捨てられた。わたしは望まれずに生まれた人間だったんだ。

でも彼だけは……夏目君だけは……。

わたしのことを「好きだよ」って言ってくれた。

こんな不器用な笑顔を「可愛いよ」って言ってくれたんだ。

それなのに……それなのに――、

「もう嫌だ……もう笑えないよ……」

わたしが明日も笑顔でいたい理由はたったひとつだ。

夏目君がわたしの笑顔を好きって言ってくれるから。彼が優しく笑いかけてくれるから。だから笑っていたいって思えたんだ。

でも会えない。もう会えっこない。

彼に会ったらこの身体は痛くなる。今以上に好きになっちゃう。

でも、だけど、本当は——、

「夏目君……」

地面に落ちた絵本の中では、シンデレラがガラスの靴を王子様に履かせてもらっていた。彼女の笑顔は幸せそうだ。それを見つめる王子様のまなざしにも幸福が溢れていた。

本当はね、夏目君……。

「会いたいよ……」

王子様の笑顔が、歩橙の笑顔に重なって見えた。

いつも優しく微笑みかけてくれたあの笑顔と。

青緒は絵本を抱きしめて泣いた。声を上げ、叫ぶようにして泣いた。身体を丸めて泣きじゃくると、いくつもの涙が古びたローファーに降り注ぐ。その涙が橙色のライトに照らされ悲しく光った。

遠くで船の汽笛が聞こえた。○時を知らせる音。

青緒の魔法が解けた合図だ。

本当は夏目君と笑って生きていきたい。ずっと一緒に歩いていきたい。

でもそれはできないね。あなたを好きでいることも、好きでいなくなることも、どっちも辛いわたしはきっと、あなたのガラスの靴は履けないね。お姫様にもなれっこないね。恋をすると身体が焦がれて痛くなる、こんなわたしなんかじゃきっと……。

***

それより二時間ほど前、歩橙は桜木町駅の近くのファミリーレストランでスケッチブックに鉛筆を走らせていた。青緒に履いてほしい一足を考えているのだ。イギリスへ渡る前に彼女に靴を作ってあげたい。今から作れば卒業までには間に合うはずだ。そう思ってここ数日、寝る間も惜しんでデザインを練っているのだが、なかなか良い案が思い浮かばずに苦しんでいた。

「どうしてわたしが付き合わなきゃいけないのよ」

ドリンクバーのグラスを手に桃葉が戻ってきた。歩橙は、むっとした彼女を必死になだめる。

「桃葉のアドバイスのおかげで良いデザインができそうだよ。だからお礼になんでも食べてよ」

「あっそう。じゃあお言葉に甘えて」と彼女は手を挙げて店員を呼んだ。

「担々麺（たんたんめん）とポテトフライとペペロンチーノと食後にイチゴパフェとレアチーズケーキく

ださーい」

「いくらなんでも頼みすぎだって！　そんなに食べたら太っちゃうよ⁉」

「お構いなく。なんでも頼んでいいって言ったでしょ？　ていうか、青緒ちゃんにはもう言ったの？　卒業したらイギリスに行くこと」

「うん、まあ」と歯切れ悪く頷くと、桃葉は「なによ、そのリアクション」と眉をひそめた。

「渡良井さん、なんか様子がおかしいんだ。昨日、臨港パークで会ったけど全然元気なかったし」

「はぁ？　なにそれ、ノロケ？」

「は？　なんでノロケなのさ？」

「相変わらずバカねぇ。その上、呆れるくらい鈍感ねぇ。そんなの決まってるじゃない。歩橙がいなくなるのが寂しいからでしょ」

「そっか！　だから素っ気なかったのか！　よかったぁ～。体調が悪そうだったから、病院でなにか言われたのかと思ってヒヤヒヤしたよ！」

ポテトフライが届くと、桃葉はそれをひとつつまみして口に運んだ。それから「ちなみに、青緒ちゃんだけじゃないかもよ？」と咀嚼しながらもごもごと呟いた。

「あんたが遠くに行っちゃうのを寂しいって思ってる人は」

「父さんは寂しいだなんて思わないよ」

「違うってバカ」と今度はポテトをごっそり掴んで頬張った。

「バカ？　僕、変なこと言った？」

「もういい。それより、おじさんにはいつ言うつもり？」

「今日帰ったら言うよ」

父さん、怒るだろうな。あんなに反対されたのに靴職人になるなんて言ったら……。

頭に手のひらの感触がした。びっくりして顔を上げると、桃葉がボックス席のシートから身を乗り出して歩橙の髪を撫でている。そして「怖いの怖いの飛んでいけ～」とおどけた調子で手のひらを宙へ放って、恥ずかしそうに微笑んだ。

「思い出したの。あんたが足のことで虐められてたとき、よくこうやってあげてたなぁって」

「それ小学校の頃でしょ？　もう子供じゃないって。それに『痛いの痛いの飛んでいけ』だろ？」

「効果は同じよ。これで大丈夫。歩橙の怖がりな心は、もうどっかに飛んでっちゃったから」

そういえば子供の頃、桃葉に「痛いの痛いの飛んでいけ」って言われたら本当に治ったような気がしたな。本気で僕の痛みを取り除こうとしてくれたんだ。今だってそうだ。僕の弱い心を吹き飛ばそうとしてくれている。

「ありがとう、桃葉。持つべきものは優しい兄貴だね」

桃葉はシートに戻って首を振った。

「できの悪い弟を持つと兄貴は大変よ」


自宅に帰ると、歩橙は父に思いの丈をぶつけた。靴職人になりたいこと、尊敬している榛名藤一郎から弟子入りを許可されたこと、大学へ進学しないこと、卒業したらイギリスに渡ることも。

白いカシミヤのカーディガンを着た鉄也は、ソファに深く腰を埋めたまま黙っている。時折ガラステーブルの上のグラスを取ると、大きな氷を指先で弄り、ウィスキーを胃に流し込んでいた。

「俺の言うことが聞けないなら出て行け」

どうして応援してくれないんだ。歩橙は歯を軋ませた。

父さんに認めてほしかった。「頑張ってこい」って言ってほしかった。でも父さんは最後まで分かってくれない。僕の望んだ言葉をかけてはくれないんだ。

「分かった。出て行くよ」

歩橙は立ち上がると、父のことを逃げずに見つめた。

「でも父さん、これだけは分かってほしいんだ。僕は今までずっと怖かったんだ。もし頑張って結果が出なかったらって、戦う前から逃げていたんだ。でももう逃げないよ。父さんとも戦うよ。僕は父さんのためじゃなくて、僕自身のために生きたいんだ」

歩橙は自分の足を見た。少しだけ長さの異なる足を。

「僕はこの足で僕の人生を歩いていくよ。それでいつか父さんに認めさせる。一人前の靴職人になって絶対に認めさせるから。お前は立派になったって、そう言わせてみせるから。だから――」

声が涙で潤んでいる。でも泣いたらダメだ。これは男と男の勝負なんだ。

「だから自分勝手に生きることを、どうか許してください！」

深く深く頭を下げて、ドアを押し開けリビングから出ていった。

エレベーターの中、肩に食い込むリュックが痛い。右手にはドラムバッグ。左手にはキャリーケース。かなりの大荷物になってしまった。そりゃそうだよな。十八年間も生きてきたんだ。荷物が多くなって当然だ。でも、もっともっと荷物を増やそう。次に父さんのところに帰ってくるときは、今よりもっと大きな荷物で戻ってくるんだ。靴職人としての自信を鞄いっぱいに詰め込んで。

エントランスから外へ出ると、夜風があまりに冷たくて歯がカチカチと音を立てた。これからどうしよう。所持金はアルバイトで稼いだ三十万円程度。渡航費用のことを考えるとかなり苦しい状況だ。まずは泊まるところをなんとかしなくちゃ。

「どうだった？」と声がした。振り返ると、マンションの入口近くに制服姿の桃葉が立っている。ずっと待ってくれていたようだ。唇が驚くほど真っ青だ。

「出て行けって言われちゃったよ。だからお望み通り出てきてやった。おかげで僕は今日から家なき子だ」と笑ってドラムバッグを手でポンと叩いた。

「仕方ないなぁ。じゃあうちにおいでよ。パパに頼んでみるから」

桃葉は歩橙の肩からドラムバッグをひょいっと取った。歩き出す彼女の背中を追いかけたが、足を止めてマンションを見上げた。欠けた月が真っ暗な闇の中にひとりぼっちで浮かんでいる。月下に聳(そび)える白亜の塔を見つめ、部屋でひとりでいる父に「行ってきます」と心の中で呟いた。

『落窪シューズ』に着くと、桃葉が先に裏口から家の中へと入っていった。店のシャッターに寄りかかって彼女の戻りを待っている間、歩橙は不安で打ちのめされそうになった。もし玄太に「ダメだ」と言われたら行く当てがなくなってしまう。さすがにこの季節じゃ野宿は自殺行為だ。家を出るということが、ひとりで生きてゆくことが、こんなにも心細いことだと思わなかった。

僕は父さんに守られていたんだな。そんな当たり前のことに今さら気づくなんて……。

両肘をさすって寒さを誤魔化していると、桃葉が「入っておいでって」と隣の金物屋との隙間から顔を出して手招きをした。「お邪魔します」と恐る恐るドアを開けて居間に入ると、部屋は快適に暖房が効いていた。その暖かさに少しだけ心がほぐれた気がした。

小上がりで晩酌をしていた玄太が「おう！」と軽く手を上げる。

よかった、いつもの笑顔だ。歩橙は安堵の吐息を漏らした。

「うちでよければいたいだけいろ。鉄也には俺から話しておくから」

「ありがとう、おじさん！　本当にありがとう！」

玄太は「構わんよ」と顔の前で手を振って、芋焼酎(いもじょうちゅう)のロックをぐいっと飲んだ。

「それにしても鉄也の野郎は相変わらず頭が固(か)てぇなぁ。あいつはよぉ、高校のラグビー部の頃から厳しかったんだ。同期や後輩からは『皇帝ナポレオン』って呼ばれて疎(うと)まれててな。ちなみに、俺の方が人気があったぜ？　玄太先輩は優しくて面白いって」

皇帝ナポレオンか……。父さんにぴったりだな。

歩橙は父の強面(こわもて)を思い出して微笑した。

「でもいいか、歩橙。なにがあっても鉄也のことを恨むんじゃねぇぞ？」

「分かってるよ」と歩橙は頭頂部を見せるようにして頷いた。

桃葉がカップラーメンにお湯を入れてきてくれた。そういえば腹ぺこだ。醤油(しょうゆ)の香ばしい匂いに腹の虫が悲鳴を上げる。その音を聞いた玄太が「食え食え！」と大笑いでグラスを傾けた。

五分もかからず食べ終えると、「これからどうするつもりだ？」と玄太が訊ねてきた。

「卒業したらすぐイギリスに行くよ」

「でもお前、ビザはどうするつもりだ？」

「ピザ？　いやだなぁ、おじさん。僕はイタリアに行くんじゃないよ。イギリスに行くんだよ。イギリスっていったらピザじゃなくてフィッシュ・アンド・チップスだよ」

「やめてよ、そのコテコテの薄ら寒いボケ」と桃葉が傍らで冷笑した。「就労ビザのことでしょ」

「しゅーろーびざ？」

「なんも知らねぇんだな。海外で働くときはパスポートの他にビザってのが必要なんだよ」

「そうなんだ。じゃあすぐにもらわなきゃね。パスポートセンターに行けばいいの？」

「おいおい、そんな簡単じゃねぇぞ。なかなかもらえないって話だぜ？　国によってはビザ発行まで一年やそこいら待つこともあるみたいだぞ」

「一年!?」歩橙はひっくり返った。「じゃあそれまで榛名さんのところで働けないってこと!?」

「まぁ、とりあえず観光ビザで行ってみるしかねぇな。数ヶ月は滞在できるはずだし。そのあとのことは向こうで直接相談してみろ」

よ、よかった……。もしこれで行けなかったら恥ずかしくて生きていけないよ。

「金はちゃんと持ってるのか？」

「もちろん。ここでもアルバイトをさせてもらったしね。航空券くらいはなんとかなるよ」

「向こうでの生活費は？　住むところは？　安宿でも一泊数千円はかかるだろ？」

「あと食費もね」と桃葉が口を挟んだ。「お給料もらえる保証ないんでしょ？　修業なんだから」

「そ、そうなったらバイトでもなんでもするよ！」

「だからそのビザがないんだってば」と桃葉がつっこむと、歩橙は頭を抱えて机に突っ伏した。

「なんなんだ、この無限ループは！　じゃあどうすればいいのさ！　ビザもない！　お金もない！　これって渡航不可能ってこと!?」

「ちなみに今、いくら持ってるの？」

「三十万くらいだけど……」

「はぁ？　たったそれだけぇ？　それはそれはご愁傷様です」と彼女は合掌した。

「いやいやいや！　これでも頑張って貯めたんだよ！」

「そんなの飛行機代と何日か寝泊まりしたらなくなっちゃうって。ほら、見てみなさいよ」

スマートフォンに表示されている航空券の金額に顎が外れそうになった。三月は大学生の卒業旅行のシーズンでもあるので、航空券がべらぼうに高いらしい。

前途多難な旅路に暗澹としていると、見かねた玄太が「ちょっと待ってろ」と座布団から尻を上げた。そして年季の入った桐簞笥の一番上の抽斗から白い封筒を取り、こちらへ向けた。

「百万ある。持ってけ」

「いやいやいやいや！　もらえないよ！　桃葉の予備校とか受験でお金かかるでしょ！　それにこの店、ボロボロだから儲かってないじゃん！　バイトしてるから知ってるもん！」

頭をごつんと殴られた。

「とにかく持って行け。返す必要はねぇ」

こうなったらおじさんは耳を貸してくれないぞ。どうしよう……。

「とりあえずもらっておきなよ」

桃葉が冷凍庫から取ってきたアイスキャンディーを分けてくれた。

「いや、でもぉ」とアイスの袋を弄っていると、玄太にギロリと睨まれた。ウダウダ言ってないでさっさとしまえと目が怒っている。歩橙は慌てて封筒を鞄にしまった。

このお金はいつか必ず返そう。僕が一人前の靴職人になるのは渡良井さんのためだけじゃない。おじさんや桃葉のためでもあるんだ。それに父さんに認めてもらうためだ。だから頑張らないと。

まずは家出したことを渡良井さんに報告しなきゃな……。


「渡良井さんが!?」

あくる日、登校すると三年生の教室が並ぶ二階の廊下は、青緒が退学処分になった話題で持ちきりだった。歩橙は悪い夢でも見ているのかと錯覚した。隣で桃葉も蒼ざめている。夢ではなかった。どうやら昨日の放課後、彼女は退学処分を言い渡されたらしい。

歩橙は生徒たちをかき分けるようにして走り出した。

「退学になったって本当ですか!?」

職員室に飛び込むと、スポーツ新聞を読んでいた担任教師が肩をポンと叩いてきた。

「よかったな、夏目。お前が受けた停学処分、あれは取り消しになったぞ。だから内申書にも響かない。万引きは渡良井の仕業だったんだろ？　女を庇っていたなんて、なかなかやるなぁ」

青緒の退学を深刻に考えていない担任教師に怒りが溢れて「なに笑ってんだ！」と摑みかかった。周りにいた教師たちに羽交い締めにされたが、それでも歩橙は「取り消せ！　渡良井さんの退学を取り消せ！」と必死に叫ぶ。床に押さえつけられてしまった。駆けつけた桃葉が担任に「ごめんなさい！」と頭を下げている。その傍らで、歩橙は歯が砕けるほど悔しさを嚙みしめていた。

山下公園、大さん橋、二人で行ったコスモワールド、臨港パーク。必死になって青緒を捜した。しかしどこにもいない。連絡を取ろうにも彼女はスマートフォンを持っていない。だからこうして息を切らして捜すほかに術はなかった。

海に面したボードウォークを走っていたら、足の付け根に激痛が奔った。股関節を痛めたらしい。こんな右足だから長距離を走ることを医者から禁じられていた。

歩橙は力なく地べたにへたり込んで頭を抱えた。

なにしてたんだ、僕は……。自分のことばかり考えて、渡良井さんのことを全然見ていなかった。なにが「渡良井さんが笑顔で歩きたくなる靴を作る」だ。今の彼女すら笑顔にできないくせに。

どこかで苦しんでいる青緒を思うと、歩橙の心は軋むように激しく痛んだ。

十二月の凍風に吹かれるみなとみらいの街並みは、心なしか寂しく見える。

今年の冬は暖冬だってニュースで言っていたのにな。歩橙は桜木町の駅前のベンチに座って学校指定のコートのボタンを上まで留めた。マフラーを鼻まで上げても冷たい風は防げない。それでもこの場所で震えながら街ゆく人々を眺めている。あの日から毎日のように青緒を捜していた。どこかで偶然会えることを期待しながら。しかしそんな淡い期待が叶うことはなかった。青緒の姿はどこにもない。この桜木町のどこにも。彼女を捜す手は尽きていた。学校は親戚の住所を教えてはくれない。『渡良井』という珍しい名字を頼りに捜してもみたが、伯母と暮らしていると言っていたから名字が違うのかもしれない。結局あれから手がかりすら摑めずにいた。春にはイギリスに渡る。

このまま会えずに日本を離れていいわけがない。だから捜すんだ。地を這ってでも必ず。

ポケットの中でスマートフォンが鳴った。桃葉からのメッセージだ。

『青緒ちゃんの親戚の住所分かったよ！　同じ中学だった子が知ってたの！』

慌てて立ち上がると、冷風に逆らうようにして走り出した。

青緒の親戚である墨野家は、掃部山公園のすぐ傍にあった。

こんなに近くだったなんて。

歩橙ははやる気持ちを抑えてインターホンのボタンを押した。

隣では桃葉も緊張の面持ちを浮かべている。

ややあって、ひとりの女性が顔を出した。恐らく彼女の伯母だろう。とても綺麗な女性だ。しかし青緒から家庭の事情を聞いていたから、歩橙の目にはシンデレラを虐める継母のように映った。

「横浜青嵐高校の夏目歩橙といいます。渡良井さんはいらっしゃいますか？」

青緒の名前が出たせいか、伯母は表情を微かに強ばらせた。

「あの子なら出てったわ」

「出てった!? どうしてですか!?」

「自分から出て行きたいって言ったのよ」

「そんな……。どこに行ったか知りませんか!?」

「さぁ、知らないわ」と伯母は舌打ち寸前の様子で吐き捨てた。

嘘だ。きっとこの人に追い出されたんだ。

歩橙は燃え上がる憤りを抑え込むことに必死だった。

「渡良井さんは、いつ出て行ったんですか？」

「十月とかそのくらいじゃないかしら。よく覚えてないわ」

彼女が退学処分になったのと同じ時期だ。

「連絡は取っていらっしゃいませんか？」と桃葉が慇懃に訊ねた。

「取りようがないわ。それに、うちの子に怪我をさせるような恩知らず、もう親戚でもなんでもないんだから」

　歩橙は「怪我ってなんですか？」と眉をひそめた。

「あの子、うちのあすなちゃんに怪我をさせたの。あんなに大人しい子を一方的に殴って鼻を折ったのよ。酷いと思わない？　しかもその理由がさらに酷くて。万引きと深夜バイトをしてたことを、うちの子が学校に告げ口したって難癖をつけたのよ」

　渡良井さんが殴った？　そんなことするはずがない。それに渡良井さんは言っていた。親戚の子に意地悪されていたって。もしかしたらその子が……。

「娘さんはいませんか!?　話を聞かせてほしいんです！」

「もういい加減にしてくれないかしら」

「お願いです！　会わせてください！」

「あの子は怖い目に遭ったの！　それに受験も近いの！　あなたたちは下の方の学校だから関係ないでしょうけど、うちの子にとっては人生を左右する大事な時期なのよ！　だから――」

「ふざけるな!!」歩橙は声を荒らげた。

　青緒の無念さを思うと知らず知らず涙が込み上げた。

「あなたには分からないんですか！　渡良井さんがどんな気持ちでこの家で暮らしていたかが！」

「歩橙！」と桃葉が制するように腕を摑んだ。

伯母は歩橙の剣幕に一瞬怯んだが、すぐに鋭い目つきに戻り、

「なによ偉そうに！　わたしはあの子を十年以上も育ててきたの！　お金だっていっぱいかけたの！　この家が嫌だったらもっと早く出て行けばよかったのよ！」

魔女のように目を吊り上げて、伯母はドアを勢いよく閉めた。

閉ざされた扉の前、歩橙はしばらく肩を震わせて泣いた。


「自分のこと、あんまり責めない方がいいよ？」

うっすらと雪の降りはじめた掃部山公園のベンチで歩橙は俯いていた。隣ではペットボトルのホットミルクティーを握りしめて手を温めている桃葉がいる。彼女は微動だにしない歩橙を見て、

「これからどうするつもり？」

「捜すよ。渡良井さんを見つけるまで捜し続けるよ」

「もう横浜にはいないかもしれないよ？」

「それでも捜すよ！」

我に返って「ごめん」と手で顔を覆う。桃葉に当たってどうするんだ……。

「でもさ、歩橙。イギリスに行く準備、そろそろした方がいいと思うけどな」

「そんなことできないよ。彼女がこんなに大変なときに」

「もしかしたら案外どこかで楽しく暮らしてるかもよ？」

歩橙は湧き上がる苛立ちを飲み込んだ。桃葉もその様子に気づいたらしい。

「ごめん。今のはさすがに酷かったね。よし、分かった。わたしが代わりに捜すよ。あんたは自分のことを第一に考えなさい。だってそうでしょ？　もしここでイギリスに行くのをやめたら、青緒ちゃんはそっちの方が悲しむもの。わたしのせいで迷惑かけたって思うはずよ。あの子はそういう子でしょ？　だから歩橙は自分の人生を歩き続けるの。いいわね？」

「でも……」と白い息と共に弱々しく言葉を吐くと、頭をごつんと叩かれた。

「でもじゃない。あんたが後ろ向きになってどうするのよ。歩橙が夢に向かって歩くことは、青緒ちゃんにとっての幸せでもあるんだよ。だからなにがあっても前に向かって歩き続けなさい」

確かにそうだ。僕が落ち込んでいたら渡良井さんはきっと悲しむ。

だから歩こう。歩き続けなきゃダメだ。

歩橙は背すじを伸ばして「分かったよ」と無理して笑った。

「よしよし。でもまぁ、そんなふうに好きな人のことを一生懸命考えてる歩橙も好きだけどね」

「好きって」びっくりして身体が縦に震えた。「変なこと言わないでよ。あ、分かった。からかってるんだろ。僕が落ち込んでるから笑わせようと思って」

恥ずかしさを隠すように苦笑して彼女を見ると、桃葉の横顔は真っ赤に染まっていた。

「笑ってくれる？」

「え……？」

「わたしが好きって言ったら、歩橙はいつもみたいに笑ってくれる？」

潤んだまなざしを向けられて、歩橙は思わず言葉を失う。

「わたしだけに笑いかけてくれる？」

「桃葉……」

「好きよ、歩橙」

その声が震えているのは寒さのせいじゃない。

「小さい頃からずっと。弱虫なところも、意気地がなくてネガティブなところも、すぐに突っ走っちゃうところも、優しいところも、好きな子のために一生懸命なところも、全部全部好きなの」

二人の間に白い雪が舞い落ちる。

「大好きなの……」

スカートの上で震える手の甲に雪がふわりと舞い落ちる。歩橙はあっという間に溶けてしまう儚い雪を見つめていた。次の言葉が見つからない。なんて言ったらいいか分からない。だから桃色に染まった彼女の斜め四十五度の顔を、舞い落ちる粉雪を、ただ見つめることしかできなかった。

この冬最初の雪が横浜の街を彩ると、青緒は毛布を羽織って窓辺に立って雪景色を眺めた。

六畳ほどの収納のないワンルームは信じられないほど寒く、立て付けの悪い窓からの隙間風は残酷で憎たらしい。それでも以前暮らしていたあの部屋よりは一千万倍はマシだと思う。

青緒は「寒い寒い」と電気ストーブのスイッチを押した。

墨野家を出てからというもの、しばらくの間、路頭に迷った。ネットカフェを根城にアルバイトに通う毎日だったが、出費ばかりがかさんでこれ以上は無理だと悟った。だから住み込みで働ける仕事を探した。できれば正社員がいいが、わがままは言っていられない。この状況からなんとか脱出しなくては。しかし寮が完備されているような会社は少ない。しかも住所不定の青緒を雇ってくれるところを探すなど、砂漠でひと粒の砂金を探すことと同義だ。貯金はみるみる減ってゆく。履歴書を買ったり証明写真を撮るだけでもお金がかかる。このままじゃ一文無しになっちゃうよ……。ネットカフェの個室で、青緒は預金通帳とにらめっこする夜を過ごした。

『東和（とうわ）清掃株式会社』という小さな清掃会社に出逢ったのはそんな最中（さなか）のことだった。

別の企業の面接で撃沈した帰り道、共同ビルの壁に貼り紙を偶然見つけたのだ。『正社員募集！　社員寮完備！』の文句に誘われ「働かせてくれませんか!?」と二階の事務所に反射的に飛び込むと、住所も電話もないけど熱意だけは誰よりもあることを必死になって訴えた。「女性にはきつい仕事だよ？」と言われても「頑張ります！」と頼み込み、なんとか採用してもらったのだった。

社員寮は事務所のある東神奈川(ひがしかながわ)駅近くのアパートを一棟借りしている。独身社員が六名、それぞれの部屋で生活していた。給料は月に十五万円程度。寮の家賃と光熱費で五万円を天引きされて、そこからさらに作業着のクリーニング代で一万円を引かれる。手取りはたったの九万円だ。それでも仕事と家があるだけで人はこんなにも安心するんだなと、部屋の鍵をもらってしみじみと感じた。

秋が去り、冬が来て、空の色がまた濃くなった。一年で青空が最も鮮やかに映える季節だ。

空の変化を見ていると長い時間が流れたように思う。あの家を出てまだ半年も経っていないのに。それでも青緒の暮らしはめまぐるしく変化した。慣れない肉体労働に身体中が筋肉痛になり、毎日泥のように眠った。そうやって手に入れたのがこの電気ストーブだ。たったの三千八百円だけど、青緒にとっては大事な大事な宝物だ。しかし、もうひとつの宝物は今も鞄に入れっぱなしのままだった。母がくれた『シンデレラ』の絵本だ。あれ以来、あえて目に入れないようにしている。見たらきっと辛くなる。できる限り歩橙のことを考えないように毎日を過ごしていた。

　仕事に慣れてくると社長に褒めてもらえる機会も増えた。特に笑顔を褒められると嬉しくなる。

　我ながら成長したなと思う。高校時代はいつもムスッとしていたけど、最近では愛想笑いもできるようになった。これも全部夏目君のおかげだ。ああもう、まただ。また彼のことを考えている。もう思い出さないって決めたのに……。

　毛布を被って電気ストーブの前に座る。オレンジ色に光るカーボンを見ていると気持ちが落ち着く。初めは寒さをしのぐためだったが、今では癒やしのひとときだ。でもストーブの光の中に歩橙と見た夕焼け空を探してしまう。彼の笑顔は夕陽みたいだった。見ているだけで身体が焦がれる。

　部屋の隅の小さなラジオから、カーペンターズの『想い出にさよなら』が淡く聞こえた。初めて彼とデートをしたとき、レストランで流れていたのと同じ声。透き通るような素敵な歌声だ。

　青緒はヒーターの光に染まる足を撫でた。彼の靴を履くことができなかった足が今も寂しそうだ。

　でもこれでよかったんだ。もしもこの先、彼とお付き合いをしていたら、今よりもっと好きになっちゃう。そうしたら身体も痛くなる。あれ以上の激痛になんて耐えられないもん。だからいい機会だったんだ。学校を退学になって、あの家を出て、彼の前からも姿を消す。いいタイミングだったんだ。わたしは最初から、夏目君のシンデレラにはなれなかったんだ……。

チリチリと胸から腹にかけて痛みが奔った。

彼と会わなくなってからも、こんなふうに思い出しては痛くなるんだ。そのたびに

「バカだな、わたしって」って呆れてしまう。でもね、

「夏目君……」と青緒はオレンジ色の光にそっと話しかけた。

わたしはまだあなたのことが好きだよ。今も変わらず大好きだよ。でももう想い出にさよならしないといけないね。大丈夫、ちゃんと忘れるから。だからお願い。今はまだ、もうちょっとだけ、この痛みに触れさせて。あなたを好きなこの気持ちは、きっと時間が経てば消えるから。

窓の外に降るこの雪みたいに、いつか綺麗に消えてなくなるはずだから……。

仕事はシフト勤務だ。夕方までの日勤と、夜から朝にかけての夜勤のいずれかに入る。慣れるまでは日勤の方が多かったが、新しい年を迎えた頃からは月の半分が夜勤になった。そのせいで生活リズムがなかなか摑めず眠気に襲われることも多い。でも仕方ない。商業施設などは閉館後に清掃が入るから、必然的に仕事が夜になってしまうのだ。

会社の同僚たちはいい人ばかりだ。全員が年上で、上は六十五歳のおじいちゃんから一番下は二十二歳の田島（たじま）先輩。金髪で大きなピアスを付けているから最初は近寄り難か

った。でも話してみると親切でいい人だ。どうやら彼も人見知りらしい。だからひとたび慣れると「分からないことはなんでも訊いてよ」と屈託のない笑顔を見せてくれた。その笑顔がほんの少しだけ歩橙に似ているような気がした。

三月になると、任される仕事が格段に増えた。田島先輩と二人で現場に行くこともある。少ない人数と限られた時間で作業をするのは体力的にも精神的にも非常に辛い。効率的に作業を進めなければ時間切れになってしまう。そうなると会社に迷惑がかかる。だから青緒は「足手まといにならないように！」と自分を奮い立たせて仕事に臨んだ。

この日は鶴見（つるみ）区内のオフィスビルの深夜清掃だった。三月といえど夜はまだまだ震えるほど寒い。薄いブルーのつなぎの下にヒートテックを重ね着して、寒さ対策万全で作業に取りかかった。

自分で言うのもなんだけど、清掃の仕事は向いていると思う。床や壁がピカピカになってゆくのを見るのは気持ちがいい。窓を綺麗に磨いたそこに映る自分の笑顔に少し驚く。こんなふうに笑って働けるなんて。決して望んだ道ではないけれど、それでもわたしの生活は充実している。

そうだよ。わたしは今の暮らしに満足している。

だって今のこの毎日が、ずっと望んでいた自由なんだから……。

「青緒ちゃんって楽しそうに仕事するよね」

隣で床の清掃をしている田島先輩が笑った。

もんな」

「それにいつも一生懸命だし。マジで尊敬するよ。俺なんてサボることしか考えてねぇ

「ダメですよ。今日は二人なんだからサボらないでくださいね」

「缶コーヒーおごるから休んじゃダメ？」

「ダメです。ほら、次のフロアに行きますよ」

田島先輩とはそんな他愛ないやりとりができる間柄になっていた。

「帰りに軽くメシでも食っていかない？」

仕事が終わって掃除道具を車のトランクに詰め込んでいると、先輩が食事に誘ってくれた。空は朝の気配を纏い、あと一時間もすれば日の出を迎える。時計を見ると五時を過ぎたところだった。

「今からですかぁ？」と冗談で面倒くさそうに語尾を伸ばすと、「どうせ帰ってメシ食うんでしょ？　だったら付き合ってよ」と先輩は拝むように頼んできた。

まぁ、今日は休みだし、帰っても寝るだけだもんな。

青緒は「いいですよ」と快く頷いた。

道具を事務所に戻し、業務報告書を記入して六時過ぎにはタイムカードを押した。外に出るともうすっかり朝だった。田島先輩はネイビーのミリタリージャケットのチャックを上まで閉めて「行こうか」と駅の方を指す。東神奈川駅を越えてしばらく行くと、いくつかの居酒屋が軒を連ねる一角がある。こんな時間でも店が開いていることに驚い

た。それより驚いたのは、こんな時間なのにまだ飲んでいる人がいることだ。今日は平日なのに。青緒は自分の知らない世界に目を見張った。

「ここのホルモン焼きがマジで美味いんだよ」と先輩が赤提灯（あかちょうちん）の前で足を止めた。

「え、居酒屋さんに入るんですか？」と青緒は困り顔を浮かべる。わたしはまだ未成年だ。お店に入っていいのかな。そのことを伝えると、先輩は「真面目だねぇ」と茶化すように笑った。

「この店、俺の行きつけだから平気だよ」

そう言って先輩がのれんをくぐったので、青緒はおどおどしながらその後に続いた。

田島先輩が褒めるだけあって料理はどれも美味しかった。彼は仕事の愚痴や将来の夢の話を肴（さかな）に生ビールを続けて三杯も飲んだ。ゆくゆくは音楽で身を立てたいと思っているらしい。リーダーを務めるバンドの話を身振り手振りで興奮気味に話す姿は、子供が秘密基地の話をしているようだ。

夏目君もこんなふうに夢中になって靴のことを話してたな……。ああ、まただ。また思い出しちゃってる。ずっと考えないようにしてたのに。

チリチリチリと肌が痛む。歩橙を想う恋の痛みだ。痣もできているだろう。

「青緒ちゃんも一杯くらい飲んでみれば？」

「でもわたし、お酒飲んだことないから」

「うっそ！　じゃあせっかくだから記念にさ！」

先輩はそう言って勝手に特製レモンサワーを注文してしまった。止めようとしたが思い止まる。

まぁ、一杯くらいならいいかな。そう思って人生初のアルコールに口を付けた。

「ん！　意外と美味しいかも！」一口飲んで目をまん丸にして驚くと、先輩は「だろ!?」と親指を立てた。青緒はなんだか楽しい気分になってレモンサワーの続きを飲んだ。

こんなふうに笑ったのはいつ以来だろう。いつも仕事で笑顔を作っているけど、その多くは愛想笑いだ。心から楽しいって思ったのは夏目君と一緒にいたとき以来だなぁ。久しぶりに笑ったからほっぺたが痛いよ。田島先輩はいい人だ。楽しいし、親切だし、面白い話をたくさんしてくれる。右も左も分からなかったわたしを優しくサポートしてくれる。今こうして新しい環境で楽しく過ごせているのは、先輩のおかげかもしれないな。

青緒は笑顔でレモンサワーのおかわりを頼んだ。

あれ？　どこだろう、ここ……？

だんだんと意識が戻ると、シミだらけの天井が視界に映った。

気づけばベッドで仰向けになって眠っていた。

でもどうやって帰ってきたんだろう？　もしかしたら先輩が連れて帰ってくれたのかもしれない。彼は同じアパートの一階に住んでいる。悪いことをしちゃったな。あとで謝らないと。それにしても頭が痛い。よかった、今日がお休みで。

ギギギと近くのドアが開く音がした。まだ覚醒していないまだらな意識の中、青緒は頭を持ち上げようと首に力を込めた。しかし力が入らない。身体の動かし方を忘れてしまったみたいだ。目だけを動かして音の方を見る。開かれたドアから白い湯気がむわっと漏れ出ている。浴室のようだ。でもどうしてあんなところにお風呂が？　そう思っていると、ぬっと人影が現われた。田島先輩だ。彼は上半身裸でバスタオルを腰に巻き、こちらへゆっくり歩み寄ってきた。

　なんで先輩がわたしの部屋に？　痛む頭をようやく持ち上げ、辺りを見回すと、そこは青緒の部屋ではなかった。ダブルベッドとくたびれたソファが置かれた簡素な部屋。ホテルの一室のようだ。

「ここ、どこですか？」と恐る恐る訊ねたが、先輩は無言のまま身体に覆い被さってきた。身の危険を感じて「やめてください！」と叫んだ途端、両手を押さえつけられてしまった。その圧倒的な力に恐怖を感じる。悲鳴を上げようとした――が、唇で口を塞（ふさ）がれた。

　顔を背けてやっとの思いで唇を剝がすと「やめて！」と呻くように叫んだ。目尻からは涙がこぼれていた。それは青緒にとって、初めてのくちづけだった。

　先輩はお構いなしに強引に唇を押しつけてくる。首筋へと舌を這わせてくる。蛇が身体を這っているようで気持ち悪い。青緒は必死に抵抗した。足をバタバタさせて懸命に暴れた。けれど男の力の前では無力だ。先輩が胸に顔を埋めてくる。このままじゃ……。

悲鳴を上げようとしたら口にバスタオルを押し込まれた。左手一本で両手首を押さえられ、シャツのボタンを荒っぽく外される。第二ボタンが弾け飛んだ。青緒の上半身が露わになる。「やめて!」と叫びたかったが、タオルで塞がれた口では声になどならなかった。

つと、先輩が手を止めた。その顔色がみるみる変わってゆく。

露わになった青緒の上半身を見つめているのだ。

橙色の痣に覆われた身体は、熱帯に住む爬虫類(はちゅうるい)の肌のようだった。

「なにこれ、気持ちわりぃ……」

汚いものでも見るような視線と言葉に、瞼の裏側が熱っぽく疼(うず)いた。悔しくてたまらなかった。だから全身の力をかき集めて身体を突き飛ばしてやった。ベッドから転げ落ちた先輩は背後のローテーブルに頭をぶつけて悶絶している。その隙に飛び起きて荷物を捜す。二人掛けのソファに鞄と上着を見つけた。それらを摑むと、胸元を隠して部屋を飛び出した。

ここまで来ればもう大丈夫だ……。

通勤中の人々が行き交う人通りの多い駅前までやってくると、青緒は近くの公園の水道で唇を何度も何度も入念に洗った。一刻も早く忘れたかった。あれはキスなんかじゃない。何度も何度も自分に言い聞かせた。しかし唇には先輩の感触がはっきりと残っている。やるせなくて涙が溢れた。

初めてのくちづけを奪われたことが悔しかった。気持ち悪いと言われたことが悔しかった。汚いものを見るような視線が悔しかった。青緒はシャツの袖で濡れた目元をしゃにむにこすった。

「なにやってるんだろう、わたし……」

公園の外から華やかな声がする。目を向けると、制服姿の女子高生たちがはしゃぎながら歩いていた。見知らぬ学校の制服を着た彼女たちは「卒業式のあと、どこ行こっか？」と談笑している。

ああ、そうか。もう卒業式の季節なんだ。わたしの学校も確か今日だったはずだ。じゃあ夏目君も卒業するんだ。そしたらイギリスに行っちゃうんだ。だからもう二度と会えないんだ。

胸が痛くなった。でもそれは脳の誤作動なんかじゃなかった。

どうしてそんな行動をしたのか自分でも不思議だった。気づけば母校まで足を延ばしていた。

最後に一目、彼の姿を見たい。遠くからでいい。一瞬でいい。旅立つ夏目君をこの目に焼き付けておきたい。少しくらいの時間なら、きっと痛みにだって耐えられるはずだ。

校門には『卒業証書授与式』の看板が据えてある。そこに隠れるようにして校内の様子を遠巻きに見つめた。時刻は十二時前。ややあって体育館から拍手が聞こえた。卒業式が終わったようだ。生徒たちが出てくるかもしれない。青緒は胸元を手で押さえ、自身の服に目を落とした。水色のシャツに汚れの目立つ白いスカート。着古した安物のジャンパーがなんともみっともない。これじゃあまるで舞踏会に憧れるシンデレラだ。

卒業生たちが体育館から姿を現わした。胸元にリボンをつけ、手には卒業証書を持っている。誰の顔にも笑みが浮かんでいた。泣いている女の子の姿もある。みんな幸せそうだった。その姿を見ていたら、なんだか今の自分が哀れに思えた。

やっぱり来るべきじゃなかった……。青緒は俯きながら踵を返した。

そうだよ、夏目君の姿を見たら今よりもっと辛くなる。彼の隣にいられないことが苦しくなる。だから帰ろう。もう帰るんだ。痛む肌に苛立ちを覚えながら、古びたローファーで一歩を踏み出す。落ちていた桜の花びらがふわりと宙を舞う。と、そのとき、

「青緒ちゃん！」

その声に反射的に振り返った。桃葉の声だ。彼女は体育館の渡り廊下から上履きのまま校庭へ飛び出した。青緒は逃げ出そうとする。しかしそれより先に桃葉が駆けつけた。

「どうしてなにも言わずにいなくなっちゃったのよ！」

両肩を揺すられ、青緒は狼狽(ろうばい)した。なんて答えたらいいか分からない。

「歩橙も心配してたんだよ！　いっぱい捜したんだよ！　あいつずっと落ち込んでたんだから！」

彼の名前が出た途端、肌がジリジリと痛み出した。

やっぱり無理だ。この痛みには耐えられない。青緒は桃葉の手を剝がすと、

「わたしそろそろ行かなきゃ。仕事の休み時間で寄っただけだから。それじゃあ」

「ダメ！　ちょっと来て！」

桃葉は青緒の手首を摑むと、校舎に向かって猛然と駆け出した。

もしかして夏目君に会わせるつもりじゃ……。

怖くなって手を振り払った。

「待って！　わたしもう夏目君には――」

「歩橙はいないの！」

「え？」

「今朝出発しちゃったの！　午後の便だから、卒業式には出ないで空港に向かったの！　でも悩んでた！　青緒ちゃんに会わないまま行っていいのか、昨日の夜までずっと悩んでたの！　とにかく来て！　早く！」

桃葉は強引に青緒の手を引いて校舎へ入った。土足のまま下駄箱を抜けて階段を駆け上がると、卒業式を終えて教室に戻る生徒たちの視線が一斉に刺さる。「ボロアオじゃん」「なんでここにいるの？」と騒いでいる。青緒は恥ずかしくて顔を伏せた。

二人は三年三組の教室に飛び込んだ。

どうして教室に？　肩で息をしながら怪訝に思っていると、

「青緒ちゃんに渡さなきゃいけないものがあるの」

そこに生徒たちが戻って来た。桃葉は「ああ、もう」とじれったそうに髪を掻き上げ、机の脇にかけてあった通学鞄を手に取った。そして「こっち！」と、ひと気のない屋上へと向かった。

「今すぐ歩橙に会いに行って！」

屋上に吹く冷たい春風の中、桃葉の真剣なまなざしが青緒を捉えている。

「十二時半のバスだからまだ間に合うよ！　だから行って！　桜木町駅の郵便局のところだから！」

青緒は広く冴えた額を俯かせた。会ったら身体が痛くなる。だから会うべきじゃない。遠くから一目だけ見られればよかったんだ。もういないなら諦めもつく。それに、

「変だよ」と青緒は口の端を曲げて笑った。「桃葉ちゃん、前に言ったよね？　わたしたちはライバルだって。なのに変だよ。敵に塩を送るようなことして。それにわたしじゃないんだよ。夏目君には桃葉ちゃんみたいな明るい人が似合うんだよ。だから――」

「ウジウジするのやめなって！」

顔色を変えて目を上げると、桃葉は今にも泣きそうな顔をしていた。

「フラれたの！」彼女は唇を噛みしめた。

「わたし去年の冬にこっぴどくフラれたの！　勇気出して告ったけどダメだって言われたの！　雪が降ってる最高のシチュエーションだったのに、歩橙の奴『桃葉とは付き合えない』って偉そうにそう言ったの！　だから諦めた！　もう諦めたの！　それで決めたの！　あんたたちを応援しようって！　それに――」

桃葉が青緒の胸ぐらを摑んだ。

「歩橙は青緒ちゃんじゃなきゃダメなんだよ!!」

青緒の身体の痛みが増してゆく。桃葉の潤んだまなざしに目頭が熱くなる。

「青緒ちゃんに会えなくなって、あいつすごく落ち込んでたんだよ。僕のせいだって毎日毎日自分のこと責めてたんだよ。青緒ちゃんの辛い気持ちに気づいてあげられなかったって。だから捜してた。毎日毎日毎日毎日、どっかに青緒ちゃんがいないか捜してた。もう一度会いたいって思って」

わたしだってそうだ……。

本当はもう一度、夏目君に会いたかった。

この半年、ずっとずっと思ってた。

夏目君のいない自由なんて、そんなのなんの価値もないって。

どれだけ不自由でも、それでも夏目君と一緒にいたかったたって。

でもダメだ。会ったらきっと思っちゃう。

痛くて好きじゃいられないって、そう思っちゃう。

わたしは怖いんだ。夏目君への気持ちが、この痛みに負けてしまいそうで。

だからもう会わない方がいいんだ……。

桃葉が鞄から小さく折り畳まれた紙を出した。その複雑な折り方を見てすぐに分かった。歩橙からの手紙だ。青緒が以前書いた手紙と同じ折り方だ。

「これ預かったの。いつかどこかで青緒ちゃんに会ったら渡してほしいって」

ダメだ。見ちゃダメだ……。

青緒は首を横に振った。

見たらきっと会いたくなる。夏目君に会いたくなっちゃう。だから――、

「靴は青色がいい」

「え……?」

「だって青は、笑顔の色だから」

その言葉に青緒の瞳は涙で滲む。その揺らぎの向こう、桃葉が春風の中で優しく微笑んでいる。

「一枚の革から作るワンピースっていう形の靴が似合うと思うんだ。シンプルなデザインだけど、長く履いてもらえるし、大人っぽい印象になるはずだから。ヒールが細いと歩きにくいから、床に向かって細くなってゆくピッチトヒールがいいと思う。色々悩んだけど、やっと渡良井さんのための一足が見つかった気がするよ」

夏目君だ。夏目君が言ってくれたんだ。

わたしのために考えてくれた靴のことだ……。

「あいつ、まだ諦めてないよ」

青緒は目に涙を溜めて桃葉の言葉を聞いている。

「青緒ちゃんの靴を作ること、これからもずっとずっと諦めないって、そう言ってたよ」

ねぇ、どうして？　どうしてなの？　夏目君……。

どうしてあなたはそんなふうに想ってくれるの？

わたしはあなたの前から勝手にいなくなるような酷い女なんだよ？

好きだって伝えたっきり連絡しなくなるような最低な女なんだよ？

それなのに、どうしてわたしなの？

わたしのことを、どうしてそんなに好きでいてくれるの……？

ずっとずっと訊きたかった。どこにでもいるような、ううん、全然素敵じゃないわたしのことを、どうしてあなたはこんなにも、うんと大事に想ってくれるの？

「だから見てあげてよ。ここに書いてあるのは、あいつの精一杯の気持ちだから」

青緒は恐る恐る手を伸ばした。背中が痛くなる。肩が痛くなる。全身が焼けるように痛くなる。思わず顔を歪めた。それでも歯を食いしばって必死に堪えた。

きっとこの手紙を見たら身体はもっと痛くなる。脳が誤作動を起こして痛くなる。

でも見たい……どうしても見たい……。

だってこれは、夏目君がわたしにくれたラブレターだから。

青緒は桃葉の手から紙を受け取った。触れた瞬間、気のせいだと思うけど、歩橙のぬくもりがまだ残っているような気がした。温かくて、優しくて、夕焼けみたいな歩橙の気持ちが伝わってくる。

ゆっくり手紙を開くと、青緒の目から大粒の涙がいくつも溢れた。

渡良井青緒さんへ

これが僕が考えた君のための靴だよ。
でも今の僕の腕じゃまだ作れないんだ。
だからイギリスへ行くよ。
この靴を作れる靴職人になってみせるよ。

それで、いつか届けるから。
渡良井さんにガラスの靴を届けるから。
だからその日まで待っててください。
（最後の最後で敬語になっちゃったね。笑）

ＰＳ．渡良井さん……
ずっとずっとこれからも、君は僕の、
世界でたったひとりのシンデレラだよ。

夏目歩橙

桜の花びらが舞い降る屋上に、歩橙の声が響いた。

——綺麗ですよ。

そう言って笑いかけてくれた歩橙の笑顔が、すぐそこに見えた気がした。

会いたい……。

わたしはやっぱり、どうしても、夏目君に会いたいんだ……。

心より早く身体が動いて扉を押し開けた。

青緒は走った。階段を駆け下り、廊下で談笑する生徒たちを押しのけた。

脳裏にあの日の歩橙の姿が浮かんだ。廊下で初めて声をかけてくれた思い出だ。

——あなたの足に触らせてください！

最初は変な人だと思った。絶対嫌だって思った。でも好きになった。夏目君のことを好きで好きでたまらなくなった。だからわたしは、あのときの自分に言ってあげたい。

「こんなわたしなんて」って塞ぎ込んでいたあの頃のわたしに、胸を張って言ってあげたい。これからあなたは、うんと素敵な恋をするよ……って。

心から笑えるようになるよ。だから人生は捨てたもんじゃないよ。どんな辛いことがあったって、悲しいことがあったって、そのあとにはきっと幸せが訪れるからねって、そう言ってあげたい。

あの日、歩橙が「賭けをしてください！」と言ってくれた下駄箱を駆け抜ける。

宙を舞うスニーカーを見上げながら、表になって落ちてほしいと心から願った。

校庭を走りながら青緒は思い出していた。「渡良井さん！」と呼び止めた歩橙が、教室の窓から身を乗り出して大きな丸を作ってくれた姿を。

『あなたの靴を履くことを、わたしの新しい夢にしてもいいですか？』

勇気を出して伝えた夢を、彼は笑顔で受け入れてくれた。

それが嬉しくて嬉しくてたまらなかった。

新しい夢を持てた自分を、ほんの少しだけ好きになれたんだ。

走る青緒の瞳から涙がこぼれ落ち、いくつものしずくが後ろへと飛ばされてゆく。

歩橙との思い出が身体を痛くさせる。

足の採寸の帰り道、彼がナツメの実をくれた公園を走る。

彼はわたしの魔法使いだ。わたしを笑顔にしてくれた。たくさんの勇気をくれた。

誰かを好きになることが、こんなにも痛くて、こんなにも素敵だって、そう思わせてくれた。

身体が燃えるように痛い。背中が、肩が、脇腹が、胸が痛い。きっとこの瞬間も身体は痣で橙色に染まっているはずだ。それでも構わない。今は彼を想いたい。だから青緒は止まらなかった。肩で息をしながら懸命に走り続けた。

今会わなきゃきっと後悔する。次に会う勇気なんてないかもしれない。

だから会うんだ。今しかないんだ。今すぐ会ってこの気持ちを伝えるんだ。

桜木町駅に着くと、人の波に逆らって大粒の汗をかきながら懸命に走った。

肺が肋骨を突き破りそうだ。痛くて、苦しくて、立ち止まりたい。もう走れないと筋肉が叫んでいる。それでも止まりたくなかった。

お母さん……。

わたしね、笑顔になれたんだよ。

お母さんがいなくなってから、ひとりぼっちになってから、ずっとずっと笑えなかったの。でもね、ちゃんと笑えたんだ。

夏目君に出逢って、青空みたいに笑えたんだよ。

それで彼は言ってくれたの。

あなたの笑顔は、すごくすごく可愛いよ……って。

こんなわたしの不器用な笑顔を、可愛いって、そう言ってくれたの。

だから笑おうって思った。学校をやめてからも笑顔でいようって。

笑顔でいれば、いつかきっと夏目君が見つけてくれるって、そう信じていたから。

だって彼は、夏目君は、わたしの――、
右の太腿に激痛が奔った。青緒は転倒してしまう。

スカートがめくれて覗く太腿には、大きな痣が広がっている。皮膚をえぐられるような激痛が襲う。もう動けない。それでも足に力を込めて立ち上がろうとした。しかし腕にも力が入らない。青緒は地べたに這うように無様に突っ伏した。街ゆく人がこちらを見ている。冷ややかな視線だ。それでもめげなかった。震える足でようやく立ち上がると、足を引きずりながら走った。

バスの出発場所である郵便局の前にたどり着くと、係員らしき人を見つけた。青緒は「空港行きのバスは!?」と摑みかからんばかりの勢いで訊ねた。中年の係員が「今さっき出発しましたよ」と道路の向こうを指さす。オレンジの車体のバスが遠くの赤信号で停車している。

歩橙が行ってしまう。痛む足に力を込めて必死にバスを追いかけた。

道路脇の歩道を懸命に走る。しかし足が動かない。ぜぇぜぇと激しく呼吸が乱れている。太腿が焼けるように痛い。それでも構わない。もう歩けなくなってもいい。走れなくなってもいい。この足が壊れたっていい。もう一度だけ、夏目君に会うことができるなら。

「夏目君!!」

足を引きずりながらバスを追いかけた。大粒の汗をこぼしながら、涙をこぼしながら、遠ざかってゆくバスに向かって歯を食いしばって走った。痛みよりも歩橙に会いたい気持ちが勝った。

バスはみなとみらい大通りに右折して北仲橋(きたなかばし)を渡ってゆく。

青緒もその後を追いかける。

「夏目君！　わたしもだよ！」

聞こえているかは分からない。それでも青緒は「わたしもだから！」と必死に叫んだ。

「わたしも思ってる！　思ってるから!!」

思ってる。ずっと思ってる。

これからも、ずっとずっと思ってるから。

わたしも夏目君のこと、ガラスの靴を履かせてくれる――、

「夏目君がわたしの！　わたしの――」

鋭い痛みが下腹部を貫いた。青緒はたまらず北仲橋の途中で転倒した。顔を擦りむいてしまった。額から血が流れている。今までにないほどの痛みが青緒を飲み込んでゆくと、あまりの激痛に悲鳴を上げた。視界が涙で滲んでゆく。バスがどんどん小さくなってゆく。

思ってるよ、夏目君。ずっと思ってるから。

どれだけ身体が焦がれても、ずっとずっと、思ってるからね。

わたしにとっての王子様は、世界でたったひとり、あなただけだって……。

第二章　檸檬色の幸福

五年ぶりの横浜は懐かしい匂いがした。

桜木町駅のホームに降り立ち、深呼吸をひとつする。少し埃っぽい五月の風の中に潮の香りを微かに感じる。もしかしたらそれは、彼の記憶が呼び起こした幻だったのかもしれない。しかしそんな故郷の空気を感じて、歩橙の目には温かな光が宿っていた。

ホームから見えるみなとみらいの街並みは随分変わったように思う。大きくて無機質なビルがいくつも増えた。そこに殺風景な印象を抱くのは、青春時代の思い出が今も輝いているからだろう。青緒と過ごした風景が少しずつ過去へと追いやられてゆくようで、そのことが寂しかった。

歩橙は改札へ向かう人々に聞こえないように「そりゃそうだよな」と小さく呟く。

そりゃあ五年も経てば変わるよな。今も変わっていないのは、この空の青さだけかもしれない。

渡良井さんも、どこかでこの空を見ているのかな……。

駅前のロータリーで赤い車体のバスに乗り込むと、邪魔にならない場所に荷物を置いて発車を待った。このバスはロンドンの街を走る二階建ての赤いバスと少し似ている。

いや、バスだけでなく横浜はロンドンと街並みも似ているように思う。空を邪魔するように高く聳えるガラス張りの近代的なビルの近くに古い倉庫が建ち並ぶ姿や、水辺の空気感、そして存在感のある巨大な観覧車も。

万国橋を行くバスの車中で観覧車を眺めながら、歩橙は青緒との思い出を反芻していた。ゴンドラの中で一緒に見た美しい夜景。幸せだった時間が胸を疼かせる。そしてまたあの頃のように信号待ちをしている人の中に彼女の姿を捜してしまう。未練がましい自分に苦笑いがこぼれた。

あれからもう五年も経ったんだ。それなのに、こんなふうに思い出すなんてな。

渡良井さんの隣には、もう他の誰かがいるかもしれないのに……。

元町の停留所でバスを降りると、荷物を引っ張りながら瀟洒な商店街を歩いた。途中の道を左に折れて、由緒ある建物を横目に緩やかな坂を上る。そこからさらに草木の生い茂る細い階段を息を切らせて一歩一歩上った。かすかに汗ばむような日ではあったが、額も背中も汗でぐっしょりだ。長旅の疲れも相まって身体は鉛のように重い。肩をすぼめなければ座っていられないような格安航空機のシートに十数時間も閉じ込められていたのだから、当然と言えば当然だ。

階段を上り切ると宏壮な住宅が目立つ。その一角に小さな公園がある。西洋風の柱が花壇を囲むように半円形に並んでいる。その奥には藪があって、そこからみなとみらいの街を望むことができる。空は地上に近づくにつれて纏う青色が澄んでゆく。その濃淡が美しい。建設中のビルの上には首の長い恐竜を思わせる二本のクレーンが仲良く並んでおり、上空では積雲が優雅に泳いでいた。

「なにをさぼっているんだい、夏目君」

上質なスピーカーから流れる音楽のような耳に心地よい声が聞こえた。振り返ると、痩身（そうしん）の男性が立っている。縁のない眼鏡（めがね）をかけ、檸檬色のボタンダウンシャツを着た長髪の男だ。少しキザな雰囲気を纏ったその人は、歩橙の師匠の榛名藤一郎だ。

「坂がキツくて。疲れたのでちょっと休んでいました」と歩橙は大袈裟に疲れた顔をしてみせた。

「ならばもう少し疲れてもらおう。たった今ロンドンから荷物が届いた。開封してくれたまえ」

榛名は顎をしゃくって付いてくるよう促した。

やれやれ、早速仕事か。世界中のどこにいても先生は人使いが荒いな。

このたびの帰国は里帰りではない。榛名のビスポーク靴店『ＬＯＫＩ』が横浜に新店を出すことになったのだ。それに伴い歩橙は転勤を言い渡された。正直に言えば不本意な人事異動だ。とはいえ、榛名は一度決めたらテコでも動かないわがままな性格。逆らうことなどできるはずがない。

そもそも『ＬＯＫＩ』の日本進出のきっかけは、榛名のいつもの気まぐれだった。

「決めた。海のある街に引っ越すよ」

ロンドンの工房の窓からテムズ川を見つめる榛名が、長髪をひっつめながら弟子たちに背中で宣言した。椅子に座って作業をしていた歩橙は、驚きのあまり膝の間に挟んだ仕掛かり靴をゴトンと落とす。驚いたのは彼だけではない。工房にいる五人の弟子たちも顔中が目といった様子で榛名の華奢な背中を見つめている。隣に座っていた先輩で二番弟子のイギリス人・ハリーが歩橙の腕を肘でつつく。「お前が訊け」と言っているのだ。歩橙は先生に英語で話しかけてみた。

「そ、それはロンドンを離れるってことですか？　ちなみに海のある街ってどこですか？　ブライトン？　ボーンマス？　イーストボーン？　まさかセント・アイヴズとか言わないですよね？」

工房が硬い笑いに包まれる。誰もがロンドンに愛着と自分の暮らしを持っている。恋人がいる者、家族がいる者、様々だ。だから急に街を離れるなんて言われても困ってしまう。しかも『ＬＯＫＩ』はロンドンでもかなりの好立地にある。テムズ川とビッグベン――ロンドンの有名な時計台だ――を望む洒落たビルの三階の角部屋。日当たり抜群の広々とした部屋に工房を構えていた。そのビルの一階には『ＬＯＫＩ』の店舗が入っており、人通りの多い路面店には毎日多くの客たちが足を運んでくれている。少し歩けばセント・ジェームズ・パークやバッキンガム宮殿だってあるし、美味しいレストランも多い。榛名がお気に入りのベルギービールを飲ませるダーツバーだってある。そんな場所を手放してまで海を求めて田舎町（いなかまち）に引っ込むなんて……。誰もがそう思っていた。

「お言葉ですが先生、僕は移転には反対です。こんな好立地を離れるなんて惜しいですよ」

歩橙を筆頭に、弟子たちは一丸となって榛名を説得した。

「それに、この街以上の場所があるだなんて思えません」

細面に大きな手を添え、榛名は「そうだなぁ」と考え込む。

どうせいつもの気まぐれだろう。すぐに思い直すに決まっている。一同は顔を見合わせて頷いた。しかし彼はおもむろに、作業台に置いてあった使っていない古い突き針を取った。皆、揃って眉をひそめる。そんな弟子たちの視線を一身に背負い、榛名は檸檬色のボタンダウンシャツの袖をまくり上げ、壁に貼られた世界地図と向き合うように三メートルほど離れた位置に仁王立ちした。

「せ、先生？」と歩橙が声をかけたが反応はない。どうやら集中しているようだ。弟子たちは嫌な予感に背筋を凍らせている。まさかこの一投で自分の人生が決まってしまうのか？　誰もが固唾（かたず）を呑んだその瞬間、榛名は大きく振りかぶって「とりゃ！」と突き針を思い切り投げた。

針の先端が、タン！　と音を立てて地図に刺さる。工房にいた全員が身を乗り出す。

榛名はつかつかと歩み寄ると、地図から針を抜いて振り返った。そして弟子たちに向かって晴れやかに笑った。

「日本だ。横浜へ行こう！」

世界地図の東の端っこの小さな島国に穴が開いている。

それは日本の神奈川県の辺りだった。

とはいえ、一番弟子のジョンソンの進言もあり、ロンドン店は残すことになった。靴の予約は三年先まで埋まっている。「移転するので日本まで靴を取りに来てください」なんて乱暴なことは決して言えない。お客の多くはイギリスやヨーロッパ圏の人たちなのだから。

「では夏目君は僕に付いてきたまえ。君は確か横浜出身だったね？　我々で新店の立ち上げだ」

「えぇ!?　僕もですか!?」

「嫌なのかい？　へぇ、まさか口答えをするとはね。いいかい、夏目君。君はまだ『ＬＯＫＩ』の正式な一員ではないんだ。試用期間中であることを忘れてはいけないよ？　靴もろくに作れなかった若造の君を拾ってあげたのはどこの誰だい？　それなのに、その恩を忘れてこの街にしがみつこうなんて、君はなんて薄情な――」

「分かりました！　行きます！　ぜひ行かせてください！」

「よろしい。僕は一足先にロンドンを発つ。物件選びや内装を決めたり、やることが目白押しだからね。君は今抱えている仕事を済ませたら合流したまえ。『ＬＯＫＩ　Ｊａｐａｎ』のオープンは五月だ。それまでに荷物をまとめて帰国しなさい。いいね？」

ご、五月……せめてあと半年くらいはここにいたいんですけど……。

そう言いたかったが口をつぐんだ。榛名は柔和な顔でにっこり笑っている。こんなふうに笑うとき、先生はテコでも爆弾でも動かない。五年の付き合いで榛名の性格は熟知していた。だから観念して日本行きを決めたのだった。

もちろんその夜は、工房近くのパブで仲間にくだを巻いて悪酔いした。

「ぼかぁ、このままロンドンに留まりたいですよぉ。ようやく英語だって不自由なくしゃべれるようになったし、後輩だってできたし、みんなとの関係だって良好なんです。それに、帰国するなら一人前の靴職人になってからがいいのにぃ……」

「でも、ものは考えようだぞ。アユト」

三番弟子のスペイン人・フアンが歩橙の肩にぽんと手を置き、彫りの深い顔を綻ばせた。

「マエストロと二人なら面倒ごとは増えるが、彼の技術を間近で見る機会も格段に増える。お前の成長にも繋がるじゃないか。それに人手だって足りないんだ。顧客を持てるチャンスさ」

確かにそうだ。この五年、靴作りの基礎を先輩たちから叩き込まれて、ある程度の作業はひとりでもこなせるようになった。でも僕はまだ試用期間中。顧客を持たせてもらえていない。

『ＬＯＫＩ』では職人ひとりひとりが顧客を担当し、足の計測から靴の製作、仕上げ、納品までを一貫して行う。工程ごとに分業制を採る工房が多い中でこの形態は珍しい。職人の技量によって完成品にムラができてしまうからだ。しかしこれは榛名のこだわり。

「靴はそのはじまりから終わりまで、作り手と履き手が対話をして作るものだ」というビスポークの基本姿勢を重視しているのだ。もちろんお客のほとんどは榛名に靴を作ってもらいたがっている。弟子たちでは不安だという声もある。しかし一方でメリットもある。一足あたりの靴の値段は、榛名が作るものに比べて格段にリーズナブルだ。しかもデザインや工程ごとに榛名のチェックが細かく入るので、出来上がる靴は榛名のお墨付きと言える。そのため弟子たちの靴も高い評価を受けていた。

『LOKI』とは榛名藤一郎のブランドにあらず。そこにいる職人ひとりひとりの個性と信念が融合することで作り上げられるビスポークブランドなのだ。

しかし歩橙は未だに顧客を持っていない。任される仕事は榛名や同僚のサポートばかりだ。去年入社したエルザなんて、もうとっくに正式採用されて三人目の顧客の靴を作っている。兄弟子としては恥ずかしい限りだ。榛名には「僕も担当を持ちたいです！」と熱意を込めて何度も何度も頼んでいる。しかしそのたびに首を横に振られた。そして先日、歩橙はついに言われてしまった。

「いいかい、夏目君。君の作る靴には致命的な欠陥がある。それが分からない限りは、君が『LOKI』のビスポークを作ることは決してないと思ってくれたまえ」

死刑宣告のようなその言葉に、歩橙は人生最大のピンチを迎えていた。

そんな中、突如として訪れた横浜行きのチャンス。先生と二人三脚で『LOKI　Japan』を立ち上げれば、きっと僕自身の欠陥も分かるはずだ。そのためにも帰郷しよう。一人前の靴職人になるために。テムズ川のほとりで大きな観覧車、ロンドン・アイの輝きと水面の揺らぎを眺めながら、歩橙は自分自身にそう言い聞かせた。

早く一人前になって渡良井さんの靴を作るんだ。


『ＬＯＫＩ　Ｊａｐａｎ』は元町の裏手の小高い丘の上にあった古い一軒家を改装して店を構えた。コバルトブルーの屋根と、鳥の子色の外壁の洋風造り。一階は店舗兼工房。二階は榛名の住居だ。

元々は蔦（つた）に覆われたお化け屋敷のような姿だったんだと、榛名はスマートフォンに保存された写真を見せて改築の苦労話を身振り手振りで楽しげに語っている。

いやいや、大変だったのは工務店の人だ。たったひと月でここまで綺麗になるなんて、かなりの無理難題を言われたんだろうな。

内装工事もすでに終わっていた。緩い坂道に面した壁はガラス張りだ。外からでも榛名のサンプルシューズを見ることができる。曇りひとつないガラスドアを押し開けると、真新しい木の香りがする。縦長の室内の手前側はコンクリート張り。壁の木材はフォークリフトで荷物を運搬するためのパレットを再利用したものだ。色合いも長さもバラバラで、ビンテージな雰囲気を演出している。榛名がロンドンで買い付けたチェスターフィールドソファが据えられたこの場所で顧客の足を計測したり、どんな靴にするか対話をする。接客スペースの奥は一段上がって木張りの床になっている。ここからが工房だ。

コテや包丁、ペンチや電熱器などが整然と並んだ作業台を中心に、隅には榛名お気に入りのＳＥＩＫＯのアーム式ミシンもある。顧客の足の木型を保管するための棚なども据えてあった――二階にも革専用の倉庫部屋がある――。道具はすべて榛名が作業しやすいように計算されて置いてある。ロンドンの工房と全く同じ配置だ。そして工房の一番奥には、榛名がこの場所を選んだ決め手が広がっていた。両開きの窓の向こうにみなとみらいの街並みが絵画のように広がっている。目に染みるような紺碧の太平洋。水平線とまではいかないが、広い海と空が視界いっぱいに開けて見える。夜は夜で街の灯りが綺麗なんだと、榛名はご満悦の様子で語った。

荷ほどきを終えると夕方の少し前だった。

「さて、今日はこれで解散としよう。長旅の疲れを癒やすといい。明日は開店だ。忙しくなるよ」

「本当にレセプションパーティーはしなくていいんですか？」

「あんなものは品のない連中のするものだ」

榛名は人見知りの嫌いがある。人がわんさか集まるような賑やかな場所が苦手なのだ。

「そんなことより夏目君。幼なじみにはもう連絡はしたのかい？」

「幼なじみ？」

彼は眼鏡のレンズの汚れをボタンダウンシャツの裾で丁寧に拭いながら「五年ぶりの帰国だろ？　だったら早く会いに行ってやるべきだ」と少しまごつきながら言った。

なんだか様子が変だ。先生が僕の友達のことを気にするなんて。

歩橙は怪訝に思って首を傾げた。

「お気遣いありがとうございます。今夜、会いに行く予定です」

「そうか。ならよかった」と先生は安堵したように笑った。

工房を出ると午後四時を過ぎていた。靴音を鳴らしながら元町まで来た道を戻ると、商店街の外れにある不動産屋のドアを開けた。冷房の効いた心地よい室温の店内では、頭の禿げた店主が週刊誌を熱心に読んでいる。声をかけて名乗ると、「いやいや、どうも！ お待ちしてました！」と強面が嘘のように破顔した。ロンドンにいた頃、ネットを通じて物件を契約していたのだ。

手続きを済ませて鍵を受け取ると、店主が気を利かせて部屋まで車で送ってくれた。

歩橙が借りたのは築四十年を優に超える古びたマンションの三階の角部屋だ。日当たりが抜群に良くて窓外の緑が眩しい。２ＬＤＫで家賃八万円の物件。桜木町駅からの徒歩圏内では破格といえる。リビングと寝室の他に作業部屋を持てるのはありがたい。給料は手取りで月に十七万円。住宅補助を二万円も出してもらえる。この部屋でもギリギリ生活していけそうだ。

でも本当にこの場所でよかったのかなぁ。元町商店街で買った檸檬色のカーテンをレールに引っかけながら歩橙は思った。開かれた掃き出し窓の向こうに掃部山公園が見える。青緒の親戚の家のすぐ近くだ。あの公園を見ると青緒のことを思い出す。そして心がチクリと痛む。

迷い込んだ若葉風がカーテンに溜まってレモンのように丸く膨らませるのを横目に、歩橙はスマートフォンをジーンズのポケットから取り出した。画面には高校生の青緒がいる。恥ずかしそうに俯く彼女と桃葉のツーショット写真だ。辛いとき、挫けそうなとき、この写真を見て「渡良井さんとの約束を果たすんだ」と自らを奮い立たせてきた。でも同時に言い知れぬ寂しさも心底に募った。

もう一度、渡良井さんに会いたいな……。

この五年、そう思わない日は一日としてなかった。

夜になって片付けが一段落すると、五年ぶりに『落窪シューズ』を訪ねた。野毛町の商店街も少しだけ様子が変わったようだ。惣菜屋がコンビニになっていたり、全国チェーンの弁当屋が出店していたり、大通りには大型靴店も出来ていた。きっと玄太は不愉快に思っているだろう。しかし街全体に流れる空気はあの頃のままだ。あまりの懐かしさに靴音が弾んだ。

「おぉ！　久しぶりだなぁ！」

玄太もちっとも変わっていなかった。相変わらずの大声だ。太い腕を首に回してきてガハハ！　と豪快に笑うところもあの頃のままだ。でも頭に白いものが増えたみたいだ。

それにしても桃葉の変化には驚いた。高校時代は化粧も濃かったし、髪の色も派手だったのに、今の彼女は自然な黒髪のセミロングだ。化粧も控えめで大人っぽい。

「どう？　少しは大人になったでしょ？」と彼女は髪を掻き上げ、大人びた仕草をしてみせた。

「うん。すごく大人っぽくなったよ」と口を半開きにしたまま、うんうんと頷いた。

「あらまぁ、五年も経つと素直になるのね」

「大人っぽくなりすぎてちょっと老けたね」

そう言った途端、頭をごつんと叩かれた。こういうところは昔のままだ。

「毎日忙しいの。ストレス社会に揉まれて苦労してるのよ」

「冗談だよ。本当に綺麗になったね」

「これでもウェディングプランナーの卵だからね。新郎新婦に信頼されるように身だしなみには気を遣ってるの」

「仕事、頑張ってるみたいでよかった」

「働かざる者食うべからず。さぁ、ご飯の準備手伝って」

今夜は鍋だ。桃葉と二人、台所で食材を切ったりして準備を進めていると、

「メールでも伝えたけどさ、結局学校の先生にはなれなかったんだ」

「うん、そっか」と歩橙は返事に困った。

「高校生の頃、歩橙言ってたよね。才能じゃなくて、勉強を頑張りさえすれば夢が叶う——そんな職業を志してる桃葉が羨ましいって」

「言ったような気もするけど……」

「それって違うと思うな。大学四年間で思い知ったよ。夢には簡単も難しいもないんだなって。一応これでも大学入って教員採用試験に向けて頑張ったんだ。みんながサークル活動とか楽しんでるのを尻目に一生懸命ガリ勉してさ。でも結局ダメだった。そりゃもう落ち込んだんだから。体重も三キロ以上減っちゃって。まぁ、太ってたからちょうどよかったけどね。でもさ、一番ショックだったのは試験に落ちたことじゃなくて、遊びまくってた子が要領よく勉強してあっさり試験をパスしたことなの。そのとき思ったんだ。勉強ができるかどうかも立派な才能なんだなぁって。わたしにはその才能がなかったの。人ってさ、どうしてこうも才能に差があるんだろうね」

包丁を持つ手を止めると、桃葉は悲しそうな背中で言った。

「なんなんだろうね、才能って……」

才能――。この五年間、僕もその言葉に翻弄(ほんろう)されてきた。

僕には才能があるのだろうか？　そもそも才能ってなんなんだ？　先輩と自分にはどうしてこんなに才能の差があるんだ？　どうして神様は、僕に靴作りの才能を与えてくれなかったんだって。

「ごめんね。五年ぶりに会ったのにしんみりした話して」

「ううん。僕も桃葉と同じだよ」歩橙は手の中のとんすいに目を落とした。「五年も経つのにまだまだ半人前なんだ。実を言うと、工房でも落ちこぼれでさ。まだひとりだけ試用期間中なんだ。後輩にもどんどん抜かれて、未だに顧客を持てていないのは僕だけで。手先の器用さもデザイン力もまるでない。この五年で何度も思ったよ。僕には才能なんてこれっぽっちもないんだなって」

不甲斐(ふがい)なく苦笑していると、桃葉が三徳包丁をこちらに向けて口をへの字に曲げた。

「はぁ？　なに弱気になってるの？　青緒ちゃんに約束したんでしょ？　一人前の靴職人になって靴を作るって。だったら落ち込んでる暇なんてないっしょ」

「そうなんだけど……って、包丁こっちに向けないでくれる？」

「ごめんごめん」と笑う彼女に、歩橙は恐る恐る訊ねてみた。

「渡良井さんとは、あれから会った？」

「ううん、会ってないよ」

「だよね。もし会ってたら教えてくれるよね。それに渡良井さんだって連絡してくれるはずだし」

　あの日、イギリスへ旅立った日、渡良井さんはバスを追いかけてくれた。そのことを桃葉のメールで知ったとき、胸が震えるほど嬉しかった。彼女は無事だったんだ。まだ僕のことを想ってくれていたんだって。同時に悔しさも込み上げた。あと少しで会えたのにって……。でもいつかきっと連絡をくれるはずだ。そう思って待ち続けた。だけどこの五年、渡良井さんは一度も連絡をくれなかった。桃葉はメールアドレスを伝えてくれたらしいけど、僕のスマートフォンは今も沈黙を続けたままだ。どうして連絡をくれないんだろう。やっぱりもう別の誰かと？　あの日の約束を真剣に考えているのは、僕ひとりだけなのかな。そんなことを考えては、自爆して落ち込んでいるんだ。

「おい、お前ら！　見てみろよ！」

玄太が勝手口から入ってきた。その手には発泡スチロールの箱がある。蓋を開けると大量のカニが満員電車に揺られるサラリーマンのようにぎっしりと詰まっていた。

「今日はカニ鍋にするぞ！」

「え～、もうキムチ鍋の準備してるんだけど～」

「いいじゃん、桃葉。あの日みたいで」

歩橙が微笑みかけると、桃葉は気を取り直して「それもそうね」とにっこり笑った。

小上がりの畳の上、ちゃぶ台の真ん中に置かれた鍋の中で、ぐつぐつ煮立ったカニが真っ赤な顔で汗をかいている。久しぶりの日本食は目を見張るほど美味しくて、夢中になってカニをむさぼり、日本酒を飲んだ。玄太は歩橙と酒を酌み交わせることが嬉しいようで、杯を空けると「いい飲みっぷりだ！」と酒気に火照った顔を綻ばせて楽しそうに笑っていた。そして間髪を容れずに次を注いでくる。さすがに頭と顔がぼーっとしてきた。旅の疲れも相まって今にも眠ってしまいそうだ。

しかしその前にやるべきことがある。歩橙は膝を正した。

「おじさんにお礼を言いたいんだ」

「お礼？」

玄太はお猪口を手にしたまま片眉を上げた。

「ほら、五年前にもらったあのお金。向こうに行ったばかりの頃は、給料も少なくて生活が苦しくてさ。だからあのお金には本当に助けられたよ。僕がこうして靴の仕事ができているのは、おじさんが応援してくれたおかげだよ。だからありがとう」

「……礼には及ばねぇよ」

「お金はいつか必ず返すから」

「その必要はねぇ。だったら親孝行でもしてやれ。鉄也にはまだ連絡してないんだろ？」

「うん。でも父さんに会うのはもう少し先にするよ。家を出るとき大口を叩いたからね。一人前になって見返してやる！　これは僕と父さんの勝負だ！　って。今の僕じゃまだまだ半人前だから」

「お前は立派になったよ。だからさっさと会いに行ってやれ」

「ううん、前から決めてることだから。父さんに会うのは一人前になってからだって」

「それはいつだ。いつ頃の話だ」

「そうだなぁ」と腕を組んだ。「一年後か二年後か――」

「今すぐ会いに行け！」

怒鳴り声と共に玄太がちゃぶ台を叩いたので、歩橙は目を見開いた。玄太の目が真っ赤に染まっている。酒のせいじゃない。涙だ。涙で瞳が潤んでいるのだ。

「どうしたの、おじさん……？」

玄太はなにかを言いかけて視線を逸らした。その様子に背筋が冷たくなる。嫌な予感がした。もう一度「おじさん？」と呼びかけると、玄太は角張った顔をこちらに向けた。

そして、

「三ヶ月なんだ」

「三ヶ月？」

「鉄也は、癌(がん)であと三ヶ月しか生きられないんだ」

言葉を失った。混乱と驚愕(きょうがく)で呼吸の仕方を忘れてしまった。

「な、なに言ってるんだよ。やめてよ、冗談だろ？」

苦笑いを浮かべて否定したが、玄太の表情は険しいままだ。桃葉も隣で俯いている。その反応が真実だと訴えている。しかし信じられない。信じたくない。だから大袈裟に笑って「分かった！　二人ともなんか企(たくら)んでるんだろ！　僕と父さんが喧嘩(けんか)してるから、無理矢理仲直りさせようって！」とおどけてみせた。それでも二人は沈黙したままだ。

鍋が煮立つ音だけが居間に響いている。

「いい加減にしろよ、二人とも」歩橙は苛立ちを吐いた。「もし本当に病気だったとして、じゃあどうして父さんは僕になにも言わないんだよ。いくら喧嘩してたって、仲違(なかたが)いしてたって、親子なんだから普通は知らせるはずだろ。変な嘘はやめろって」

鍋から立ち上る湯気の向こう、玄太の拳がちゃぶ台の上でふるふると震えている。

「俺だって嘘だと思いたいよ。でも本当なんだ。鉄也は病気だ。もうすぐ死んじまうんだ」

玄太は一重瞼の細い目に指を押し当てて涙を堪えた。

「この五年、あいつにとっては辛い時期が続いてな。お前がイギリスに渡る直前から仕事が上手くいかなくなってよぉ。会社で作ってたシステムっていうのか？　俺にはよく分からねぇけど、それが不具合を起こして元請けの会社に大きな迷惑をかけちまったしいんだ。なんとか会社を立て直そうと奔走したけど、結局お前が向こうに渡った一年後に会社は倒産して借金だけが残っちまった。あのマンションを売り払って借金は返せたけど、鉄也はすべてなくしちまった。金も家も、付いてきてくれた部下たちも全部な。柄にもなく落ち込んでたよ。でもあいつはああいう性格だから、すぐに強がって『いい勉強になった。この教訓を活かして次は大成功だ』って笑ってやがったよ。でもな、その矢先に癌が見つかって。まだ四十八だぜ？　神様ってのは残酷な野郎だよ。俺はあいつに言ったんだ。病気のことを歩橙に伝えろって。でも鉄也は首を縦には振らなかったよ」

「どうして……？」

「お前に余計な心配をさせたくなかったんだろうな」

玄太は悔しそうにため息を漏らすと、カセットコンロの火を消した。

「手術して一時期はよくなったんだ。社会復帰だってできた。小さなパソコンショップで慣れない接客の仕事をしながら細々と暮らしていたよ。でも今年の初めに癌の転移が見つかってな。余命宣告されちまったんだ。手術はもう無理だって言われて、放射線治療も頑張ったんだけどな……」

そこまで話すと「すまん」と言葉を詰まらせた。大きな肩がやるせなさで震えている。

「あり得ないよ」と歩橙は顔を左右に振った。「そんなわけないよ。あんなに身体の大きな人なんだよ？　風邪だって一度も引いたことないんだよ？　仕事を休んだところだって見たことがないんだ。それなのにもうすぐ死ぬなんて……そんなの……そんなの絶対にあり得ないって！」

玄太は黙っていた。その沈黙がすべてだった。父は死ぬ。もうすぐ死んでしまう。その事実が鍋から立ち上る湯気の中に揺らいで見える。しかし歩橙はその事実を受け止めきれなかった。

「会いに行ってあげて、歩橙」と桃葉が涙声で言った。「それで今の歩橙の姿を見せてあげてよ。半人前でもいいじゃん。おじさんならきっと喜んでくれるよ。だからお願い。すぐに会いに行って」

歩橙は呆然としたまま動けずにいる。

父さんが死んでしまう……。そんなの、どうしたって悪い冗談にしか思えないよ。

あくる日、『ＬＯＫＩ　Ｊａｐａｎ』はオープンした。特にイベントや告知をしたわけではないので、なんとも静かな船出となった。しかし歩橙にとってはちょうどよかった。昨日の一件が未だに咀嚼できずにいる。工房の丸椅子に腰を掛け、ぼんやり背を丸

くしていると、

「失恋でもしたのかい？」

　榛名がコーヒーカップを傾けながら、窓辺の作業台に尻を半分ほど乗せてこちらを見ていた。

「どうしてですか？」

「君の様子がおかしいからさ」

「心配してくれているんですか？」

「ああ、心配だ」

「先生……」

「こんなにも不味いコーヒーを淹れるなんて、人としてどうかしているからね。いいかい、夏目君。いつも言っているだろ？　コーヒー豆は──」

「インドネシア産ですよね」と歩橙は遮った。「焙煎度合いはシティロースト。微かに酸味が残って、甘みと苦みとコクのバランスが取れて、豆が持つ本来の香りを引き立たせることができるから。一杯あたりの豆の量は十一グラム。それ以上でもそれ以下でもあってはならない。豆は焼けば焼くほど水分がなくなって軽くなるから、本来一杯あたり十グラムのところを失った水分のことも考慮して一グラム余分に足す。その豆をプジョーのコーヒーミルで丁寧に挽いて、九十度の熱湯で二十秒しっかり蒸らして、銅のドリップポットで丁寧に渦を描くように淹れる、ですよね」

一気呵成（いっきかせい）にそう言うと、榛名は「その通りだ」と大きく頷いた。

「しかし今日のコーヒーは蒸らしの時間が足りないせいか、香りが普段よりも弱い。それにお湯の量も多いから味だって薄い。温度も低すぎる。七十五度、いや七十度といったところかな。まるで泥水を飲まされている気分だ」

「泥水って。いくらなんでも言い過ぎです」とコーヒーを飲んだ。「ほら、言うほど不味くない」

「なるほどな。このコーヒーが不味い本当の理由が分かったよ。君の舌に問題があるんだな」

　しまった……。歩橙は片目を瞑った。

　口答えしたらその百倍で返ってくる。それが榛名藤一郎だ。

「いいかい、夏目君」と先生が人差し指を立てた。

　大事なことを言うときのいつもの口癖だ。

「ひとつの作業にこだわれない人間に良いものを作り出すことは決してできないよ。コーヒーを適当に淹れる人間は靴だって適当に作る。君は三日間同じ靴下を平気で穿くようなずぼらな人間が握った寿司を食えるかい？　どうせ手だって汚いに決まっている。毎日ベストなコンディションで仕事をするためには徹底的な自己管理が大切だ。ちなみに僕が着ているこの服もそうだ。月曜日には月曜日のシャツとズボン。火曜日には火曜日のシャツとズボン。曜日ごとに同じシャツとズボンのセットがある。なぜそんなことをするのか？　答えは簡単だ。服を替えれば生地の具合で腕の伸縮性にわずかな変化が生じる。そうなると手さばきにも変化が現われる。靴作りというのは繊細な作業の連続であり、同じ動作を同じ力加減で何度も繰り返す必要がある。だから毎日同じ服を着ているんだ。それなのにだ。君は昨日の夜、火曜日のシャツとズボンを用意していた。今日は何曜日だ？　月曜日だ。ほら見ろ、タグに火曜日と書いてあるだろう」

榛名はボタンダウンシャツのタグを引っ張って見せた。そこには火曜日を示す『Tue』とある。

なるほど、だから先生は年がら年中、檸檬色のシャツを着ているんだ……って、説教が長すぎる。というか、なんで僕が先生の着る服まで管理しなきゃいけないんだ？　ロンドン時代は後輩がしていたけれど、今では僕の仕事になってしまった。これじゃあまるで先生の奥さんだ。どうりで独身なわけだ。こんなに細かくてこだわりの強い人が結婚なんて無理に決まってる。

「さて、コーヒーの件に戻ろう。君がこの不味いコーヒーを淹れたということは――」

「すみませんでした！　もう勘弁してください！　全部僕の手抜きのせいです！」

榛名はやれやれと口を曲げて「で、なにがあったんだい？」と切れ長の目をこちらへ向けた。

父のことを正直に言うべきか迷った。せっかくのオープンに水を差してしまうかもしれない。そう思って躊躇っていると、「コーヒーの件だが」と榛名が話を蒸し返した。

だから歩橙は「父が余命わずかなんです」と意を決して昨日聞いた話をはじめた。すべての事情を聞いた榛名は「ふむ」と内容を咀嚼するように何度か頷いた。そして、

「決めたよ、夏目君。僕はずっと考えていたんだ。『ＬＯＫＩ　Ｊａｐａｎ』の記念すべき一足目を誰の靴にするか。それが今まさに決定した。君のお父上の靴にしよう」

「父さんの？」

「ああ。君がそのビスポークを作るんだ」

歩橙は椅子から転げ落ちそうになった。

「待ってください！　僕が父さんの靴を!?　しかも『ＬＯＫＩ』の日本での一足目を!?」

「そうだ。これは君にとって大きなチャンスと心得たまえ」

チャンス……。顧客を持つチャンスってことか？　胸中で苛立ちが膨れ上がった。普段なら言い返すことなど決してしない。しかし今日ばかりは「お言葉ですが」と色をなして反論した。

「僕は同情で顧客を持つのなんて嫌です。自分の実力で持ちたいです。父の病気でチャンスを摑むなんて、そんなの納得できません」

榛名が鼻で笑ったので、「なにがおかしいんですか？」と歩橙は顔色を変えた。

「そういう意味じゃないさ」

先生は歩橙の肩に手を置いた。

「これは君が、お父上と対話をする最後のチャンスってことさ」

父さんと対話？　確かにそうかもしれない……。僕は父さんと今までまともに対話をしてこなかった。父さんはいつも「良い大学へ行け」「良い会社に入れ」の一点張りで、僕は「靴職人になる」と言い張っていた。それは対話なんかじゃない。単なる主張だ。僕たち親子は対話らしい対話なんてしてこなかった。母さんが死んでからずっと。父さんが余命幾ばくもないのなら、きっとこれが最後のチャンスになるんだ。

顔を上げた歩橙に、師匠は精悍なまなざしを向けた。

「いいかい、夏目君。お父上の人生最後の、最高の一足を、君が作ってあげるんだ」

その日の午後、歩橙は桃葉に教えてもらった父の病院へと向かった。横浜駅から東海道線に乗り換えて大船駅で下車すると、そこからまた十五分ほどバスに揺られた。ゆるい勾配の坂道を進むと、建物は減り、代わりにビニールハウスや田畑が目立つようになった。道路沿いの中古車販売店はもう何年も眠っているようだ。こんなところに父さんはいるのか……。車窓に広がるうら寂しい景色を眺めながら、歩橙はやるせない思いに駆られていた。あのみなとみらいを見渡せる高層マンションで暮らしていた父が、今ではこんなにもひっそりとした場所でひとり静かに死を迎えようとしている。そう思うと心がすり切れてしまいそうだった。

広い交差点を右折したところにあるバス停で降車ボタンを押すと、そこからまたしばらく歩いた。峻険な坂道を上っていると、四十代くらいの夫婦とすれ違った。もしかしたら親族が入院しているのかもしれないな。そんなことを考えながら軽く会釈し、坂を上り切った。

『大船ケアクリニック』は、病院というよりも小綺麗なマンションのような佇まいをしている。優しいクリーム色をした三階建ての施設は新築で、汚れひとつない。建物の周りを青々とした生け垣がぐるりと囲んでいる。門をくぐるとレンガの小径がエントランスまでまっすぐ延びて、その脇の小池では蓮の葉に隠れてメダカや鯉たちがのんびりと泳いでいた。風にそよぐ木々の音や小鳥のさえずりがそこかしこから聞こえる自然溢れる清潔な病院だ。

勿忘草色の開き戸をくぐったところにある受付で父の名前と、その息子であることを伝えると、年配の白衣姿の男性が歓迎してくれた。柔和な顔立ちが印象的な六十代くらいの院長先生だ。

扉付きの下駄箱に革靴をしまって、中に入っていたスリッパに履き替える。長い木張りの廊下を院長先生と並んで歩きながら、この病院のことを簡単に教えてもらった。ここは所謂ホスピスで、入院している患者たちは助かる見込みのない末期癌などの方々らしい。主な治療は痛みの緩和と心のケア。積極的な治療は行わず、死を迎える恐怖に寄り添い、サポートすることを目的としている。

その話を聞いても現実味がなかった。父が終末医療を受けているなんて言われても、どうにもピンとこないものがある。だって記憶の中の父は、今も大きな身体の逞しい姿なのだから。

しかし病室のドアを開けた途端、歩橙のその思いは風にさらわれるようにあっけなく消えた。

一階の病室の窓際、車椅子に座る小さな背中がある。あまりの細さに一瞬誰だか分からなかった。「夏目さん、息子さんが会いに来てくれましたよ」と院長先生が声をかけると、細くて節ばった手が車輪を動かし、こちらを向いた。

そこにいたのは、父だった。

父はあの頃とは比べものにならないほど痩(や)せていた。あれだけ分厚かった胸板は夏の終わりの浮き輪のように萎(しぼ)んで、腕は流木を思わせた。顔には生気がなく、目は落ち窪んで、肌に張りもない。

本当にこれが父さんなのか……と、我が目を疑うほどだった。

父は痩せこけた頬を少しだけ動かすと「久しぶりだな」と呟くように言った。その声はやっとの思いで絞り出しているようだった。歩橙は「うん……」と短く答える。それ以上の言葉が見つからない。父の変わり果てた姿を受け入れようとするだけで精一杯だ。

肝臓が病魔に冒されているのか、黄疸(おうだん)の出ている顔は驚くほど黄色く、匂いもきつい。こういうのを死臭とでもいうのだろうか？

「いつ帰ってきたんだ？」

「昨日だよ」

「そうか」

会話は終わってしまった。脈を取っていた院長先生が「ごゆっくり」と出てゆくと、辺りには木々の葉が揺れる音だけが残った。窓の外の風が父の乱れた髪を静かに揺らす。いつもきっちりと固めていたオールバックの印象が強いせいか、こんなふうに無造作な髪型をした父を見るのは初めてに近かった。まるで別人のような姿を直視できず、歩橙はただただ部屋の中を見回していた。

「なにしに帰ってきたんだ？」

父は葉末が風にそよぐのを見ながらぽそりと呟いた。

「日本に新しいお店を出すことになって、それで戻ってきたんだ」

「お前の店か？」

「ううん、違うよ。僕は先生のアシスタントで雑用係みたいなものだよ」

父は「五年経ってもまだ雑用係か」と鼻で笑った。

「だから言っただろ。靴職人なんてのは才能がものを言うんだって。お前に務まるような世界じゃないんだ。それなのにお前は、俺の言うことをちっとも聞かなかった。一人前になるまで戻らないと大口を叩いて出て行ったくせに、それなのになんだ。半人前のままノコノコ戻ってくるなんて」

歩橙は黙っていた。言い返す言葉が見つからない。でも不思議と悔しさは感じなかった。

「あのとき言うことを聞いて大学へ行けばよかったんだ。そうすれば今頃、俺の会社で責任ある仕事だってできていたかもしれないのに。俺の会社はもうすぐ上場するんだ。これからどんどん大きくなる。従業員を増やす計画だってあるんだ。今からだって雇ってやっても構わないぞ」

父さんは嘘をついている。会社が倒産したことを懸命に隠そうとしているんだ。僕に心配をかけないように……。

「まぁ、靴職人より俺の下で働く方が辛いだろうがな。玄太の奴になにを吹き込まれたか知らないが、あいつはいつも大袈裟なんだよ。いいか、歩橙。俺はもうすぐ退院する。今朝、先生に言われてな。病状も良くなってきたから、あと少しで前みたいに働くこともできますよって」

父の姿が涙で滲んだ。懸命に嘘をついて息子を安心させようとしているその姿に、歩橙はたまらず嗚咽を漏らしそうになる。しかし、その涙をぐっと堪えた。

泣いちゃダメだ。父さんと対話するんだ。

「父さん……」

父がこちらを見た。その目が微かに赤く染まっている。黄色く濁った眼球は涙で潤んでいた。

「僕に靴を作らせてくれないかな」

「靴を？」

「全部聞いたよ。父さんの病気のことも、会社のことも全部。なにも知らなくてごめんね。父さんのこと、ずっとひとりにして本当にごめん」

我慢しなきゃ。泣いたら父さんが悲しむのに……それなのに……。

どうしようもなく涙が溢れた。

歩橙は薄手のジャケットの袖口で溢れる涙を必死に拭った。

止まってくれ。頼むから止まってくれ。何度も何度もそう願った。

「お前は相変わらず弱虫だな」

父の声は柔らかかった。顔を上げると、鉄也は薄く微笑んでいた。

その笑顔に、子供の頃に見た父の笑顔が重なった気がした。

僕がまだ小さな頃、母さんが生きていた頃、父さんはいつも優しかった。転んで泣いてしまったら、大きなその手で僕を起こして頭をゴシゴシ撫でてくれた。そして笑って言ってくれた。「お前は弱虫だな」って。でも母さんが死んでから父さんは変わった。笑わなくなった。いつもムスッとしてばかりだった。そんな父さんの顔が嫌いだった。憎らしいとさえ思えた。それなのに――、
ずるいよ。どうして昔みたいに笑うんだ……。

「気持ちだけもらっておくよ」

「どうして？　僕がまだ半人前だから？　反対を押し切って靴職人になったから？」

父はなにも言おうとしない。

「僕は父さんの靴を作りたいんだ。話をしたいんだ。今までずっと離ればなれだった分

も、ううん、母さんが死んでからの分も、もっともっと話をして、その時間を取り戻したいんだ」

父は頑(かたく)なに首を横に振り、自身の足を手のひらで撫でている。風が吹けば折れてしまいそうなほどか細い足だ。そして、なにかを言いかけて口をつぐんだ。

それから窪んだ目を鋭く光らせて、

「靴はいらん。半人前の靴職人が作ったものに興味はない」

父の言葉がそよ風に乗って耳に届くと、歩橙はもうそれ以上なにも言えなくなってしまった。

その夜、歩橙は自身の無力さに苛(さいな)まれながら薄暗い工房の作業台に突っ伏していた。

結局、父さんを説得することはできなかった。おずおずと引き下がった自分が情けない。でも、どうして父さんはあんなにも頑ななんだろう。どうして僕の靴を履きたくないんだろう。

「お酒でも飲んできたのかい？」

二階へ続く階段に榛名が腰を下ろしている。

まだ作業中だったのだろうか？　檸檬色のボタンダウンシャツに黒いチノパンツ姿だ。

しかし仕事中は結わえている髪はほどかれていた。

「僕は、父さんと対話できそうにありません……」

ため息と共に弱音を漏らした。暗い室内にその声が泡のように溶けて消えた。

それから、窓の外に広がる橙色をした港湾の夜景を見つめて、

「一人前の靴職人になってこの街に戻って来るつもりでした。自分の店を持つほどじゃないにしても、『ＬＯＫＩ』でいくつもビスポークを作って、先生にも認められて、胸を張って父さんの前に立つつもりでいたんです。でもダメでした。今の僕は理想の自分とはほど遠いんです。半人前の靴職人……いや、四分の一人前です」

歩橙は奥歯をぐっと噛むと、机上の拳を固く握った。

「もっと早く一人前の靴職人になっていれば……僕にもっと才能があれば……」

父さんを喜ばす靴を作れたかもしれないのに。

「夏目君、才能とはなんだと思う？」

「神様が与えてくれた能力ですか？」

「違うよ」と首を振った。「才能とは――」

ひとつ間を空け、榛名は弟子に向かって言った。

「悔しいと思うその気持ちを、君自身の力に変えられるかどうかだよ」

丸めていた背中が自然とまっすぐ伸びるのを感じた。

「靴職人に限らず、どんな仕事においてもセンスは大事だ。でもセンスだけじゃ一流にはなれない。大事なのは、君が感じているその悔しさをプラスの力に変えられるかどうかだ。不甲斐(ふがい)ない自分の弱さを、人に馬鹿にされたやるせなさを、コンプレックスを、

全部ひっくるめて力に変えられるかどうかが、君を、君の靴を、一級品にするかを決めるんだ」

先生に以前言われた言葉が蘇った。僕の靴には致命的な欠陥があるというあの言葉だ。

僕はずっと逃げていた。五年前、渡良井さんに一人前の靴職人になってみせると誓ったのに。なにがなんでも世界一の靴職人になってみせるって、そう約束したのに……。それなのに、僕はいつの間にか才能のあるなしに悩んで、臆病風に吹かれて逃げていたんだ。これじゃあのときと同じじゃないか。父さんに靴職人になることを反対されていた高校生のときと。

「お父上のことについてもそうだ。もし今、お父上が亡くなってしまったら君は後悔するかい？　やっぱり靴を作ってやればよかったと悔しい思いをするのかい？　だったら作るべきだ。相手がいくら拒んでも構わないさ。君が半人前でも、四分の一人前でも構いやしない。だったら殴ってでも履かせればいい。あと三ヶ月で一人前になればいい。大事なのはそこじゃない。君が今、なにを願っているかだ。ビスポークとは、靴職人と履き手の対話である前に、自分自身との対話でもある。職人が今この瞬間感じている思いや願いを靴に込めるからこそ、ビスポークは世界で一足だけの特別な靴になるんだ。君に問おう、夏目君」

先生の目に力強い光が宿った。

「君は今なにを思い、なにを願っているんだい？」

「僕は――」

ずっとずっと思ってきた。父さんはなんで僕のやることすべてに反対するんだって。どうして認めてくれないんだって。そう思って父さんに立ち向かわずに逃げてばかりいた。本当は認めてほしいのに。ううん、違う。そうじゃない。僕が思っていたのは「認めてほしい」なんて安っぽいことじゃない。

僕はあの頃から父さんを、ずっとずっと、父さんのことを――、
歩橙は師匠の目を見て力強く答えた。

「僕は、父さんを超えたいです」


一週間後、再び父の病室を訪ねた。鉄也は「なにしに来たんだ」と車椅子に座ったまま背を向けている。無下(むげ)に扱われることは覚悟していた。だから歩橙は臆することなく手に持っていたスケッチブックのページをめくって父の隣に並んだ。

「父さんのためのビスポークを考えてきたんだ」

そう言ってスケッチブックを見せた。そこにはいくつもの靴のデザインが描かれてある。この一週間で父を想って考えたオリジナルのビスポークだ。しかし鉄也は見ようともしない。

「言っただろ。靴を作ってもらうつもりはないと」

「僕が半人前だから？」

「ああ、そうだ」と父は顔を背けたまま吐き捨てるように言った。

歩橙は車椅子の横で膝をつき、父のことを見上げた。

「だったらこの靴でなるよ」

父の肩が微かに動いた。

「僕はこの靴で一人前になってみせる。父さんの靴で、一人前の靴職人になりたいんだ」

なにも言わない父に「ねぇ、父さん」と呼びかけた。

父は視線だけをこちらへ向けた。その瞳が微かに輝いているように思えた。

「僕は今まで父さんからなにひとつ教えてもらわなかったね。スポーツも、勉強も、喧嘩の仕方も、髭の剃り方も、ネクタイの結び方も。だから教えてほしいんだ。最後にひとつだけ、どうしても教えてほしいんだ。父さん、僕に……僕にさ……」

車椅子の肘掛けに乗せてあった父の手に、歩橙はそっと手を重ねた。

あまりの細さに涙が溢れた。

「大切な人の靴を作る喜びを教えてほしいんだ」

父は力なく首を横に振った。父の手も震えていた。

「俺はお前の靴は履きたくないよ……」

「どうして？」

「だって――」

父の目から一粒の涙が落ちた。

「歩きたくなるだろ。お前の靴を履いたら、俺はまた、きっと歩きたくなる……」

その涙は薄くなった父の胸板を濡らし、細くなった腕を濡らし、もう立つことのできなくなった二本の足を濡らした。鉄也は左手で枝のようになった太腿を強くさすった。

「この足じゃ、こんな足じゃ、お前の靴を履いても満足に歩けやしない。俺はもうひとりで立つことすらできないんだ。一歩だって歩けない。トイレにだって行けない。ベッドから下りることもできないんだ。だから……だからどれだけ歩きたいと思っても、きっともう無理だ。せっかく靴を作ってくれても無駄にしてしまう。だから履きたくないんだ……」

父さんは悔しがっている。僕の靴を履いて歩くことを心の底では願ってくれているんだ。でもその願いが叶えられなくて、悔しくて泣いているんだ。だったら――、

「肩を貸すよ」

重ねていた手に力を込めると、父の手の震えが止まった。歩橙は父に微笑みかけた。

「僕が一緒に歩くから」

父の目からいくつもの涙が溢れると、窓から差し込む淡い陽光で七色に輝いた。

「だから父さん……。もう一度、僕と歩いてよ」

冷たかった父の手にぬくもりが戻った。もう力の入らないその手で、息子の手を握り返す。必死に力を込めているのにちっとも痛くない。その弱々しさに歩橙はまた泣きそうになる。

父さんの手って、こんなに小さかったんだ。ううん、違うや。そうじゃない。僕が大きくなったんだ。いつの間にか僕は、父さんよりもずっとずっと大きくなっていたんだ。それが嬉しくもあり、寂しくもある。だけど父さんは笑っている。靴を履くことを受け入れてくれた穏やかな笑顔だ。

だから作ろう。父さんのために、世界で一足だけの特別なビスポークを。

六月の終わり。歩橙は父のための一足を作り上げた。靴職人として初めて完成させたビスポークだ。父と対話をして、デザインはシンプルな黒の外羽根式のものにした。イギリスやフランスなどのヨーロッパ諸国では『ダービー』や『デルビィ』と呼ばれるこの靴は、紐を通す羽根部分が甲の外に出ている。羽根部分を全開することができるので着脱がしやすく、同時に履き心地を調整しやすいのが特徴だ。オーソドックスな靴だからロンドンにいた頃には何度も習作として作ってきた。だから今の自分の力を最も発揮できる靴だと思った。そして外羽根式を選んだのには、もうひとつ理由がある。それはこの靴のルーツが父と自分にとってふさわしいと思ったからだ。かつてプロシアの陸軍元帥(げんすい)がこの形で戦闘用のロングブーツを仕立てさせた。そして一八一五年の『ワーテルローの戦い』でフランスのナポレオンに立ち向かったのが起源とされている。父さんのビスポークにうってつけの一足だ。学生時代、『皇帝ナポレオン』と呼ばれていた父さんを倒すために、僕はこの靴で戦いを挑むんだ。そして勝ってみせる。そう誓いながら、ってもらえるだろうか。

よく晴れた午後、病院の庭へと父を連れ出すと、青々と茂った芝生の真ん中で車椅子を止めた。鉄也の前で腰を屈め、箱から出来たての靴を取り出す。時間がなかったから仮靴は作っていない。いきなり本番だから履き心地に問題があるかもしれない。気に入ってもらえるだろうか。

でもそんな不安は父の手を見たらすぐに消えた。父は膝に置いた靴を満足そうに撫でている。無骨な人だから褒め言葉なんてひとつもない。笑顔もない。でもその手を見ていたら気持ちが伝わってくる。父の手は、いつになく嬉しそうだった。

「これは？」と鉄也が右の踵の外側部分を指先で撫でた。メダリオンで『T』の文字が刻んである。もう片方の左の靴には『A』とある。

「僕と父さんのイニシャルだよ。目立つところに穴飾りをすると嫌がると思って、踵の脇にさりげなく入れたんだ。でもどうしても入れたかったんだ。父さんと僕が、二人で歩く靴だから」

鉄也は頷いた。きっと同じ気持ちだったのだろう。

息子と一緒に歩きたい。そう思ってくれているんだ。

「ソールも見てみてよ」と促すと、鉄也は靴を裏返した。その途端、父は歯を見せて相好を崩した。いつになく優しい笑顔だ。

ビスポークの靴底は、とても綺麗な空色をしていた。

「笑顔の色か」と父は呟き、碧空を見上げて清々しく笑った。

「今日の空は、なんだかいつもより綺麗だな」

きっと母さんの言葉を思い出しているんだ。

「空は、あなたの心の色を映す鏡なのよ」というあの言葉を。

よかった……本当によかった……。

父さんの人生の終わりに見る空が、綺麗な色で本当によかった。

父が歩橙を見て微笑む。そして靴をこちらに向けて「履かせてくれるか？」と言った。

歩橙は父のスリッパを脱がすと、靴下を丁寧に穿かせてあげた。そしてビスポークを足に通した。紐を固く結んで「痛くない？」と訊ねると、鉄也はなにも言わずに小さく首を前に倒した。

歩橙は肩を貸してあげた。もう力の入らない足でやっとの思いで立ち上がる鉄也。それでもこんなふうに並んで立つと、父の方が少しだけ背が高い。でも、その差はほんのわずかだった。

こんなに近づけたんだ……。小さな頃、父さんの足にまとわりついていた幼い自分が、こんなふうに肩を並べられるまで大きく成長したんだ。そのことがただただ嬉しかった。

父も同じ気持ちだったのだろう。こちらを見て目を潤ませている。

「いい？」と訊ねると、父は静かに頷く。そして二人は、同時に一歩を踏み出した。

鉄也は靴の感触を噛みしめながら満足そうに吐息を漏らす。

もう一歩、もう一歩と、親子は一緒に前に向かってゆっくり歩いた。

父は楽しそうに何度か頷くと、我が子にそっと視線を向けた。そして「歩橙」と呼びかけた。その声があまりに優しかったから歩橙は少し驚いた。目を向けると、父は涙を浮かべて微笑んでいた。

「お前の勝ちだな、歩橙」

「父さん……」

「この勝負は、お前の勝ちだ」

覚えていてくれたんだ……。

高校生の頃、僕は父さんに言った。家を出るとき、大口を叩いたんだ。

もう逃げない。父さんと戦うって。

父さんはその言葉を、ずっとずっと、忘れないでいてくれたんだ。

「俺はこんな性格だから世辞なんて言えない。誰かを褒めることも苦手だ。でも今、心から思っているよ。この靴は良い靴だ。世界に一足しかない、お前がくれた、俺のための靴なんだな」

父は涙を浮かべて朗らかに笑った。そして大地を踏みしめる靴に目を落とすと、

「歩橙は歩いているんだな。自分の人生を、自分自身のその足で」

その笑顔に、その言葉に、歩橙の胸が熱くなる。涙の気配がする。

それでも歩橙は涙を瞳の奥へと隠した。そして、

「これからだよ。ようやく僕も一歩を踏み出せた気がするよ」

息子はそう言って、父に満面の笑みを返した。

「ここから歩いていくよ。父さんの分まで」

その言葉に、父は満足そうに大きく頷いていた。


それから一週間後の雨の夜、父は亡くなった。容態が急変してあっけなく。毎日怖い顔をしていた人だったのに、最期は微笑みながら天国へと旅立っていった。

その笑顔を見ていたら涙が止まらなくなった。

「ずるいよ、父さん……」

父の亡骸(なきがら)を前に、歩橙は涙をぼろぼろこぼして笑いかけた。

「いつも怖い顔して怒ってばっかりだったのに……なんで最後の最後は笑うんだよ。こんなふうに笑われたら全部忘れちゃうじゃないか……怖かった思い出とか、嫌な思い出も全部……」

笑いながら、泣きながら、歩橙は父に話しかけた。駆けつけた桃葉と玄太も後ろで泣いている。泣いていなかったのは、ベッドの上で安らかに眠る父だけだった。

鉄也の意向で葬儀は一切執り行わずに火葬の運びとなった。生前、鉄也は玄太に「葬儀は不要だ」と言っていたらしい。「どうせ死んだらなにもかもなくなるんだ。金なんて掛ける必要はない」と平然とした様子で話していたという。父さんらしいなと歩橙は笑った。

あくる日、火葬場に着くと、連日降り続いていた雨は上がって青空が顔を覗かせた。まるで天国の母が父を迎え入れているようだ。父さんが旅立つ空が青く輝いてくれて本当によかった。

釘打ちの儀の直前、歩橙は父の棺の足下にビスポークを入れてあげた。

天国で母さんに会ったら見せてあげてね、と心の中で話しかけながら。

そして父が荼毘に付される間、中庭のベンチで空を見上げながら亡き母に心の中で伝えた。

母さん、父さんのこと頼んだよ。僕はまだこっちで頑張るから。まだまだ作りたい靴がたくさんあるんだ。叶えたい夢だってあるんだ。父さんも母さんもいなくなって寂しいけど、それでも僕は頑張るよ。くよくよしてたら父さんは怒るよね。「男のくせに情けない」って。だからもう泣かないよ。絶対に泣かないから。

涙がこぼれそうだったけれど、上を向いて我慢した。

もう泣かないぞと心に決めた。

「歩橙」と声がしたので振り返ると、喪服姿の玄太が戸口に立っていた。手には紙袋を提げている。

「お前に伝えなきゃいけないことがあるんだ」

しかしそう言ったきり押し黙った。怪訝に思って「おじさん？」と声をかけると、

「鉄也なんだ……」

「え？」

「あの金は、鉄也がお前のために用意したもんだ」

意味が分からず「どういうこと？」と眉間に皺を寄せた。

「高校生の頃、鉄也がお前の靴の道具やら本やらを捨てちまったことがあったろ？　そのあとな、あいつは俺のところに来て、あの金を預けたんだ。鉄也は言ってたよ。いつかお前が『それでも僕は靴職人になりたい』って言ったら、そのときはこの金を渡してやってくれって」

当時、玄太はその大金を見て驚いた。その頃ちょうど鉄也の会社は傾きかけていた。経済的に苦しい状況であることを玄太も知っていた。だから「こんな大金、本当にいいのかよ？」と鉄也に訊ねた。すると、父は笑顔でこう答えたらしい。

「構わないさ。だって想像してみろよ。足が悪くていつも虐められていた歩橙が、足のせいで自信を持てなかった歩橙が、誰かのために靴を作るんだ。その靴で誰かを幸せにするんだぞ。それを思えば百万なんて安いもんさ。だからこの金は、玄太からだと言って渡してやってくれ」

ダメだ……。今誓ったばかりじゃないか。

父さんと母さんに誓ったばかりなのに……。

泣いたらダメだ。歩橙は俯きながら奥歯を強く噛みしめた。

玄太は紙袋をこちらに差し向けた。

「それから、これをいつか歩橙にって」

袋の中を見た途端、我慢していた涙が溢れた。中には歩橙が大事にしていた靴の本が入っている。スケッチブックもある。高校時代、毎日毎日靴のデザインを描き続けてきた歩橙の一番の宝物だ。バイト代を貯めて買った靴作りの道具もある。コテや針や包丁、革もそのまま残されていた。

捨てないでいてくれたんだ……。

父さんは初めから僕の夢を応援してくれていたんだ。でも簡単に認めたら、僕は弱虫だからすぐに諦めてしまう。だからワザと厳しく接していたんだ。

僕を強い男にするために……。

「鉄也に伝言を頼まれてたんだ。お前がいつか一人前の靴職人になったら伝えてくれって」

歩橙は滲む視界を玄太に向けた。涙の向こうに父の笑顔が見えた気がした。

玄太の声が、父の声と重なった。

「歩橙、お前は自分のコンプレックスを生きる力に変えられる、立派な男になったんだな」

涙いっぱいで首を振った。そして子供のように泣きじゃくった。

先生は僕に教えてくれた。才能とは、自分のコンプレックスを力に変えられるかどうかだって。

父さんは僕に言ってくれているんだ。お前には才能があるって。だから頑張れって。諦めずに頑張れって。そう言ってくれているんだ。それなのに僕は――。

歩橙は奥歯を軋ませ、握り拳を震わせた。

「僕はなにもできなかった……父さんの気持ちに気づいてあげられなかった……親孝行もなにもできなかった……だから悔しい……悔しいよ……」

こんなに悔しいのは生まれて初めてだ。

父さんは最後に僕に教えてくれた。心の底から悔しいと思う気持ちを……。

もっと作ってあげたかった。一足だけじゃなくてもっともっとたくさんの靴を。モンクストラップの靴も似合ったはずだ。仕事に誇りを持っている人だったからビジネスで使える内羽根式のオックスフォードなんかも喜んでくれたはずだ。もっと腕を上げたら一枚の革から作るホールカットシューズも作ってあげたかった。もっともっとしてあげたいことがたくさんあった。話したいこともあった。でも父さんはいない。もう恩返しはできないんだ。だから、

歩橙は涙を拭って空を見上げた。青く澄み渡った碧空を。

だから僕は、父さんの分まで誰かに靴を届けるよ。これから出逢うその人に、僕の靴を履いてくれる人たちに、父さんへの想いを返してゆくよ。作るんだ。僕の靴を履いてくれた人たちが笑って歩くことのできる靴を。明日への一歩に繋がる靴を。

強い風が歩橙の涙を乾かすように吹いた。きっと天国の父が「泣くな」と言ってくれ

ているんだ。

　歩橙は笑みを浮かべて晴れ渡る空に伝えた。

　だから父さん、青い空の上から僕のことを見ていてください。


　火葬が終わった翌日から仕事に復帰した。『ＬＯＫＩ　Ｊａｐａｎ』はまだ立ち上げたばかりだが、さすがは榛名藤一郎だけあって予約はあっという間に埋まってしまった。だからいつまでも休んでなんていられない。それに家にいたら悲しい気持ちに飲み込まれてしまいそうだった。

　歩橙はマウンテンバイクで早朝の街を走って工房を目指した。

「おはようございます！」とガラスドアを開けて中に入ると、眠そうな顔の榛名が二階から下りてきた。今日もいつもと同じ檸檬色のボタンダウンシャツ姿だ。ふわぁと大きくあくびをしながら「おはよう」と気怠そうにスツールに腰を下ろす。歩橙は「コーヒー淹れますね！」と工房の奥にあるミニキッチンで湯を沸かした。その間に十一グラムの豆をミルで丁寧に挽く。ひとつひとつの作業を心を込めてしようと思った。

「随分とテンションが高いね」

「無理してでもテンション上げないと落ち込みそうなので。それに昨日、父さんに誓ったんです。今よりもっと強い男になるって。あともうひとつ」

　歩橙は振り向き、師匠に宣言した。

「いつの日か、僕の靴で誰かを幸せにする――そんな靴職人になります。それでいつか、世界一の靴職人にもなってみせます」

そう言って清々しく笑った。

「だから今日からまたご指導よろしくお願いします！」

「そうだな。指導の甲斐があるよ」と榛名はゴムで髪を縛った。「君がお父上に作った靴はお世辞にも良い靴だとは言えなかったからね。ステッチもガタガタで吊り込みも甘い。そしてなによりデザインが凡庸(ぼんよう)で色気がなかった。はっきり言って素人の習作に毛の生えた程度の代物だったよ」

「あのぉ、僕まだ喪に服してて落ち込んでるんですけど……」

容赦ない師匠の言葉に怯んでいると、榛名はなにかを思い出したようにポンと手を叩いた。

「そういえば、君に『ＬＯＫＩ』の名前の由来を話したことはあったかな？」

「ありませんけど」歩橙は落ち込んだまま口を尖(とが)らせた。

「ロキというのは北欧神話に登場するいたずら好きの神様の名前だ。邪悪な性格で気分屋。その狡猾(こうかつ)さは誰もが舌を巻くほどだった。とにかく平気で人を傷つけるような嫌な奴だったんだよ」

「先生みたいですね」

言われっぱなしは悔しかったので嫌みを言ったが、睨まれてしまった。

「でもね、ロキにはひとつだけ宝物があった。彼は、空を飛べる靴を持っていたんだ」

「空を飛べる靴？」

「ああ。魔法の靴だ。いいかい、夏目君。君が作った靴は、僕に言わせれば未熟な三流品だったかもしれない。でも君は確かに作った。空を飛べる靴を。今頃お父さんは天国で楽しく歩き回っているはずさ。君の作ったあの靴を履いてね。『ＬＯＫＩ　Ｊａｐａｎ』の一足目としては十分すぎるほど素敵な靴になったと思うよ」

先生に初めて褒められた……。ガッツポーズして大声で叫びたい気分だ。

「ということで、次の給料から半年間、空飛ぶ靴の代金は天引きさせてもらうよ」

「待ってください！　お金取るんですか!?」

「当たり前だろ。『ＬＯＫＩ』の靴は最低でも一足二十万円。きっちり天引きさせてもらうよ。さてと、ケトルがパチンと音を立てたぞ。お湯が沸いたみたいだ。さっさとコーヒーを淹れたまえ。世界一の靴職人になる前に、まずは世界一美味いコーヒーを淹れられるようになりなさい」

この人は本当に邪悪な気分屋だ……。

歩橙は肩を落としてミニキッチンへ向かおうとした。

「それから」と先生は呼び止め、一枚の紙をこちらへと向けた。

「試用期間は昨日で終わりだ。サインをしたまえ」

それは、『ＬＯＫＩ』の契約書だった。

「正式採用……。いいんですか!?」

「しかし勘違いしてはいけないよ？　君はまだまだ半人前もいいところだ」

うっ……。顔を歪めていると、先生は口元に微笑を浮かべた。

「君だけじゃない。僕も半人前さ。自分も少しはマシな靴職人になったと思うたび、壁というのは必ず現われる。そしてそのたび痛感するんだ。僕はまだまだ半人前だと」

「先生もですか？」

「ああ。でもそれでいい。次こそはもっと素晴らしい靴を作ってみせると心に誓えるからね。その悔しさが我々を成長させるんだ。だから夏目君、君もいつまでも半人前であり続けなさい」

「はい！」

僕の道ははじまったばかりだ。でも、父さんがくれたこの一歩は、大きな大きな一歩になった。そしてこの道を一歩ずつでも歩いてゆけば、いつかたどり着けるかもしれない。世界一の靴職人になるという、呆れるくらい大きな夢に。僕の靴でたくさんの人を幸せにするって夢に。

歩橙は契約書に名前を記した。

夏目歩橙――。父さんがくれたこの名前を、今以上に誇らしいと思ったことはない。

「先生、ひとついいですか？」

サインした契約書を渡すと、先生は「給料の値上げ交渉以外ならね」と皮肉っぽく笑った。

「どうして横浜に出店しようと思ったんですか？」

「変なことを訊くんだな。君も見ていただろ？　突き針がこの街に刺さったからだよ」

「でも分からないんです。先生はダーツがお好きですよね？　それこそマイダーツを持っていて、毎晩ダーツバーに通うほどなのに。いくら突き針だったからといって、世界地図の端っこに刺さるような暴投はしないと思うんです。もしかしたら、ワザと日本を選んで投げたのかなって」

「ほぉ、たまには鋭いんだな」と榛名は目を丸くした。

「先生は、父の病気を知っていたんじゃありませんか？」

髪の毛を撫でつけながら「正直に打ち明けよう」と榛名は観念した表情を浮かべた。

「元々あれより以前に『ＬＯＫＩ』の日本進出の話は出ていたんだ。でもどの街に出店するか決めかねていてね。東京、京都、長崎、沖縄、いくつかの候補地を検討していた。そんなとき、君のお父上が余命幾ばくもないことを知った。ある女性がメールを寄越してくれたんだ。そこには彼女と君との関係や、君が靴職人になることをお父上に反対されていたこと、一人前の靴職人になるまでは会うつもりがないことが記されていた。そしてこうも書いてあったよ。『お願いします。夏目君をお父さんに会わせてあげてください』とね。そのメールを見て僕は思った。これは天啓だ。靴の神様が僕らを横浜に呼び寄せているんだと。だから適当な理由を付けて決めたんだ。ちなみに、針が横浜から外れたら別の理由を並べるつもりだったよ。まぁ一発で決まって御の字だ」

歩橙は呆然と立ち尽くした。榛名が言った言葉が胸に引っかかっていた。

「そのメールを寄越したのは、誰なんですか?」

「それは言えないな。ホームページのメールフォームから送られてきたものだが、君には正体を明かさないでくれと書いてあったからね」

榛名の目が言っている。君なら答えが分かるはずだと。

僕のことを『夏目君』と呼ぶ女性は、世界でひとり、彼女だけ。

渡良井さんだ……。

でも分からない。どうして彼女が父さんのことを?

渡良井さん、君は今、どこにいるの?

それより二ヶ月ほど前。青緒は五月初旬の横浜の街を走っていた。自宅アパートのすぐ脇にある御所山公園を抜けて大通りを横切り、掃部山公園の階段を一気に駆け下りる。

あーもう、急がなきゃ遅刻しちゃう! 肩で息をしながら細い眉をハの字にした。

寝坊の原因は、遅くまで絵本を描いていたからだ。連日連夜の執筆作業で疲れがピークに達して、机に突っ伏したまま眠ってしまったのだ。ハッと目覚めたときにはもう出勤時間。大慌てで着替えて、転びそうになりながら白いスニーカーを履き、ドアを押し開け、飛び出したのだった。

桜木町駅までやって来ると、自動改札機を飛び越えるようにくぐり、発車ベルが鳴り響くホームに停車中の水色の電車に間一髪飛び乗った。ギリギリセーフだ。ふぅっと額の汗を手のひらで拭っていると、周りの人たちに睨まれてしまった。ぎゅうぎゅうの車内に無理矢理入り込んだのだ。苛つかれて当然だ。青緒は「ごめんなさい」と肩をすくめて小さくなった。

彼女は今、伊勢佐木町(いせざきちょう)にある小さな絵本専門店で働いている。大岡川(おおおかがわ)と国道十六号の間にあるオフィスビルが建ち並ぶ一角にぽつんと佇むその店は、注意しなければ素通りしてしまいそうなほどこぢんまりとしている。築五十年以上は経っているであろうモダンな風合いをした洒落たビルの一階。ペンキの剝げた白いドアの脇には『絵本のお店どうわのくに』という看板がある。これは青緒の手作りだ。店長に頼まれ、ホームセンターで材料を買ってきて製作したのだ。慣れないＤＩＹに苦戦もしたが、仲良く絵本を読む少年少女のイラストはなかなかの出来だと自負している。

「おはようございます！」と軋むドアを開けると、古い本の香りがふんわりと鼻腔(びこう)をくすぐる。バニラのような甘い匂いが胸に心地よい。通勤の疲れなんて吹っ飛んでしまう至福の瞬間だ。

店内はさして広くない。壁をぐるりと囲むように肩ほどの高さの棚が並んでいる。その奥にはレジカウンター。昭和のレジスターが今でも現役で頑張っている。中央には円形のテーブルがあって、店長おすすめの絵本が並んでいる。今月は『スイミー』などで知られるレオ・レオニ特集だ。

店の商品はどれも中古品ばかり。本来なら捨てられていたであろう彼らを引き取って次の世代の子供たちへと繋いでいる。そんな〝笑顔の架け橋〟のようなこの仕事を青緒は誇りに思っていた。

「おやおや、青緒ちゃん。今日は随分とギリギリだね」

はたきで棚の上の埃を払っていた店長の柴山(しばやま)さんが、皺に覆われた顔を緩めてにこりと笑った。七十七歳とは思えぬほど若々しい。背筋もぴんと伸びているしスタイルもいい。

「ごめんなさい、寝坊です。起きたらギリギリでした」と青緒は手を合わせて謝った。

「間に合ったんだ、謝ることはないさ。昨日も遅くまで絵本を描いていたんだろう？」

「明日が締め切りなんです。コンクールの」

倉庫兼休憩室に荷物を置いて掃除を手伝った。

「明日？　だったら今日は休んでもいいのに」

「大丈夫です。なんとしてでも間に合わせます！」

力こぶを作ってみせると、柴山さんは「それは頼もしい」と白い口髭を撫でて笑った。

「それで、自信のほどはどうなんだい？」

うっ……。訊かれたくない質問だ。正直あんまり自信がないのだ。ストーリーを作ることに時間がかかりすぎて作画に費やす日数が明らかに足りていない。しかしそんな弱気を打ち消すように「今年こそは入選してみせます！　五年目の正直です！」と手のひらを大きく広げた。

「じゃあ入選したら、お祝いにイーゼンブラントの絵の具セットをプレゼントしてあげようか」

「本当ですか！　ずっとほしかったんです！　やったぁ！」

青緒は箒を抱きしめて小躍りした。

イーゼンブラントの絵の具は、他に類を見ない鮮やかさと強い発色性を有し、輝きのある純粋な透明感が表現できる逸品だ。イギリスの王室から称号をもらったほどの高級品なのだ。

「前も訊いたかもしれないが、どうして絵本作家になりたいんだい？　昔からの夢なのかな？」

「約束なんです」とポリポリと恥ずかしそうに頬を掻いた。

チリチリチリと肌が痛くなる。青緒は痛みを感じる右肩を手のひらで覆いながら、

「わたしの描いた絵本を読みたいって言ってくれる人がいるんです。彼は今、イギリスで靴職人の修業をしていて。わたしも負けていられないなって思ったんです。昔はお金を貯めることだけが生き甲斐だったけど、今は彼に恥じないような生き方をしなきゃって。だから勤めていた清掃会社も辞めて、二十四時間、三百六十五日、絵本に携わろう

って決心したんです」

「素敵な彼氏がいて青緒ちゃんは幸せ者だ」

耳がかぁっと熱くなった。「ち、違います！　彼氏じゃないです！」と頭をぶんぶん左右に振ると、柴山さんは高らかに笑って「隠すことはないさ」と青緒の肩をポンポンと叩いた。

本当に彼氏なんかじゃないんだってば。だってこの五年、一度も連絡してないんだもの。きっと今頃、彼の隣には笑顔の素敵なブロンド美女がいて、テムズ川のほとりで笑い合いながらビールを片手にフィッシュ・アンド・チップスでもつっつき合ってるんだ。彼って案外単純だから、可愛い女の子に言い寄られたらホイホイついて行っちゃいそうだもんな。それで鼻の下を伸ばして英語で愛を囁いたりしてるんだ。はぁ、なに考えてるんだろ。完全に自爆だ。肌がチリチリ痛いや。

でもその痛みが教えてくれる。わたしは今も、夏目君が好きなんだなって……。

カランカランとカウベルが鳴ってお客さんが来店したので、「いらっしゃいませ」と振り返った。しかし慌ててレジカウンターの陰に隠れた。頭が真っ白で言葉が出ない。

青緒は倉庫兼休憩室に身を潜めた。四畳ほどの小さな部屋には在庫の絵本が積まれている。小窓から射し込む朝の光が宙を舞う埃をキラキラと輝かせると、青緒の荒い呼気によって渦を巻くように流されていった。ドクン、ドクンと心臓が高鳴っている。

ゴクリと唾を飲み、少しだけドアを開けて店内の様子を窺（うかが）った。

どうしてここに……。手のひらが信じられないほど汗でぐっしょりと湿っている。

金髪の小柄な女性が絵本を物色している。派手な原色のジャンパーのポケットに手を突っ込んで、スキニーのジーンズを穿いた行儀の悪そうな女の子だ。

「……あすなちゃん」

五年前から容貌は変わっているが、確かにそれは親戚のあすなだった。

彼女はぐるりと店内の絵本を一瞥すると、五分も経たないうちに出て行った。

胸を撫で下ろして小部屋から出て、レジスターの前のスツールにヘナヘナと座った。

緊張で手が震えている。柴山さんが「どうしたんだい？」と心配そうに顔を覗く。青緒は我に返って「なんでもないです」と郵便物の整理に取りかかった。しかし心臓は大型車のエンジンのように激しい音を立てている。

なんであすなちゃんがここに？　わたしを捜しに？

まさか。偶然だよね？　でもだったらどうして絵本のお店に？

あの頃、毎日のように嫌みを言われ、罵られ、虐められた忌々しい記憶が蘇ると、青緒はぶるっと身震いを起こした。そして未だに過去に囚われている自分を情けなく思った。

「こんばんはー」

夜八時を過ぎた頃、青緒の自宅アパートに華やかな声が響いた。絵本を描き進めていた手を止め、筆を置いて立ち上がる。玄関へ向かおうとしたが、鏡に映った二の腕を見て足を止めた。小さな橙色の痣ができている。今朝、柴山さんと話しているときにできたものだ。隠さないと。青緒は押し入れの抽斗から灰色のサマーセーターを取り出して袖を通した。

安普請（やすぶしん）の木造アパートの二階、八畳一間の味気ない和室が今の青緒の城だ。それでも可愛い部屋作りに努めている。小さな紫色の二人がけソファ。レオ・レオニ作のフレデリックのぬいぐるみ。白雪姫のワンシーンを切り取ったステンドグラス風のテーブルランプ。本棚の上には宝物の『シンデレラ』もある。この部屋に住んで約五年、だいぶマシになったと思う。

「お待たせ」とドアを開けると、コンビニ袋がぬっと現われた。

「じゃーん、差し入れー」

そう言って笑うのは、ダークスーツに身を包んだ桃葉だ。

「もぉ、聞いてよー。今日も上司に怒られちゃってさぁ～」

桃葉は部屋着を借りるや否や、買ってきた缶ビールをぷしゅっと開けて、スナック菓子を齧って愚痴を言いはじめた。教員採用試験に失敗して、みなとみらいの結婚式場に就職した彼女は慣れない仕事に四苦八苦している。今日は「落窪さんは要領が悪い」と小一時間ほど説教をされたらしい。

「それでこの時間まで居残りよ？　残業代発生してるんだから、そっちの方が要領悪いじゃんね」

「ふふ、確かに。でもごめんね、そんなときに。疲れてるでしょ？」

「いいのいいの。わたしにとっても気分転換になるからさ。あ、お礼はスイーツでいいからね」

ウィンクする彼女に、青緒はふふふと釣られて笑った。

「よし、じゃあはじめよっか！」と桃葉は空っぽのアルミ缶を両手でくしゃっと潰した。

五年前のあの卒業式以来、桃葉とはこんなふうに時々会っている。とはいえ、彼女が社会人になってからは会えたとしても月に一度か二度くらいだ。一緒に食事をしたり、買い物に出かけたり。それにコンクールの締め切り間近には、こうして手を貸してもらっている。

さすがに悪いと思ってバイト代を出そうとしたことがある。しかし頭を叩かれた。「お金のために手伝ってるなんて思わないで」と怒られてしまった。だから今も彼女の優しさに甘えている。

でも、なんでなんだろう……。青緒はずっと疑問だった。

なんで桃葉ちゃんは、わたしの夢をこんなにも応援してくれるんだろう。

「今回のお話、すっっっごく面白いと思うよ！」

作業をはじめて一時間ほどが経った頃、桃葉が出来上がった原稿の一枚を手に取ってうんうんと大きく頷いた。褒められるのは苦手だ。恥ずかしくて汗が噴き出る。だけどやっぱり嬉しいものだ。青緒は「そうかなぁ」と照れながら、胸まで伸びたロングストレートの黒髪をゴムで結わえる。

「なによりタイトルがいいよね！　『幸せの檸檬色』！　なんか可愛いもん！」

「実はあんまり自信がなかったの。でも桃葉ちゃんに褒めてもらえると勇気が出るよ」

「んもう、自信持ちなってぇ！」と背中を叩かれ、ゲホゲホと咳き込んでしまった。

桃葉はホチキスで留めてあるＡ４用紙をテーブルの上からひょいっと取り上げた。この絵本の下描きだ。それから子供に読み聞かせるように抑揚をつけて物語を読みはじめた。

「レモン君は昔は真っ黒でした。すごくすごく酸っぱくて、みんなに馬鹿にされていました。どうして自分はフルーツなのに、こんなに醜いんだろう。レモン君はいつもいつも泣いていました」

「恥ずかしいから読まないで……」

「いいじゃない。音読したら直す箇所が見つかるかもよ？」と桃葉は続ける。「僕もイチゴ君やブドウ君みたいに甘くて可愛いフルーツになりたいよぉ。みんなにもっと好かれたいよぉ。黒いレモン君はいつも泣いていました。そんなある日、彼はひとりの女の子と出逢いました。すごく可愛い女の子です。でも彼女は不思議な女の子。なんと、味を感じることができないのです。フルーツのみんなは女の子を喜ばせようと、彼女に齧ってもらいます。ちっとも味を感じません。表情ひとつ変えません。イチゴ君もメロン君もバナナ君もキウイ君も悲しくて泣いてしまいました。そして最後にレモン君だけが残りました。どうせ僕は酸っぱいから。どうせ僕は醜いから……。レモン君は諦めています。そのときです。『頑張れ！　レモン君！』初めてみんなに応援されました。それが嬉しくて嬉しくて、レモン君の心に勇気がもりもり湧いてきます。そしてレモン君は彼女に齧ってもらいました。するとびっくり。女の子は目をまん丸にして驚きました。生まれて初めて味を感じたのです。酸っぱいという味です。彼女の顔が優しく優しく変わってゆきます。ついに笑顔になったのです。その顔を見て、レモン君は涙をこぼして喜びました。その幸せの涙がレモン君の黒い身体を綺麗な黄色へと変えてゆきます。レモン君は思いました。僕は酸っぱくてもいいんだ。こんな僕でも誰かを喜ばせることができるんだって。生まれて初めて幸せを感じたのです。だからレモンが今日も黄色いのは、うんとうんと幸せを感じているからなんです」

桃葉は「おしまい」と紙を置いた。

「この話って、青緒ちゃんがモデルだよね？　ボロボロのローファーを履いて、みんなに笑われていた青緒ちゃんが、歩橙に出逢って自信を持った。そんなお話だよね」

青緒は首を振って「そこまで意識はしてないよ」と苦笑した。

「でも今のわたしを作っているのは、あの頃の夏目君との思い出が大きいから。きっと作るお話には、自然と夏目君との思い出が込められちゃうのかも」

実際ストーリーを考えていたとき、歩橙を想って何度も身体が痛くなった。一ページ、一ページ、考えるたびに全身が焼けるように痛くなり、上半身は痣だらけになり、高熱が出て寝込んでしまうほどだった。だから話を作ることに時間がかかりすぎてしまったのだ。彼を想って物語を作ることは自らを傷つける行為に等しい。青緒はそのことを文字通り痛いほど思い知らされた。

「でもさぁ、そんなに好きならさっさと連絡取ればいいのに。あいつには『青緒ちゃんとは全然連絡取ってない』って嘘ついてるけど、わたし嘘下手だから、きっとそのうちバレちゃうよ？」

「嘘つかせてごめんね。入選するまでは連絡しないって決めてるの。彼も頑張ってるんだから、わたしも頑張ろうと思って。絵本作家として一歩を踏み出すまでは、夢のことだけ考えようって」

「じゃあ今度こそ大丈夫だね。レモン君なら入選間違いナシだもん」

青緒の心に小さな罪悪感の芽が生まれた。

わたしが夏目君に連絡できないのは、コンクールに入選できないからだけじゃない。本当は勇気がないだけだ。怖くて逃げているんだ。

もしもまた夏目君に会ったら、きっとわたしは……って。

「どうかした？」と桃葉が顔を覗いてきたので、取り繕うようにして笑った。

「このお話ね、お母さんが言ってたこともヒントになったんだ。子供の頃、レモンが酸っぱくて嫌いだったの。そしたらお母さんに言われたの。レモン君は青緒に食べてもらえなくて泣いてるわ。レモン君にとっての幸せは、みんなに美味しいねって食べてもらうことなんだからって」

あのときの母の笑顔を思い出し、青緒は昔を懐かしんで形の良い目をそっと細めた。

「お母さん、檸檬色が好きだったの。よく言ってたな。『檸檬色は幸せの色なんだよ』って」

「幸せの色？　どうして檸檬色が？」

「さぁ、小さかったから理由までは覚えてないの。それに、もう訊くこともできないし」

「青緒ちゃんのお母さんって確か……」

「わたしが小学校一年生のときに死んじゃった」

「病気？」

「それがよく分からなくて」と青緒は頭を振った。「学校から帰ってきたら居間で倒れてて。いくら揺すっても目を覚まさなかったの。大家さんに救急車を呼んでもらったんだけど、結局そのまま。子供だったから、どうして死んじゃったのかよく分かってなくて」

あの日はお母さんの誕生日だった。だから学校へ行くとき、こっそりテーブルにプレゼントを置いていった。お小遣いを貯めて買った檸檬色のハンカチだ。『お母さん、いつもありがとう』という似顔絵つきの手紙も添えた。お母さんは女手ひとつで一生懸命働いてわたしのことを守ってくれた。いつもパートで重い荷物運んで、汗びっしょりで大変そうだった。だから汗を拭いてほしいと思ってハンカチをプレゼントしたんだ。生まれて初めて買ったプレゼントだった。

あのプレゼント、お母さんは喜んでくれたのかな……。

「時々気になるんだ。どうしてお母さんは死んじゃったんだろうって。すごく元気な人で、病気なんて一度もしたことなかったから、どうしてあんな突然にって」

「知ってる人は誰かいないの？」

「うーん、育ててくれた伯母さんくらいかなぁ」

「あー、あの人ね」と桃葉は顔をぎゅっとしかめた。彼女は五年前に伯母と会っている。そのときの印象がよくなかったらしい。それに仲良くなってからは墨野家での出来事はすべて話していた。

「訪ねる気はもうないの？　もしかしたら、なにか分かるかもだよ？」

「無理無理」と青緒は微苦笑した。「あんな別れ方したんだもん。今さら会いづらいよ」

今でも時折、あの家を出て行った日のことを思い出す。あすなちゃんに退学に追いやられ、罵声(ばせい)を浴びせられ、お父さんに捨てられたことを平然と告げられた。家を出て路頭に迷った苦しい日々が胸を過ると、気分が沈んで苦しくなる。だからつい目を背けて逃げてしまう。

わたしは今もたくさんのことから逃げている。

自分の過去から、伯母さんたちから、それに一番大切な夏目君からも……。

「歩橙はね」

彼の名前に反応して、はたと顔を上げた。

「歩橙は今、お父さんと向き合ってるよ」

「夏目君、日本に戻って来たの？」

「うん。この間うちにも来たよ。そのときパパが伝えたの。お父さんの病気のこと。青緒ちゃんなんでしょ？　歩橙の先生にメールしたの」

まばたきをして視線を逸らすと、青緒はのろのろと頷いた。

歩橙の父のことは桃葉から聞いていた。彼には黙っていてほしい——そう頼まれていたのだが、居ても立ってもいられなくなり『ＬＯＫＩ』のホームページからコンタクトを取ってしまったのだ。

「出過ぎた真似だと思ったんだけど、でもどうしても黙っていられなくて。もしもわたしが同じ立場だったら知りたいと思うから。なにも知らないまま突然お父さんとお別れするなんて、そんなの絶対耐えられないもん。だからごめん。口止めされてたのに勝手に言っちゃったの」

桃葉は「そんなこと」と大きく二、三度、頭を振った。

「わたしも本音の本音は、歩橙に言うべきだって思ってたから。でも、おじさんから『歩橙にだけは言わないでくれ』って釘を刺されて悩んでたの。おじさんには小さい頃によく遊んでもらってたから、どうしても裏切れなくてさ。それに、歩橙に心配かけたくないって気持ちもよく分かるし。そんなんだから踏ん切りがつかなくて。青緒ちゃんに助けられたよ」

「そう言ってくれると嬉しいけど……。でも夏目君、大丈夫？」

「うん！　今ね、一生懸命お父さんの靴のデザイン考えてるよ。必死に向き合ってるんだ。自分が乗り越えるべき相手と」

「乗り越えるべき相手？」

「そっ、歩橙にとってお父さんは、いつか乗り越えなきゃいけない存在だから」

あの日、夏目君は大さん橋で叫んでいた。世界中が笑っても、世界中が無理だと言っても、ほんの少しの人間だけが活躍できる才能の世界だとしても、だったら僕はそのひと握りになってみせるって。お父さんに反対されたときに言われたんだろう。桃葉ちゃんは幼なじみだから、夏目君の悩んでいた気持ちを全部分かってる。そう思うとちょっとヤキモチだ。背中の辺りがチリチリする。

「青緒ちゃんも向き合ってみたら？　自分が乗り越えなきゃいけない相手と」

乗り越えなきゃいけない相手か。それってきっと――。

夏目君は勇気を出してお父さんに会った。自分の過去と向き合っているんだ。その一方でわたしは今も逃げたままだ。今日だってあすなちゃんから逃げてしまった。この五年、大人になるにつれてお母さんのことを考える機会が格段に増えた。死んでしまった理由だけじゃなくて、お母さんがどんな人だったのか、わたしと同い年のときにどんなことを思って、どんなふうに笑っていたのか、知ってみたいと何度も思った。でも勇気がなくてあすなちゃんや芽衣子伯母さんと向き合えずにいる。過去だけじゃない。夏目君とも、この身体とも、わたしはちっとも向き合えていない。五年の付き合いになる桃葉ちゃんにも、この病気のことを打ち明けられずにいるんだから。

あくる日、絵本店の仕事は休みだったが、眠い目をこすりながら朝早くに家を出た。今日は三ヶ月に一度の定期検診だ。まさかコンクールの締め切り日とぶつかるだなんて。本当は執筆作業に充てたいところだけれど、前回も締め切りと重なってドタキャンしてしまった。さすがに今回は行かないと怒られてしまう。青緒は疲れ果てた重い身体を引きずるようにして病院を目指した。

初めはあんなに緊張したこの病院だが、今ではもう慣れっこだ。消毒液の匂いがする廊下は未だにちょっと苦手だけれど、横光医師に会うことは青緒の小さな楽しみになっていた。

「スージー先生」とノックをして脳神経内科の診察室のドアを開けると、机でパソコンに向かっていた数子が顔を上げ、眉をきゅっとひそめた。

「その呼び方、いい加減やめてくれないかしら？」

「どうして？　可愛いじゃないですか。数子だからスージー先生。よくないですか？」

「嫌よ、そんなの。だってそれ、シンデレラの友達のネズミでしょ？　ネズミなんて大嫌いだわ。それに、青緒ちゃんにシンデレラの座を譲ったつもりなんてないわ」

そんな冗談を言いながら、数子は部屋の隅にある卵色のソファに座るよう手で促した。

「体調は変わりない？」お土産に買ってきたエクレアを齧りながら数子が訊ねると、青緒はいつものように戸棚の上に置いてある底の錆びた電気ケトルでお湯を沸かす。そしてコーヒーを淹れながら「強いて言えば眠いくらいですね」と冗談めかして笑って言った。

「そういえば次のコンクールの締め切り、そろそろだったっけ？」

「今日なんです。だから徹夜続きで眠くて眠くて」と数子の前にコーヒーを置いた。

「でも安心したわ。その様子だと体調は良いみたいね」

「おかげさまで痛みはちっともありません。この五年で痣もほとんど消えましたし。全然ときめいてないみたいで時々ちょっと悲しくなりますけど」

彼を想ってコンクールの絵本を描いたことや、それによって高熱が出たこと、痣に襲われたことは伏せておいた。言えばきっと心配されてしまう。

「大丈夫よ。わたしなんて十年以上もときめいてないから。一回結婚に失敗すると、愛より団子の方が恋しくなるのよ。んん、やっぱ青緒ちゃんの淹れるコーヒーはいつ飲んでも美味しいわね」

「コツは蒸らしの時間とお湯の温度です。あと、お豆の特性をちゃんと知ること」

青緒は得意げに胸を張ったが、その胸には数子の言葉が魚の骨のように引っかかっていた。

結婚か……。正直に言えばちょっとは憧れている。でもわたしにはきっと無理だ。だってこんな身体なんだ。好きな人と、夏目君と一緒に暮らしたら、きっと身がもたないよ。

「お腹の痣の治療はどう？　形成外科でのレーザー治療、少しは役に立ってるかしら？」

「どうかなぁ。ちょっとは薄くなった気もするけど、あんまり変化はないかなぁ」

五年前、歩橙を追いかけた北仲橋で激痛に襲われた青緒は、病院に搬送されて三日三晩高熱で苦しんだ。そして目が覚めた後、「危うく死ぬところだったのよ！」と数子に厳しく注意された。命を奪うほどの痛みによってできた大きな痣は、今でも下腹部にくっきりと残っている。

「美容整形に頼ってみるのも手よ？」

「でもそれって保険の適用外ですよね？」

「だけどその分、最新設備で治療を受けられるわ」

「ちなみに、いくらくらいなんですか？」

「病院にもよるけど、だいたい五センチ四方で十万円ってとこかしらね」

青緒は「無理無理」とポニーテールを振って苦笑した。

「恥ずかしい話ですけど、今貯金が全然ないんです。横浜ってほんと家賃が高くて。画材だって安くないし、美容整形に使う余裕なんてありません。元々貯めてたお金も一人暮らしの資金やらなにやらで全部なくなっちゃいましたし」

「そう……。でももし必要になったらいつでも言ってね。紹介するから」

カップのコーヒーを一口飲むと、数子は「ところで」と慎重な口ぶりで訊ねてきた。

「例の彼とは、連絡は取ってるの？」

夏目君のことだな。青緒は頭を振った。

「そんな勇気ありません。この五年、何度も連絡しようとしたんです。教えてもらったメールアドレスにメッセージを送ろうとして、何度も何度も文章を書きました。でもそのたびに身体がチリチリ痛くなって諦めちゃいました。やっぱりわたしには恋愛なんて無理なんだなぁって思って」

「友人として応援したい気持ちは山々だけど、でも身体のことを考えたら無謀すぎるわ」

「分かってます。彼と恋をしたら、わたしの身体は焦がれちゃうから」

分かってる。分かってるんだ。わたしに恋はできないって……。でも、わたしは自分にそう言い聞かせて逃げている。過去から、病気から、夏目君や桃葉ちゃんから、今も逃げてばっかりだ。夏目君は今こうしている間にも前へ進もうとしているのに。わたしが向き合わなきゃいけない一番の相手、それは自分自身だ。

弱いこの心が、一番の、最大の敵なんだ。

その夜、桃葉と二人で郵便局の窓口に駆け込んだ。仕上げた原稿を今日中に出さなければ応募資格を失ってしまう。封筒を出すと「営業時間、過ぎてますよ」と局員が壁の時計を指さした。三十秒遅かったみたいだ。「おまけしてください！　この日のために頑張ってきたんです！」と必死になって訴えたけど、局員は頑なだ。「規則ですから」と手と首を振るばかりだ。

桃葉がカウンターを叩いた。

「三十秒くらいでチマチマ言ってんじゃないわよ！　この子の人生かかってんのよ！」

「でも規則ですからねぇ」と渋る局員を見て、青緒が「じゃあ踊ります！」と身を乗り出す。

「頭にカニでもなんでも載せてここで朝まで踊ります！　だからお願いします！　わたしに今日の消印をください!!」

べそをかきながら必死に訴える姿に根負けして、局員のおじさんは今日の消印を押してくれた。

よかったぁ～、なんとか間に合ったぁ……。

青緒はその場にへたり込みそうになった。

郵便局から一歩出ると、桃葉が「よし、じゃあ祝杯だ！」と背中を叩いた。

コンビニで缶ビールと簡単なおつまみを買って、港の見える丘公園で乾杯すると、夜空を見上げるようにして缶をぐいっと傾けた。はぁ、なんて美味しいんだろう。久しぶりに飲んだビールに喉がびっくりして、くぅっと音を鳴らす。桃葉も明日は休みだからと、楽しそうにビールを飲んでいる。二人はあっという間に二本目の缶に手を伸ばした。

「ありがとう！　ほんんんんんとにありがとう！　桃葉ちゃんのおかげだよ！　わたしひとりじゃ間に合わなかったもん！」

酔いの勢いもあって、青緒はいつもよりテンションが高かった。桃葉も陽気な様子で

「お礼はスイーツで。今度、三枝屋百貨店に『鎌倉ル・モンド』の支店ができるんだ〜」

と笑っている。

「それより、一次審査の発表っていつだっけ？」

「えっと、七月の頭だったかな」

「二ヶ月後かぁ〜。じゃあ突破してたら、ぱーっとお祝いしようね！」

「うん」と青緒は弱々しく返事をした。

「どうしたの？　あ、もしかして自信ないんでしょ〜？」

「ううん、そうじゃなくてね。ずっと気になってたんだ。どうして桃葉ちゃんは、わたしのことをこんなに応援してくれるの？」

桃葉は「うーん」と缶のプルタブを指先で弄ってはにかんだ。

「羨ましいからかな」

「羨ましい？　わたしからしたら桃葉ちゃんの方が百倍羨ましいよ。可愛いし、明るいし、笑顔だって素敵だし、性格だってとってもいいし。わたしが敵う要素なんてひとつもないよ」

「そんな単純なことじゃなくてさ。わたしはね、渡良井青緒の生きてゆく力強さに惚れてるの。お母さんを亡くして、意地悪な親戚に預けられて、散々虐められて、ボロボロの靴を履いて毎日バイトに明け暮れて、その上、高校までクビになっちゃって……。それでもこうやって夢を持って強く生きてる姿に同じ女として憧れてるの。わたしは学校の先生になる夢、簡単に諦めちゃったから。なにがあっても踏ん張ってる青緒ちゃんが時々うんと眩しく見えるの。だから応援したいんだ」

「強くなんてないよ……」

弱々しく呟いて立ち上がると、桃葉に背を向け、橙色に光る街を眺めた。

「わたしがこうやっていられるのは、夏目君や桃葉ちゃんのおかげだよ。ひとりじゃ夢も希望もなかったもん。きっと今も寂しい人生だったと思う。だから――」

振り返って桃葉に笑いかけた。

「だから二人は、わたしに魔法をかけてくれた恩人なの」

桃葉は嬉しそうに笑っている。その笑顔を見て青緒は少しだけ泣きそうになった。

五年前、わたしの周りには誰もいなかった。いつも下ばかり向いてひとりぼっちで生きていた。でも夏目君と出逢って、恋をして、今はこんなふうに夢を持つこともできた。桃葉ちゃんみたいに応援してくれる人とも出逢えた。だからわたしは今、寂しくなんかない。そう思わせてくれた二人は、わたしにとってかけがえのない恩人だ。

「桃葉ちゃん、わたし決めたよ。今よりもっと強くなる。自分の過去とも向き合うよ」

「うん、すごくいいと思う！」と桃葉はサムズアップしてみせた。

それから……と、青緒は拳を握った。

この病気にも、ちゃんと立ち向かおう。

「桃葉ちゃんに話しておきたいことがあるの」

震える胸にたくさん空気を詰め込むと、青緒は勇気を出して彼女に伝えた。

「わたし病気なの」

突然の告白に、桃葉は口を半分ほど開いたまま固まった。

「高校生の頃から病気だったの」

「……どんな？」

「脳の誤作動が原因なんだけどね。恋をしたら、身体が痛くなっちゃうの」

「恋をしたら？」

「好きな人を好きだと思ったら、身体がチリチリ痛くなるの。夏目君のことを好きだと思ったら、身体が焦がれて痛くて痛くてたまらなくなるの。変な病気でしょ？」

明るく振る舞ったが、桃葉の顔には笑みの欠片もない。

青緒は腹の辺りを手で撫でながら、

「それでね、痛みと一緒に痣ができちゃうの。こんなふうに」

意を決してシャツの裾をめくった。下腹部から臍の上の辺りにかけて大きな痣が広がっている。うっかり水をこぼしたようないびつな形だ。夜景を彩る橙色と同じような色をしている。

桃葉の顔が蒼ざめた。手で口を覆って驚きを隠せずにいる。

「歩橙は？」と声を震わせた。「歩橙は知ってるの？」

「言えないよ。言ったら夏目君、自分のことを責めちゃうもん」

「じゃあ五年前、なにも言わずにいなくなったのって……」

「退学になったことや、あの家を追い出されたことを相談したら、夏目君は力になってくれたと思うの。たくさん話も聞いてくれただろうし、励ましてもくれたと思う。でもね、そうしたらきっと身体が持たなかったから。痛くて、苦しくて、耐えられなかったはずだから。だから逃げ出したの。わたしは夏目君とは恋ができないんだって痛感して」

わたしは諦めたんだ。こんなわたしじゃ恋は無理だと勝手に思って。もし付き合ったらどんどん彼を好きになる。そうしたら、どんどん身体が痛くなる。それに――、

「それにね、こんな身体、見せられないから」

鼻の奥がつんとする。涙が痛い。ぐすんと洟を啜った。

「夏目君にだけは、汚いなんて思われたくないんだ……」

昔、わたしの身体を見た男の人が「気持ち悪い」って言っていた。その言葉を今も忘れられずにいる。夏目君だってそう思うはずだ。だからずっと逃げている。彼に嫌われたくない一心で。

「ぶっ飛ばしてやる……」

桃葉が囁いた言葉に驚いて顔を上げると、彼女は目に涙をいっぱい溜めていた。

「もし歩橙がそんなこと言ったら、わたしがぶっ飛ばしてやる」

悔しそうに歯を軋ませているその姿に、青緒の胸は熱くなる。

「わたしは青緒ちゃんがどんな身体でも、どんな病気でも、どんな過去を持っていても、

そんなふうには思わない。汚いなんて絶対思わない。これからも応援する。青緒ちゃんが幸せになれるように応援する。だから歩橙にも会ってほしい。そんな病気になんて負けないでほしいよ」

その言葉が嬉しくて、視界が涙で滲んでゆく。

青緒は「どうして？」と言葉を絞り出した。

「どうしてそんなふうに言ってくれるの……？」

桃葉は「そんなの決まってるじゃん」と目の端の涙を拭って笑った。

「友達だからだよ！」

「友達？」

「えぇ!?　青緒ちゃん、わたしのこと友達って思ってないの!?　ひどぉい！　わたしはずっとそう思ってたのに！」

「いいの……？」

顔を伏せると涙がこぼれた。

「桃葉ちゃんのこと、友達って、思っていいの？」

彼女は立ち上がると優しく笑ってこちらへやって来た。そして手を伸ばして青緒の頭を――ごつんと叩いた。あまりに痛くてびっくりして顔を上げると、桃葉はにっこり笑っていた。

「当たり前じゃん、そんなの！」

その言葉が、その痛みが、心にじわりと染み渡る。

今まで友達なんていなかった。でもずっとずっと欲しいと思っていた。

なんでも話せる、心許せる友達が……。

桃葉ちゃんは、その夢を叶えてくれたんだ。

「わたしたちはずっと友達。いいね、青緒ちゃん」

「ありがとう、桃葉ちゃん……」

大丈夫。きっと大丈夫だ。わたしはもうひとりじゃない。こんなに素敵な友達がいる。だから今なら強くなれる。幸せにだってなれるはずだ。向き合おう。自分の過去と、この病気と、それに夏目君と。そう思える今の気持ちが、奇跡みたいに嬉しかった。


あくる日の仕事終わり、青緒は墨野家を訪ねた。

ここに来るのは五年ぶりだ。すぐ近くに住んでいるが、この界隈にだけは近づかないように心がけていた。家を出た夜のことを思い出すと臆病風に吹かれてしまう。さっきから足が踵を返したがっている。それでも、青緒は唇を固く結んで顔を上げた。もう逃げないと心に決めた。

インターホンのボタンを押すと、『はい』とスピーカーから懐かしい声が聞こえた。芽衣子の声だ。緊張が一気に高まり、血管の中を血液が猛スピードで動いているのがはっきりと分かる。

「あの、青緒です……渡良井青緒です。ご無沙汰しています……」

スピーカーの向こうで芽衣子は動揺しているようだった。

ややあってドアが開いた。五年もの月日が流れたせいか、芽衣子はかなり老けた印象だった。頭には白いものが目立つ。いつも綺麗に着飾っていた伯母が嘘のように貧相になっている。その容貌の変化に、驚きを顔に出しそうになった。

「なんの用？」

しかし声の鋭さはあの頃のままだ。青緒は慎重に、丁寧な口調で、

「今日伺ったのは、母のことを教えて頂きたいからです」

「百合子のこと？」

「この五年、いえ、子供の頃からお母さんのことを知りたいと思っていました。不躾なお願いだと分かっています。でも伯母さんしかいないんです。だからお母さんのことを聞かせてください」

「相変わらずね」芽衣子は吐き捨てるように言った。「こっちの都合なんてお構いなし。自分の都合でズカズカ勝手にやって来るなんて――」

「親も親なら子も子、ですか」

物怖じせずにそう告げると、芽衣子はぴくりと片眉を揺らした。

「確かにそうかもしれません。でも教えてほしいんです。それに、もうひとつお訊きしたいことがあります。どうして伯母さんは、わたしのことをあんなにも毛嫌いしていた

んですか？」

芽衣子の表情が瞬間強ばった。そして口の端を大袈裟なくらい歪めて、

「そんなの勝手な妄想よ。言いがかりはよしてちょうだい。あなたに話すことなんてなにもないわ」

芽衣子は一気にまくし立て、さっさとドアを閉めてしまった。

ある程度は予想していたが、大きな音を立てて閉まるドアに胸が苦しくなる。

どうして伯母さんは、わたしのことが嫌いなんだろう……。

翌日からもめげずに墨野家を訪ねた。時間を見つけては足を運んでチャイムを鳴らし続ける。芽衣子はインターホンには出るものの、青緒の話に耳を傾けようとはしない。スピーカー越しに罵声を浴びせられることもあった。そのたびに挫けそうになる。しかしそれでも自分を奮い立たせて何度も何度も墨野家に足を向けた。そして、ひとつの季節が流れていった。

七月――。テレビの中で「今年の夏は猛暑のようです」と、うんざりした様子で気象予報士が話している。とはいえこの数年、楽な暑さなど一度もなかった。きっと今年もいつもと同じ夏だ。

先々週に梅雨入りして以来、雨の多い横浜の空は朝から灰色の雲に覆われている。今朝はまだ降っていないが、空は泣き虫な子供のようにぐずついていた。

窓辺に腰を下ろして重苦しい空を眺めていたら、テーブルの上でスマートフォンが鳴った。

『ごめん、仕事中だった？』着信は桃葉からだ。

「ううん、今日は休みなの。これから伯母さんの家に行こうと思って」

『そっか。まだ会ってくれないんだ』

「でももう慣れっこ。図々しく押しかけてやるんだから。なにかあった？」

『実はね』と桃葉は一拍おいて言った。『一昨日の夜、歩橙のお父さんが亡くなったの』

あまり良くない状態だとは聞いていたけど、まさかこんなにも早いだなんて……。

歩橙の胸の内を思うとたまらない気持ちになる。それでも電話の向こうの桃葉の声は明るかった。歩橙は父へのビスポークを作り上げ、履かせてあげたらしい。父は甚く感激して、宝物のようにその靴を病室に飾っていた。二人は対話を通じて分かり合えたのだ。

『今度は青緒ちゃんの番だね。伯母さんと、お母さんと、しっかり対話ができたらいいね』

桃葉が電話越しに背中を押してくれる。その言葉を胸に立ち上がると、青緒は玄関であのローファーを履いた。歩橙がくれた赤い造花のコサージュのついたボロボロの黒いローファーだ。墨野家に行くときは決まって足を通している。過去を乗り越えるには、この靴がふさわしいと思っていた。

あれから五年が経ち、さらにくたびれたローファーは疲れ切った老人みたいだ。青緒は「たくさん履いてごめんね。今日もよろしくね」と心の中で呟き、靴に足を通した。

墨野家に着くと、ふぅっと深呼吸をしてインターホンのボタンを押す。

しかし反応はない。留守なのだろうか？　しばらく門前に立って中の様子を窺っていたが人の気配はなさそうだ。

この約二ヶ月、墨野家を訪ねていて不思議に思うことがある。毎回決まって伯母しか顔を出さないのだ。伯父もあすなも家にいた例しがない。それに芽衣子は働きに出ている。かつては専業主婦だったのに毎日どこかで働いているようだ。この五年で墨野家も大きく変わったのだろう。

重たげな黒い雲がゴロゴロと不吉な音を響かせている。風には雨の匂いが混じっていた。今にも降り出しそうな空を見上げながら「今日も空振りか」と吐息を漏らす。雨が降る前に帰ろう。肩を落として踵を返す——と、ガタン！　と家の中で大きな音が聞こえた。なんだろう？　青緒は眉をひそめた。続いてガラスの割れる音が聞こえたので反射的に門を押し開けた。合鍵の場所は知っている。玄関脇の鉢植えの下だ。変わっていなければ今もそこにあるはずだ。勝手に鍵を開けたら怒られるだろうか。でもそんなことを言っている場合じゃない。泥棒かもしれないんだ。

ペチュニアが植わっているプランターを持ち上げると、年季の入ったくすんだ鍵が置いてある。鍵穴に突っ込んで「失礼します！」とドアを開けた。

割れた花瓶。濡れた床。しおれた薔薇が無残に転がっている。

青緒は大きな目をさらに大きく見開いた。

階段の脇で芽衣子がうつ伏せになって倒れている。

「伯母さん！」と靴のまま慌てて駆け寄ると、芽衣子は苦しそうに胸を押さえていた。蒼ざめた顔にはびっしりと脂汗が浮かんでいる。青緒は「しっかりしてください！」と呼びかけ続けた。


芽衣子が慶明大学みなとみらい病院に搬送されると、青緒は処置室の前の長椅子に座って治療が終わるのを祈りながら待った。通りかかった小柄な看護師に容態を訊くと、「お身内の方ですか？」と言われた。姪であることを伝えると、軽い心筋梗塞で、命には別状がないことを教えてもらえた。

ほっと胸を撫で下ろして長椅子に深く腰を埋めていると、「大丈夫？」と廊下の向こうで声がした。数子が白衣のポケットに手を突っ込んで立っている。相変わらず血色が悪く、髪の毛はぐしゃぐしゃだ。でも見慣れた彼女が笑ってくれると、両肩の錘が下りて身体が軽くなる思いだった。

「忙しいのに電話してすみません」

「気にしないで。今ご家族と連絡が取れたそうよ。娘さんがこっちに向かっているって」

あすなちゃんがここに来るんだ。顔を合わせるのがちょっと気まずい。

数子は隣に座ると青緒の腿をポンと叩いて「あと少し遅かったら危なかったそうよ。

お手柄ね。それにしてもよく見つけたわね」と子供を褒めるように優しく微笑んだ。

「偶然です。たまたま家を訪ねたら物音が聞こえて」

「でも親戚とは疎遠だって言ってたわよね？　どうして？」

「向き合おうと思ったんです。自分の過去と」

数子に決意のまなざしを向けた。

「それに、この病気とも」

数子がなにかを言おうとした。そのとき、「あのぉ！」と不安いっぱいの声が廊下に響いた。

派手な髪色の女の子が立っている。あすなだ。以前、絵本店で見たときと同じような派手な格好をしている。彼女は弾かれるように「ママは!?」と白衣姿の数子に駆け寄った。

「大丈夫なんですか!?　ママ死んじゃったりしませんか!?」

「軽い心筋梗塞だから大丈夫だって」

数年ぶりに聞いた青緒の声に、あすなは眉を強ばらせた。

「ここでなにしてるのよ……？」

青緒が母になにかしたのではないかと疑っているようだ。

掴みかからんばかりの勢いで「どうしてここにあんたがいるのよ！」と詰め寄ってきた。しかしあすなを遮るように処置室の自動扉が開く。ストレッチャーに仰臥する芽衣子が医師らとやって来た。「ママ！」とあすなが母の腕にしがみつくと、意識が戻っていた芽衣子が「大丈夫よ」と嗄(しゃが)れた声で呟いた。さっきよりも血色のよくなった伯母を見て、青緒は安堵の笑みをこぼした。

ＨＣＵ——高度治療室。集中治療室よりも重篤度の低い患者を受け入れる治療施設だ——に入った芽衣子は、仕切りカーテンの向こうであすなとなにかを話している。

窓の外は雨。雷鳴を響かせながら、強い雨がみなとみらいの街をどこまでも濡らしている。

雷の音って嫌だな……と、青緒は廊下の長椅子に座りながら、窓に目を向け眉を曇らせた。雷の音を聞くと母が倒れた日のことを思い出す。あの日もこんなふうに強い雨が降っていた。

母の誕生日、青緒は夕立に打たれながら学校からの帰り道を急いでいた。

お母さん、青緒のプレゼント喜んでくれたかなぁ？　高鳴る鼓動を抑えながらアパートの階段を駆け上がり、スカートに染み込んだ雨をぎゅっと絞ると、ポケットから鍵を出してそぉっと鍵穴に挿した。お母さんの姿をこっそり見ようと思ったのだ。ハンカチを見て笑っているかもしれない。その笑顔が見たかった。青緒はニコニコしながら緑青(ろくしょう)色に錆びたドアノブを引っ張った——が、雷鳴によってその笑顔は壊された。目に飛び込んだのは、居間で倒れる母の姿だった。

さっき玄関で倒れていた芽衣子を見たとき、一瞬だけあの日の母の姿がフラッシュバックした。ずっと忘れていた記憶が瞬間的に蘇ったのだ。プレゼントのハンカチを握りしめ、母はうつ伏せになって倒れていた。その傍らには青緒が描いた似顔絵。複雑な折り方をした手紙だ。

あのとき、檸檬色のセーターがまくられた母の腕になにかが見えた気がした。

あれって……、

「ママが呼んでる」

我に返って顔を上げると、あすなが目の前に立っていた。射るような視線で顎をしゃくっている。中に入るように言っているのだ。青緒はこわごわと立ち上がってＨＣＵの中へと入った。

ベッドでは心電図や計器類をつけられた芽衣子が、鼻に酸素吸入器を装着されて横たわっている。

「座りなさい」と乾いた唇で伯母が言うと、青緒はぺこりと頭を下げて銀色の丸椅子に座った。あすなはベッドの足下に立ち、派手なナイロンのジャンパーに手を突っ込んでつまらなそうな顔をしている。伯母は天井を見たきり動かない。沈黙が数分にも思えた。

芽衣子が青緒の足元にふっと視線を向けた。

「その靴、まだ履いてるのね」

「すみません……」

「どうして謝るの？　わたしが意地悪を言ってるとでも思ってるの？」

昔も同じようなやりとりをしたな。青緒はそう思いながら首を横に振った。

「冗談よ。でもよかった、今も履いていてくれて」

「よかった？」

「その靴、百合子の靴なの」

「お母さんの？」

青緒は驚き、足元の古びたローファーを見た。

「あの子の葬儀のあと、遺品を整理していたときに偶然見つけたの。大事そうにしまってあったから、捨てるに捨てられなくて取っておいたの。それで高校入学のとき、あなたに渡したのよ」

「ずっとあすなちゃんのお古だと思っていました」

「あなたのことが憎らしくて言わなかったの。それに、百合子のことも」

芽衣子は天井に向けていた目を静かに閉じた。そして、

「わたしは、百合子のことがずっと嫌いだった」

窓外の雨音にかき消されるほど小さな声だ。

「あの子、妹のくせに生意気なの。活発で、弁が立って、要領が良くて、スポーツも勉強もできて。友達も多かったわ。下駄箱にはいつもラブレターがいっぱい。学校の人気者だった。それに引き換え、わたしは真面目で友達もいない。休み時間は図書室に籠もって本を読んでいるような暗い生徒だったわ。可愛げもないし、髪も三つ編み。目が悪いから牛乳瓶の底みたいな分厚い眼鏡なんてかけちゃって。そんなわたしを見て百合子

は言うの。お姉ちゃんは素材がうんといいんだから、もっとおしゃれに気を遣うべきよって。わたしのためを思って言っているんだろうけど、そんなお節介がいちいち腹立たしかったわ。だってわたしは生まれてこの方、学校でも近所でも『百合子ちゃんのお姉ちゃん』としか呼ばれていなかったんだから。わたしはいつでも百合子のおまけ。お父さんもお母さんも親戚も、わたしのことなんて誰も必要としなかった。大事なのは百合子だけ。わたしなんて視界にすら入っていなかったの。あの子を恨んだわ。わたしが不遇な思いをしているのは全部百合子のせいだって。だからあなたのことも嫌いだった」

芽衣子は目だけ動かし青緒のことを見た。伯母の目には哀惜の念が込められている。姪の中に亡き妹の姿を探しているかのようだ。

「あすなちゃんに良い教育をたくさん受けさせたのも、塾や習い事をたくさんさせたのも、重ねていたからなの。あなたたちの関係に、わたしたち姉妹の姿を。青緒ちゃんにだけは負けてほしくない。百合子に負けるなんてもうこりごり。そんな想いに取り憑かれていたわ。でも、そのことであすなちゃんにも嫌な思いをたくさんさせちゃったわね。大学受験に失敗したときも、あなたの気持ちを考えないで一方的に罵ったりして。最低な母親ね。それに最低な伯母だった。そんなことだからあすなちゃんは出て行って、夫にも愛想を尽かされた。因果応報。結局わたしはひとりになった」

あすなの苦々しいその顔が、青緒の胸を切なくさせた。

「これが青緒ちゃんを嫌ってた理由よ。他に訊きたいことは？」

「わたしのお父さんのことは、なにかご存じですか？」

「さぁ、知らないわ。高校を卒業してから百合子とは会っていなかったから。わたしは実家のある山梨から横浜の小さな会社に就職して、あの子は東京の美術大学へ進学して、ずっと疎遠だったの。次に再会したときは、もうあなたがお腹にいたときよ。父も母も親戚も、みんながあの子を叱責したわ。妊娠したら逃げ出すような、そんな男の子供なんてさっさと堕ろしてしまえって……。相手の名前を問い詰めてたけど、百合子は最後まで口を開かなかったわ」

「そうですか」と青緒は肩を落とした。

伯母さんなら、お父さんのことも知っているかもしれないって思ったんだけどな。

「最後にひとつだけいいですか？」

膝の上に置いた手が震えた。激しさを増す雨音がうるさいほど耳に響く。

「お母さんは、どうして亡くなったんですか？」

伯母は沈黙している。枕元の窓には滝のように雨が流れている。

「ずっと不思議に思っていたんです。どうして急に倒れたりしたんだろうって。お母さんはいつも元気で、いつも笑顔だったから」

「わたしも病院から連絡があったときは驚いたわ。病気なんて一度もしたことない子だったから」

「搬送された病院で、なにか聞かなかったんですか？」

「どうかしら。昔のことだから」

芽衣子はそこで言葉を止めた。なにかを思い出したみたいだ。

「直接的な原因かは分からないけど、確かあのとき、お医者さんが言っていたわ」

そして、真紫の唇をゆっくり動かし、芽衣子は言った。

「――痣」

全身が硬直した。

「亡くなった百合子の身体には、橙色の痣がたくさんあったの。腕から足から胴体までびっしりと。その病院で永らくお世話になっていたみたいね。名前は忘れたけど、原因不明の病気だったたって」

「いつからですか……？」と無意識に訊ねていた。

「さぁ、そこまでは。でもあの子が亡くなる何年か前に偶然会ったことがあるの。その日は父の命日でね、お墓でばったり再会したのよ。腕には赤ん坊のあなたがいたわ。そのとき、百合子の手とか腕には橙色の痣があって、どうしたのって訊ねたら――」

血の気が引いて視界が歪んだ。

「青緒ちゃんをあやしていると、痣ができてチリチリ痛むって。あの子、そう言っていたわ」

目の前が真っ白になって気絶しそうになり、青緒は椅子から滑り落ちて床に尻餅をついた。

わたしだ……わたしがお母さんを……。

そして力なく立ち上がると、なにも言わずに病室を出た。壁も、天井も、なにもかもが真っ白で眩しい。長い廊下を頼りなくふらふらと歩いていると、あすなに肩を摑まれた。

「ちょっと！　なんで急に出てくのよ！　どうかしたの!?」

青緒はその手を振り払った。そして歪んだ顔のあすなに言った。

「わたしだったの……」

両目から涙が雨のようにこぼれ落ちた。

「わたしがお母さんを死なせちゃったの！」

青緒は母の靴で床を蹴ると、逃げるようにその場から走り去った。

わたしだったんだ……。

病院を飛び出し、ずぶ濡れになりながらみなとみらいの街を駆けてゆく。

わたしがお母さんを傷つけていたんだ……。

ご飯を作ってくれたとき、一緒にテレビを見ていたとき、布団の中で絵本を読んでくれたとき、わたしが笑いかけたとき、お母さんは……お母さんはいつも……いつも痛い思いをしていたんだ。

全身を打つ雨の中で、母の優しい声が聞こえた気がした。

——今からすごく大事なことを言うからよく聴いてね。女の子が幸せになる絶対条件よ。

あの言葉を言ってくれたとき、お母さんは痛みに耐えて笑っていたの？

——いつでも笑顔でいること。

本当はすごく痛かったはずなのに、ずっと我慢してくれていたの？

——嫌なことがあっても、悲しいことがあっても、痛いことがあっても、いつでも笑顔でいるの。

どれだけ身体が痛くても、わたしの前でいつも……お母さんはいつも……。

いつも一生懸命、笑顔を絶やさないでいてくれたの？

それなのに、わたしは……わたしは!!

青緒はたまらず泣き叫んだ。そして心の中で何度も「ごめんなさい」と謝った。

——よぉし、じゃあ笑顔の練習だ！

そう言ってこちょこちょって脇腹をくすぐってくれたあの夜のことを思い出した。青緒は楽しくて、嬉しくて、顔をまん丸にして笑った。それを見ていた母も幸せそうに笑っていた。

でもその裏で、お母さんは必死に痛みに耐えていたんだ。

わたしに気づかれないように……。

だからだったんだ。だからお母さんはいつも長袖を着ていたんだ。一緒にお風呂に入ってくれなかったんだ。プールに行きたいとせがんでも「忙しいから」って誤魔化していたんだ。わたしのせいでできた痣を、見せないようにしてくれていたんだ。わたしを傷つけないために。

北仲橋の真ん中で転んだ。ローファーが壊れてしまった。右の靴の踵部分がぱっくりと割れている。青緒はへたり込み、俯いたまま動けなくなった。髪も、顔も、服も、なにもかもがずぶ濡れだ。それでも涙が溢れているのは確かに分かる。雨の中でも涙はこんなにも温かい。そしてしゃくり上げて泣いた。声にならない声を上げ、自分のことを何度も叩いた。自分が許せなかった。死んでしまえと思った。お母さんをたくさん傷つけていたこんな自分なんて、生きる価値などないと思った。

わたしはお母さんの笑顔が大好きだった。だからたくさん冗談を言って笑わせた。ちょこちょこして笑わせた。だけどそれは、全部全部、お母さんを傷つける行為だったんだ。わたしはお母さんの温度が好きだった。だからぎゅって抱きついて、甘い匂いを胸いっぱいに吸い込んだ。それで伝えたんだ。「お母さん大好きだよ」って。そしたらお母さんも嬉しそうに言ってくれた。「お母さんも青緒が大好きよ」って。

でもその言葉が……わたしの笑顔が……お母さんを傷つけていたんだ……。

あのハンカチだってそうだ。誕生日プレゼントにあげたハンカチと手紙。もしかしたらお母さんは、わたしからのプレゼントが嬉しくて、痛くて、それで死んじゃったのかもしれない。

わたしが殺したんだ。大好きなお母さんのことを……。

スカートのポケットの中でスマートフォンが鳴った。その着信を見て、青緒の目にはまた涙が込み上げる。力なく電話に出ると、『もしもし』と優しい声が耳をくすぐった。

『大丈夫？　心配になって電話したんだけど、伯母さんにはちゃんと会えた？』

友達の声だ。その声が、その優しさが、痛くて痛くて涙が溢れた。

「桃葉ちゃん……」

ようやく声を振り絞ると、桃葉は『どうしたの？』と一瞬で声色を変えた。

「わたしだったの……お母さんが死んじゃった理由……」

『どういうこと？　今どこにいるの？』

「お母さん、同じ病気だったの。それでわたし……お母さんをずっとずっと傷つけてたの……」

青緒は雨の中で涙を弾かせ絶叫した。

「わたしがお母さんを殺したの!!」

『落ち着いて、青緒ちゃん！』

「もう嫌だ……もう死にたい……わたしなんて生きてちゃダメなんだよ……」

『待って青緒ちゃん！　今行くから！　どこにいるの！』

「ありがとう、桃葉ちゃん」

青緒は雨に濡れたまま泣いた。

「こんなわたしのこと、友達って思ってくれて……本当にありがとう……」

スマートフォンが手から滑り落ちると、力なく立ち上がった。そして虚（うつ）ろな目をして歩き出す。なにも考えられない。生きる気力すらもなくしてしまった。

もうどうなってもいい……。

絵本作家になる夢も、夏目君との約束も、なにもかも。

青緒は幽霊のようにふらふらと歩いてゆく。片方の靴を落としたままで。


「君の恋人はどんな人なんだい？」

榛名の質問に我に返った。青緒がどうして父のことを知っていたのか？　歩橙はそのことをずっと考えていた。いつの間にか降り出した雨の音が店内を彩っている。

「恋人じゃありません。僕が勝手に片想いしているだけです」

「しかしメールの文面から推察するに、君たちはかなり親密な間柄のように感じたけどね」

やっぱりメールの送り主は渡良井さんだ。確信を持ってそう感じた。

「でも五年も会ってないです。僕らを繋いでいるのは、高校生の頃に交わした約束だけなんです」

「約束？」

「靴を作ってあげるって約束です。彼女が胸を張って笑顔で歩きたくなる靴を」

「……素敵な夢だね」

「ちょっと意外です。先生の性格からして茶化されると思ったんですけど」

「失礼だな。さすがの僕も人の夢を茶化すような真似はしないさ。それに――」

榛名は愁いを帯びた表情をした。

「僕も君と同じように思ったことがあるよ。大切な人に、特別な一足を作ってあげたいとね」

「ますます意外です。先生がそんなふうに想う相手ってどんな――」

歩橙のポケットでスマートフォンが鳴った。仕事中は電源を切っているのに、今日に限っては忘れていたみたいだ。着信は桃葉からだった。応答を拒否したが、すぐまたかかってきた。嫌な予感がして「すみません」と店の外へと駆け足で出た。

『青緒ちゃんが大変なの！』

軒先で応答するや否や、桃葉の切迫した声が耳を貫いた。

『お願い！　歩橙も捜すの手伝って！』

「ちょっと待ってよ。渡良井さんとは連絡を取ってないって言ってただろ？」

『ごめん、嘘ついてた！　わたしたちずっと友達だったの！』

じゃあ渡良井さんは、桃葉から父さんのことを聞いたんだ。

『青緒ちゃん、歩橙がお父さんと向き合ってることを知って、自分も親戚と向き合うって言ったの！　お母さんが死んじゃった理由を知りたいって！　それで親戚の家を何度も訪ねてたの！　今日も行くって言ってたから、心配になって電話したの！　そしたら青緒ちゃん、お母さんが死んじゃったのは自分のせいだったたって言ったの！』

「それで!?　それで渡良井さんは!?」

『死にたいって、そう言ったの！　だから早く捜さないと！』

渡良井さん……。スマートフォンを強く握りしめた。

『お願い！　歩橙も捜して！　桜木町のどっかにいるはずだから！』

歩橙は傘も差さずに雨の中へと飛び出した。

元町まで続く坂を一気に駆け下り、道行く人たちの顔を見回しながら山下公園へと向かった。

大雨のせいで園内は人もまばらだ。青緒の姿はない。桜木町の駅前も同様だ。色とりどりの傘が歩橙の脇を流れてゆくばかりで、青緒の姿はどこにもなかった。「渡良井さん！」と大声で叫んだ。通行人が濡れ鼠（ねずみ）になった歩橙を見てぎょっとする。それでも彼女の名前を連呼した。

息も絶え絶えでたどり着いた北仲橋で、歩橙は目を見開いた。

雨に濡れた片方のローファーとスマートフォンが落ちている。青緒のものだ。コサージュが雨に打たれてしおれている。靴を拾い上げて辺りを見回す。しかし人の気配はない。

歩橙は壊れた靴とスマートフォンを手に再び走り出した。

そして走りながら、亡き父が最後にくれた言葉を思い出した。

臨終の間際、父は歩橙の手を取り、振り絞るようにして言っていた。

「歩橙、幸せになろうとするな……」

枯れ枝のようなその手を強く握りしめると、父は薄く笑って歩橙に伝えた。

「誰かを幸せにする男になれよ」

そして父は、涙をこぼす息子の頭を最後の力でごしごしと撫で、

「お前は泣き虫だな。でももう泣くな。お前が泣いていたら、大切な人を笑顔にできないぞ」

父さん……。僕には笑顔にしたい人がいるんだ。

この五年、ずっと後悔してきた。あのとき渡良井さんを見つけられなかったことを。どこかで悲しんでいるはずの彼女を支えられなかったことを。ずっとずっと後悔してきたんだ。だから今度こそ見つけたい。今度こそ支えたい。それで伝えるんだ。

渡良井さん……。君は僕の、もう片方の——、
大さん橋で青緒を見つけた。あの日、彼女に夢を誓ったあの場所だ。

桟橋の先端で彼女はひとり佇んでいる。

頼りない背中が雨に濡れて今にも消えてしまいそうだ。

雨は弱まり小降りになった。分厚い雲の切れ間から、ほんの少しだけ空が見える。燃えるように鮮やかな夕焼け空だ。

「渡良井さん……」

呼びかけると、彼女の肩が小さく震えだした。その震えはだんだんと大きくなってゆく。

泣いているんだ……。そう思うとたまらない気持ちになる。

「ごめんね、渡良井さん」

青緒の背中がさらに大きくぶるぶると震える。

「今までずっと見つけられなくて、ごめんね」

青緒の背中がたくさん泣いている。苦しくて、悲しくて、泣いているんだ。

「これからは傍にいるから。僕が一緒にいるから」

青緒は首を横に振った。

「わたしにはそんな資格ない……だってわたしは……わたしはお母さんを……」

しゃくり上げて泣き出すと、青緒は拳を振り上げ自分の腕の辺りを何度も叩いた。

「お母さんに酷いことしてたの！　たくさん傷つけてたの！　あんなに一生懸命育ててくれたのに……笑いかけてくれたのに……それなのに！　だからわたしに生きる資格なんてないよ!!」

「でも僕は――」

涙で声を詰まらせながら、彼女に伝えた。

「渡良井さんが生きていてくれて嬉しいよ」

青緒は何度も頭を振る。そんなことないと否定している。

「もし渡良井さんが自分のことを百回否定するなら、千回だって言うよ。一万回『自分なんて』って思うなら、十万回だって言う。それでも僕は、渡良井さんに生きていてほしいって……」

彼女は背中を丸めて嗚咽を漏らした。

「だから渡良井さん……お願いだよ……」

歩橙の目から一筋の涙が落ちた。

「お願いだから、死にたいなんて言わないで……」

青緒は声を漏らして泣いている。両手で顔を押さえ、小さな背中を丸め、震えながら泣いている。

「……どうして？」

その声は、波音に消されてしまいそうなほど小さく、涙でうわずっていた。

「どうしてこんなわたしに……最低なわたしに……あなたはいつも優しくするの？」

「だって渡良井さんは――」

歩橙は手に持っていた壊れたローファーに目を落とした。彼女の歴史がたくさん詰まった靴に、涙がひとしずく、落ちて弾けた。

「僕のもう片方の靴だからだよ」

青緒の震えが止まった。

優しい南風が二人の間を吹き抜けると、彼女はゆっくり振り返る。

五年ぶりに見たその顔は、たくさんの涙に彩られていた。顔を涙でぐしゃぐしゃにして、目を真っ赤にして泣いている。それでも分かる。彼女はこの五年ですごく綺麗になった。大人になった。今こうして、歩橙の前で生きている。そのことが、ただ純粋に、嬉しかった。

「歩こうよ、渡良井さん」

歩橙は手の中のローファーを青緒に向けた。

「これからは僕が支える。なにがあっても支えるから。渡良井さんの悲しい気持ちも、痛みも、僕が半分背負うから。だから――」

壊れて濡れたその靴は、雨粒を反射させてキラキラと輝いている。本物のガラスの靴のように。

「ここからまた一緒に歩こうよ」

彼女は涙で顔を歪めて身体を震わせた。まるで痛みを堪えているかのように。

でもそれからゆっくり顔を上げ、そっと靴を受け取った。

「夏目君――」

五年ぶりに名前を呼んでくれた。その驚きと喜びで、歩橙の胸は焦がれるように熱くなる。

「ありがとう……」

青緒は涙をこぼしながら小さく笑った。

歩橙は彼女を抱きしめた。悲しみも、苦しみも、すべてを受け止めるようにして。

青緒も震えながら背中に手を回す。ずっとひとりだったその影が、今は二つに重なっている。もう二度と離れないように、二人の影はいつまでもいつまでも、強く強く結びついていた。

『落窪シューズ』でお風呂を借りた。さっきまでずぶ濡れだったせいで、浴槽に肩まで浸（つ）かると身体がピリピリして痛いくらいだ。それでも硬くなっていた筋肉がほぐれるのに比例して、心を覆っていた悲しい気持ちがお湯の中に溶けてゆく気がした。

さっきの夏目君の言葉、すごく嬉しかった。わたしも彼のことをもう片方の靴だと思いたい。一緒に歩いてゆきたい。でも——左肩の痣を指でなぞった。痣は肩から胸にまで広がっている。

あの言葉をくれたとき、わたしの身体は激しく痛んだ。抱きしめられたときもそうだ。鋭い痛みで肌が焦がれた。こんなわたしに恋なんてできるのかな。それに……。

ねぇ、お母さん。お母さんもわたしと同じくらい、ううん、もしかしたらそれ以上に痛かったはずだよね。毎日焼けるように、痛くて痛くて苦しかったはずだよね。それなのに、お母さんをたくさん傷つけたわたしが幸せになってもいいのかな……。

湯しぶきを上げて浴槽から出ると、脱衣所への扉を開けた。小さな籐（とう）の籠（かご）にバスタオルと黒いトレーナーの上下が折り畳んで置いてある。桃葉が用意してくれたものだ。電話越しに聞いた心配そうな彼女の声が蘇り、青緒の胸は罪悪感で痛くなった。

桃葉ちゃんに、ちゃんと謝らないと……。

タオルで髪を乾かしながら居間に戻ると、小上がりのちゃぶ台に赤いマグカップが置いてあった。淹れ立てのコーヒーの香ばしい匂いが部屋を満たしている。

「少しは落ち着いた?」

大きなTシャツを着た歩橙がキッチンの方から戻ってきた。その優しい笑みに、チリチリと腕や胸が痛くなる。五年ぶりにちゃんと見た大好きな彼の笑顔だ。

「コーヒー淹れたんだ。もしよかったら」と彼はテーブルの上のカップを指す。髪はまだ濡れている。唇も真っ青だ。きっとすごく寒いんだろう。それでも歩橙は自身の着ているTシャツを引っ張り「これ桃葉のおじさんのなんだ。大きすぎてぶかぶかだよ。それに格好悪いよね」と肩が出てしまいそうなほどのシャツを見せて笑った。『Endless Summer』と胸に大きく書いてある。

わたしのことを一生懸命笑わせようとしてくれているんだ……。

そう思った途端、また強い痛みに襲われた。

「あのさ、渡良井さん……」と彼はなにかを言いかけ頭を振った。そして少し大袈裟に笑って、

「渡良井さんのトレーナーも大きくない? それ桃葉のでしょ?」

きっと訊きたかったんだ。わたしが「生きる資格なんてない」と言った理由を。

でも気遣ってくれているんだ……。

「失礼ねぇ」

ドアを開けて桃葉が入ってきた。彼女の髪もぐっしょり濡れている。ずぶ濡れになって捜してくれた証拠だ。短パンから出た膝小僧には出来たての擦り傷がある。転んでしまったんだ。

「あのね、桃葉ちゃん」と痛みが引いたので謝ろうとした。しかしそれより先に桃葉が「歩橙、先にお風呂入ってきてよ」と遮った。「いや、でも」と戸惑う歩橙の背中を押して「いいから、いいから」と追い出すと、桃葉は青緒に向き直る。刺すような視線だ。怒っているんだ。青緒は申し訳なくなって視線を逸らした。その刹那、鋭い痛みが頬に奔った。叩かれたのだ。

「死にたいなんて言うな……」

彼女の表情がみるみる涙に変わってゆく。そして歯を食いしばり、ぐすんと大きく洟を啜った。

「死にたいなんてもう絶対に言うな！」

青緒は頬を押さえたまま桃葉を見つめた。彼女の必死さが痛いほど伝わってくる。

「でももしまた辛くて、苦しくて、死にたいって思っちゃったら……そのときは——」

桃葉がぎゅっと抱きしめてくれた。

「わたしが青緒ちゃんの檸檬色だって思い出して」

「え……？」

「気になって調べたの。どうして檸檬色が幸せの色なんだろうって。きっと花言葉だよ。レモンの花言葉ってね――」

身体を離して桃葉が笑いかけてくれた。

「『心から誰かを恋しく想う』なんだよ」

青緒の左目から一筋の涙がこぼれた。

「わたしも、歩橙も、青緒ちゃんのことを心から恋しく思ってるよ。だから青緒ちゃん……。青緒ちゃんは、もうひとりじゃないよ」

もしかしたらお母さんはわたしにこう言いたかったのかな。誰かを心から恋しく思える。誰かに恋しいと思ってもらえる。ただそれだけで、たったそれだけで、人はうんと幸せなんだよって。だったらわたしはもう――、

「くしゅん！」と廊下でくしゃみが聞こえた。

夏目君の声だ。心配して立ち聞きしていたんだ。

青緒は桃葉と顔を見合わせて笑った。

それから桃葉の父・玄太も交えてカニ鍋を食べた。三人は青緒を元気付けようとしているのか、大袈裟なくらいはしゃぎながら鍋をつついている。でも違うみたいだ。これがいつもの様子らしい。笑い合い、他愛ない話をして、時々喧嘩をしながら減ってゆく

鍋の中身。青緒はそんな風景を眺めながら、あることを思い出していた。ずっと忘れていたことだ。涙の味がする。口の中のカニを上手く飲み込めない。手に持っていたとんすいを置くと、手の甲で涙を拭った。

「おい、どうした？」と真向かいに座った玄太が心配そうに顔を覗く。

「もぉ〜、二人がうるさいから引いちゃったんだよ〜」と桃葉が冗談っぽく言う。

「渡良井さん、大丈夫？」と隣にいた歩橙が顔を覗き込んでくれた。

青緒は首を振って「ごめんなさい」と謝った。

「こんなふうにご飯を食べるの、お母さんがいなくなってから初めてだなって思って。親戚の家にいた頃は、食卓にいるのが気まずかったから。だから今日のご飯は、とっても美味しいです」

ぐつぐつ煮立つ鍋から湯気が上る。その向こうにいる桃葉を見た。

「友達がいて」

隣にいる歩橙を見た。

「好きな人がいて」

青緒は涙をこぼして微笑んだ。

「大切な人たちとこんなふうにご飯を食べることが、ずっと夢だったんだなぁって思い出しました。その夢が、今日ようやく叶いました」

わたしはもう幸せなんだ。こんなふうに誰かと他愛ない時間を過ごせることを、人は

『幸せ』って呼ぶんだ。そのことに気づけて嬉しい。だからわたしは今、すごくすごく幸せだ……。

「青緒さん、それに歩橙も」と玄太が二人の名前を呼んだ。

さっきまでの底抜けの笑顔が真剣になった。

「お前たちはもう親孝行をすることはできない。親父と一緒に酒を酌み交わすことも、母ちゃんと一緒に鍋を囲むことも一生できない。後悔もあるだろうな。もっと親孝行をしてやりたかったとか、母ちゃんに酷いことをしちまったとか、罪滅ぼしをしたいって思っているのかもしれない。その気持ちは決して間違いじゃない。でもな、もしもそんなふうに思っているなら――」

玄太はお猪口に向けていた目を上げて、二人の瞳を優しく見つめた。

「親より幸せになりなさい」

「おじさん……」

「親ってのは、子供が夢を持って、たくさんの人に囲まれて、笑顔で生きていることが一番の幸せなんだ。だからお前たちはなにがあっても笑顔で歩いてゆきなさい。幸せになることでしか、子供は親の愛に応えることはできないんだ。……なーんてな！」と玄太は耳を赤くして破顔した。

「以上、中年の主張でした！　んだよ、酒が足りねぇなぁ！」

恥ずかしかったのだろう。立ち上がってそそくさと台所の方へ行ってしまった。

横を見たら、歩橙と桃葉が笑いかけていてくれた。青緒に夢を、笑顔を、幸せをくれた、かけがえのない二人だ。これからも一緒に歩いていきたいと思わせてくれた二人だ。今日、わたしは幸せがなんなのか、ちょっとだけ分かった気がする。

幸せって、誰かがこんなふうに笑いかけてくれることなんだな……。


食事を終えると、歩橙が家まで送ってくれることになった。

桃葉に借りたサンダルを履いて、二人並んで夜の商店街を歩く。歩橙とまたこうして隣同士で歩けている。そのことが純粋に嬉しい。チリチリチリと二の腕の付け根が痛むけれど、この痛みすら今だけは幸せに思えていた。

「一緒に暮らさない？」

不意打ちのようなその言葉に、青緒は呼吸を忘れて立ち止まった。

「こうして正式に付き合いはじめたわけだし、どうかなぁ……？」

「つ、付き合ってるの？　わたしたち」

「ち、違った!?　勝手にそう思ってた！」

「いや、その……わたしなんかで本当にいいの？」

「渡良井さんがいいんだ！」

「どうして？」と上目遣いで彼を見た。「どうしてわたしがいいの？」

わたしは欲張りだ。彼の口から聞きたいんだ。わたしのことを「好き」って気持ちを。

一方の歩橙は困り顔だ。でも次の言葉を見つけたみたいだ。

にっこり笑って言ってくれた。

「渡良井さんは、僕に綺麗な空を見せてくれるからだよ」

「綺麗な空？」

「空の色って自分の心を映す鏡なんだ。僕にとって渡良井さんの隣で見る空が、どんな国の、どんな空より、世界で一番綺麗な空だよ」

痛みが青緒の身体を襲う。それでも、決して顔には出さなかった。

痛みが溶けて消える頃、青緒は手に提げていたビニール袋に目を落とした。中にはぐっしょり濡れた服とローファーが入っている。今まで支えてくれたお母さんの靴だ。

「新しい夢ができたの」

胸を張って笑顔で彼に伝えた。

「わたし、絵本作家になりたい。それでたくさんの人を幸せにしたい。それが今の夢なの。夏目君がくれた新しい夢だよ」

歩橙は目尻に皺を作って笑ってくれた。

「だからいつか届けるよ。わたしが描いた、とっておきの絵本を」

「うん、楽しみにしてるよ」

「あ、そうだ」と青緒はポケットからスマートフォンを取り出した。「実は今日、コンクールの一次審査の発表日なの。一緒に見てくれる？」

二人は顔を寄せ合いスマートフォンの画面を覗いた。一次審査を突破した作品名と作者の名前がホームページに羅列されている。上から順々に名前を追いかけてゆく——と、

「あ！」と歩橙が叫んだ。

『渡良井青緒　幸せの檸檬色』

二人で顔を見合わせた。読み間違いじゃない。夢でもない。

青緒は「やったぁ！」とバンザイした。彼も大喜びで、ぎゅって抱きしめてくれた。でも我に返ったのか「ご、ごめん！」と身体を離してしまった。青緒は追いかけるように彼の胸に顔を埋めた。

「わたしもだよ」

身体は酷く痛んだけれど、彼の胸の中が嬉しすぎて幸福が勝った。

「わたしも夏目君と見る空が好き。だからずっとずっとこれからも、あなたの隣を歩かせて」

煌めく星々の真ん中で、一等明るく光る月が見える。その檸檬のような形の月は、青緒の幸せの象徴のように鮮やかに光り輝いていた。

「彼と一緒に暮らそうと思います」

二週間後、慶明大学みなとみらい病院を訪れた青緒は、背筋をぴんと伸ばして数子に宣言した。

今朝、ニュースが雨の季節の終わりを告げた。いよいよ夏本番だ。屋上から見える空は薄青色を纏っている。空と海との境界線から立ち昇る入道雲が、巨大な白亜の城のように聳えていた。

そんな夏景色を見ていた数子は、戸惑いの表情を青緒に向けて、

「病気のこと、彼には話したの？」

青緒が首を横に振ると、数子の表情は明らかに強ばった。

「ちゃんと話すべきよ。痛みや痣の原因は彼なんだから」

「話すつもりはありません。話せばきっと夏目君は自分を責めちゃう。わたしがお母さんに感じたように、自分のせいだって思っちゃうから。あんな思い夏目君にはさせたくありません。だからこれからも、なにがあっても、わたしはこの病気のことを彼に話すつもりはないんです」

「でも一緒に暮らせば、きっと毎日新しい痣ができるわ。どうするつもり？」

「隠します。お母さんがそうしてくれたように」

「そんなの反対よ。ひとりで抱えられるほどこの病は簡単じゃないわ。忘れてないはずよ？　五年前に緊急搬送されてきたときのことを。付き合うとなると、あのとき以上の激痛に襲われるかもしれないのよ？　抱きしめられたり、キスをしたり、それ以上の関係になったら、最悪の場合、命を落とすことだって――」

「叶えたいんです」

青緒は澄んだ瞳で数子に言った。

「夏目君の靴を履くことがわたしの一番の夢なんです。その夢だけは、どうしても叶えたいんです。だからその日まで夏目君と歩いてゆきます。どこまで行けるか分からないけど、この身体が持つ限り、彼と一緒に生きてみたいと思います」

数子はもうそれ以上なにも言わなかった。納得していない表情だったが、この五年で青緒が思いのほか頑固であることを知っている。言い出したら聞かないと思っているのだろう。だから、

「新しい痛み止めを出すわ。今より強い薬だから、飲み方にはくれぐれも気をつけること」

「先生、いいの？」

「医師としてはもちろん反対よ。彼に告知するべきだって気持ちに変わりはないわ。でも、あなたの気持ちもよく分かる。だからもう止めたりしないわ。いい？　これだけは忘れないで。あなたは恋人と二人だけで歩いているわけじゃないわ。わたしもその隣を歩いているんだからね」

「ありがとうございます。スージー先生」

「その呼び方、いい加減にやめてくれないかしら。まぁでも、ネズミの友達としては見てみたいわね。シンデレラが素敵なガラスの靴を履く瞬間を」

数子の笑顔に、青緒は「頑張ります」と満面の笑みで応えた。

屋上から戻るとエレベーターで三階へ向かった。今日は芽衣子の退院の日だ。そろそ

ろあすなが支払いを済ませて戻る頃だろう。来なくていいと言われたが、あの日、突然病室を飛び出したことを一言謝りたかった。だから午前中の仕事を休ませてもらってここへ来たのだ。

病室では普段着に着替えた芽衣子が紙袋に日用品をしまっていた。メイクをしたせいか、伯母は五年前のように綺麗だった。でも、あの頃よりも少しだけ表情が柔らかく見える。どうしてだろう？　青緒はそう思いながら荷造りを手伝った。

身の回りのものをしまってボストンバッグのチャックを閉めると、仕切りカーテンが開いてロックバンドのTシャツを着たあすなが顔を覗かせた。支払いを終えたのでもう帰ってもいいそうだ。

荷物を手に一階のエントランスまでやってくると、「ここでいいわ」と芽衣子が青緒の手から荷物を奪うように引き取った。相変わらず素っ気ない態度だ。「それじゃあ」と短く言うと、さっさと行ってしまう。青緒はその背に向かって頭を下げた。

「この間はすみませんでした。それに、お話を聞かせてくれてありがとうございました」

芽衣子が立ち止まり、振り返る。そして、

「横浜駅の三枝屋百貨店に『鎌倉ル・モンド』の支店ができたの。知ってる？　チーズケーキが美味しいお店よ」

「食べたことはないけど……」

「買ってきてちょうだい。それで今度はわたしの話を聞きなさい。夫に離婚されて、娘にも出て行かれた悲しい中年女の哀れな愚痴を」

いつでも帰ってきなさい。そう言ってくれているんだ……。

嫌なこともたくさんあったけど、あの家は十年以上暮らした第二の実家だ。だから伯母さんの言葉が素直に嬉しい。

「じゃあ芽衣子伯母さん、きっとすごく太っちゃいますね」

何度も会いに行きます。暗にそう伝えると、芽衣子は白い歯を見せて笑った。

そっか。伯母さんの顔がいつもより柔らかく見えたのは、わたしの見え方が変わったからなんだ。あの日、お母さんの話を聞いて以来、ほんの少しだけど伯母さんという人が理解できた気がした。この人は、わたしに妹の姿を重ねていたどうしようもない幼稚な人だ。お金のためにわたしを育てた酷い人。でももしかしたら最初は違ったのかもしれない。親戚たちが「そんな子は施設に預けろ」って言ったとき、毅然とした態度で「うちで引き取ります」と宣言してくれたのは、わたしのことを想ってくれたからかもしれない。幼いわたしの姿を、まだ仲のよかった頃の妹の姿と重ねていたんだ。それにあのローファーも捨てずにいてくれた。わたしとお母さんの唯一の繫がりを守ってくれた。もちろん今までされた酷いことは傷として残っている。わだかまりだってたくさんある。でもこれから少しずつ、一歩ずつ、時間をかけて対話を続けてゆけば、いつか分かり合えるかもしれない。それで許し合うことができたなら……。今日がそのスタートラインになってほしいな。

「それから、これ」と伯母はハンドバッグから茶封筒を出した。「ずっと前にあなたから受け取ったお金よ。あすなちゃんの治療費。これは返すわ」と青緒の手に握らせた。

「え、でも……」

「いいのよ。だってこのお金を受け取ったままだと、いつまでもあなたに憎まれるもの。青緒ちゃんには感謝されこそすれ、憎まれる筋合いなんてないんだから」

芽衣子はそう言って踵を返して歩き出した。あすなはまだ残っている。俯きがちだった顔を上げると、歩を進めてこちらへやって来た。青緒は咄嗟に身構えた。文句を言われるかもしれない。

「ママのこと……あ、ありがとう……」

思いも寄らぬ一言に、青緒は「へ？」と素っ頓狂な声を漏らした。

「わたしのせいなの。ママが倒れた原因」

あすなは下腹部に右手を添えて、長いまつげをそっと伏せた。

「妊娠してるんだ、わたし」

突然の告白を受け、彼女が絵本店にやってきた日のことを思い出した。

じゃああの日、あすなちゃんはお腹の赤ちゃんに読み聞かせるための絵本を探しに？

「相手の男、まだ学生なの。妊娠してることを言ったらビビって逃げちゃったんだ。それでママと大喧嘩。堕ろしなさいって言うもんだから、ムカついて家を飛び出したの。きっとママ、それでめちゃめちゃストレス溜めたんだと思う。その上、パパには浮気されちゃうし」

伯母さんがわたしに向き合ってくれたのって、あすなちゃんがお母さんと同じような境遇になったからなのかもしれない。

「それからもういっこ」

あすながカラーコンタクトの入ったベージュ色の瞳をこちらに向けた。

「わたしはお腹の赤ちゃんのせいで病気になっても産むから。絶対に赤ちゃんのことを恨んだりしないから。だって無事に産まれてきてくれたら、それだけで嬉しいもん。すっごくすっごく嬉しいもん。ちゃんと育ててあげたいって、幸せにしてあげたいって、そう思うはずだもん」

お母さんの立場で慰めてくれているんだ。

だから青緒ちゃんは悪くないよ……って、そう言ってくれているんだ。

「ありがとう、あすなちゃん」

「あーもう、そうやって笑うのマジでムカつく。あんたが笑うとイライラするって言ったでしょ。てか、わたしはただママを助けてもらったことを貸しって思われたくなかっただけ。それじゃあ」

あすなは足早に芽衣子の後を追いかけて行った。

タクシーで去ってゆく二人を見送ると、青緒はひとり夏色の空を見上げた。

久しぶりだな。青空がこんなにも綺麗だって思ったのは。夏目君が、桃葉ちゃんが、スージー先生が、伯母さんが、あすなちゃんが、そしてお母さんがくれた青い青い美しい空だ。

七月の終わり。青緒は自身の部屋を引き払い、歩橙の住む戸部町のマンションへと引っ越した。元より荷物が少なかったので、軽トラック一回で引っ越し作業は済んでしまった。エレベーターの付いていないマンションの階段を段ボールを抱えて何度も往復していると、残酷な暑さに気が滅入りそうになる。踊り場で汗を拭っていたら、下りてきた歩橙が「大丈夫？」と声をかけてくれた。

「こんなに暑いのに長袖？　部屋で上着脱いできたら？」

長袖のパーカー姿の青緒を見て、彼は不思議そうな顔をしていた。

「ううん、大丈夫。日焼けしたくないの」

青緒は作り笑顔で荷物を抱えて階段をそそくさと上った。

夏目君と再会してからというもの、痣は身体をどんどん侵食している。半袖になったらきっと袖口から見えてしまう。これから痣はもっと増えるだろう。治る間もなく新しいものができてしまうだろう。それでも隠すんだ。この痣も、この痛みも、夏目君にだけは絶対にバレてはいけない。

片付けがあらかた終わったので、引っ越し蕎麦を食べて窓辺のソファでひと息ついた。彼の部屋は居心地がいい。日当たりがうんと良くて、涼しい風も寄り道してくれる。

ううん、そうじゃない。夏目君が隣にいるから居心地がいいんだ。

「ねぇ、渡良井さん」

離れて座っていた歩橙が急に距離を詰めるように近づいてきた。

「な、なに？」

も、もしかして、キスされてしまうのでは？

チリチリチリチリ……。右の腕が燃えるように痛くなる。

「こうして正式にお付き合いさせてもらっているわけですし……」

やっぱりキスね。キスなのね。でもそうよね、夏目君も二十三歳の健全な男の子だもんね。そういうことをしたくなる年頃よね。でもなぁ、初キスがあんなんだったし警戒してしまいます。

青緒はバレないように乾いた唇をぺろっと舐めて潤した。

「お互いの呼び名、変えませんか!?」

な、なんだ、そっちか。恥ずかしい。なに先走ってたんだろう、わたしは……。

「五年前もそんなようなこと言ってたね。ちなみに、なんて呼び合いたいの？」

「そりゃあもちろん」と歩橙は生唾を飲んだ。「ダーリンとハニーとか？」

「き、気持ち悪い……」

本音がぽろりと口からこぼれた。

「う、嘘だよ！　冗談だよ！　ただのブリティッシュジョークだよ！」

いやいや、あなた今、本気で思ったでしょ。その証拠におでこの汗がすごいんですけど。

「ふーん。イギリス人ってジョークが下手なのね」と目を細めて歩橙をじろっと見てやった。彼は観念して「ごめん、結構本気で思ってました」と苦笑していた。

「ふぅーん。夏目君はダーリンとかハニーとか、そういうあまぁ～い恋人同士に憧れてるんだ」

「からかわないでよ」

「ごめんごめん」と青緒は吹き出した。「でもちょっと可愛い」

「可愛いかな……。はは、照れるね」

彼が耳を赤くするから、わたしの耳まで熱くなっちゃう。こういうことって初めてだから、なにからなにまで新鮮だ。好きな人に今思ってる素直な気持ちを伝えることも、お互いの呼び名を決め合うことも。でもちょっと子供っぽいかしら。お互いもう二十三歳なのに。

「渡良井さんのこと、青緒ちゃんって呼んでもいい？」

恥ずかしいから上目遣いで見ないでほしい。痛み止め、ちゃんと飲んでおいてよかった。

「い、いいけど……。じゃあ、わたしはなんて呼んだらいいの？」

「歩橙とか？」

「でもな、それじゃあ桃葉ちゃんに負けちゃうからな」

「どうして桃葉が出てくるの？」

「だって桃葉ちゃん、子供の頃から夏目君のこと『歩橙』って呼んでるでしょ？　これからだってたくさん呼ぶだろうし。そしたら『歩橙』って呼んだ回数できっと負けちゃうもん。二十三年の差はなかなか埋められないから」

彼は言葉の意味が分かっていないようだ。だから青緒は情けなく笑って、

「変な意地なの。夏目君の一番になりたいんだ。あなたの名前を、世界で一番呼んだ女の子に」

言った傍から恥ずかしくなってしまった。ソファの上で三角座りをして顔を隠した。

チラッと視線だけを向けると、歩橙は日だまりの中で嬉しそうに笑っていた。

「じゃあなおさら歩橙って呼んでほしいな。今はまだ一番じゃなくても、きっとすぐになれるはずだよ。だってこれからは、ずっと一緒なんだから」

やっぱり夏目君には才能がある。わたしを喜ばせる天才だ。

「じゃあ、君付けでもいい？　さすがに呼び捨ては恥ずかしいから」

「嬉しい。僕もすぐに世界一になるね。青緒ちゃんのことを誰より『青緒ちゃん』って呼んだ世界チャンピオンに」

まただ。また天才が現われた。

「が、頑張ってください……」と膝で顔を隠した。

歩橙は「それじゃあ」と大きく息を吸い込んだ。そして、

「青緒ちゃん青緒ちゃん青緒ちゃん青緒ちゃん青緒ちゃん――」と青緒の名前を連呼した。

早く世界一になりたいんだ。

青緒は「それはずるいよ」と笑った。

でも、そんな子供っぽいところも大好きだ。

なんだか彼に『青緒ちゃん』って呼ばれると特別に恥ずかしい。耳がくすぐったい。生まれて初めてのことばかりで、この幸せを上手く飲み込めないや。でもお母さんがわたしに『青緒』って名付けてくれたことに感謝したい気分だ。夏目君にこの名前を呼ばれるために、わたしは今日まで青緒として生きてきたのかもしれないな。なんてね、自分でもなにを言ってるか分からないや。そのくらい幸せだ。好きな人に愛情を込めて名前を呼んでもらえることは「好きだよ」って千回言ってもらうのと同じくらい幸せなことなのかも。

だけど——青緒は黒髪で隠れた顔をぎゅうっと歪めた。

さっきから右腕がすごく痛い。背中もだ。ちゃんと薬を飲んでいるのに。

でも大丈夫。きっと大丈夫。このくらいの痛みなら、まだまだ我慢できる。

暮らしていける。夏目君と一緒に……。

窓の外に目を向けると掃部山公園の深緑が見える。風に騒ぐユリノキの葉音のあとに子供たちが遊ぶ声が続いた。窓辺で首を回している扇風機。南風に揺れる淡い檸檬色のカーテン。優しい日だまり。ポータブルスピーカーから流れるカーペンターズの『遥かなる影』。そのすべてが幸福感に満ちている。なんて幸せな午後なんだろう。

頭にふっと温かい感触がした。びっくりして目を向けると、歩橙が髪を撫でてくれていた。丸顔の彼が笑うと、空で笑う満月みたいだ。彼の手は大きくて少し硬い。手の先や爪の間が黒ずんでいるのは多分職業柄だろう。毎日たくさん頑張っている証拠だ。五年前、観覧車で重ねた手よりもうんと立派になった大きな手。これからたくさんの人を幸せにする手だ。あまりの心地よさにうっとりしてしまう。

こんなときどうしたらいいんだろう。気の利いたことも言えないし、甘えたことも言えないし。わたしはやっぱり気の弱いネズミだ。ふるふる震えて黙ってしまう。シンデレラにはほど遠い。

そんなことを考えて悶々としていると、歩橙の唇が目に留まった。男の人にしてはぽってりとした唇だ。鼓動が否応なく速くなる。キスの予感がした。その予感が痛みに変わる。身体が焦がれる。腕や胸、鎖骨の辺りが鋭く痛んで顔に出しそうになる。でもそれ以上に続きがほしい。だから青緒は痛みを嚙み殺して目を閉じた。歩橙の気配が近づいてくる。心臓の音が呼気に混じって彼に届いてしまわないか心配になる。ほんのひとときのはずなのに、もどかしいほど長く感じる。青緒は彼のくちづけを待ち焦がれて――、

「お熱いね、ご両人」

背後で声が聞こえて飛び跳ねた。

檸檬色のシャツを着た男性が二人の背後に立っている。

「先生！」と歩橙は驚いてソファから転げ落ちた。

せ、先生？　この人が榛名藤一郎さん!?　青緒は慌てて立ち上がった。

恥ずかしいところを見られてしまった。でもどうしてインターホンも鳴らさずに入ってくるの？　この人にはデリカシーとかプライバシーという概念がないのかしら？

「君が渡良井青緒さんかな？」

縁のない眼鏡の下で目が弓のように細くなる。青緒は「は、はい」と恭しく一礼した。

「渡良井青緒と申します。その節は不躾にメールを送ってしまい申し訳ありませんでした」

歩橙と父のことをメールして以来、すっかりご無沙汰していたことを丁寧に謝った。

「いや、いいんだ。君のおかげで『ＬＯＫＩ』は横浜に出店することができたからね」

「そう言ってもらえると」と青緒は恐縮して頭を下げた。

榛名はじっとこちらを見たまま視線を外さない。

なんだろう？　と目のやり場に困っていると、

「先生、今日はどうしたんですか？」と歩橙が二人の間に割って入った。

榛名先生は男前だからちょっと心配になったのかな？

そういうところもなんか可愛い。

「ああ、君たちに同棲祝いを届けに来たんだ」と彼は高そうな赤ワインのボトルをこちらに向けた。

同棲することわざわざ報告したんだ。ちょっと恥ずかしいな……。

「それからもうひとつ」

榛名はチノパンツの尻ポケットから、ホチキスで留められた数枚のA４用紙を出した。

「三ヶ月後、赤レンガ倉庫で新作展示会をやることになったよ」

歩橙は受け取ったその紙を食い入るように見つめている。青緒も横から覗いてみると、それは企画書のようだ。『ＬＯＫＩ　Ｊａｐａｎ展示会　ご提案書』と記されている。

「僕の新作を何足か展示して、海外のファッションブランドとのコラボレーションも予定している。この手の展示会はあまり好きではないが、『ＬＯＫＩ　Ｊａｐａｎ』のお披露目会としてはいい機会だと思ってね。ついては夏目君、そこに君の作った靴も一足、出品してみたまえ」

「いいんですか!?」

「ああ。無論、工程ごとに僕のチェックは細かく入る。すべてクリアできればの話だがね」

思わぬチャンス到来に歩橙の顔が紅潮してゆく。目が輝いて喜びが溢れ出す姿を横で見ながら、青緒は自分のことのように嬉しくなった。彼が靴職人としての大きな一歩を踏み出そうとしている。その瞬間に立ち会えた喜びがふつふつと胸の中で熱湯のように沸き立つのを感じた。

「頑張ります！　必ず良い靴にしてみせます！」

「さて、それで肝心の靴のモデルなんだが」と榛名がこちらを見た。

「彼女の靴を作ってもらおう」

「わたしですか!?」

「ああ、君だ。渡良井青緒さん。テーマは『大切な人が胸を張って笑顔で歩きたくなる靴』だ」

「それって……。先生、もしかして僕らの夢を？」

「まさか。そこまでお人好しじゃないさ。夏目君は単純だからね。彼女との夢を叶えるためだと思えば、普段よりも気合いを入れて働くだろうと思ったんだよ」

わたしたちの夢を応援してくれているんだ。なんて素敵な先生なんだろう。

「いいかい、夏目君。二週間後にデザイン案を提出したまえ」

いいかい、か。お母さんの口癖みたいだ。青緒はふふっと口元を綻ばせた。

先生が出て行くと、さっきまでの甘美な空気はすっかり溶けてしまって、歩橙と二人で照れ臭くて顔を見合わせてくすりと笑った。続きをしたいような気もするけど、恥ずかしくてもう限界だ。

歩橙はヘナヘナとソファに座り、両拳を握りしめて「やったぁ」と唸った。その声が痛みを誘う。でも顔は歪めなかった。彼の幸せの瞬間を笑顔で見届けてあげたい。だから青緒は「なんだか夢みたい」と微笑んだ。カーテンが夏の光を吸い込むと、部屋は鮮やかな檸檬色に染まった。その幸福の色の中、青緒は心からの笑顔で言った。

「おめでとう、歩橙君」

初めて呼んだ大好きな彼の名前。

これが幸せへの第一歩だ。

わたしたちは今、幸せの真ん中にいる。

きっとこの幸せの色の中を、いつまでも、ずっとずっと歩いてゆける。

歩橙君と一緒に。

カーテンから溢れる幸福色の光が、青緒の笑顔を優しく包んでいた。


「悪くないんじゃないかな」

翌々週のよく晴れた午後、工房では榛名がスケッチブックを眺めながら小さく笑っていた。

向かいに立っていた歩橙は、その言葉に「ありがとうございます！」と飛び跳ねんばかりに喜んだ。スケッチブックには青緒のための靴のデザインが描いてある。高校生の頃、あの手紙に記したピッチトヒールのワンピースシューズだ。このチャンスをもらったとき、これしかないと思った。

細かい直しはあったものの、まさか先生がこんなにもすんなり認めてくれるなんて。

「しかし、分かっているとは思うが、ワンピースはなかなかに難しいよ？　覚悟はあるかい？」

「はい！　靴職人としても男としても、今以上に成長してみせます！」

榛名はにこりと笑って頷いてくれた。

ここのところ仕事は順調すぎるほど順調だ。父さんの靴を作ってからというもの、いや、青緒ちゃんと付き合いはじめてからというもの、先生に任される仕事は格段に増えた。

「時に夏目君。渡良井青緒さんとの恋は順調かい？　変わりはないかな？」

「変わり？」

「いや……。君のような暑苦しい男と一緒に暮らしていたら夏バテしてしまいそうだからね。いいかい、夏目君。女性というのは地球と一緒だ。そして男は太陽だ。遠すぎると関係は冷えてしまうし、近すぎると暑苦しくて参ってしまう。適度な距離が大事なんだよ」

「お心遣い感謝します。でも僕らの恋は順調」と言ったところで言葉に詰まった。

「順調じゃないのかい？」

「順調は順調なんですけど……」

でも本音の本音を言わせてもらえば、そろそろ次のステージに進みたい。

キスとか、それ以上とか、青緒ちゃんともっと特別な関係になりたいんだけどな……。

「ただいまー」とリビングのドアを開けると、台所に立っていたエプロン姿の青緒がくるりと振り返った。そして花のように愛らしい笑顔で「おかえりなさい」と出迎えてくれる。頰にえくぼを作って微笑む彼女にやっぱり今も照れてしまう。一緒に暮らしはじめてもう二週間も経つというのに。

照れくさくてそそくさと手を洗っていると、青緒が横からじろっと睨んできた。

「なんか素っ気ない。どうかしたの？」

「青緒ちゃんがこの部屋にいることにまだ慣れなくて。だってほら、高校生の頃はずっと片想いだったでしょ？　だからこんなふうに大好きな人が家で待ってくれているのが嘘みたいでさ」

その言葉に照れたのか、青緒は背中を向けてしまった。肩が微かに震えている。

笑ってる？　それとも気持ち悪いって思ってる？

歩橙は不安で「青緒ちゃん？」と震える肩に手を添えようとすると、

「そんなこと言われると恥ずかしい……」と糸のような細い声が返ってきた。

か、可愛い！　今すぐ後ろから抱きしめたい！　そんな勇気はもちろんないけど。

「ご飯食べよ。今日は歩橙君の好きな生姜焼き（しょうがや）きだから――」

青緒が顔を歪ませた。そしてバランスを崩してシンクにしがみつく。

「大丈夫!?」と跳ねるように駆け寄った。

「ううん、ちょっと立ちくらみがして」

「ねぇ、一度病院で診てもらったら？　高校生の頃も体調崩しやすかったでしょ？　一緒に暮らしてからも時々辛そうにしてるし、ちゃんと診てもらった方がいいと思うんだ」

「大丈夫だよ。ただの夏バテだから。毎年この時期になると体調を崩しちゃうの」

「じゃあせめて薬だけでももらいに行こうよ。僕も付き合うから」

「本当に大丈夫だって」

「でももし悪い病気だったら」

青緒は困ったように俯いた。

もしかして本当に悪い病気なんじゃ……。

「重いの」

「え!? ごめん! そうだよね! 僕、重すぎるよね!」

「ううん、そうじゃなくてね。あのね、その……重いっていうのは……」

青緒はなにやら言いづらそうだ。細くて白い指で唇を弄っている。

「女の子特有の……ほら……あれが重くて……」

あれ? ああ、そうか! 歩橙は頭の中で膝を叩いた。

「そうだったんだ! ごめん! 僕、そういうの疎いから全然気づかなかったよ!」

「こっちこそごめんなさい。ちゃんと言うべきだったんだけど、なんだかちょっと恥ずかしくて」

「でも悪い病気じゃなくてよかった。あ、辛いときはなんでも言ってね。家事でも洗濯でも、できることは全部するから。料理はちょっと苦手だけど」

「心配してくれてありがと。でももう気にしないで。さぁ、ご飯食べよ」

青緒はフライパンの生姜焼きを皿に盛りはじめた。

「そうだ、青緒ちゃん。このあと時間ある？　足の採寸をしたいんだ」

「採寸？」

「今日、先生に靴のデザインのオッケーをもらえてさ」

「高校生のときに描いてくれた靴!?」

微笑んで頷くと、青緒は「やったぁ！」と星のように目を輝かせた。

「これから靴作りに入るんだ。まずはラストって呼ばれる足の形を再現した木型を作るんだけど、そのための採寸をもう一度お願いしたくて。高校生の頃にも測ったけど、足って時間が経つと特徴が変わっちゃうんだ。だからうちの常連さんにも二年周期で木型を作り替えてもらっててさ。もう一度測り直した方がいいと思うんだけど、協力してくれないかな？」

「もちろん！　あ、でも、その前にお風呂に入ってもいい？　ちゃんと足、綺麗にしなくちゃ」

「そんな！　青緒ちゃんの足はそのままでもすっごく綺麗だよ！」

青緒は顔を俯かせると「変なこと言わないでよ」と声を震わせた。

し、しまった！　今の発言は完全にアウトだろ！

慌てふためき言い訳を探していると、「あ、ドレッシングないや。コンビニで買ってくるね」と青緒は逃げるようにリビングから出て行った。

引いたよな……。今の笑顔、無理しているみたいだったもんな。

それとも、なにかを隠している？

——お母さんに酷いことしてたの！　たくさん傷つけてたの！

再会したときのあの言葉が今も耳に残っていた。

あれは一体、どういう意味だったんだろう……。


食後に入浴を済ませて青緒が戻ってくると、彼女は縞々の長ズボンに薄いブルーのパーカー姿だった。いつ見ても青緒の部屋着姿は破壊的に可愛い。今でこそ多少は見慣れたけれど、同棲当初は目のやり場に困ってしまっていた。

「青緒ちゃん、今日も長袖だね。お風呂上がりなのに暑くないの？」

「ううん、全然。窓から涼しい風も入るし」

「だけど、ほら、汗かいてるよ？」

青緒は慌てて額の汗を拭った。

あまり触れてほしくないみたいだ。話を逸らしてしまった。

ああ、まただ。また余計なことを言ってしまった。今のは青緒ちゃんに対して「汗かきだね」って言ってるようなもんだろ。無神経な自分が嫌になる。口に南京錠を付けたい気分だ。

窓辺に置いたアームチェアに青緒を座らせると、足元に『ＬＯＫＩ』専用の採寸用紙を広げた。二度目ということもあって彼女もすっかり慣れている。躊躇うことなく用紙に足を置いてくれた。

「なんだか高校生の頃に戻ったみたい」と楽しそうだ。足もウキウキ喜んでいる。

そして歩橙は採寸をはじめた。

「ラストができたら、そのあとはなにをするの？」

「まずは仮靴を作るんだ。出来上がったら青緒ちゃんに履いてもらって、履き心地やデザインの感想を聞かせてもらうよ。もし違和感があるようなら言ってくださいね。責任をもって調整させていただきますので。仮靴で最高の履き心地を目指す。それがビスポークの生命線ですから」

ちょっと芝居がかって言うと、青緒は「仮靴って履かなきゃダメ？」とおずおずと訊ねた。

「歩橙君の靴を最初に履くのは、完成したときがいいの」

「いやでも、仮靴で試した方が履き心地は断然に良くなると思うけど」

「大丈夫。歩橙君が作ってくれる靴なら、どんな靴でも好きになれるもん。それに多少履き心地が悪くたって全然いいの。だってそれが、わたしのガラスの靴だから」

「分かったよ。でも安心して。仮靴がなくたって最高の履き心地を目指すから」

「うん、ありがとう。えっと、それから次の工程は？」

「アッパーっていう靴の上部分の型入れをするんだ。裁断して、革を漉いて、縫製して、それから『ラスティング』。完成したアッパーを木型に被せて吊り込むことで、革に靴の形状を覚えさせる工程なんだけど、僕はこの作業が苦手でさ。一度アッパーをラストに吊り込んだら完成までそのままだから緊張するんだ。先生は『革は生きてるから何度も釘を打っちゃだめだよ。仮留めしたら、一度でターン！　と気持ちよく打ってやりなさい』って言うけど、なんだかいつも躊躇っちゃって」

「じゃあそのときは、わたしが隣で見守っててあげるね」

「それなら上手くできそうだ」と歩橙は青緒を見上げて微笑んだ。

「それが済んだら次は『ウェルティング』。ウェルトっていう細い革を、吊り込み終わったアッパーと中底に縫い付けるんだ。ちなみに、縫うための糸も針も全部手作りなんだよ」

「糸も針も？　すごい」と青緒は目を丸くして驚いた。

「それから中底の加工をして『ボトミング』。本底とウェルトを縫い合わせて、ヒールを積み上げる作業のこと。あとは仕上げかな。アッパーに栄養クリームを塗って、色を重ねて、それでいよいよ木型から靴を外すんだ。だからこれから作る木型はすごく重要なんだよ。靴の善し悪しはこのラストの出来で決まるって言っても過言では——どうしたの？」

青緒が顔をまん丸にして笑っている。

「立派になったなぁって思って。出逢った頃は靴職人になることを諦めようとしてたのに、今ではこんなに立派に靴のことを語ってて。それがなんだか嬉しいの」

「これからだよ」と歩橙は力強いまなざしを彼女に向けた。「これからもっと青緒ちゃんを嬉しい気持ちにさせるよ。靴が完成して、結婚して、もっともっと立派な靴職人になって、いつか自分のお店を持って。青緒ちゃんが世界で一番幸せだって思ってくれるように頑張るから」

「け、けっこん？」

「ち、違う！　今の嘘！　冗談だから！」

「嘘なんだ……」

「ごめん。やっぱり嘘っていうの嘘。僕はいつか青緒ちゃんと結婚したいって思ってるよ」

彼女は恥ずかしそうに視線を斜め下へと逃がした。黒髪でその表情は見えない。膝の上の手がふるふると震えている。照れている？　いや、様子がおかしい。まるで痛みを堪えているみたいだ。

「青緒ちゃん？　もしかして、どっか痛いの？」

「うん、痛いよ……」

「え？」と驚きの声を漏らすと、彼女は顔を上げて幸せそうに笑っていた。

「幸せすぎて、痛いくらいだよ」

すべての採寸が終わると、足のデータを紙にまとめた。作業が終わったときにはもう深夜〇時を過ぎていた。歩橙は立ち上がり、凝り固まった両肩を回して大きな欠伸をひとつした。

そろそろ寝よう。ここ数週間、毎朝五時に出勤して仕事に取り組んでいるせいで、この時間でもかなり眠い。電気スタンドの明かりを消して、鉛のように重い身体を引きずってバスルームへ向かった。簡単にシャワーを浴びて歯を磨くと、半袖短パンというラフな格好で寝室のドアを開けた。

寝室は玄関脇の北向きの薄暗い一室で六畳ほどと狭い。扇風機とメタルラック、そしてふたつのシングルベッドが距離を置いて並んでいるだけのシンプルなものだ。まだくっつけることのできないベッドの距離がもどかしい。そのベッドのひとつでは青緒が背を向けて眠っていた。

青緒ちゃんのベッドに入りたいな。歩橙の胸は邪な想いで膨れ上がる。

よし……。それとなく、そぉっと隣に添い寝をしてみよう。今日こそ次のステージに進むんだ。い、いや、でも嫌われたら。いやいや、大丈夫だ！　普通の二十代のカップルなら、もうキスくらいしてて当然だもんな。早い人たちはそれ以上の関係にだってなっているはずだ。今日まで幾度となく彼女のベッドに侵入しようと試みてきた。でもそのたびに意気地がなくて、自分の寝床に潜り込んで枕を濡らしている。そんな日々にはもうおさらばだ。

「歩橙君？　どうかしたの？」と眠そうな声がして、歩橙はごくんと生唾を飲んだ。

「ね……ねぇ、青緒ちゃん？　ここ今夜、一緒に寝てもいいかなぁ？」

青緒は完全に目が覚めたようだ。驚いた猫のように飛び起きてタオルケットを抱きしめた。あまりにびっくりされたものだから、「なんでもないや！」と自分のベッドに入ろうとする——と、

「いいよ……」とタオルケットを開いて中に入るよう促してくれた。

恐る恐るベッドに入ると、彼女は背中を向けてしまった。間近で顔を見たかったけど、今はこれが限界だ。刺激が強すぎる。彼女をこんなにも近く感じるのは初めてだ。タオルケットの中は青緒のぬくもりと香りに満ち満ちている。歩橙の胸は感激で震えた。青緒も震えている。その震えがシーツ越しに伝わってくる。手を伸ばして後ろから抱きしめると、彼女の肩がピクンと動いた。

「ごめんなさい」

青緒が呻くように、苦しそうに呟いた。

「やっぱりわたし、その、怖くて……」

「ご、ごめん！　怖い思いさせちゃったね！」と歩橙は身体を慌てて離す。

「でも勘違いしないで。歩橙君が怖いとかそういうんじゃないの。なんていうか、その、わたしそういう経験があんまりなくて」

胎児のように丸くなった彼女の髪を撫でる。絹糸のような優しい髪の手触りを感じな

がら「僕の方こそごめんね。焦りすぎちゃったね」と安心させるような声色で伝えた。

青緒は首を振ると、そのまましばらくの間、子猫のように震えていた。

なにやってるんだ、僕は。青緒ちゃんに怖い思いをさせてどうする。

焦ることない。ゆっくり歩いていけばいい。

そうだよ。だってこれからは、ずっとずっと一緒なんだから……。

洗面所の鏡の前、青緒は露わになった上半身を見てため息を漏らした。指先で皮膚をなぞる。肩、鎖骨、腕、脇腹、そして小さな乳房。橙色の痣に覆われた肌は異国のトカゲみたいで吐き気がする。

高校生の頃、まだこんな病気に冒される前、わたしは自分の身体がそこそこ好きだった。スタイルなんてよくないし、胸だって小さい。お腹の周りにはお肉もちょこっとあったけれど、それでも肌だけは綺麗な自信があったんだ。顔だって美人とは言えないわたしにとって、この肌は女の子として誇れるたったひとつの自慢だった。それなのに今は……。どうしてこんなに汚くなっちゃったんだろう。

青緒は悔しくて歯ぎしりをした。

歩橙君、この身体を見たら汚いって思うよね。きっと目を背けるよね。

戻りたい。あの頃みたいな綺麗な肌に……。

一滴の涙がこぼれ落ち、橙色の痣の上を滑り落ちた。

歩橙君だけには、ずっとずっとこれからも、可愛いって思っていてほしい。

だからわたしは彼の前で服が脱げない。身体を許せない。

この痣を見られることが怖くて怖くてたまらないんだ。

彼と交際をはじめてからというもの、痛みは日に日に増していた。数子医師からもらった強力な鎮痛剤でも痛みを抑え込むことができなくなり、一日二錠までという用量規定を破ってしまった。その副作用によって胃は痛み、食欲は失せ、今では固形物を飲み込むことすらも億劫になっている。しかしそれでも薬の多量服用をやめられずにいる。

少しでもこの痛みを抑えたい。その思いが彼女を誤った方へと突き動かしていた。

あと一歩。ほんのあと一歩で叶うんだ。

歩橙君の靴を履いて、胸を張って笑顔で歩くって夢が。

だから頑張れ。頑張って笑うんだ。

青緒は鏡に向かって笑ってみた。死神みたいな不気味な笑顔だ。

そして薄いブルーの鎮痛剤を一気に三錠、口の中に放り込む。

気がつけば、三ヶ月分の薬をたった二週間で飲みきっていた。


「信じられないわ！」

診察室に響き渡った数子医師の声が背を丸めた青緒に突き刺さる。

数子は顔に朱を奔らせて「あんなに渡した薬をたった二週間で飲みきったの！」と激高した。

「どうしても痛みが取れなくて……」

乱れた髪を掻き上げると、数子はため息を漏らしてソファに腰を据えた。彼女の怒りの嵐が去ると、青緒は恐る恐る顔を上げる。向かいのガラス窓が目に留まった。西日に照らされた窓に自分の姿が映っている。亡霊のような不気味な姿だ。目もうつろで抜け殻のようで薄気味が悪い。

「あなたに処方した薬はかなり強い鎮痛剤なの。それを一気に、しかも多量に摂取すると酷い副作用に襲われるわ。飲み方を間違えれば薬は毒になるのよ」

「分かってます。もうしません。だから――」

青緒は手の中のハンカチを握りしめ、か細い声で数子に懇願した。

「もう一度だけ薬をください」

「青緒ちゃん……」

「お願いです。薬がないとあの痛みに耐えられません……」

歩橙君が笑いかけてくれるたび、料理の味を褒めてくれるたび、他愛ない時間を過ごすたび、この身体は信じられないほど激しく痛んだ。昨日の夜だってそうだ。ベッドで後ろから抱きしめられたときは気絶するかと思った。あまりの痛みに震えと冷や汗が止まらなくなった。でも彼はわたしを求めてくれている。今以上の関係になることを望んでくれている。その想いに応えたい。そのためには、どうしても薬が必要なんだ。

「お願いです……薬がないと……痛みを取らないと……わたし……わたし――」

涙が顎先からしたたり落ちて西日で光った。

「歩橙君と一緒にいられなくなっちゃう……」

「ダメよ。病気のことを正直に彼に言いなさい」

何度も何度も首を振った。絶対に言えない。言えるわけがない。

「いい？　これからあなたたちはいろんな困難を二人で乗り越えていかなきゃいけないの。もし結婚なんてことになったら、十年、二十年、ううん、それ以上に長い間をずっと一緒に歩いていくの。残酷な言い方だけど、今の青緒ちゃんには無理よ。だから本当のことを言いなさい」

「無理です……そんなの無理……だって……だって……」

青緒は俯いたまま泣いた。

「言ったら歩橙君に嫌われちゃう……」

「申し訳ないけど、薬は最低限の量しかあげられないわ。効果は減るけど、その分副作用が少なくて済むものにもする。それから――」

しゃくり上げる青緒に、数子は真剣なまなざしで言った。

「心療内科で一度診てもらった方がいいわ」

帰路についた頃、太陽はすっかり傾いていた。

紅葉坂（もみじざか）を上る青緒の背中を夕陽が照らす。アスファルトに長い影が伸びる。青緒は坂の途上で足を止め、フェンスの向こうに見える桜木町の街並みを眺めた。金網に添えた手が夕陽に照らされる。肌が不気味な橙色に見える。忌々しいその色から目を避けるように、青緒は再び歩き出した。

近頃、体力がうんと落ちた。いつも軽々上っていたこの坂も今は上るのが本当に辛い。一歩一歩、足を引きずるようにしてなんとか上っている感じだ。動悸（どうき）がして、すぐに息も切れてしまう。それでも懸命に上った。心の中で「頑張れ、頑張れ」と何度も自分に言い聞かせながら。

恋によって焦がれる身体も、胃の痛みも、吐き気も、めまいも、頭痛も、全部全部耐えてみせる。今頑張らないでどうするんだ。ずっと頑張ってきたじゃない。そうだよ。わたしの特技はコツコツ頑張ることなんだ。きっと今回だって耐えられる。ゆっくりでも歩くんだ。一歩一歩、歩くんだ。そしたらきっと幸せになれるはずだ。彼の靴を履けるはずだから……。

自宅近くの公園のベンチに座ると、ペットボトルの蓋を捻（ひね）った。しかし思うように力が入らない。握力も落ちてしまったみたいだ。

嫌になっちゃうな、と青緒は自嘲の笑みを浮かべた。

力を集めてなんとかキャップを外すと、さっきもらった鎮痛剤をデイパックから出す。家に帰れば身体が痛くなる。だからその前に飲んでおこう。

本来、一回一錠の薬を三錠一気にミネラルウォーターで胃に流し込むと、毎日帰る前にこの場所でしている準備運動をはじめた。嘘がバレないための練習だ。

橙色に染まる街を眺めながら、青緒はにこりと笑顔を作った。頬の筋肉を持ち上げ、白い歯を見せ、目を弧にして一生懸命笑ってみせる。どれだけ酷い痛みが襲ってきても、彼の前でちゃんと笑えるようにと毎日ここで練習しているのだ。

大丈夫。わたしはまだ笑えてる。ちゃんと笑えてる。

歩橙君が好きだって言ってくれた、空色の笑顔で……。

しかし彼を想うと身体はどんどん痛くなる。今薬を飲んだばかりなのに、燃えるように、焼けるように、鋭く激しく身体が痛む。それでも痛みに負けないように頑張って笑った。でも、

「痛いなぁ……」

言葉と共に涙が溢れた。やっとの思いで作った笑顔がみるみる崩れてゆく。

「……どうしてこんなに痛いんだろう……」

どうしてわたしの身体はこんなに痛くなるんだろう。

わたしはただ、好きな人を素直に好きって思いたいだけなのに。

ただありふれた普通の恋がしたいだけなのに……。

あくる日は二人とも仕事が休みだったので、外へ出かけることにした。恋人同士になってから初めてのデートだ。朝からしっかり痛み止めを飲んだから、出かける頃にはちっとも痛みを感じなかった。だからすこぶる気分がよかった。

「どこに行くの？」と前を歩く背中に訊ねてみると、黒いレザーのデイパックを背負った歩橙は「内緒だよ」と意味深に笑っている。なんだか悪戯っぽい笑顔だ。ちょっとだけ心配になる。

電車に乗って隣町までやって来た。「どこに行くんですか？」としつこく訊ねても、彼は「いいから、いいから」と笑うばかりだ。いよいよ本格的に心配になってきたぞ。駅からしばらく行くと、田畑が広がる風景が目に入った。青々とした稲穂が風に揺れる姿は壮観で、それはまるで緑色の海原のようだ。

でもなんでこんな所に？　そう思っていると、青緒は足を止め、目も口も丸くした。

そこには、鮮やかな黄色い世界が広がっていた。

何万本というひまわりが風に揺れて咲き乱れている。

隣に並び立つ歩橙の顔を見上げると、彼はこくんと頷いた。

ここへ連れてきたかったみたいだ。

こんなにたくさんのひまわりを見るのは初めてだ。青緒は子供のように駆け出した。

「この場所、青緒ちゃんに見せたかったんだ」

青緒は振り返ると、歩橙の優しさにひまわりのような笑顔で応えた。

それから花々に囲まれた小径を二人で散歩した。背丈くらいあるひまわりたちが、こちらを向いて微笑みかけてくれている。花弁を揺らす暮風が心地よい。痛みもない。なんて素敵な夕暮れなんだろう。青緒の足取りはいつも以上に軽かった。

小径を抜けた先には鉄パイプで拵えた簡素な展望台がある。短い階段を上ると視界が開けて、数万本というひまわりを見渡すことができた。夕景に彩られた空は鮮やかな黄金色に映え、空も、ひまわりも、なにもかもが黄色く染まっている檸檬色の世界が輝いている。

「青緒ちゃん」と呼ばれたので、並び立つ彼を見上げた。

歩橙は背負っていた鞄からあるものを出した。布の袋だ。その中には――、

青緒は「あ……」と声を上げた。

壊れたはずのローファーだ。右の靴が綺麗に修理されている。

左右の靴は綺麗に磨かれ、新品同様に誇らしげに輝いていた。

「わざわざ直してくれたの？」

「このローファーは青緒ちゃんの宝物だからね」

「嬉しい……。歩橙君、ありがとう」

夕陽をいっぱい吸い込んだ靴を受け取ると、手のひらで何度も何度も愛おしさを込めて撫でた。

「この靴、お母さんの靴だったの」

「そうなの!? ああ、どうりで!」

「どうりで?」

「修理しているとき思ったんだ。親戚の子が中学生のときに履いていたにしては、随分不思議な靴だなぁって。だってこの靴、ビスポークだから」

「ビスポーク?」と青緒はびっくりして手の上の靴を見た。

「普通、靴って中敷にブランドのロゴが印字されてるものなんだけど、この靴にはそれがないんだ。既製靴でもなさそうだから、多分個人の誰かが手縫いで作った靴だと思うな」

「じゃあお母さんが作ったのかも! 美大に通ってたみたいだから!」

「きっと思い入れのある一足なんだね。こんなにボロボロになるまで大事に履いていたんだから」

そう思うと、より一層この靴が愛おしく思える。この中にはお母さんの思い出がたくさん詰まっているんだ。よかった、この靴と一緒に歩いて来ることができて。お母さんと繋がっている気がして嬉しい。本当に嬉しい。それに、お母さんとの唯一の繋がりを歩橙君が直してくれたことも。

「この靴がお母さんにとっての宝物なら、青緒ちゃんの宝物は僕が作るよ。五年も待たせちゃったけど、今度こそ作ってみせるから。青緒ちゃんのガラスの靴」

「じゃあ完成したら、シンデレラみたいに履かせてくれる？」

「もちろん！　その靴でずっと一緒に歩いていこうね」

いいのかなぁ、こんなにたくさん幸せで。幸せすぎて不安になっちゃう。それに、わたしはちゃんと返せているのかな。歩橙君に今までもらった幸福の百分の一でも。ちゃんと返したいな。これからちょっとずつでも、あなたを好きって気持ちに乗せて。

「歩橙君……」

青緒は少し背伸びした。

「大好きだよ……」

そして、彼にくちづけをした。ぎこちなくて、たどたどしくて、恥じらいの籠もったキスだったけれど、でもそこにありったけの愛情と真心を込めた。ほんの一秒程度のキスが一生忘れ得ぬ瞬間になる。心が檸檬色に染まってゆく。

その有り余るほどの幸福の中、青緒は思っていた。

わたしには自信がある。今この瞬間、わたしは世界中の誰よりも幸せな一秒を生きている。どんなお金持ちより、どんな素敵な美女より、神様にだって負けやしない。この一秒間だけは、わたしはきっと、世界で一番、幸せな女の子だ。

しかし次の一秒が訪れると、青緒の視界はぐにゃりと歪んだ。肩から背中、胸、腹、両腕にかけて引き裂かれるような激痛が奔った。目眩を覚え、たまらず展望台の手すりにしがみつく。

「大丈夫?」と歩橙が咄嗟に手を伸ばしたが、その手を振り払うようにして首を振った。

彼の幸せそうな笑顔を曇らせたくない。

だから笑おう。何度も練習した、あの笑顔で……。

「うん、平気だよ! あ、ごめん。わたしちょっとトイレ行ってくるね!」

青緒はおぼつかない足取りでその場を後にした。

痛みが止まず、意識が朦朧としてきた。そして歩橙が見えなくなると、ひまわり畑の真ん中で自分のことを抱きしめた。呻き声が漏れないように手で口を押さえる。その拍子に、手からローファーがこぼれ落ちた。

地面でバウンドして無残に裏返る母のビスポーク。

神様、お願いします……。

この幸せな瞬間を、どうかどうか痛くて辛い思い出だけにはしないでください。

幸せな色のまま、ずっとずっととっておきたいんです。

だからお願い。痛みを止めて。

激烈な痛みが全身を射貫いた。その拍子に足の力がふっと抜ける。

ああ、倒れちゃう……。

青緒は仰向けのまま後ろへと倒れてゆく。薄れゆく意識の中、なにかを摑もうと手を必死に伸ばすと、視界に月が映った。夜を前にした群青色の空の中、檸檬色の月が静かに輝いている。その月にしがみつこうとしたが、摑むことなどできなかった。

両目から溢れ出した涙が、しずくとなって月夜に舞い上がる。

青緒はひまわり畑で仰向けになりながら、月夜に光る涙のしずくを見て祈った。

神様、お願い……。

わたしからもうこれ以上、奪わないで。

やっと手にした幸福を、どうかどうか奪わないでください。

意識と共に薄れてゆく檸檬色の月は、指の間からすり抜けた青緒自身の幸福のようだった。

第三章　若葉色の約束

　ひまわり畑の真ん中で青緒が倒れている。その姿を見つけた歩橙は、這うようにして彼女に駆け寄り、左腕で抱きかかえた。青緒は蒼白な顔を歪めて呻き声を上げている。激しい痛みに襲われているのか、身体をのけぞらせ、額には脂汗が噴き出していた。

「どうしたの!?　どこか痛いの!?」

　彼女の頭がぐらんと傾く。その刹那、歩橙はハッと目を留め、言葉を失った。

　右の首筋に夕陽のような色が広がっている。

　なんだこれは？　火傷？　いや、痣だ。

　でもさっきまで、こんなところに痣なんてなかったぞ。

　震える指先でその痣に触れようとした――と、そのとき、「歩橙君」と彼女が意識を取り戻した。

「青緒ちゃん、大丈夫!?」

「慶明大学病院の……横光先生……」

　真っ青な唇を動かしてそう告げると、青緒は眠るように意識を失った。

「しっかりして！　青緒ちゃん！　青緒ちゃん!!」

彼女の白い腕がだらりとこぼれて赤茶けた土の上に儚く落ちる。砂埃が舞い上がり、風に吹かれて空へと昇ってゆく。柔らかく降り注ぐ月光に照らされた砂埃がダイヤモンドダストのように目映い光を放つ。しかしその輝きはあっけなく壊れてしまった。分厚い雲が夜空を包んだのだ。

あれだけ美しかった月は、もうこの空のどこにも見えなかった。

慶明大学みなとみらい病院の処置室の前。先ほどから医師たちが慌ただしく出入りしている。そのただならぬ雰囲気に矢も楯（たて）もたまらず、看護師を捕まえて青緒の病状を訊ねた。彼女は無事なのだろうか？　大丈夫なのだろうか？　しかし看護師は「しばらくお待ちください」と言うばかりだ。歩橙はドアの向かいに据えられた長椅子で頭を抱えてうずくまった。

どうなってるんだ……。青緒ちゃんはどこかが悪いのか？　あの痣は一体なんなんだ？　高校生の頃もデートの途中で体調を崩したことがあったけど、今回のこととなにか関係があるのか？　それに近頃あまり体調もよくなかった。

やっぱり悪い病気なんじゃ――。

「先生、心室細動（VF）です！」

処置室から女性の甲高い声が聞こえて歩橙は跳ねるように立ち上がる。ややあって、ドン！　というけたたましい衝撃音が耳に響くと、たまらず扉に駆け寄った。自動ドアがゆっくり開く――と、眼前の光景に絶句した。無影灯の下で青緒が心臓マッサージを受けている。

「青緒ちゃん……青緒ちゃん!!」

我を忘れて近づこうとしたが、男性看護師たちに羽交い締めにされてしまった。それでも暴れて名前を叫んだ。青緒が死んでしまう。その恐怖で完全に我を忘れていた。

「離してください！　離せ！　離せって！」

男たちの腕を振り払い、青緒に向かって手を伸ばす。しかし彼女の身体を見た途端、氷のように固まって動けなくなった。ベッドの上の青緒は、長袖シャツを縦に切られて上半身を露わにされている。その肌には、ひまわり畑で首筋に見たものと同じ色がべったりとこびりついていた。

橙色の痣だ。痛々しい色をしたそれは、首筋、胸、腹、腕にまで侵食している。

いつも愛らしい笑顔を浮かべていた青緒からは想像もできない身体を前に呆然と立ち尽くしていると、そのまま廊下に放り出された。冷たい床に座り込み、歩橙は今見た痣を反芻した。

あれはなんだ？　青緒ちゃんはなんの病気なんだ？

激しい砂嵐が渦を巻くように頭の中が混乱している。やり場のない思いが憤懣(ふんまん)の色を帯びて胸を貫く。どうして今まであの痣に気づけなかったんだ。血が出るほど唇を強く嚙みしめた。

「歩橙！」と女性の声が響いた。桃葉だ。肩で息をした彼女が、暗い廊下の向こうから慌ただしくやって来た。この病院に来る救急車の車内で、救急隊員から青緒の既往症の有無を訊ねられたが、歩橙は答えられなかった。桃葉ならなにか知っているかもしれないと思って連絡したのだった。

彼女は仕事を抜け出して来てくれたらしい。クリーム色のジャケットにグレーのスカートという式場の制服姿のままだ。ほとんど滑り込むようにして床に膝をつくと、歩橙の両肩を強く摑んだ。

「青緒ちゃんは大丈夫なの⁉」

「心臓が」歩橙は俯いたまま呻くように呟いた。「心臓が止まっちゃったんだ」

信じがたい言葉に、桃葉の顔色がみるみる青く変わってゆく。

「どうしよう……青緒ちゃんが死んじゃったら……」

焼け付くような焦燥感と怒りで自分の腿を何度も殴った。

「僕のせいだ！　僕が目を離したから青緒ちゃんは！」

目の中で黄色い火花が弾けた。頰を叩かれたのだ。我に返って彼女を見ると、桃葉の丸っこい目はたくさんの涙に覆われていた。非常灯の緑色の光をその目に反射させながら、桃葉は「しっかりしなさいよ！」と迸るような怒声を上げた。

「まだ死んじゃったわけじゃないでしょ⁉　あんたがそんなこと言ってどうするのよ！絶対大丈夫だって、絶対助かるって、歩橙が信じてあげないでどうするのよ！」

険しい形相とその言葉に、歩橙の目から新しい涙がはらはらとこぼれ落ちる。

そうだよ、僕が信じないでどうするんだ……。

歩橙は土で汚れたシャツの裾を握りしめ、強く強く祈った。

青緒ちゃん……お願いだから、どうか死なないで……。

「夏目歩橙君？」

歩橙と桃葉が同時に顔を上げると、五十代とおぼしき白衣姿の女性が廊下の向こうに立っていた。大慌てで駆けつけたようだ。涼しい一重まぶたの上の額には玉のような汗がいくつも浮かんでいる。

彼女は息切れを抑えながら「脳神経内科の横光数子です」と歩橙たちに告げた。

「さっき青緒ちゃんが先生の名前を！」と歩橙は立ち上がる。

「でも脳神経内科って……？」

「わたしは、青緒ちゃんの主治医なの」

「主治医？　じゃあ青緒ちゃんはやっぱりどこかが悪いんですか!?」

横光医師の美しい顔が厳しくなる。

「彼女からまだなにも聞いてないのね」

「まだ？　まだってどういうことですか!?　あの痣はなんなんですか!?　彼女はなんの病気なんですか!?　教えてください!!」

「落ち着いて」と桃葉に腕を摑まれた。しかしその手を振り払って詰め寄ろうとする

──と、処置室の自動扉が開き、青いユニフォームを着た救命医が現われた。歩橙は「先生！」と弾かれたように医師の方へと走った。

「大丈夫です。命に別状はありませんよ」

救命医は安心させるように眼鏡の下の目を細めて笑った。

よかった……。言いようのない安堵感が全身に広がり、歩橙はその場に尻餅をつきそうになった。隣で桃葉も号泣している。「よかったぁ！」と抱きついてきた。その泣き声がさらに涙を誘った。

「一体なにが原因だったんですか？」

歩橙の質問に救命医は言葉に窮した。それから横光医師に目配せをすると、

「ごめんなさいね、夏目君」と彼女は毅然とした様子で口を開いた。

「親族じゃない人に詳しいことは話せないの」

「そんな！　僕ら付き合ってるんですよ！」

「恋人ではダメなの。個人情報だから言うことはできないわ」

「教えてください！　青緒ちゃんは悪い病気なんですか!?」

横光医師は凜（りん）として首を左右に振る。歩橙は彼女の肩を子供のように揺さぶった。

「答えてください!!」

「歩橙──」

硬く尖った声が歩橙の背中に刺さる。振り返ると、桃葉の瞳は清冽（せいれつ）な泉のようだった。

強い決意が宿っている。長年付き合っているが、こんなにも真剣な表情を見るのは初めてだ。ただならぬものを感じて、歩橙は瞬きすらも忘れた。

桃葉がベージュ色のリップを引いた薄い唇を引き締めて「わたしから話すよ」と言う。

「どうして桃葉が……？」

「青緒ちゃんから聞いてたの。だからわたしから話すよ」

「でも」と横光医師が言葉を挟んだ。難色を示している。しかし桃葉は首を横に振り、

「青緒ちゃんは歩橙に本当のことは言わないと思います。でもこうなった以上、歩橙は知るべきです。だからちゃんと話します」

医師はしばしの逡巡の後に「確かにその通りね」と首を前に倒した。

歩橙の当惑した表情を非常灯の緑色の明かりが怪しく照らす。

青緒ちゃんはどうして桃葉に話して、僕には言ってくれなかったんだ？

言えない理由がなにかあるのか？

それに、僕が知っておくべきことって一体なんなんだ？

青緒はまだ意識を取り戻していない。ＩＣＵに運ばれてゆくのを見送って、それから桃葉と二人で屋上へと向かった。重いグレーの鉄扉を押し開けると、冷たい海風にたまらず身震いを起こす。

八月の後半だというのに今日の夜風はうんと冷たい。いや、違う。言いようのない不

安によって体温が奪われているのだ。手すりの向こうでは、柔らかな橙色の光が街を彩っている。いつもなら目を喜ばすはずのこの彩光も、今日ばかりはやけに不気味に見えてしまう。きっと青緒の身体にこびりついていたあの痣の色を思い起こさせるからだろう。

隣に立つ十センチほど背丈の低い桃葉が今日は小さく思える。彼女も怯えているのだ。

さっきから唇に手を当てて考え込むように押し黙っている。

じりじりと心を削ぐような耐えがたい沈黙が流れると、

「わたしも最近なの」と桃葉がようやく口を開いた。「青緒ちゃんの病気を知ったのは」

「どんな病気なの……？」

疾風が桃葉の艶々した黒髪を乱す。彼女は細くしなやかな指先で前髪をそっと整え、こちらを見上げた。今にも光がこぼれ落ちそうな潤んだ瞳が歩橙を捉えている。

「自分のことを責めずに聞いてね」

「責める？　責めるって、どういうことだよ」

その問いには答えなかった。

彼女は震える呼気を整えるように、ゆっくり息を吸い込むと、

「恋をしたら、身体が焦がれちゃうの」

「え？」と耳を疑い、思わず聞き返した。

「脳の誤作動が原因らしいの。好きな人を好きだと思ったら、歩橙を好きだと感じたら、青緒ちゃんの身体は焦がれて痛くなっちゃうの」

「なんだよそれ……意味が分からないよ……」

「高校生の頃からその痛みに耐えていたの。だから高三のとき、なにも言わずにいなくなっちゃったんだよ。退学になって、親戚の家からも追い出されて、その上自分が病気だと分かって、もう歩橙と恋はできないって絶望して、それでいなくなっちゃったの」

「待ってくれよ。そんなの信じられないって。じゃあ あの痣は？　あれはなんなんだよ？」

「痛みと一緒に現われるって」

そんなの信じられない。信じられるわけがない。でも――、

一緒に暮らしてからというもの、青緒ちゃんは時々痛みに耐えているようだった。それは僕が彼女になにかを告げたときや、なにかをしたときだった気がする。結婚したいと伝えたとき、ベッドに入って抱きしめたとき、くちづけを交わしたとき、彼女は決まって痛そうに震えていた。

じゃあ、あれは……あの痣は全部……。

「青緒ちゃん言ってたの。あんたにだけは病気のことを知られたくないって。知ったらきっと自分を責めちゃうって。お母さんも同じ病気だったみたいなの。それで青緒ちゃん、そのことを知らずにお母さんを傷つけてたって苦しんでたの。わたしが殺したって。だからあんたに同じ思いをさせたくなかったんだよ。それに――」

桃葉は震える唇で、震える声で、歩橙に告げた。

「歩橙にだけは、汚いなんて思われたくないって……」

僕だったのか？　あの痣は全部、僕が刻みつけたものなのか？　僕の言葉や、してきた行為のひとつひとつが、青緒ちゃんの身体をあんなふうにしてしまったのか？

それなのに青緒ちゃんは、ずっとずっと……僕の前で……ずっと……。

ずっと我慢して笑っていてくれたの？

目眩がして足元がふらついた。手すりにしがみつくと、その向こうにコスモワールドの大観覧車が見えた。高校生の頃、青緒と一緒に乗った思い出の観覧車だ。

──笑顔色の靴がいいな。

青緒ちゃん……。あのときから君はずっと、

──夏目君の作ってくれた靴を履くとき、わたしはいつでも笑顔になるの。楽しくて、嬉しくて、幸せだなぁって思って笑うの。そんな靴を作ってほしいな。

あの笑顔の裏側で、ずっと痛い思いをしていたの？

それなのに君は……君は……。

僕の前で、あんなにたくさん笑ってくれていたの？

歩橙は思い出していた。青緒の手を握ったときのぬくもりを。そのときの彼女の笑顔を。抱きしめたときの身体の震えを。愛情のこもった手紙を。「わたしも夏目君と見る空が好き」と言ってくれた言葉を。たどたどしく交わしたくちづけを。

でも青緒ちゃんは、そのひとつひとつの裏側で、いつも痛みと闘っていた。

僕が刻みつけたあの痣と、激痛と、ずっとずっとひとりで向き合っていた。

本当は痛くて痛くてたまらなかったのに、僕と生きようとしてくれていたんだ。それなのに僕は……僕は！

なにが守るだ。なにが支えるだ。なにが君の痛みを半分背負うだ！

全部、僕だったんじゃないか！

青緒ちゃんを世界で一番傷つけていたのは、僕自身だったんじゃないか！

好きって気持ちで、好きって言葉で、青緒ちゃんをあんなにも……心臓が止まってしまうくらい、ボロボロになるまで……僕がこの手で傷つけていただなんて……。

歩橙は歯を食いしばってむせび泣いた。肩がぶるぶると震えて新しい涙が次々と溢れ出す。無様に表情が崩れ、涙と鼻水が顔を汚すと、手で覆って叫ぶように号泣した。

「歩橙……お願いだから自分のことを責めないで……」

隣で桃葉も泣いている。涙をぼろぼろとこぼしながら、歩橙を救いたい一心で必死に訴えている。

でもその言葉は歩橙の耳には届いていない。自分のことをどうしても許せなかった。

「青緒ちゃんどうして……」

しゃくり上げながら言葉を吐いた。

「そんなに痛いのに……苦しいのに……どうして僕なんかと一緒にいたんだ……！」

「そんなの決まってるじゃない！」

桃葉の目からこぼれ落ちた涙が夜景に輝く。

「歩橙のことが好きだからに決まってるじゃない!!」

夜風に乗って青緒の声が聞こえた気がした。

――わたしも夏目君と見る空が好き。だからずっとずっとこれからも、あなたの隣を歩かせて。

青緒ちゃん……。君はこれから何年、何十年って、僕と歩こうとしてくれていた。でもそれは、何年、何十年って、ずっとずっと痛みに耐え続けることなんだよね。あんなに痛々しい痣を刻みつけ続けるってことなんだよね。そんな過酷な道を、君はたったひとりで歩こうとしてくれていたの？

こんな僕なんかと幸せになることを願って……。

それなのに僕は――。

僕は僕が許せない。どうしても許せない。ただ好きという気持ちを一方的にぶつけるだけで、青緒ちゃんの痛みに気づけなかった情けない自分が、許せないほど憎らしくてたまらないよ。

深夜、横光医師に頼んで特別にＩＣＵに入らせてもらった。青緒はまだ眠っている。それでも蒼白だった顔色は幾分かよくなったみたいだ。もうすぐ目が覚めるだろうとＩＣＵの担当医師が教えてくれた。でも、首筋には今も橙色の痣がくっきりと存在感を主張するように残っている。

歩橙はベッドサイドにひとり佇み、青緒の寝顔を静かに見つめていた。

そっと手を伸ばし、青緒の痣に触れようとする——が、その手を止めた。

僕が触れたら、青緒ちゃんは痛いのかもしれない……。

罪悪感が押し寄せて涙に変わる。滲む視界の中でも、痣の色は憎らしいほどはっきり分かる。忌々しいほど鮮やかな橙色だ。

「ごめんね、青緒ちゃん……」

歩橙は彼女の寝顔をやるせなく見つめた。

「気づいてあげられなくて……ずっとずっと傷つけて……本当にごめんね……」

もしも僕が修理したローファーを渡してさえいなければ。ガラスの靴を作りたいなんて言わなければ。一緒に暮らそうなんて提案しなければ。好きだなんて伝えなければ。再会しなければ。ううん、そうじゃない。もっと前だ。ずっと前からだ。

あの日の放課後、君に声さえかけなければ……。

歩橙は声を殺して泣いた。

僕が好きにさえならなければ、君をこんなに傷つけることはなかったんだね。

こぼれ落ちた涙が橙色の痣の上に落ちて弾ける。

これからどうすればいいんだろう。好きだと伝えたら君の身体は痛くなる。たくさんの痣を刻んでしまう。だったらこれからどうすればいい？　君を傷つける刃物にしかなれない僕は、これから一体どうすればいいんだ。

目覚めたとき、天井を見てここが病院であることを察した。十八歳の頃、歩橙を追いかけて倒れたときもそうだった。目を開いたら真っ白な天井がそこにあった。ピコン、ピコンと無機質な機械音が遠くで聞こえる。酸素マスクも付けている。やっぱりここは病院だ。でも、どうしてここに……？

覚醒していないまだらな意識の中、青緒は倒れる直前の記憶をパズルのようにつなぎ合わせた。

ああ、そうだ。歩橙君とひまわり畑でキスをしたんだ。すごくすごく幸せだった。こんなに幸せなことがあるんだって心から思った。だけど、そのあとすぐに身体が痛くなった。耐えられないほどの激痛だった。それで彼の前から逃げ出した。きっとそのあと倒れたんだ。

歩橙君がわたしを病院に？　じゃあ、この病気のことも……。

「目が覚めたようね」

眼球だけを横へと動かすと、ベッドサイドに数子が立っているのが見えた。蛍光灯を背負った彼女の顔には安堵の色がありありと滲んでいる。心配してくれていたようだ。

「先生……」と酸素マスクの下で弱々しく口を動かす。「歩橙君は？」

「ついさっきまでいたんだけど、帰ってもらったわ。もうすぐ朝だから」

「話しましたか？」

その声は届かなかったようで、数子は「え？」と艶のない髪を揺らして首を傾げた。

わたしの病気のこと、歩橙君に話しましたか？

そう訊きたかったが怖くて首を静かに振った。

数子は心中を察してくれたのか「今はなにも考えずに眠りなさい」と髪を撫でてくれる。だから青緒は鉛のように重たい眠気に身を委ねた。閉じた瞼のその裏で、蛍光灯の真っ白な光がプリズムのように弾ける。それはまるで、ガラスの靴が床に落ちて壊れる瞬間のようだった。


それから一週間が経ち、体調はかなり回復して大部屋へと移ることができた。少しずつではあるが食欲も戻ってきた。もうひとりで歩くことだってできる。肌の痛みもすっかり消えた。担当医からは「あと数日で退院できますよ」とお墨付きをもらえていた。本来ならば喜ばしいことだが、青緒の心は分厚い薄墨色の雲に覆われたままだった。

仕切りカーテンを閉じたベッドの上、青緒は手鏡を覗きながら自分のことを飽かず眺めている。右の首筋には橙色の痣がある。今までこんな上の方にまで痣ができたことなんて一度もなかった。きっとキスをしたせいだ。彼のことを特別に愛おしいと思ってしまったからだ。多少は薄くなったが、今も消えずにはっきり残っている。

歩橙君、この痣を見たんだよね……。

どう思ったかな。気持ち悪いって思ったよね。だとしたら顔を合わせづらい。

あの日以来、歩橙とは落ち着いて話せていなかった。目を覚ました日の夕方にお見舞いに来てくれたが、体調が芳しくないこともあって会話らしい会話はほとんどできなかった。歩橙も仕事が忙しいからと、すぐにＩＣＵを出て行った。あのときの笑顔が脳裏にこびりついている。無理して笑ってる痛々しい顔だった。病気のこと知ったんだ。直感的にそう思った。

コツコツと靴音が近づいて来て、仕切りカーテンに人影がゆらりと映った。

歩橙君かもしれない。全身の筋肉が強ばり、手鏡を持つ手に自然と力が籠もった。

「青緒ちゃーん？　いるー？　着替え持ってきたよー」

桃葉の声だ。ホッと胸を撫で下ろして「いるよ」と声をかけた。

彼女は仕事が休みのようで、夏らしい爽やかなノースリーブ・ワンピース姿だった。褐色の腕が健康的に伸びている。羨ましいと思った。歩橙と再会してからというもの、二の腕にも大きな痣ができてしまった。だからこういう服を着ることができない。女の子らしい服を着られる桃葉ちゃんが羨ましい。青緒は複雑な心持ちで夏服姿の桃葉を見ていた。

「おめでとう、青緒ちゃん！」

突然、桃葉に抱きしめられた。甘いシャンプーの匂いがする。

意味が分からず困惑していると、

「今朝コンクールの結果出てたよ！　二次審査突破だって！」

そっか。今日は二次審査の結果発表だったんだ。すっかり忘れてた。

無反応の青緒を怪訝に思ったのか、桃葉は身体を離して小首を傾げた。

「どうしたの？　嬉しくない？」

「嬉しいよ。でも……」

でも今は、それ以上に歩橙のことが気になって仕方ない。彼はこの病気を知ったのだろうか？　今どう思っているのだろう？　たくさんの不安が胸の中で渦を巻いていた。

桃葉はそんな心境を読み取ってくれたらしく「ちょっと散歩に行こうか」とベッドに置いたお土産の箱をこちらに見せて笑った。

院内の中庭の芝生が夏の日差しを浴びて青々と生い茂っている。夏本番を迎えた横浜の空は、白亜の巨城を思わせる積乱雲を浮かべ、七色の光を乱反射させている。その空の下では小児病棟の子供が看護師と共に散歩していた。楽しげに話す声が風に乗って耳に届くと、さっきまでの憂鬱がほんの少しだけ和らいだ気がした。

青緒と桃葉は木陰のベンチに腰を据え、少年の笑顔を遠くから眺めていた。

「はい、これ。『鎌倉ル・モンド』のシュークリーム。美味しいんだよ～。わたしの大好物」

桃葉が入道雲のような大きなシュークリームをこちらに向けた。

「三十分も並んだんだからね！　しかも今夜は花火大会だから、朝からどこも人が多くてさぁ～」

無理して明るく振る舞っているみたいだ。笑顔が少しぎこちない。

青緒は申し訳なさを胸に隠して「ありがとう」とシュークリームを受け取った。

久しぶりに甘いものを食べたから口の中がびっくりしている。本当はすごく美味しいのだろう。でも味を感じない。さっきから不安で胸がいっぱいだ。桃葉もそうなのかもしれない。一口も食べることなく手元をじっと見つめている。そして、シュークリームをベンチの上に静かに置くと、

「青緒ちゃんに謝らなきゃいけないことがあるの」

その声色が真剣なものへと変わった。

「歩橙に話しちゃったの。青緒ちゃんの病気のこと」

ある程度予想はしていたが、いざ告げられると胸がざわめく。

「あいつね、主治医の先生に病気のことを教えてくれって迫ったの。個人情報だから無理だって言われても必死に食い下がってさ。だから話しちゃった。話すべきだと思ったの。だって青緒ちゃん、これからも歩橙に本当のことは言わないつもりだったでしょ？　そんなのよくないよ。ずっと隠したまま青緒ちゃんだけが辛い思いをするなんて、そんなのわたし見ていられないよ。だからごめん。歩橙に全部話しちゃった。病気のことも、お母さんのことも全部」

「そっか……。でも桃葉ちゃんの言うとおりだよ。歩橙君に病気のことを言うつもりはなかったから。ずっと我慢するつもりだったから。わたしの方こそごめんね。辛い役回りをさせちゃったね」

友達を労(いたわ)るように微笑みかけると、桃葉の表情が涙色に変わる。きっと無理して笑っているのがバレてしまったんだ。

「歩橙君、どんな様子だった?」

「泣いてた。僕のせいだって言って、いっぱい泣いてたよ」と彼女は悔しそうに眉を歪めた。

歩橙君のせいじゃないのに。そうじゃないのに。歩橙君はわたしと同じ気持ちだったんだ。お母さんを傷つけていたことを知ったときのわたしのように、自分のことをすごく責めたに違いない。違うのに。全然違うのに。わたしは歩橙君がいてくれて、こんなにたくさん幸せなのに……。

「今も自分を責めたりしてない? 傷ついてない?」

桃葉は視線を逸らしたまま苦悶の表情を浮かべた。

その様子が気になって「桃葉ちゃん?」と呼ぶと、彼女は「なんでもない」と慌てて笑った。なにかを隠していると青緒は悟った。だから顔を近づけ「答えて」と強いまなざしで訴えた。桃葉は観念したように俯くと、

「仕事、何日も休んでるみたいなの」

「どうして!?」

「病院を回ってるって」

「病院？　なんのために？」

「青緒ちゃんの病気を治すために。いろんな病院の先生に話を聞いているみたい」

視界がぐにゃりと歪んだ。血の気が引いて手の中のシュークリームを落とした。青緒は桃葉の肩を摑んで「展示会は!?」と悲鳴のように叫んだ。

「榛名先生がチャンスをくれたの！　その準備はちゃんとしてるの!?」

桃葉は弱々しく首を左右に振る。

「今は仕事どころじゃないって……」

肩に添えた手が滑り落ちると、目の前の景色が墨色になった。

わたしは歩橙君の邪魔をしてる……。

たくさんの人に作品を見てもらえる機会なのに。憧れの榛名先生に認めてもらえるかもしれない大きなチャンスなのに。それなのに、わたしがいることで歩橙君は歩けずにいるんだ。

――あなたに証人になってほしいんです。

――証人？

――僕の夢の証人に。

わたしは夢の証人なんかじゃない。わたしは……わたしは――、涙のひとしずくが目尻からこぼれ落ちた。

わたしは足枷だ。歩橙君が夢に向かって歩いてゆくことを邪魔する足枷なんだ。

右手が温かさに包まれた。桃葉がなにも言わずに手を握ってくれている。その温かさが憎らしいほど痛かった。ぐすんと洟を啜る音。桃葉も泣いてくれていた。

「どうしてなんだろうね……」

そう呟くと、青緒は歯を食いしばった。

「わたしはただ好きな人と一緒にいたいだけなのに……歩橙君と幸せになりたいだけなのに……それなのに……どうしてそんな当たり前のことができないんだろう……」

涙が雨のように地面に落ちると、シュークリームに群がっていた蟻たちが空を見上げた。

「悔しい……」

どうして当たり前の恋ができないんだろう。

どうして彼の傍にいたら身体が痛くなるんだろう。

一番大切な彼の夢を、どうして邪魔しちゃうんだろう。

「悔しいよ……」

本当はずっと一緒にいたい。ずっとずっと一緒に歩きたい。

でもこれ以上、歩橙君の人生の邪魔をしたらダメだ。歩橙君は優しい人だから、とっても優しい人だから、わたしが痛がる姿を見たら自分のことを責め続けちゃう。夢よりわたしを優先しちゃう。そんなの嫌だ。絶対に嫌だ。わたしを好きな気持ちを、一緒に笑ってくれた思い出を、罪悪感になんてしてほしくない。せっかく摑んだ大きなチャンスを棒に振ってほしくない。歩橙君には素敵な靴を作ってほしい。世界一の靴職人になってほしい。だから——、

青緒は、桃葉の褐色の手を握り返した。

「ねぇ、桃葉ちゃん……」

笑顔が壊れそうになる。それでも青緒は精一杯に笑った。

「ひとつお願いがあるの」

青緒の病気を治したい。歩橙はその思いだけを胸に、この一週間、仕事の合間を縫って名だたる大学病院にコンタクトを取り続けた。実際にいくつかの病院に足を運んで、心療内科医や脳神経の専門医に青緒の病状を相談したこともある。なんとかしてこの忌まわしい病を治せないか？　痛みを取り除けないか？　痣の出現を抑えられないか？　医師たちに必死にそう訴えた。しかし望む言葉はひとつとして得られなかった。彼らは異口同音に「治療法が確立していないから根治は不可能だ」と言うばかりだ。同時にこうも言われた。対処法は、痛みの原因から距離を取ることですと。

痛みの原因、それは僕だ。先生たちの言葉を聞くたび、青緒ちゃんの身体をナイフで切り刻んでいるような気持ちになる。じゃあ僕にできることはなにもないのか？　たったひとつだけなのか？　あの痛みから、あの痣から、青緒ちゃんを救う方法は、たったひとつの残酷な方法しか……。


「お待たせしてごめんなさいね」

その声に顔を上げると、横光医師がドアのところに立っていた。診察室で彼女が来るのを待っていた歩橙は、ソファから尻を上げて「すみません、ぼんやりしていて」と頭を下げた。彼女は首を振って、座るように手で促す。そして向かいの丸椅子に腰を下ろして心配そうな表情を浮かべた。

「大丈夫？　随分と痩せたみたいだけど」

歩橙は手のひらで頬を撫でた。見て分かるほど痩せこけている。この一週間、寝食を忘れて青緒の病気のことを調べていたので、体重が一気に五キロ近くも落ちてしまった。それでも食欲は一切湧かず、寝ても覚めても青緒のことを、いや、この病気のことを考えている。その顔は死神に遭遇したように蒼ざめ、目は落ち窪み、窓から差し込む夏の日差しに照らされ、病的なまでに変わり果てて見えた。

「青緒ちゃんよりも、あなたの方が病人みたいよ。彼女、心配してるでしょ」

「会っていません。忙しいって嘘をついています」

「どうして？」

「だって」と顔を歪めた。「僕がいたら、青緒ちゃんは痛くなっちゃうから……」

歩橙は隈に縁取られた目を医師に向けた。

「彼女を助けてあげることはできませんか？　この一週間、色々調べました。失礼かもしれませんが、他の病院の先生に話を聞きに行ったりもしました。でも、みんな揃って同じことしか言ってくれなくて」

「治療法はない」

歩橙は弱々しく頷いた。「だけど僕は……僕は……」

悔しくて言葉が詰まった。顎が震えて言葉が上手く出てこない。

「僕は青緒ちゃんを助けたいんです……痛みを取り除いてあげたいんです……あの痣をどうしても消してあげたいんです。だから――」

歩橙はテーブルに手をついて頭を下げた。

「僕にできることはなんでもします！　お金が必要なら頑張って用意します！　青緒ちゃんの身体を綺麗にしてあげられるなら、僕の皮膚を全部使ったって構いません！　だからお願いします！　青緒ちゃんを助けてください！」

必死に訴えているうちに感情が溢れて涙に変わった。

「僕はこれからも青緒ちゃんと一緒にいたいんです！」

ただ隣にいられるだけでいい。

同じ景色を見て、他愛ない話をして、笑い合って生きていきたい。

ただそれだけの、ありふれた恋がしたいだけなんだ。

「だからお願いです……青緒ちゃんを……僕らを助けてください！」

横光医師は静かに首を振った。

「残念だけど、この病気に根本的な治療法はないの。痛みが出たときは痛み止めを飲むしかない。痣は自然に消えるのを待つしかない。できる限り平穏に暮らすことしか――」

「そんなの分かってます！　何度も同じことを言われてもううんざりです！」

歩橙は我に返って「すみません」と両手で顔を覆った。

「じゃあ、ひとつしかないんですか？」

血が滲むほど唇を強く噛んだ。

「青緒ちゃんを救う方法は、たったひとつしか……」

分かってる。分かってるんだ。この一週間、嫌というほど痛感させられた。青緒ちゃんを救う方法はひとつしかないって。でもどうしても認めたくなかった。だって認めてしまったら、僕らは一緒にはいられない。一緒に歩けなくなってしまう。

医師は「そうね」とはっきりとした語調で言い放った。

「彼女を苦しみから救う方法は、たったひとつしかないわ」

青緒ちゃん……。僕が君を苦しめていたんだね。僕が傍にいることで、好きだと思うことで、君の身体をあんなにも傷つけてしまったんだね。でももう青緒ちゃんが傷つくのは嫌だよ。あんなにボロボロになって、死んでしまいそうになる君を見るのはもう耐えられないよ。僕は青緒ちゃんを救いたい。どうしても救いたい。その方法は、たったひとつだけなんだ。

「あなたが青緒ちゃんの前からいなくなる。ただそれだけよ」

青緒ちゃんを好きな気持ちを、

心が焦がれるようなこの恋を、

「諦めるしかないんですね……」

横光医師がはっきりとした意思を込めて首を前に倒す。顔を覆った指の隙間からその姿が滲んで見えると、歩橙はやるせなさに押し潰されて肩を震わせ大きく泣いた。

「まったく話にならないな」

その日の夕方、工房に榛名の落胆のため息が響き渡ると、歩橙は口を真一文字に結んだ。

窓外で騒ぐ蟬の声をかき消すような榛名の失望のため息に、思わず背筋が伸びる。

「このラスト、計測値との乖離が大きすぎるよ」

出来上がった青緒の足の木型を指でトントンと叩きながら、榛名がこちらを鋭く見上げた。その視線に歩橙はたじろぐ。この一週間、青緒の病気のことが気になって仕事が手に付かなかった。それ以上に、青緒を傷つけている自分が彼女に靴を作ってよいのか思い悩んでいた。

「この一週間、君はまるで仕事に集中していないね。特にここ数日は休みがちだし、いつにも増してミスが多い。話しかけても上の空だ。それに病的なまでに痩せている。なにかあったのかい？」

「別になにも」と首を振った。

「そうか。では単なる気の緩みか」榛名は立ち上がってマグカップを取った。「このコーヒーが不味いのもそれが原因という訳か。いいかい、夏目君。いつも言っているだろ？　コーヒー豆は——」

「先生」と彼の言葉を遮った。言いづらかったので目を伏せたまま師匠に伝えた。

「展示会の靴の件、申し訳ないのですが、辞退させて頂けませんでしょうか」

「辞退？　彼女と喧嘩でもしたのかい？」

「そうではありません」

青緒の病気のことを正直に言うべきか迷った。しかしプライバシーにかかわることだ。そう思って躊躇っていると、「コーヒーの件だが」と榛名が話を蒸し返した。歩橙は観念して、

「病気なんです」

「病気？　君がかい？」

「青緒ちゃんです。彼女は長い間、病気で苦しんでいたんです。最近そのことを知っ

て……」

榛名は手の中のマグカップを滑らせて落とした。ガシャンと砕ける音にハッとして「すまない」と手を伸ばしたが、その拍子に大事な指を切ってしまった。激しく動揺している。先生がこんなにも蒼ざめているところを見るのは初めてだ。その様子にただならぬものを感じた。

歩橙は「僕が片付けます」と、奥のミニキッチンに置いてある箒とちりとりを取りに急いだ。

「――彼女はどんな病気なんだい？」

榛名がスツールに座り、指に絆創膏を貼りながら訊ねた。

歩橙はカップの破片を片付けながら、どこまで話すべきか悩んだ。

先生は興味本位で質問するような野暮な人ではない。きっと心の底から心配してくれているんだ。でも本当のことを言ってもいいのだろうか？

「夏目君」と呼ばれて顔を向けると、榛名の表情を見て思わず息が止まった。

彼の表情は真剣そのものだ。頬の筋肉は痙攣し、険しさすら感じられる。

「正直に言いたまえ」

その迫力に気圧されて、歩橙は「分かりました」と恐る恐る頷いた。

青緒の病気について包み隠さず伝えた。好きな人を好きだと思うと身体が痛くなってしまうこと。痛みと共に痣ができてしまうこと。脳の誤作動が原因であること。高校生の頃からその病魔と闘っていたこと。治療法がないこと。そしてつい先日、倒れて病院に搬送されたことも、すべてを正直に伝えた。信じてもらえるか不安だった。そんな病気が存在するだなんて普通では考えられないことだ。歩橙自身も初めて聞いたときは戸惑った。青緒をよく知らない先生が信じられるとは到底思えなかった。

榛名は話を聞き終えると、スツールの上で黙然と腕を組んだ。そして、

「それは辛いね……」

その言葉にはやるせなさが込められている。どうやら信じてくれたようだ。

歩橙は砕けたカップの破片を見ながら眉の真ん中に深い皺を寄せると、

「だから靴を作ったら、青緒ちゃんの身体は痛くなってしまうんです。痣ができてしまいます。そんなの耐えられません。彼女を苦しめたくないんです。だから……」

箒を持つ手に悔しさを込めていると、榛名が「分かったよ」と重苦しく呟いた。

「展示会のことは君の望むようにしたまえ。でもね、夏目君」

そう言って、ほどいた長髪の隙間から歩橙のことを見た。

「後悔だけはしないようにしなさい」

その目は赤く染まっている気がした。

「前に話したことがあったね。僕も君と同じように、大切な人に靴を作ってあげたいと思ったことがあると。まだ駆け出しの靴職人だった頃、僕は付き合っていた女性との結婚を願った。そしてその人のために靴を作った。彼女を幸せにしたいと思って。でも結

局、僕の靴では彼女を幸せにすることができなかったんだ」

「どうしてですか？」

「彼女はある日、僕の前から姿を消した。それっきり行方知れずだ。以来、僕はいつもどこかで虚しさを感じている。どれだけ多くの人の靴を作っても、どれだけ評価されても、いつもどこかで達成感がないのはきっと、果たせなかった夢があるせいだ。だから夏目君――」

　榛名は立ち上がり、歩橙の肩に手を置いた。

「君は後悔しない恋をしなさい」

「そんなの」と苦悶の表情を浮かべた。「そんなの、きっと無理です」

　無理だ。そんなのできっこない。だって僕は、

「風に当たってきます」と工房の外へ出た。

　だって僕はもう、この恋を後悔しているのだから……。


　夕闇が迫る工房近くの元町公園。蟬の声が響く園内では、プールから帰る子供たちが「花火大会楽しみだな！」とビーチサンダルで地面を蹴って走ってゆく。かつてこの場所にあった瓦工場を真似た瀟洒なプール管理棟を背に、歩橙は見晴らしの良い庭園へと続く階段に腰を下ろしていた。

　生ぬるい暮風がすぐ傍を通り過ぎ、水路の脇の花々が揺れて小さく微笑むのが見える。

丸めた背中に、ぽつり、ぽつり、と夕焼け空から橙色の雨が落ちてきた。雨脚は次第に強まり、辺りは雨の音に包まれる。その雨声をぼんやりと聞きながら、歩橙は拳を固く握った。

僕はなんて無力なんだ。青緒ちゃんの夢を叶えることも、痛みを取り除いてあげることも、幸せにすることも、なにもできずに、ただ俯くことしかできないなんて……。

そのときだ。雨が傘に弾ける音が聞こえて歩橙はふっと顔を上げた。

頭上に広げられた若葉色の傘。目の前にいたのは、ノースリーブ・ワンピース姿の桃葉だった。

「桃葉……。なんでここに？」

「工房に行ったら、ここじゃないかって言われてさ。榛名藤一郎、初めて会ったから緊張しちゃったよ。意外と若くて格好いいんだね」

桃葉はそう言ってにこりと笑う。でもその笑顔は泡のようにすぐに消えた。

彼女は傘を広げたまま歩橙の前で膝を曲げると、

「痩せたね、歩橙。この一週間、ずっと自分のことを責めてたんでしょ。ダメだよ。歩橙のせいじゃないんだから。悪いのは、全部わたしなんだから」

「どうして桃葉が？」

「わたしが青緒ちゃんの病気のことを言ったりしたから」

「そんなことないって。教えてもらってよかったよ。悪いのは全部僕だ。桃葉は悪くない」

いくつもの雨が傘に弾けて美しい音色に変わる。露先からしたたり落ちた雨のしずくが桃葉の健康的な肩を濡らし、アスファルトを濡らし、草花を濡らしてゆく。

「どうしてこんなに難しいんだろうね」と歩橙は顔を歪めた。「僕はただ、青緒ちゃんと一緒にいたいだけなのに。どうしてそんな単純なことが、こんなに難しいんだろう」

心臓が停止した青緒の姿が過る。痣に覆われた痛々しい姿が。

「こんなことなら――」

言いようのない悔しさが雨のように瞳から滑り落ちた。

「出逢わなければよかったのかな……」

もしも僕と出逢わなければ、青緒ちゃんはこんなにも苦しまずに済んだのかな。痛い思いをしなくて済んだのかな。痣ができることもなかったし、今よりもっと幸せな人生を送っていたのかな。だったら僕らは出逢わない方がよかったんだ。

「僕が靴を作りたいなんて言ったから……こんなことに……」

「じゃあ歩橙」

桃葉の言葉に顔を上げた。雨雲の合間に覗く夕焼けよりも彼女の頬は赤かった。

「代わりに作ってよ」

その瞬間、空が燃えるような桃色に包まれた。花火だ。暮れかけた空を鮮やかな花火が美しく染め上げてゆく。しかし二人は花火を見ることもなく、視線を合わせたまま動けずにいる。

「ガラスの靴を、わたしに作って」

その声は、花火に消されてしまいそうなほど小さかった。それでも胸に強く響いて聞こえる。

「わたし、やっぱり歩橙が好きなの」

桃葉が歩橙の手を握った。冷たく震える小さな手だ。空に散った花火の残滓（ざんし）が水たまりに映り、線香花火のように儚く揺れると、桃葉の手にゆっくりと力が込められた。

「五年前から、ううん、生まれたときからずっと好きなの。だからお願い。わたしのこと、少しずつでも好きになって」

そして桃葉は、恋に震える唇を幼なじみにそっと寄せた。


これでよかったんだ……。青緒は病院の屋上で花火を見上げながら思った。頭上で牡丹花火（ぼたんはなび）が弾けると、赤、黄、緑の閃光（せんこう）が空を一瞬で美しく染める。遅れて炸裂音（さくれつおん）が鳴り響いたかと思うと、その隣で次の花火が誇らしげに咲いた。次々と空を彩る目映い光の渦に、どこから「わぁ！」とため息に似た歓声が聞こえた。手すりから眼下に目をやると、病院の前の歩道で恋人たちが花火を見上げている。糸雨（いとさめ）が降りしきる中、傘も差さずに肩を寄せ合う恋人たち。可愛らしい空色の浴衣（ゆかた）を着た女の子が彼氏の肩にもたれかかっている。その背中が幸せそうに笑っていた。

歩橙君と一緒に見たかったな。余計なことなんて考えないで、ただ「綺麗だね」って笑い合って花火を見たかった。普通の恋人同士がしている普通のことを、ただ普通にしてみたかった。

でも、できないね。こんな身体のわたしなんかじゃ、できっこないね……。

青緒は首筋を指で撫でた。そこには闇夜に伸びる花火の残滓のような橙色の痣がある。わたしは彼のためになんにもできない。幸せにしてあげることも、笑顔にしてあげることも。ううん、それどころか、わたしの存在が彼の夢の邪魔をしている。だからこれでよかったんだ。わたしが歩橙君にできることは、もうたったひとつしかないんだ。

彼の前からいなくなる。それだけなんだ……。


「ひとつお願いがあるの」

この日の午後、病院の中庭のベンチで青緒は桃葉にこう言った。

「わたしから歩橙君を奪ってほしいの」

「なに言ってるの？」

その言葉に桃葉は気色ばんだ。

握っていた手を払ったかと思えば、青緒の肩をぐっと摑み、

「そんなのできるわけないでしょ！」

顔がみるみる紅潮してゆく。怒りが込み上げているのだ。

「でも歩橙君といたら身体が痛くなっちゃう。痣もできちゃうから。それに――」

堪えきれず青緒の笑顔が崩れた。

「もうこれ以上、歩橙君を苦しめたくないの」

「青緒ちゃん……」

「わたしは歩橙君に笑っていてほしい。明日も、明後日も、ずっとずーっとこれからも、笑顔で歩いていてほしいの。世界一の靴職人になってほしい。それが一番の望みなの。恋人同士でいるより、そっちの方がずっとずっと大事だもん。だから邪魔にならないように彼の前からいなくなるの」

「ダメだよ、そんなの！」

桃葉が肩を激しく揺すってきた。

「だって好き同士なんだよ!?　青緒ちゃんも歩橙も、こんなにお互いを想い合っているのに！　それなのに別れるなんて絶対ダメだよ！　病気になんて負けちゃダメだよ！」

涙ぼろぼろで必死に訴える友達の姿に、青緒の胸は熱くなる。

気持ちが痛いほど伝わってくる。優しさが伝わってくる。

桃葉ちゃんはわたしたちのことを心から応援してくれているんだ……。

「わたしにできることない？　青緒ちゃんと歩橙が幸せになるならなんでもするよ。だって夢なんだもん。二人が結婚するとき、わたしが二人の式を担当するって。元々やりたい仕事じゃなかったけど、青緒ちゃんと歩橙を見てて思ったの。二人の幸せを支えたいって。応援したいって。だからお願い……お願いだから諦めないで……」

青緒はぐすんと洟を啜って「変なの」と笑った。

「どうして桃葉ちゃんがそんなに必死になるの？」

「何度も言わせないでよ」

桃葉の左目から新しい涙が落ちた。

「友達だからだよ」

「桃葉ちゃん……」

「それに見てたから……青緒ちゃんが今まで一生懸命頑張ってきたの、ずっと隣で見てたから……」

その涙に誘われて、青緒もしずくを一粒こぼした。

「だから青緒ちゃんには幸せになってほしい。歩橙と幸せになってほしいの」

「ありがとう、桃葉ちゃん。でももう決めたの」

青緒は指先で涙を拭って微笑みかけた。

「歩橙君と一緒にいたら、彼はきっと自分を責めちゃう。僕が青緒ちゃんを傷つけているんだって思っちゃう。仕事や夢よりわたしのことを優先しちゃう。それは嫌なの。だってそんなの間違えてるもん。歩橙君はわたしのことを一度だって傷つけてないもん。それどころか、たくさん教えてくれたから。人を好きになることがこんなに幸せなんだって。夢を持って生きることがこんなに素敵なことだって、わたしに教えてくれたから。

それに、歩橙君は——」

お母さんの言葉が胸を過った。女の子が幸せになる条件だ。

嫌なことがあっても、悲しいことがあっても、痛いことがあっても、いつでも笑顔でいる。そうしたら王子様は、その笑顔を目印にきっとわたしを見つけてくれる。

その通りだ。歩橙君はわたしのことを——、
青緒は涙をこぼしながら満面の笑みを作った。

「こんな不器用な笑顔のわたしを、この世界の中から見つけてくれたから」

「青緒ちゃん……」

「だからわたしは十分すぎるほどの幸せをもらったの。お願い、桃葉ちゃん。わたしの分まで彼を幸せにしてあげて。他の誰かじゃ絶対嫌だけど、桃葉ちゃんなら応援できるから。だって桃葉ちゃんは、わたしのたったひとりの友達で、最高のライバルだから」

桃葉ちゃんはわたしを応援してくれた。本当は歩橙君のことが大好きなのに、今も好きなはずなのに、その気持ちを胸にしまって一生懸命応援してくれた。だから今度はわたしが応援するんだ。歩橙君と桃葉ちゃんが幸せになれるように頑張って応援するんだ。

笑顔で二人を祝福するんだ。

「これからは桃葉ちゃんが一緒に歩いてあげて」

でも本当は……本当の本当は……悔しくてたまらない。

どうしてわたしじゃないんだろう。

どうしてわたしは好きな人のもう片方の靴になれないんだろう。

シンデレラになれないんだろう……。

でも忘れよう。本当の気持ちはもう忘れるんだ。どれだけ心が痛くても、悲しくても、苦しくても、笑って二人を応援するんだ。だって桃葉ちゃんなんだから。歩橙君が一緒に人生を歩いてゆく、もう片方の靴は。そうだ、わたしじゃないんだ。きっとこの子が歩橙君の――、

「桃葉ちゃんが、歩橙君のシンデレラになってあげて」


空を桃色に染める花火が闇夜に吸い込まれて儚く消えると、唇を寄せた桃葉がぴたりと止まった。彼女の吐息に触れて、歩橙はふっと我に返る。

桃葉は泣いていた。涙をこぼして苦しそうに顔を歪めている。

「ごめん、歩橙」

そう言って、若葉色の傘を地面に置いて雨に打たれた。

「やっぱり無理だ……わたし、青緒ちゃんのこと裏切れない……」

「どういうこと？」

「青緒ちゃんに言われたの。歩橙を奪ってって」

「どうして……！」

「このまま一緒にいたら、歩橙はわたしが痛みを感じるたびに自分を責めちゃう。夢よりわたしを優先させちゃう。でもそんなの嫌だって。歩橙には笑顔で夢に向かって歩いてほしいって。だから青緒ちゃん、わたしに言ったの。歩橙を幸せにしてあげてって。本当は自分が幸せにしたいのに、歩橙と一緒に幸せになりたいのに、それなのに……」

　雨脚がさらに強まり桃葉の髪を、頬を、その涙すらも濡らしてゆく。

「本当はね、奪っちゃおうって思ったんだ。歩橙のこと」

　涙を拭って桃葉は薄く笑った。

「だってわたし、歩橙のことが今でも好きだもん。ずっとあんたのシンデレラになりたかったんだもん。でも今、キスしようとして分かったの」

　彼女の悲しげな笑顔を花火が染めた。

「わたしは歩橙と同じくらい、青緒ちゃんのことも大好きなんだなぁって。だから青緒ちゃんを悲しませてまで幸せになんてなりたくないよ。そんなんじゃ、ハッピーエンドにはなれないもんね」

「ハッピーエンド？」

「女の子は誰でも童話みたいなハッピーエンドに憧れてるの。だから歩橙、一緒に見つけてあげて。どんな結末だとしても、青緒ちゃんと歩橙が後悔しないハッピーエンドを。

わたし応援するよ。青緒ちゃんのことも、歩橙のことも、ずっとずっとこれからも、ずーっと応援する」

僕らの恋のハッピーエンドって、一体どんなものなんだろう。

どんな結末が僕らの幸せなんだろう。分からないよ。

一緒にいたら身体が焦がれて痛くなる。そんな君との一番素敵な恋の結末なんて……。


「歩橙君と行きたいところがあるの」

その夜、病室を訪ねると青緒が笑顔でそう言った。桃葉の話がすべて嘘のような清々しい表情だ。いや、そうではない。彼女は覚悟しているんだ。歩橙の前からいなくなることを。二人の恋を終わらせることを。だからその笑顔は、やっぱりどこか、切なげに見えた。

「どこに行きたいの？」

「それは内緒」と彼女は悪戯っぽく笑う。

「来週、退院できることになったから付き合ってよ。少しの時間でいいから」

歩橙は「分かったよ」と頷いた。

もうすぐ僕らの恋が終わる。それを止める術はない。一緒にいたら彼女を傷つけてしまう、刃（やいば）のような僕なんかには……。

引きちぎられるような胸の痛みに、歩橙は顔を俯けることしかできなかった。

翌週の月曜日、仕事を定時で上がらせてもらうと、マウンテンバイクでマンションへと戻った。

青緒は午前中に退院したようだ。ポストの脇のコンクリートの階段に腰を据え、歩橙の帰りを待っていた。大きなデイパックを背負って立ち上がると「じゃあ行こっか」と笑ってみせる。

「どこに行くの?」と訊ねたけれど、「いいから、いいから」と笑うばかりだ。

それから二人は夕陽射す急な坂道を並んで歩いた。昼間のわずかな時間、雨が降ったせいで地面はまだ少し濡れている。オレンジ色の夕陽に照らされた水たまりが琥珀のように輝くと、影法師がより一層濃さを深めた。大きく伸びた歩橙の影の隣には、小柄な彼女の影がある。二つ並んで歩くその影を見つめながら、歩橙はたまらない気持ちになった。

きっとこれが最後なんだな……。青緒ちゃんと並んで歩く最後の時間だ。

今までたくさん彼女の横顔を見てきた。山下公園のベンチで見た夕陽に染まる横顔。あのたどたどしい会話をしながら歩いた帰り道の横顔。デートのときの緊張した横顔。観覧車で見せてくれた夜景に見惚れる素敵な横顔。僕にはずっと自信があった。この世界で一番だという自信が。一番素敵な君の横顔を、誰よりもたくさん隣で見てきた一番の幸せ者だという自信が。

でもこれが最後になる。僕らはもう並んで歩くことはできなくなる。

僕がいると、君の身体は痛くなってしまうのだから。

「どうしたの？」と彼女が不思議そうにこちらを見た。歩橙は込み上げる悲しみを胸に隠して首を振った。言葉が出てこない。口を開けば「これからも一緒にいたい」って言ってしまいそうになる。

坂を上り切ると、彼女が行きたかった場所が分かった。歩橙は眼前の光景に微笑した。

そこは、二人の母校だった。

五年ぶりに訪れた高校は、十八歳のあの頃のままだった。

青緒が閉ざされた門を押し開けようとしたので、「勝手に入っていいの？」とおっかなびっくり訊ねた。彼女は「電話したから平気だよ。ほら、歩橙君も手伝って」と手招きする。

「今朝、電話して見学させてくださいって頼んだの。でもすごい嫌そうでさぁ。だから言ってやったの。こっちは卒業生なんだぞ！　って。そしたら三十分くらいなら見学してもいいって言ってもらえたんだ。あ、ちなみに名前を訊かれたから、夏目歩橙ですって言っちゃった」

悪戯をした子供みたいに口の端を持ち上げて笑う彼女に、歩橙も釣られてふふっと笑った。

高校生の頃の彼女からは想像もできない行動だ。青緒ちゃんはこの五年ですごく明るくなった。すごくすごく素敵になった。その一パーセントでも僕の影響だとしたら、こんなに嬉しいことはないのにな。でも同時に悔しくも思う。これからもっともっと素敵になってゆく君の姿を、もう隣で見ることができないなんて。そう思うと、作ったばかりの笑顔が壊れてしまいそうだ。

「でも、どうして学校に？」

前を行く小さな背中に訊ねると、青緒は校庭の真ん中で足を止めた。

あの日、靴を投げて賭けをした場所だ。振り返った彼女の姿が、高校生の頃の姿と一瞬だけ重なって見えた。

でも今の彼女は、あの頃よりもずっと素敵な笑顔をしている。

「歩橙君とお別れするためだよ」

青緒も胸が痛いのだろう。夕陽に照らされた瞳はたくさんの悲しみで潤んでいた。

「別れよ、歩橙君」

彼女の瞳の中で涙の予感が輝いている。

「大好きだから、もう別れよ……」

青緒は涙を隠すように、にっこり笑った。

「今ならまだ傷つけ合わずに戻れるよ。夏目君と、渡良井さんに」

その笑顔が、とてもとても、痛々しかった。

「でもまぁ、別れるって言っても、付き合ってまだ二ヶ月も経ってないけどね。あーあ、もっと思い出作っておけばよかったな。いっぱいデートして、花火も見て、旅行にも行ったりしてさ。恋人同士の思い出、たくさん作ればよかったね。あ、でも、そしたらわたしの身体がもたないか」

青緒は冗談っぽく頬を掻いた。

「だから最後にいっこだけ、思い出を作らせて」

そして、歩橙を愛おしそうにまっすぐ見つめた。

「わたし、歩橙君と卒業式がしたいよ」

「卒業式？」

「ほら、わたしって高三のときに退学になっちゃったでしょ。結局、卒業式には出られなかったから。式当日は、あそこの校門でじーっと中の様子を見てただけなの。みんなが胸にお花をつけて誇らしそうに歩いてくる姿を、いいなぁ～、羨ましいなぁ～って、遠くで見てただけだったから」

「僕もだよ。あの日は朝から空港に向かったから卒業式には出られなかったな」

「だから最後にしたいんだ。歩橙君と一緒に、二人きりの卒業式」

それから職員室で許可をもらって体育館に向かった。

校舎から続く渡り廊下の先には体育館が見える。銀色のドアが少しだけ開いている。部活が終わったばかりなのだろうか？　フロアにはバスケットボールがひとつ転がっていた。靴を脱いで足を踏み入れると、微かな汗の匂いと太陽の香りが鼻先をくすぐって、十八歳の頃に戻ったような気がした。真夏の光をいっぱい吸い込んだ館内は蒸し暑い。

青緒が「懐かしいね」と声を弾ませバスケットボールで遊んでいる。ゴールを外して悔しがる姿は、目頭を熱くさせるほど愛らしかった。

四方のドアを全開にすると、暮風が抜けて館内は涼しくなった。「上の窓も開けてくるね」と彼女は壇上の脇のはしごを伝ってキャットウォークに上った。

夕陽射す体育館はオレンジ色に染まっている。その中を漂う埃がキラキラと光を浴びる光景は、星屑（ほしくず）が輝いているようだ。いや、そうじゃない。きっと高校時代の思い出が眩しいくらいに煌めいているのだ。大きく息を吸い込むと、青緒と一緒に過ごした高校時代の記憶が胸を切なくさせた。

窓を開け終えた青緒が上からこちらを見ている。目が合うと、彼女は笑顔で手を振ってくれた。その笑顔に涙がこぼれそうになる。

高校時代、ずっと見たいと願っていた最愛の人の笑顔だ。

渡良井青緒――。君のことがずっとずっと好きだった。入学したあの日からずっと。

隣の隣のクラスの君のことをいつも目の端で追いかけていた。小動物を思わせる小柄な身体。雪のように白い肌。目はアーモンド形でくりくりしていて大きくて、唇は優しい桜色をしている。髪は鎖骨の辺りまである艶やかな漆黒。控えめな印象の落ち着いた顔立ちの女の子だ。

君は目立つタイプじゃない。いつも派手な女子生徒たちの陰で、コソコソ身を隠すように学校生活を送っていた。その姿は屋根裏部屋でひっそり暮らすシンデレラみたいだった。僕のシンデレラだって、ずっとずっと、勝手にそう思っていた……。

でもそんなことは言えないね。もし伝えたら君の身体は痛くなるから。

だからこの気持ちは伝えられない。もう二度と、君には伝えられないんだ。

「じゃあ、はじめようか」

戻ってきた青緒が、鞄の中からあるものを出した。二本の証書筒だ。中には卒業証書が入っている。今日のためにわざわざ用意してくれたらしい。彼女は歩橙の手を引き、体育館の真ん中まで連れてゆくと、二メートルくらい離れて向き合って立った。それから少しはにかんで「おほん」と咳払いして卒業証書を胸の前で広げた。

「卒業証書、夏目歩橙殿。あなたは横浜青嵐高等学校の全課程を修了しましたのでここに証します」

口調が校長先生みたいだ。歩橙はくすっと笑った。釣られて青緒も笑った。

しかし、その笑みが蠟燭(ろうそく)の炎のように風に吹かれてふっと消えた。

「あなたは高校生のわたしに、たくさんの夢をくれましたね。あなたの靴を履きたいって夢を。絵本作家になりたいって夢を。あなたと一緒に生きていきたいって夢を。ずっと自由になることだけが目標だったわたしに、お金を貯めることだけが生き甲斐だったわたしに、人生って案外悪くないのかもって、そう思わせてくれましたね。ちゃんと笑うことができなくて、不器用で大嫌いだったわたしの笑顔を、あなたは……可愛いよって……生まれて初めて褒めてくれましたね」

青緒は涙を堪えて笑っている。素敵な笑顔だ。本当に本当に素敵な笑顔だ。

「わたしはね……その言葉があったから、自分のことを好きになれた気がするの。わたしのこんな笑顔でも、誰かを喜ばせたり、幸せにできるんだって、あなたが教えてくれたから。だから――」

青緒は今までにないほどの満面の笑みを見せてくれた。

「ありがとう、歩橙君」

僕はずっとずっと青緒ちゃんのこの笑顔が好きだった。

決して派手な笑顔じゃないけれど、笑うと薄紅色の唇が横にすぅっと伸びて、目が三日月のように細くなる。顔は子供みたいにまん丸くて、ほっぺに小さなえくぼがぷくっと浮かぶ。青空みたいに透き通る君のこの笑顔が、なによりも、誰よりも、大好きだったんだ。だから笑わせたいと思った。もっと見たいと願った。僕の靴で幸せにしようって、そう誓ったんだ。でも、

青緒の笑顔が次第に壊れる。歩橙を想って痛くて苦しいのだ。

苦痛で歪むその顔を見て、歩橙はやるせなく口元を震わせた。

でも僕のその気持ちが、君をこんなにも傷つけていたんだね……。

「ごめんね、青緒ちゃん」

青緒は痛みを我慢しながら首を振っている。

「たくさん傷つけて、苦しめて、本当にごめんね……」

そんなことない――そう言いたげに彼女は何度も頭を振った。

「好きになって……ごめんね……」

「そんなことないよ。全然痛くないんだから」

青緒は笑った。しかしその顔を見て、歩橙はたまらず涙をこぼした。

「嘘言わないで……だって……だってさ――」

彼女の左頬が橙色に染まってゆく。

「痣ができてるから……」

痛々しい痣が頬骨のあたりから唇にかけて広がっていた。

歩橙を想って傷ついているんだ。

それでも青緒は頬を撫でて笑った。歩橙の悲しみを吹き飛ばしたいと思っているんだ。

「わたしね、この身体がずっと憎らしかったの。こんな身体じゃなかったら歩橙君と幸せになれたのにって、一緒に歩けたのにって、そう思ってずっとずっと憎らしく思ってきたの。でもね――」

頬の痣がさらに広がってゆく。その痣に涙が次々と流れて光る。

「大嫌いにはなれなかったよ。だってこの痣は、わたしが歩橙君の前で笑顔でいられた証(あかし)だもん。歩橙君が幸せをくれた証なんだもん。だからどれだけ痛くても、大嫌いとは思えなかったよ」

こぼれ落ちた涙が夕陽に輝く。頬が、顎が、首筋が、夕陽に溶けるように橙色に染まってゆく。恋の痛みが青緒を傷つけてゆく。それでも彼女は幸せそうに笑っている。

「だから、ごめんねなんて言わないで。わたしは幸せだったよ。歩橙君と出逢って、好きになって、再会できて、ほんの少しの時間でもあなたと恋ができて、うんとうんと幸せだったんだから」

そして卒業証書をこちらに向けた。

「夏目歩橙君……。あなたはわたしの青春でした」

青緒は泣きながら、空のように微笑んだ。

「でも今日で卒業します」

受け取りたくなかった。受け取ったら終わってしまう。僕たちの恋が、僕たちの青春が、今日で全部終わってしまう。だけど青緒ちゃんは迷いのないまなざしで笑っている。その目が言っている。

お願い、受け取ってって。

だから歩橙は受け取った。

胸が壊れるほど苦しいけれど、彼女の手から卒業証書を受け取った。

「ねぇ、夏目君……」

初めて呼ばれたときはあんなに嬉しかったのに、今はすごく辛くて痛い。

僕らの恋が終わってしまった気がした。

「いつか世界一の靴職人になってね。わたしは応援してるから。夏目君がたくさんの人から」
を幸せにする靴を作ることを、世界一の靴職人になることを、ずっとずっと応援してる
彼女は「最後の約束」と無理して素敵に微笑んだ。そして小指をこちらに差し向けた。
きっと今も痛いはずだ。苦しいはずだ。それなのに笑顔で応援してくれている。
夢を叶えてって、そう言っているんだ。
歩橙は小指を絡めた。その瞬間、青緒が顔を歪めた。でもまたすぐに笑顔を作った。
「約束する。僕はいつか必ず、世界一の靴職人になってみせるよ」
青緒は嬉しそうに頷いた。
指をほどくと、彼女の小指には痣ができていた。指輪の跡のような橙色の痣が。
「じゃあ次はわたしの番だね」
そして、もう一本の証書筒をこちらに向けた。今度は歩橙が伝える番だ。しかし涙が
言葉を奪ってゆく。青緒ちゃんと離ればなれになるなんてそんなの嫌だ。
だけど待っている。青緒ちゃんは待っている。僕からの別れの言葉を。だから、
「卒業証書、渡良井青緒殿。あなたは横浜青嵐高等学校の全課程を修了しましたのでこ
こに証します」
証書を持つ手が震えた。涙で言葉が詰まった。
悔しさが波のように心の奥から押し寄せた。
どうしてなんだろう。伝えたいことはたくさんあるのに、いざとなったらなんにも出

てこない。僕も青緒ちゃんに伝えたい。好きになってくれた感謝を、傷つけてしまった申し訳ない気持ちを、大好きだって想いを、全部全部、伝えたいのに。でも伝えたら君は傷ついてしまう。

「最後だよ」

夏の終わりの風が彼女の涙を遠くへ飛ばした。その光の粒がオレンジ色の中に溶けて消えると、青緒はにっこり笑って歩橙に言った。

「最後は笑顔でバイバイしよ」

「…………」

「わたしなら大丈夫。だから笑って、夏目君」

「…………」

「あなたの笑顔を最後に見せて」

青緒ちゃんには笑顔の僕を覚えていてほしい。だから笑って伝えよう。

僕の今の素直な気持ちを。

歩橙は、もう一度卒業証書を胸の前に広げた。

「渡良井青緒さん。僕は君の笑顔が大好きです」

青緒の瞳をたくさんの涙が包んでゆく。笑顔が保てなくなってゆく。

「君が笑うと、僕はなんだってできるような気がしました。君が笑うと、どんなに嫌なことがあっても頑張ろうって思えました。君が笑うと、僕は……僕は……」

歩橙は涙をこぼしながら笑った。

「今日まで生きてて本当によかったたって、心からそう思えました」

青緒も笑顔で泣いている。頷いてくれている。

痛いはずなのに、それでも笑ってくれている。

わたしも同じ気持ちだよって、言いたげな笑顔で。

「だからこれからも笑顔でいてね。この空の下で、いつも笑って暮らしていてね。僕も笑って生きてゆくから。それで空を見上げて思うから。青緒ちゃんが見ているこの空が、素敵な色でありますようにって」

歩橙は卒業証書を彼女に向けた。

「渡良井青緒さん、あなたは僕の青空そのものです。これからだってそうです。ずっとずっとそうです。だからいつまでも、ずっとずっと、この空の下で笑っていてください」

君に明日も笑っていてほしい。この空がうんと素敵な青色であってほしい。

本当は僕がそうしたかった。君を笑顔にしてあげたかった。

それなのに、なにもできなくてごめんね。

たくさんもらってばっかりでごめんね。

たくさん笑顔にしてくれて、ありがとう。青緒ちゃん……。

ううん、もう違うね。

「ありがとう。渡良井さん……」

証書を受け取った青緒は悲しそうに笑っていた。夕陽を浴びた涙が宝石のように光って落ちる。涙をこぼす彼女の笑顔は、世界中の誰よりも、どんな空の色よりも、美しく思えた。

忘れない。僕は絶対に忘れない。

青緒ちゃんのこの笑顔を死ぬまでずっと覚えていよう。

僕ができることは、もうそれしかないんだ。

君の幸せをいつまでも願う――。それが僕らのハッピーエンドだ。

同じ道を肩を並べて歩けない、そんな僕らのたったひとつのハッピーエンドなんだ。

遠くでチャイムの音が聞こえた。

それはまるで、二人の恋の終わりを告げる鐘の音のようだった。

十月も半ばを過ぎると、猛暑の余韻は嘘のように青空に溶けて消えた。街路樹の葉は次第に色を変え、風の中には冬を予感させる冷気が微かに含まれている。

伊勢佐木町の一角にひっそり佇む『どうわのくに』の店の前、青緒は背の高いビルに遮られた視界半分ほどの小さな空を見上げながら、痛みのない肌で木枯しを感じていた。枯葉がカラカラと音を立ててアスファルトの上を転がって縁石で止まると、手に持っていた竹箒でひょいっとちりとりの中に収める。「オッケーかな」とゴミの取りこぼしがないかを入念に確認した。

うん、ひとつもない。青緒は満足げに「よし」と笑って唇の隙間から白い吐息をこぼした。「寒い寒い」と踵を返して店内に戻ろうとする——と、ドアに貼られたコピー用紙に目が留まった。

『お知らせ　長い間、お引き立てに与りまして誠にありがとうございます。当店は十月十日をもちまして閉店いたしました。店主』

簡素な文章の下には、青緒が描いたおじいさんのイラスト。お辞儀をしている店長の似顔絵だ。

柴山さんは先日七十八歳を迎え、この店を閉めることを決意した。近頃は体調も思わしくないようで、東京で暮らす息子さんご夫婦にお世話になることにしたのだ。しかし直前まで「息子に迷惑をかけやしないだろうか」と心配していた。この場所を離れたくないんだな、と青緒は思った。奥さんと苦楽を共にした店や街と別れがたいのだろう。もちろん青緒も同じ気持ちだ。五年間働いた愛着のある店が終わってしまう寂しさは筆舌に尽くし難い。

街も人も愛おしい場所も、時間の流れと共に変わってゆく。ずっと一緒にいたいと望んでも、時間が経てばその想いすらも思い出に変わってしまう。そしていつかは思い返すことすらもなくなってしまうんだ。だとすると、歩橙君の記憶の中のわたしもいつかセピア色になって、押し入れの奥の方にしまわれちゃうのかな。そう思うと寂しい。

　店内に戻ってゴミを処分して倉庫兼休憩室に箒をしまうと、若葉色のVネックセーターの上から両腕をさすって寒さを追い払おうとした。それでもあまりに寒いものだから、レジカウンターの傍に置いてあるブルーフレームヒーターに火を灯して暖を取ることにした。これは柴山さんが骨董市で見つけた品で、見ているだけで鼻歌がこぼれてしまいそうなほど愛らしい佇まいをしている。

　火を点けると橙色の光が辺りを包む。青緒はその輝きを見てふっと笑った。

　まるであの頃みたいだ。歩橙君の前からいなくなって、彼を想って電気ストーブの光を見ていたあの冬の日。結局わたしは、あの頃から少しも変われていないのかもな……。

「紅茶でも飲んで一休みしようか」

　ティーカップとティーポットを手に、柴山さんが二階から下りてきた。バニラのような古本の匂いに混じって、爽やかなフルーツの香りが店内に広がる。洋なしのフレーバーティーだ。

「おいしい！」

　紅茶を一口飲んで目をまん丸にして驚いた。

「それはよかった」と柴山さんも顔中を皺にして嬉しそうに笑っている。

「わたしずっとコーヒー党だったんです。でも、ここで暮らしはじめてから、すっかり紅茶党に寝返っちゃいましたよ。だって二階にあんなにたくさんの茶葉があるんですもの」

「それは最高の褒め言葉だ。青緒ちゃんのコーヒーは格別だからね。淹れ方へのこだわりはなかなか堂に入っている。温度を細かく測ったり、蒸らす時間もきっちり決めているし、大したものだよ」

「ついついこだわっちゃって。コーヒーを適当に淹れると、仕事や絵本作りも適当にしちゃいそうで嫌なんです」

「物事にこだわるのはいいことだ。特に君のような芸術家はね」

「芸術家？　わたしがですか？」と青緒はぷっと吹き出した。

絵本のことを言ってるのかな。でも芸術家なんておこがましい。

「ところで、夜は寒くないかい？　二階は隙間風も辛かろう。耐えられないようなら、家から布団を持ってくるから遠慮なく言うんだよ」

「ありがとうございます。でも大丈夫です。タダで住まわせて頂いているだけで天国ですから」

歩橙の家を出てからというもの、青緒は『どうわのくに』の二階の空き部屋でお世話になっていた。埃だらけだった六畳の小部屋を綺麗に掃除して即席の寝室へと変えた。とはいえ、正直に言えば夜はかなり寒い。エアコンもないので、ここ数日はぶるぶる震えて夜中に目を覚ましている。でも住まわせてもらっているだけでありがたいのだから、わがままなんて決して言えない。

「すぐ新しい家を見つけるって言ってたくせに、二ヶ月もお世話になってすみません」

「構わないさ。どうせ二階は使ってないんだ。この建物はうちの親父から譲り受けたものなんだが、昔は一階のここをアトリエにして、二階を住居にしていたんだよ。でも結婚して絵本店に改築してからは女房の実家に転がり込んでね。部屋を持て余していたんだ」

「アトリエ?」

青緒は目をパチパチさせた。

「おや、言ってなかったかな? 僕は昔、売れない画家をしていたんだ」

「そうだったんですか!?」

「でも筆一本で食べていけるほど世の中は甘くない。食うに困って絵本専門店をはじめたんだ。画家になる夢を諦めてね」

だから柴山さんはわたしのことをこんなにも応援してくれているんだ。同じように筆で生きていこうとしているわたしに、若かりし頃の自分の姿を重ねていたのかもしれない。

「それに比べて青緒ちゃんはすごいね。絵本のコンクールだって三次審査を突破して、最終候補の十編にまで残っているんだろ? あと一歩でプロになる夢が叶う。本当に素晴らしいことだよ」

「柴山さんが応援してくれたおかげです。でも実は、最近モチベーションがあんまりなくて」

「モチベーション? やる気が出ないのかね?」

「絵本作家になりたい理由がなくなっちゃったので……」

「例の彼のことかな？」

弱々しく頷いた。しょげる青緒の顔を見て、柴山さんは紅茶を一口啜ると、

「君の病気のことは痛ましく思うよ。うちに来てもう二ヶ月も経つのに、顔の痣は薄く残ってしまっている。それほどまでに彼を愛していたんだね。懸命に恋をしていた証だ」

柴山さんの声は優しい楽器みたいだ。胸に響いて涙を誘う。青緒は左頬に刻まれた痣を指先でそっと撫でた。痛みはもう感じない。色もだいぶ薄くなった。そのことを嬉しく思う半面、寂しさもある。歩橙と一緒にいた日々が、遠い過去へと押し流されてしまったみたいで切ない。

「今は辛いと思う。だけど絵本を描き続けるべきだ」

「でも……」

「絵を描くということは、自分の人生に色を塗ることと同じだ。絵描きというのは、絵を描きながら自分自身の人生も彩っているんだ。だからやめてしまったら途端に人生が味気なくなる。灰色に塗りつぶされてしまう。絵をやめてからの僕がそうだったようにね。それに――」

柴山さんはカップの中を覗き込むと、雲のようにふわりと笑った。

「今やめてしまったら可哀想じゃないか。今まで頑張ってきた過去の自分が。それと、未来で出逢う小さな子供たちが」

「小さな子供たち？」

「いつか君の描く絵本に出逢う子供たちだよ。彼らはまだこの世界にはいないかもしれない。でもきっと楽しみに待っているはずだよ。青緒ちゃんの絵本に出逢えることをね」

「いるかなぁ、そんな子」と青緒は謙遜(けんそん)して苦笑いを浮かべた。

「必ずいるさ。人には出逢うべき誰かがいる。そしてその出逢いが人生の喜びをくれる。大切な色をくれる。その逆に、誰かに色を与えたりもする。そうやって人は互いに彩りを与え合いながら生きてゆくんだ。だから君にもいるはずだよ。君の絵本から煌めくような素敵な色をもらう誰かが」

　わたしにとっての彩りは歩橙君だった。彼と出逢えたから、わたしは人を好きになる喜びを知れた。夢をもらえた。歩橙君がいなかったら柴山さんとも出逢えていなかったに違いない。だから挫けちゃダメなんだ。歩橙君からもらったたくさんの色を次の誰かに届けなきゃ。本当なら彼に返したかったけど、わたしたちはもう一緒にはいられない。だったら未来の誰かに返そう。桃葉ちゃんや柴山さん、スージー先生、芽衣子伯母さん、あすなちゃん、それにお母さん。たくさんの人からもらったたくさんの色を、これから出逢う誰かに。わたしの絵本で……。

「ありがとうございます。もうちょっと頑張ってみます。凡人だから才能なんて全然ないけど、それでも世界のどこかで待っててくれる誰かのために、もう一度ここから歩いてみたいと思います」

「それじゃあ、餞(はなむけ)の言葉の代わりにひとつ質問をしよう。人を幸せにするためには、

「才能よりも大切なことがある。それがなにか分かるかい？」

「才能より大切なこと？　なんだろう？」

「考えてごらん。この店が終わるまでの宿題だ」

そう言って、柴山さんは店内をぐるりと見回した。棚の絵本はすべて下ろされ、ビニールテープで縛られている。あと一週間もすれば業者が回収にやって来る。店は着実に、確実に、終わりの時を迎えようとしていた。それを見つめる柴山さんのまなざしには憂いの色が滲んでいた。

「長崎へ行ってみないかい？」

突然の言葉に、青緒は「長崎？」と目を丸くした。

「古い友人が向こうで絵本店をやっていてね。年を取ったから若い人手を求めているんだ。おしゃべり好きな気さくな夫婦だから、寂しい思いはしないはずだよ。君さえよければ紹介したいんだが」

長崎か……。縁もゆかりもない街だ。そんな遠くに行くだなんて、なんだか想像もできないや。それに歩橙君と過ごしたこの街を離れるのは寂しい。でもな、いつまでも過去にしがみついていたらダメだよね。そうだよ、これはいいチャンスだ。故郷であるこの街から、歩橙君との思い出から、遠く離れて次の一歩を踏み出す大きなチャンスだ。それに、今度こそ強くなるんだ。歩橙君や桃葉ちゃんがいなくても、自分ひとりで強く生きてゆけるように……。

「なにからなにまですみません。すごく嬉しいです。ぜひお願いします」

「じゃあ青緒ちゃんの船出に乾杯だ」

柴山さんはティーカップをこちらに向けて微笑んだ。青緒は手の中のカップを彼のカップにそっと重ねる。窓からの陽光が、青緒の新しい笑顔を優しく照らしていた。


その日の午後、柴山さんが早速連絡を取ってくれて、青緒が次に歩む道が決まった。

もちろん不安もあるけれど、歩く道が見えた途端、気持ちはうんと晴れやかになった。

出発は二週間後。十一月初旬だ。急に慌ただしくなった人生に少しの戸惑いはあるけれど、希望の方が断然大きい。

しかし横浜を発つ前にどうしてもしておきたいことがある。桃葉や芽衣子への挨拶、母の墓参り、それにスージー先生にも会っておきたい。五年間もお世話になったんだ。ちゃんとお礼を伝えたい。それから、あともうひとつ……。

その夜、青緒は『どうわのくに』の二階の小部屋で、ベッドサイドのイージーチェアに腰を埋めながらスマートフォンを覗き込んでいた。そこには十月二十九日から行われる『LOKI Japan』の展示会の情報が表示されている。最後にどうしても歩橙の作った靴を見たかった。たとえそれが自分のための靴でなくても、彼の靴がスポットライトの下で輝く姿を、多くの人の目に触れる姿を、この心に刻んでおきたいのだ。

きっとこれが最後になる。歩橙君の作品を見る最後のチャンスだ。もしかしたら顔を合わせてしまうかもしれない。別れたばかりなのに迷惑かな。彼はもう桃葉ちゃんとお付き合いしているかもしれないんだし。そんなところに元カノがノコノコやって来るなんて非常識だよね。それに彼が作った靴は桃葉ちゃんのかもしれないし……。嫌だな、わたしって。なんてネガティブなんだろう。自爆してばっかりだ。肩甲骨の辺りがチリチリ痛いよ。でもどうしても見たいんだ。歩橙君が世界一の靴職人になる第一歩を。遠くからほんのちょっと見るだけでいい。それくらいなら構わないよね。

十月二十九日、店内の絵本がすべて綺麗に片付くと、青緒は着替えて展示会の会場へと向かった。

絵本店の近くからバスに乗って馬車道（ばしゃみち）近くまでやって来ると、そこから歩いて赤レンガ倉庫を目指す。しかし途中で足が止まった。紺色のピーコートの上から胸を押さえる。

歩橙君の靴を見たら、やっぱり彼と歩きたいって思うかもしれない。

でも——と、口を真一文字に結ぶと、勇気を出して歩き出した。

今日で歩橙君とバイバイしよう。

彼の夢の結晶を、しっかりこの目に焼き付けて……。

赤レンガ倉庫に足を踏み入れると、二階の会場へ向かう前に化粧室で鏡に向かった。メイクが崩れていないか、髪の毛が静電気で跳ねていないかを確認する。薄くなった頬の痣はファンデーションで隠すことができた。桜色のリップを塗って、チークも少し明るい色にした。自分史上でも一番か二番目くらいに可愛いかもしれない。そんな自信が青緒の笑顔には籠もっている。

歩橙君に会うかもしれないんだ。最後くらいは最高な自分でいたい。

でも、あのローファーは履かなかった。新しい自分で踏み出したいと思ったから。

青緒は階段を上ってギャラリースペースへと進んだ。

会場は壁一面が若葉色に覆われた温かな雰囲気に彩られている。春の日差しをイメージした柔らかなライトの下、天井からは本物の木の枝が吊されて、小鳥のさえずりが薄く聞こえる。春の森がコンセプトのようだ。その森の中を歩くようにして榛名が作った靴たちが展示されている。奇抜なデザインの靴もあれば、ビジネスシーンで履けるようなオーソドックスなものまである。誰でも名前を知っているような海外の有名ファッションブランドとコラボレーションした作品まであった。さすがは榛名藤一郎。世界を股(また)にかける靴職人だ。

『LOKI　Japan』の展示会ということもあり——しかも今日は初日だ——来場者数は想像よりもずっと多かった。一般のお客さんからファッション業界の関係者とおぼしき人まで、多くの人たちが榛名の靴に魅了されている。うっとりと靴を見つめる若い女性。腕組みをして感嘆のため息を漏らす初老の男性。会場はなんとも華やかな雰囲気に包まれていた。その中で青緒は白藍色(しろあいいろ)のストールを鼻まで上げて、顔を隠すようにして会場内を歩いていた。春の森を彷徨(さまよ)う少女のように辺りをキョロキョロと警戒しな

がら、歩橙の作ったビスポークを探す。しかし、
あれ？　歩橙君の靴がない。見落としちゃったかな？

ううん、そんなはずはないと思うけど……。

青緒は人の流れに逆らって来た道を引き返した。そしてもう一度、彼の靴を入念に探した。しかし靴はない。『夏目歩橙』の名前はどこにもなかった。

どうしてないんだろう？　混乱して佇んでいると、「君は……」と榛名の声がした。シックなスリーピースのスーツを纏った榛名が関係者に囲まれている。彼はその輪を抜け出し、こちらへとやって来た。「わざわざ来てくれたのかい？」と嬉しそうに破顔する榛名。しかし困惑する青緒の表情を見て「どうした？」と眉間に皺を寄せた。

「歩橙君の靴を見に来たんです。でも、どこにもなくて……」

榛名の顔色がみるみる変わってゆく。

「もしかして、なにも知らないのかい？」

「どういうことですか？　歩橙君になにかあったんですか？」

言い淀む榛名の表情を見て、嫌な予感が胃の奥からせり上がってくる。

「榛名さん！」と摑みかからんばかりの勢いで迫ると、会場にいた来場者たちが一斉に振り返った。榛名は周囲の目を気にして、ひと気のない場所まで青緒を連れて行った。

そして薄暗い階段の踊り場で「実は」と重要なことを発言するように語調を改めた。なかなか次の言葉が出てこない。青緒は首元に刃物でも押しつけられているような心持ち

で彼の言葉の続きを待った。

そして榛名は信じられない言葉を口にした。

「夏目君はもう二度と、靴を作れない身体になってしまったんだ」


この二ヶ月間のことを思い出すと死にたくなる。

それほどまでに歩橙は今、決して這い上がることのできない深い暗闇の只中にいた。

絶望という言葉では表現しきれないほど打ちのめされ、食事はおろか、呼吸をすることさえもが苦痛に思える。

カーテンを閉め切った部屋の中で死体のように窓辺のソファに横たわりながら、浮遊する埃が陽光に照らされる灰色の風景をただぼんやりと見つめている。身体の下敷きになっている右腕に感覚はない。六十三キロの身体に押し潰されても痛みや違和感すらもない。その苛立ちに、彼は言葉にならない叫びのような唸り声を上げた。

青緒が部屋を出て行った数日後、歩橙はマウンテンバイクで工房へと向かっていた。

先生に展示会のことをもう一度お願いしよう。青緒ちゃんの靴を作ることはもうできないけれど、最後の約束だけはどうしても叶えたい。世界一の靴職人になるという約束だけは。だからもう一度、挑戦させてほしいと頼むんだ。

　そう思いながら、長く続く坂道を下っていた。力一杯ペダルを踏み込む——と、そのときだ。急ブレーキの音が耳をつんざいた。曲がり角から白い車が見えた気がした。そうかと思うと、身体がぐるりと反転して空高く舞い上がる。なにが起こったのか理解できなかった。眼下には急停車した車と黒い帯のようなブレーキ痕。なんで下に車が？　そう思ったのと同時に地面に激しく頭を打ちつけた。じわりと生温かさが頭部を包む。血が溢れ出したみたいだ。遠くで女性の悲鳴が聞こえた。

　起きないと……。身体に力を入れようとしたが動かない。それでもなんとか立ち上がろうと左腕に力を込める。しかし支えきれずに身体が傾きアスファルトに仰臥すると、その視界に眩しいほどの青空が映った。歩橙はそのあまりの美しさに右手を伸ばして空の青色に触れようとした。手が動かない。どれだけ伸ばそうとしても、どれだけ力を入れようとしても、空の青さに触れることはできなかった。高校生の頃、給水塔から空に向かって手を伸ばしたときのように。

　遠くでサイレンの音が聞こえると、歩橙の意識は真っ暗な濁流の中に呑み込まれて途切れた。


「申し上げにくいのですが、以前のように右腕が動くことはないと思ってください」

　病院で目覚めたとき、医師に非情な現実を突きつけられた。それは靴職人を目指す青年にとって死刑宣告と同義であり、簡単には受け入れられない惨(むご)たらしい現実だった。

歩橙の腕の状態は、右腕神経叢(しんけいそう)引き抜け損傷と呼ばれ、事故の衝撃で過大な牽引力(けんいんりょく)が腕を動かすための腕神経叢にかかり、神経が引き抜けてしまったのだ。医師の話によれば、肋間神経や横隔神経を移植することで、多少ではあるが腕も指も動くようにはなるらしい。だがそれまでには厳しいリハビリと長い年月を要する。それでも以前のような自然な動きは期待できず、あくまで日常生活で左手をサポートする程度だと、若い整形外科医は歩橙に淡々とそう告げた。

「歩橙は靴職人なんです！」

医師の話を傍らで聞いていた桃葉が、ゾンビのような顔色で身を乗り出す。

「手術とリハビリを頑張れば、また靴を作れるようになりますよね!?」

必死に泣き叫ぶようにして訴えるその様子を、歩橙はベッドに横たわりながらぼんやりと見ていた。なんだかできの悪い映画を観(み)ているようだ。我が身に起きている出来事だとは到底思えない。

医師は首を左右に振ると「リハビリをしても繊細な動きまでは難しいでしょうね」と断言した。

馬鹿馬鹿しい……。天井に目を向けたまま小さく鼻で笑った。

そんなことあるはずないだろ。きっとすぐに治るに決まってる。大袈裟なんだよ。

「なぁ、桃葉。榛名先生に伝えてほしいんだ」

歩橙は余裕綽々で桃葉に笑いかけた。

「少しの間、入院することになるけど、すぐに治して仕事に戻りますって。だからもう一度、展示会を頑張らせてください。必ず間に合わせてみせますからって、そう伝えてほしいんだ」

　あのときは、なぜだか自信と確信を持ってそう思えていた。

　身体の傷が癒えると一般病棟へと移った。その頃になると、医師の言葉がだんだんと真実であると認めざるを得なくなっていた。いくら傷が癒えても右肩から先がぴくりとも動かない。食事のときもそうだ。スプーンに手を伸ばそうとしても、ちっとも動かないのだ。トイレに行こうにも腕で身体を支えることができないし、顔を掻くことすらもできない。どれだけ皮膚をつねっても、叩いても、痛みや刺激は一切感じない。まるで精巧にできた作り物の腕を肩からぶら下げているようだ。だらんと力なく垂れ下がる腕は、異様に見えて吐き気すら覚えた。

　この腕、本当にずっとこのままなのか……？

　病室のベッドの上、カーテンの隙間から射し込む夕陽に照らされた青白い腕を見て放心した。隣のベッドでは見舞客が陽気に笑っている。その笑い声が水の中のように歪んで聞こえた。

　手術をしても、リハビリをしても、この腕が前みたいに動くことはもうないのか？

じゃあもう二度と、この手で靴は作れないのか？

嘘だ……そんなの嘘だ……絶対に、嘘に決まってる！

歩橙は裸足のまま病室を出て、看護師が集うスタッフステーションへと向かった。そして打ち合わせをしていた若い主治医に「腕を元通りにしてください！」と嚙みつくように詰め寄った。医師は瞬間たじろいでいたが、すぐに神妙な面持ちを浮かべて前と同じことを鸚鵡のように繰り返す。

「残念ですが、もう前のようには動きません。でもリハビリを頑張れば日常生活は——」

「それじゃダメなんだよ!!」

夕食の準備で騒がしい病棟が、しん……と静まり返った。

「右手が動かなきゃ靴は作れないんだ！」

歩橙は医師の両肩を摑もうとした。しかし右手が動かない。そのことに対する憤りが腹の中で燃えたぎり、左手一本で医師の肩を激しく揺さぶった。

「早く治せよ！　元通りにしてくれよ！　右手は利き腕なんだ！　なきゃ困るんだ！　靴は全部手縫いで作ってるから、利き腕がなきゃ作れないんだよ！」

目に怒りを迸らせながら激高したが、医師は首を横に振るばかりだ。

こんな病院じゃダメだ。他を探そう。もっとちゃんとした病院があるはずだ……。

スタッフステーションを飛び出して夕陽に染まる橙色の廊下を急ぐ。歩いている最中も腕はだらしなく揺れている。その姿に心が押し潰されそうになる——と、突然、前へと進めなくなった。

どうしてだ？　恐る恐る振り返ると、桃葉が右腕を掴んでいた。しかし掴まれた感触は一切なく、気づくことができなかったのだ。

「歩橙、落ち着いて。病室に戻ろ？」

「桃葉……」と歩橙は掴まれている右腕を見た。

彼女はハッとして「ごめん、痛かった!?」と慌てて手を離す。ブランコのようにぶらんぶらんと情けなく揺れる腕。それを見た途端、歩橙は否応なく痛感してしまった。僕の腕はもうなにも感じないんだ……と。両目から涙が噴き出し、子供のように声を上げ、泣き叫びながら膝から崩れた。うずくまって涙する歩橙を桃葉が抱きしめる。慰めるように強く強く手に力を込めてくれる。しかしいくら強く抱きしめられても、歩橙の右腕が痛みを感じることはもう決してなかった。

結局、神経の移植手術は受けないまま退院した。桃葉も玄太も手術を強く勧めてくれたが、どうせ右手が元通りになることはないんだと歩橙は諦めた。

病院から一歩外に出ると季節は一変していた。夏の気配はもうどこにもない。風はひんやりとした冷気を含み、空はその濃さを深めて憎らしいほど青々と輝いている。随分と長い間、入院していたんだな。歩橙はそう思いながら車寄せでぼんやりと空を見上げた。しかし美しいはずのその空は、なんだかとても濁って見える。彼が映した彼自身の心の色だった。

久しぶりにマンションに戻ると胸が苦しくなった。ほんの数ヶ月前までこの部屋には、たくさんの幸せが詰まっていた。青緒がいた頃の記憶が胸を過ると、まだそこかしこに幸福の残り香が漂っているような気がした。彼女の料理の味も、窓辺で足の採寸をした記憶も、すべてが刃のように心を切り刻む。もう二度とこの手で摑めない幸福の残香が、今の歩橙には耐えがたいほど痛かった。

「ねぇ、桃葉……」

ドラムバッグの荷ほどきをしてくれていた桃葉が「なに？」と顔を上げる。

「渡良井さんには会ってる？」

桃葉の顔色が微かに動いた。しかしすぐに平静を装い「会ってないよ」と何食わぬ様子で言った。

「本当に？」

「本当だよ。もう前みたいな嘘はつかないよ。ここ一ヶ月くらいは全然。電話でちょっと話したくらいかな。近況報告とかそのくらいだよ」

「僕の腕のことは話した？」

「ううん、歩橙に相談してからの方がいいと思って」

「じゃあ言わないでほしいんだ」

「え、でも」

「頼むよ。彼女にだけは知られたくないんだ。知ればきっと心配させちゃうから。それに――」

歩橙の顔が割れたガラスに映るようにぐにゃりと歪んだ。

「今の僕じゃ、世界一の靴職人にはなれないから」

痛みすら感じない偽物の腕を左手で摑むと、強く強く力を込めた。

「最低だよな。渡良井さんを……青緒ちゃんを幸せにすることができなくて。約束さえも守れなくて。結局僕は、青緒ちゃんを傷つけることしかできなかったんだな……」

「そんなこと……」

「そんなことあるって。僕は自分のことが殺したいほど憎らしいよ」

檸檬色のカーテンの隙間に踊る陽光が、今の歩橙の目には悲しくくすんだ鈍色に見えた。

桃葉が帰ると、リビングと続き間になっている作業部屋へと入った。昼でも薄暗い部屋の壁には、いくつかの靴のデザイン画が貼られていて、机上には修正途中だった青緒のラストが置いてある。先生に欠点を指摘されたまま放置していた中途半端な夢の欠片だ。そのラストから目を逸らすように壁に視線を向けると、鋲で留められた一枚の紙があった。

青緒がくれた宝物の手紙だ。

『あなたの靴を履くことを、わたしの新しい夢にしてもいいですか？』

歩橙は吐き出すように「ごめんね」と囁いた。

青緒ちゃんの夢、叶えられなかったね。

ただ傷つけるだけで、なにもしてあげられなかったね。

だからごめん。本当にごめん……。

歩橙は手紙を取ると、左手と口を使って不器用にそれを破いた。その瞬間、心に浮かんでいた青緒の笑顔もズタズタに破れた気がして、魂までもが軋むような胸の痛みに襲われた。

破れた手紙がはらはらと雪のようにカーペットの上に落ちる――と、インターホンが鳴った。桃葉が戻ってきたのかもしれない。リビングのソファには彼女のスマートフォンが転がっていた。

それを手に取り、涙を拭い、おぼつかない足取りで玄関へと向かった。

「夏目君」

ドアノブに伸ばした左手を止めた。

榛名先生だ……。歩橙は硬直した。

今は先生には会いたくない。顔を合わせれば腕の様子を訊かれてしまう。この腕を見られてしまう。こんな使い物にならなくなった不良品の腕なんて、先生には絶対に見られたくない。

「調子はどうだい？」

ドア越しに聞いた榛名の声はいつもより優しい。きっと腕の状態を知っているんだ。

だからわざわざ来てくれたのだろう。絶望の只中にいる弟子の心中を慮っているのだ。

「幼なじみの桃葉さんから今日が退院だと聞いてね。いつ仕事に復帰できるかを訊きに来たんだ。早く戻ってきたまえ。毎日毎日展示会の準備に追われていて、他の仕事がまったく手につかないんだ。君はまだまだ未熟者だが、それでも猫の手ほどにはなるからね。一日も早く復帰したまえ。とはいえ焦ることはない。リハビリにはしっかりと時間をかけて――」

「戻れません」

ドアの向こうで榛名は沈黙した。

「こんな手じゃ猫の手にもなりませんよ。先生、前に仰っていましたよね。才能は悔しいと思う気持ちを、自分の力に変えられるかどうかだって。だったら僕には才能なんてこれっぽっちもありません。だって……」

悔しくて右腕を摑んだ。こんな壊れた腕なんて粉々にしてしまいたい。

「僕は、この悔しさを力に変えることなんてできないから。こんなに悔しいのに、死ぬほど悔しいのに、この腕じゃもう二度と靴は作れないんです。だから――」

ずっとずっと憧れだった。『ＬＯＫＩ』で働くことが。榛名藤一郎に弟子入りすることが。世界一の靴職人になることが。でもこんな腕じゃもうダメだ。二度と靴は作れないんだ。

「だから靴職人は諦めます。他の人を雇ってください」

先生はなにも言わない。ドアは沈黙を続けている。

「こんな形で辞めることになって申し訳ありません」

歩橙は扉の向こうにいる榛名に向かって深く深く頭を下げた。

「先生はこんな僕を、なにも持たない十八歳の僕を、快く弟子にしてくれたのに。五年間、覚えの悪い僕をお傍に置いてくれたのに。父さんとの対話のチャンスをくれたのに。青緒ちゃんとの夢を応援してくれたのに。それなのに……」

瞳の奥から涙が湧き出てくる。歩橙は肩を震わせ、右腕を握りしめながら泣いた。

「その恩を、なにひとつ返せなくて申し訳ありませんでした」

ため息が聞こえたかと思うと「君は——」と榛名が呟いた。

その声は震えている。悲しんでいるからではない。憤りに震えているのだ。

「そうやって、いつも簡単に諦めるんだな」

歩橙は目を吊り上げた。

「諦めるしかないでしょ！　こんな腕じゃ針も糸も扱えないんです！　革を裁断することも、縫うことも、なにもできないんです！　だからもう諦めるしかないんですよ！」

「それでいいのか？」

「え……？」

「君が歩きたいと思った道は、そんな簡単に諦められる程度の道なのか？」

その言葉に怒りを忘れた。言われたくない辛い一言だ。

「腕が動かなければ、世界一の靴職人にはなれないのかい？」

分かってる。分かってるんだよ、そんなことは。でもこんな腕なんかじゃ……、

「そんなの当たり前でしょ！　こんな腕なんかじゃ世界一の靴職人になれませんよ!!」

歩橙は火を吐くように語気を荒らげた。そして涙を溢れさせ、

「僕の夢はもう終わったんです!!」

言葉に出したその瞬間、あれだけ輝いていた未来への道が、ガラガラと音を立てて足元から崩れてゆくような気がした。

榛名はため息交じりに「それは残念だ」と呟いた。その声には落胆の色が滲んでいた。

そして先生は去っていった。靴音が遠ざかってゆく。ずっと追い続けてきた夢が、憧れの人が、歩橙のヒーローがいなくなってしまう。でも追いかけることなどできない。

こんな不自由な腕を持つ半人前の靴職人に、今さらなにができるっていうんだ。

作業部屋に戻ると、悔しさのあまり机上のものを左腕で払いのけた。激しい音を立てて床に落ちるすくい針や出し針、日本製の革包丁、そして作りかけの青緒のラスト。歩橙はその場に膝から崩れた。その目には怒りとも悲しみともつかぬ色が浮かんでいた。

先生の言う通りだ……。本当の本当は諦めたくない。そんな簡単な想いじゃない。そんな安い夢じゃない。一生を懸けて追いかけたいほどの夢だったんだ。

だから頼む……頼むから動いてくれ……。

ほんのちょっとでいいから動いてくれ。少しの痛みでもいいから感じてくれよ。

ぽとり、ぽとり、としずくが床に落ちる音が聞こえた。目を向けると、右腕が鮮血で染まっている。どうやら払いのけた拍子に刃物で切ってしまったらしい。人差し指の爪の先から鮮血がしたたり落ちてカーペットに真っ赤なシミを作っている。それを見た歩橙は、虚ろな瞳で自嘲した。

やっぱり痛みすら感じてくれないんだな。青緒ちゃんのことは、あんなにたくさん痛くさせたのに。僕はその百分の一すらも感じることができないんだ……。

歩橙は無意識のうちに落ちていたレザーナイフを手に取った。そしてそれを自らの右腕に突き立てた。何度も何度も、痛みが戻ってくることを願って刺した。しかし痛みは微塵もない。

腕から噴き出した血液は床を汚し、革を汚し、青緒のラストを赤く染めてゆく。一気に血が出たせいで、目眩と吐き気がして意識が遠のいてゆくと、

「歩橙？」と桃葉の声がした。「ごめん。わたし、スマホ忘れて——」

暗い部屋に彼女の悲鳴が轟（とどろ）く。桃葉は歩橙の手からレザーナイフを奪った。

「どうして自分を傷つけたりしたのよ!?」

土色になった唇を微かに動かし「戻ると思ったんだ」と呟いた。

「腕を刺せば、痛みが戻ると思ったんだ……」

歩橙は血に染まる腕を摑み、その左手にあらん限りの力を込めた。

「もういっぺん、痛いって思いたかったんだ！」

この腕は僕のすべてだ。生きる意味そのものだったんだ。

——可哀想ですね。

高校生の頃の青緒ちゃんが言った通りだ。

——きっと今のあなたが夢を諦めたって知ったら、中学生のあなたはショックだろうなって。

ごめんな……と、心の中で謝った。輝くような夢と出逢ったあの頃の自分に。なにがあっても諦めないと海に叫んだあの頃の自分に。青緒の靴を作ってみせると心に誓った自分に。歩橙は何度も何度も泣きながら謝り続けた。

僕は君の夢を、叶えることはできなかったよ……。


榛名から歩橙の腕のことを聞いた青緒は、居ても立ってもいられず赤レンガ倉庫を飛び出した。そして大急ぎで野毛商店街へと向かった。桃葉に会おうと思った。彼女ならば歩橙の近況を知っているはずだ。彼が今どんな気持ちでいるのか、どんな状況でいるのか、どうしても知りたかった。

「桃葉ちゃん！」

夏に一度訪れた記憶を頼りに商店街の隅っこにある『落窪シューズ』に駆け込むと、

住居と店舗を仕切る磨りガラスの引き戸がガラガラと開かれ、桃葉が驚いた顔を覗かせた。
「青緒ちゃん……」と言葉を漏らしたのも束の間、その顔が涙色に変わる。そして青緒の胸に飛び込んで子供のように泣き出した。青緒は動揺しながらも、友達の背中を優しく撫でてあげた。

彼女が泣き止むと、みなとみらい方面へと足を向けた。

桃葉の職場である海に面した大きな結婚式場が見える運河沿いのプロムナード。二人は等間隔に据えてある木製ベンチのひとつに腰を下ろした。時刻は午後五時を過ぎて、日はだいぶ傾いている。屋形船が停泊する落ち着いた水面には近代的なビルのシルエットが映り込み、薄暮の光を反射させている。秋の終わりを予感させる風は冷たい。コートの前を閉じなければ体温を奪われてしまいそうだ。右手側にはランドマークタワーが雲ひとつない秋空に続くはしごのように伸びている。その光景を腫れぼったい目で眺めている桃葉に、青緒は近くの自動販売機で買ってきたミネラルウォーターを渡してあげた。たくさん泣いたから水分を欲していると思ったのだ。「ありがとう」と喉を鳴らして半分ほど一気に飲むと、桃葉の目に少しの輝きが戻った。

「今日ね、『ＬＯＫＩ』の展示会に行ったの。そこで榛名先生から夏目君の腕のことを聞いて」

「ずっと連絡しなくてごめんね」

「ううん。それより夏目君は？　大丈夫なの？」

「怪我自体は軽かったの。病院で目を覚ましたときも『なんで桃葉がうちにいるの？』って言っててさ。あんまりにあっけらかんと言うもんだから拍子抜けしちゃったくらいなの。だからわたしもパパも安心したんだ。よかったぁ、神様が助けてくれたんだって。でも、事故のときに腕を動かす神経が脊椎から引き抜けちゃって。それで結局、右腕の感覚がなくなっちゃったの」

「じゃあ、もしかして今も……？」

「肩から先がちっとも動かないの」

その言葉に視界が真っ暗になった。

「指にも感覚がなくて。触っても、つねっても、なにも感じないの。整形外科の先生からは、神経移植をすれば左手の補助程度の機能は取り戻せるって言われたんだけど、靴職人に戻るのはどうやっても難しいみたいで。それで歩橙の奴、落ち込んじゃって。この二ヶ月間ずっと塞ぎ込んでるの。青緒ちゃんにも、この腕のことは黙っていてほしいって言って……」

すごく辛い二ヶ月だったのだろう。歩橙にとっても、桃葉にとっても。それが手に取るように分かるから青緒の胸は締め付けられる。肌がチリチリと痛くなる。

「わたし頑張ったんだ。あいつのこと元気づけようと思って毎日毎日病室に押しかけてさ。バカみたいな冗談もたくさん言って笑わせようとしたの。だけど……」

桃葉は手の甲で悔し涙を拭った。

「だけどあいつ……自分の腕をナイフで刺して……」

青緒は驚きのあまり口元を押さえた。

「榛名先生に言われたみたい。君はいつも簡単に諦めるんだなって。その言葉が相当悔しかったみたい。それ以来、ちっとも会ってもくれないの。もうひと月も経つのに」

桃葉は涙をこぼしながら情けなく表情を歪めた。

「ねぇ、青緒ちゃん。わたしじゃ無理みたい」

そう言ってしゃくり上げるように泣き出すと、握ったペットボトルに力を込めた。

「わたしじゃ歩橙の心は奪えないよ……」

青緒は桃葉の手を握った。あのとき、病院の中庭で彼女が慰めてくれたように。

「でもどうしようもできないの。歩橙を救ってあげられない」

桃葉の手に力が込められる。

「だから青緒ちゃん」

そして、大粒の涙が伝う顔を青緒の方へ向けた。

「お願い。歩橙を笑顔にしてあげて。やっぱり青緒ちゃんじゃなきゃダメなんだよ」

歩橙君を助けたい。そう思う気持ちはこの空よりも大きい。でも――、

「ごめんなさい」と青緒は握られた手をそっと剥がした。

「きっとわたしにも無理だよ。傍にいたら夏目君を傷つけちゃう。身体が痛くなって、苦しくなって、お互いまた辛くなっちゃう。それにわたし、もうすぐ長崎に行くの」

「長崎？」

「働いてた絵本屋さんが閉店したの。それで長崎の知り合いのお店を紹介してもらって。だからもうなにもできないよ。夏目君を勇気づけることも、笑顔にすることも。ごめんね。本当にごめん」

桃葉が涙を拭って「そっか」と大袈裟なくらい明るい声を上げた。

「ううん、こっちこそ変なこと頼んでごめんね。今言ったこと全部忘れて。わたしまだ頑張れるから。あいつのこと絶対立ち直らせてみせるから。ほら、こういうときってやっぱ幼なじみが支えるのが鉄板でしょ。やっぱ幼なじみが一番だって、あいつに分からせてやるんだから。だから青緒ちゃんは自分の道をしっかり歩いて。せっかく見つけた新しい道なんだから」

桃葉のぎこちない微笑みが痛い。それだけではない。歩橙が今襲われている無念さややるせなさを思うと心が壊れそうだ。でも——と、青緒は唇を噛んだ。

でもわたしには、もうなにもできないんだ。

こんな身体のわたしなんかじゃ、歩橙君を笑顔にすることはもう……。

桃葉と別れてから、青緒はひとり、みなとみらいの街を肩を落としながら歩いた。さっきから考えるのは歩橙のことばかりだ。連絡を取ってみようか？　でも電話番号は消してしまった。それに連絡をしたら彼はまた自責の念に苦しんでしまうかもしれない。

そう思いながら自身の靴に目を向けた。

わたしはあの頃からなんにも変わっていない。街の景色を見るよりも、こんなふうに今も足元ばかりを見ているんだ。ううん、あのとき以上に弱虫になった。彼が人生で一番苦しいとき、なにもせずに下を向いて逃げているんだから。会えば身体が痛くなる。彼を傷つけてしまう。そんな恐怖から、ううん、自分が傷つく痛みから、わたしは今も言い訳を並べて逃げ回っているんだ。

気づけば、歩橙のマンションの前までやって来ていた。

彼が心配で仕方なかった。でもこの階段を上る勇気なんてない。

マンションの上空に浮かぶ立ち雲が靴の形に見える。ガラスの靴のようだ。夕陽を浴びた雲が宝石のように輝いている。空気が光っている。雨だ。晴れた空から雨が降ってきたのだ。ぽつり、ぽつり、と夕陽を浴びた橙色の雨が青緒の肌に落ちて滑る。

夕焼け空が泣いている。今の歩橙の心みたいに。

青緒はため息を漏らして踵を返そうとする——と、目を見開き、近くのソメイヨシノに身を隠した。黒いブルゾンを羽織った歩橙が背中を丸めてマンションから出てきたのだ。その手には大きな紙袋があって、それを投げ捨てるようにしてゴミ捨て場へと放った。そしてしばらくの間、背中を丸めてその場で俯いている。随分と痩せたみたいだ。風が吹けば消えてしまいそうなほど頼りない背中だ。右腕はだらりと垂れ下がり、命が通っていないことが痛いほど分かる。もう動かなくなった彼の宝物の右腕。青緒を幸せにしようとしてくれた手だ。その宝物は壊れてしまった。そう思うと、やりきれなくて心が黒く塗りつぶされた気がした。

しかし青緒は声をかけられずにいる。躊躇いが喉を絞めて言葉を奪っていた。

歩橙がマンションの中へと戻ると、彼がいた場所に足を向けた。ゴミ捨て場に無残に捨てられた紙袋からは、靴作りの道具がこぼれて雨に濡れている。彼が大切にしていた靴作りの道具たちだ。

歩橙君は本当に捨ててしまったんだ。なにより大切だった靴職人になる夢を……。

紙袋を拾い上げると、その中にあるものを見つけた。所々が赤い血に染まった青緒のラストだ。

そのラストを胸に押し当てるように抱きしめた。

そして、本当にいいの？　と自問した。

本当にこれでいいと思ってるの？　彼の夢があったから、高校生のわたしは一歩を踏み出せたんじゃないの？　彼の靴を履きたい。そう願い続けてきたから、ここまで歩いてこられたんじゃないの？　それなのに歩橙君がその夢を手放そうとしているとき、一番苦しいとき、わたしは知らん顔して逃げるつもりなの？

青緒はラストを握りしめ、頭を大きく左右に振った。

そんなのダメ！　絶対にダメだ！

マンションを背にして猛然と走り出した。夕立は勢いを増してゆく。降りしきる橙色の雨の中、青緒は一気に坂を駆け下りる。肌がチリチリと疼き出す。彼を想って橙色の痣が刻まれているんだ。その痛みに負けそうになる。しかしそれでも負けずに走った。

そして走りながら、亡き母がくれた言葉を思い出していた。

——今からすごく大事なことを言うからよく聴いてね。女の子が幸せになる絶対条件よ。

——笑顔でいるの。嫌なことがあっても、悲しいことがあっても、痛いことがあっても、いつでも笑顔でいるの。そうしたら王子様はその笑顔を目印に、きっと青緒を捜し出してくれるわ。

お母さん……。わたしね、王子様に会えたんだよ。

その人は、わたしの笑顔を目印に、この世界の中から見つけ出してくれたの。

だからお母さんの言ってたことは本当だったね。

笑顔は女の子が幸せになるための絶対条件だね。

でも、もうひとつあるんだ。女の子が幸せになる条件は、きっともうひとつ。

わたしはそれを見つけたよ。

それってきっと——、

やって来たのは大さん橋だ。突然降り出した驟雨(しゅうう)によって誰もいなくなった桟橋の先端で、青緒はラストを手に心から願った。雨に濡れる頬が温かさに包まれる。知らぬ間に涙がこぼれていた。

お母さん……。女の子が幸せになるもうひとつの条件が分かったよ。

それってきっと——笑顔にすることだ。

大切な人を笑顔にすること。幸せにしてあげることだ。わたしは歩橙君に笑ってほしい。これからもずっと笑顔で歩いていてほしい。好きな人が明日も笑って生きてゆく。それがわたしの幸せなんだ。その願いを叶えたい。ううん、絶対に叶えてみせる。そのためならなんでもする。なんだってする。この命だって懸けてやる。たとえこの身体が、どれだけ激しく痛んだとしても。

夜の帳（とばり）が下りる頃、青緒は『どうわのくに』の二階の自室で机に向かった。年季の入った小さな机の上にはノートが開かれて置いてある。ペン立てから鉛筆を取り、深呼吸をひとつ。そして、部屋の隅のアンティーク調の戸棚に飾ってある『シンデレラ』に目を向けた。

歩橙君のために絵本を描こう。それが彼のためにできる唯一のことだ。

わたしの絵本で、わたしの夢で、彼を幸せにするんだ。子供の頃、『シンデレラ』に幸せにしてもらったように、今度はわたしが届けるんだ。歩きたいって思う気持ちを。

しかしそれは青緒にとって自傷行為に等しい。歩橙を想えば身体は激しく痛くなる。ストーリーを練るだけで悶えるほどの痛みに襲われた。腕が、肩が、背中が、胸が、太腿が、今までにないほどの激痛に襲われ、肌はあっという間に橙色の痣に染まっていった。

それでも青緒は机にしがみつくようにして執筆を続けた。この絵本だけは、なにがなんでも描き上げたい。心に強くそう誓っていた。

今描かなきゃきっと後悔する。一生後悔する。歩橙君が一番苦しいとき、悲しいとき、傷つくことを恐れてなにもしないなんて、そんなの嫌だ。絶対に嫌だ。だってこれが最後なんだから。歩橙君のためにできる最後なんだ。だから叶えよう。歩橙君と交わしたあの約束を……。

——いつか届けるよ。わたしが描いた、とっておきの絵本を。

ねぇ、歩橙君……。わたしは歩橙君がくれたこの夢で、あなたを勇気づけたいよ。あなたに夢を取り戻してほしいよ。もう一度、笑顔を取り戻してほしい。わたしはやっぱり笑っているあなたのことが大好きなの。いつも笑って一生懸命なあなたのことを、大好きな靴のことを楽しそうに話すあなたを、これからも、ずっとずっと応援したいの。

だから描く。絶対に描く。

歩橙君が次の一歩を踏み出したくなるような、とっておきの絵本を……。

だが痛みは想像を絶した。あらすじを練り終え、下描きに取りかかる頃には全身のほとんどが橙色に染まっていた。無数のガラス片が皮膚に突き刺さるような激痛が断続的に身体を襲う。ペンを持っていることすらも苦痛だ。青緒はその激烈な痛みにたまらず椅子から転げ落ちた。そして反り返るようにして身悶えた。身体が焼けるように熱い。手の甲までもが橙色に侵食されている。きっと首筋も顔も痣だらけだろう。しかしそれ

「彼が笑顔で生きることを諦めたくないんです。だから描きます。この絵本だけはなにがあっても」

その決意を目の当たりにした柴山さんは項垂れるようにして床を見た。やるせない想いに駆られているのか、奥歯をぐっと噛みしめている。そして、床に落ちていた絵の具のひとつを手に取った。

若葉色だ。その絵の具を窓の光にそっとかざして、

「売れない画家をしていた頃、僕はこの色ばかりを使っていた。好きだったんだな、若葉色が。木々の緑は、夏の暑さや秋の寒さ、冬の厳しさで、その葉をすっかり落としてしまう。でもまた春が来れば小さな若葉を芽吹かせる。そんな姿が好きだったんだ。若葉はきっと思っているはずだ。今年こそは絶対に風に飛ばされてたまるものか。枯れてたまるものか。絶対に諦めないぞって。夢に挫けそうになったとき、辛い現実に襲われたとき、僕はこの若葉色を見て何度も自分に言い聞かせた。次こそは、今度こそは、絶対にいい絵を描いてみせるって。だから僕にとって若葉色は――」

柴山さんは優しく微笑んだ。

「諦めない色なんだ」

そう言って、青緒の頭をそっと撫でた。

「青緒ちゃん、君は強い人だ。夢を追う人にとって一番大切な心を持っている」

「一番大切な心……？」

「君の夢で、誰かを幸せにしたいと願う心だ」

彼は枕元に若葉色の絵の具を置いてくれた。

「人はつい自分のために夢を叶えようとする。憧れの職業に就いて活躍したい。誰かに認められたい。有名になりたい。そんなふうに思って己のために努力をする。それは決して悪いことじゃない。でもね、その想いは枝のように脆い。強い風が吹けば、困難が押し寄せれば、あっという間に折れてしまうような儚い気持ちだ。最後にその人を支えるのは、誰かのことを笑顔にしたいと願う純粋な想いだ。だから青緒ちゃん、君の心には強くて立派な太い幹があるよ」

「柴山さん……」

「描きなさい。君の心が納得するまで。僕がちゃんと支えるから」

青緒は若葉色の絵の具を握りしめて目を閉じた。

わたしは弱い人間だ。いつも逃げてばっかりだった。諦めてばっかりだった。お母さんがいなくなって笑顔でいることを諦めた。どうせわたしなんかって、友達を作ることも諦めた。こんな身体になって恋はできないって諦めた。歩橙君とは一緒に歩けないって諦めた。でももう諦めたくない。なにがあっても諦めない。歩橙君を笑顔にすることを、幸せにすることを、わたしは諦めちゃいけないんだ。自分のためになんてきっと描けない。でも彼のためなら頑張れる気がする。勇気が湧くんだ。だから描け。描くんだ。最後まで諦めずに。とっておきの絵本を……。

「本当にひとりで大丈夫かい？」

十一月も半ばを過ぎた頃、青緒は出発の朝を迎えた。

予定よりも二週間ほど遅い旅立ちだ。

いつもよりうんと寒い横浜の朝の風に、青緒は『どうわのくに』の前で身震いをひとつした。冬用の青いチェスターコートの前ボタンを閉めても寒さは凌げない。えんじ色のカーディガン姿の柴山さんは青緒よりも寒そうだ。でも寒さよりも不安の方が大きいらしい。青緒の体調を案じてくれているのだ。だから青緒は安心させようと「大丈夫です！」と力こぶを作ってみせた。

「でもまだ本調子じゃないだろう？　空港まで見送りに行こうか？」

「いいえ、ひとりで行けます。まだちょっと痛いけど、熱も下がったし大丈夫です」

執筆の最中、青緒は何度も命の際を彷徨った。四十度を超える高熱に襲われながらも懸命に絵本を描いていたが、いよいよ限界を迎えて病院に連れて行かれた。もちろん数子にはこっぴどく怒られたが、それでも病院を抜け出し、懲りずに絵本に向き合った。その姿に数子も怒ることをやめて応援してくれた。以来、病院のベッドの上で数子に見守られながら執筆を続けたのだった。

「約束の日に長崎に行けなくてすみません。二週間も延ばしてもらっちゃって平気ですか？　それに、こんな痣だらけで訪ねたりしてびっくりされませんかね？」

青緒は冗談めかして笑うと、そのほとんどが橙色に染まった顔を両手で覆った。手の甲までもが痣に包まれている。痛みはすでに引きつつあるが、痣はしばらくの間は残りそうだ。

「大丈夫さ。事情は話してある。青緒ちゃんはなにも気にせず、次の一歩を踏み出しなさい」

「よかった」と青緒は頬を緩めて微笑んだ。

「空港行きのバスは何時だい？」

「一時に桜木町の駅から出ます」

「まだ十時だよ？ 随分と早いじゃないか」

「ちょっと寄りたいところがあるんです」

「そうか。今日で故郷ともお別れだ。悔いのないように過ごしなさい」

「はい！ じゃあそろそろ行きます」と青緒は傍らのキャリーケースに手を伸ばした。

「あ、ちょっと待って」と柴山さんが手を広げて青緒を止めた。そして店のドアを開けて、なにかを持ってきた。「荷物になってしまうけど、約束の品をプレゼントするよ」

それは高級な木箱に入ったイーゼンブラントの絵の具セットだった。

青緒は「どうして⁉」と飛び跳ねるほど驚いた。「わたしまだ入選していませんよ？」

「餞別さ。それにコンクールに入選するより素晴らしいものを隣で見せてもらったからね。大切な人を幸せにする絵本ができる瞬間を」

「どうかなぁ。幸せになってくれたらいいんですけど」と青緒は謙遜して頭をかいた。

「きっと大丈夫だ。さぁ、持っていきなさい」

青緒は「大切に使わせて頂きます」と笑顔で受け取った。

「柴山さん、今日まで本当にありがとうございました。ここでの五年間はすごく幸せな時間でした。学校にも家にも前の職場にも、どこにも居場所がなかったわたしの、ここが最初の居場所になってくれました。だから一生忘れません。絶対に忘れません」

「いつでも帰っておいで。この店はなくなっても、僕は君の居場所であり続けるから」

固く握手を交わすと、青緒は母が残してくれた黒いローファーで新たな一歩を踏み出した。

伊勢佐木町から元町を目指す道中、すれ違う人たちがジロジロと顔を見てきた。その視線が気になってしまう。でも仕方ないか。化粧でも隠しきれないほど酷い顔をしているんだもの。左目の周り以外はすべてが橙色に包まれている。右頬は濃淡もあって赤色に近い。驚かれても仕方ない。でも——と、青緒は顔を上げた。

もう下は向かない。この身体も、この病気も、この肌の色も、すべてを誇りに思うことにした。

絵本を描き上げて青緒は学んだ。どんな姿をしていても、誇れるものがひとつでもあれば、人は前を向いて歩いていけるんだと。彼女にとってそれは絵本だった。歩橙のために描き上げた絵本は、青緒を少しだけ強くしてくれた。

出発前にやって来たのは元町の小高い丘の上だ。ここに来るのは初めてだ。スマートフォンの地図を頼りにたどり着いたそこには、可愛らしい洋風の建物があった。

『LOKI Japan』だ。

ガラス張りの窓の向こうでは檸檬色のシャツを着た榛名がラストに革を吊り込む作業をしていた。「お邪魔します」とそぉっとドアを開くと、彼は驚いたように立ち上がった。痣だらけの顔を見てびっくりしているんだろう。そう思ったが、違うようだ。彼は青緒の足元をじっと見つめたまま動かないでいる。どうしたんだろう？　怪訝に思って呼びかけると、彼は我に返って「ああ、いらっしゃい」とぎこちない笑みを浮かべた。

しかしその直後、青緒の顔を見て表情を強ばらせた。

「その顔……」

「びっくりさせてごめんなさい」と青緒は頬を指で撫でた。

「わたし病気なんです。だから時々こんなふうに痣ができちゃって」

「病気のことは夏目君から聞いていたよ」

榛名は沈痛な面持ちを浮かべて下唇を嚙んだ。それから青緒のキャリーケースを見て、

「どこかへ行くのかい？」

「長崎です。向こうで働くことにしたんです。だから今日、これから横浜を離れます」

「そうだったのか。でも、どうして僕のところへ？」

「榛名先生にひとつお願いがあって」

青緒は背負っていた黒いデイパックを下ろして、オレンジ色の包装紙に包まれた絵本を出した。

「わたしが描いたとっておきの絵本です。彼に渡してほしくて」

「君から渡すべきでは？」

「バスが一時に出ちゃうんです。ううん、ごめんなさい。それは言い訳ですね。まだ十一時前ですもんね。時間はありますよね。本当のことを言うと、彼に会ったら決心が揺らぎそうで。きっと歩橙君の隣にいたいって思っちゃうから。だから先生から渡してください」

「必ず渡すよ」と榛名は青緒が描いた絵本を大切そうに受け取った。

「歩橙君のこと、これからもよろしくお願いしますね。先生は彼の憧れなんです。ヒーローなんです。だからこれからも彼のこと、どうかどうか守ってあげてください」

「ヒーローか。少し大袈裟な気もするけどね」

「そんなことありません。だって彼、言ってました。先生の言葉に救われたって。中学生の頃、足の長さが違うことで虐められていた自分が、榛名先生の言葉と出逢って『この足でもいいんだ』って初めて思えたって。だから先生は歩橙君のヒーローなんです」

「僕の言葉？」

「昔、テレビで言ってたって。覚えてませんか？　足の形は人それぞれ違う――って言葉です」

榛名の目がじんわり涙に包まれた気がした。

「甲高の足、幅の狭い足、左右の形や長さが違う足。様々な足がある」

「そう、それです」

「でもね――」

榛名の声は震えていた。

「どんな足をしていても、それはその人にとってかけがえのない個性なの。だからあなたは、その足が喜んでくれる最高の靴を作ってあげてね。どんな足をしていても、どんな人生を生きていても、あなたの靴を履いたその人が『この足で、この靴で、明日も歩いていきたい』と思えるような、そんなかけがえのない靴を作れる靴職人になってね……」

眼鏡の奥の切れ長の目から涙がこぼれ落ちた。

「……君のお母さんがくれた言葉だ」

青緒は「え？」と耳を疑った。

「靴職人として結果が出せず、思い悩んでいた僕に、彼女は……百合子は……いつもそう言って慰めてくれていた。あなたならできるって、何度も何度も勇気づけてくれたんだ」

「どうして榛名先生とお母さんが？」

「僕は……」榛名は顔を上げ、青緒の瞳をまっすぐ見つめた。

「君のお母さんと恋をしていたんだ」

驚きのあまり言葉を失った。

「駆け出しの靴職人だった頃、美大生だった君のお母さんと出逢った。画家を志していた百合子と一人前の靴職人になることを夢見ていた僕は、互いに惹(ひ)かれ合い、やがて一緒に暮らしはじめた。彼女はいつも明るくて、うだつの上がらない僕を笑顔で支えてくれていた。僕はその感謝のしるしに靴を贈った。内緒で作ったビスポークだ」

榛名が潤んだ瞳で青緒の靴を見た。

「君が履いている、そのローファーだ……」

青緒の表情がみるみる崩れてゆく。

じゃあこの人が、もしかしたら、わたしの……？

「それは僕が生まれて初めて作ったビスポークだ。彼女はローファーが大好きでね。靴屋で見かけたらいつも笑いながら言っていたよ。『ローファーって、青春の必需品だよね』って。だから僕は作った。彼女との時間が、いつまでも色褪(いろあ)せない青春の輝きになってほしいと願って。そして伝えたんだ。君と結婚したいって。一緒にイギリスに渡ろうって。ずっと一緒に歩いてゆこうって……。彼女は笑顔で頷いてくれた。でも百合子はいなくなった。部屋に帰ると荷物はすべてなくなっていたんだ。連絡も取れなくなって、八方手を尽くして捜したけれど再会する夢は叶わなかった。それから十年あまりが経った頃、風の便りで訃報(ふほう)を知ったよ」

「どうしてお母さんは……？」

「その靴を履かせてあげたとき、彼女は胸が痛いと言った。僕は恋の痛みじゃないのかって笑ったけれど、でもそうではなかった。その日を境に、百合子は僕といると、腕や足、顔に橙色の痣ができるようになった。君と同じ病気を発症したんだ」

青緒は手で口を押さえた。

「彼女は僕のためにいなくなったんだ。海を渡って新天地でチャレンジする僕の邪魔をしないために、僕が靴職人として歩いてゆけるように、重荷にならないように姿を消したんだ」

お母さんもわたしと一緒だったんだ。大好きな人と一緒にいたいと願ったけれど、それができずに諦めたんだ。一緒にいたら痛くなっちゃう。好きな人の足を引っ張っちゃう。そう思っていなくなったんだ。でも、お腹にわたしがいることを知って、わたしのことを産んでくれた。産めばきっとたくさんの痛みに襲われる。辛い思いをする。苦しい思いをする。そう分かっていたのに——。

お母さんは、わたしと歩くことだけは最後まで諦めないでくれたんだ……。

いくつもの涙が眦(まなじり)から溢れ、顎先を伝い、ローファーの上で弾けた。

「君から夏目君のお父上のことをメールでもらったとき、まさかと思ったよ。渡良井なんて名字は珍しい。彼女の子供かもしれない。直感的にそう思った。だから僕はこの街にやって来た。君の姿をひと目見たくて。そして君に会って確信した。僕が父親だ。その靴を見て、それが分かったよ」

前に部屋に来たとき、この靴は歩橙君が直してくれていた。あの展示会でも履いていなかった。だから今日、先生はこの靴を数十年ぶりに見た。それで気づいたんだ。わたしが自分の娘だって。

「捨てたってよかったのに」

榛名は涙を堪えて呟いた。

「こんな下手くそな靴なんて、さっさと捨ててよかったんだ……でも百合子は……ずっと大事に持っていてくれたんだな……」

「捨てられるわけありませんよ」

青緒は涙をこぼしながら榛名に笑いかけた。

「だってこれは、お母さんのガラスの靴だから」

お母さんのガラスの靴が、わたしとお父さんを出逢わせてくれたんだ。

わたしに魔法をかけてくれたんだ。

「お母さんは榛名さんのことがずっと好きだったんです。わたしがシンデレラみたいに王子様と出逢いたいって話したら、笑顔でこう言っていました。いいかい、青緒ちゃんって」

お母さんの真似をして人差し指を立てた。大事なことを言うときのいつもの口癖だ。

「女の子には誰でも、世界にひとりだけ王子様がいるのよ。その王子様と出逢うために、いつでも笑顔でいなきゃダメなのよ。嫌なことがあっても、悲しいことがあっても、痛いことがあっても、いつでも笑顔でいるの。そうしたら王子様はその笑顔を目印に、きっと青緒を捜し出してくれるわ。お父さんが、お母さんを見つけてくれたみたいに……

って」

彼は眼鏡を外して瞼を押さえた。肩を大きく震わせて泣いている。

「ひとつ訊いてもいいですか？」

青緒は涙を拭って大きく笑った。

「シンデレラだった頃のお母さんに、わたしはちゃんと似ていますか？」

榛名は優しく微笑んだ。

「僕が恋した彼女と一緒だ。君は――」

青緒の笑顔を涙が彩る。

「お母さんにとてもよく似て、素敵な笑顔をしているよ」

青緒は嬉しくて足元のローファーを見た。降り落ちる涙を弾いて靴が笑っている。

笑顔で青緒に語りかけている。お母さんが言っている。

青緒、幸せになりなさい。なにがあってもまっすぐ歩いてゆきなさい。

どんな苦しい道だとしても、幸せになることを諦めないで生きてゆきなさいって。

そう言ってくれている気がする。

大丈夫、この靴があればわたしはどこまでも歩いてゆける。

お母さんと一緒に、これからもずっと……。

十一月とは思えないほど冷たい朝。

歩橙は窓際のソファから窓の外の景色を眺めていた。

あんなに青々と茂っていた公園の樹木は裸木に変わってしまった。寒風に揺れる木々が可哀想だ。そう思ってしまうのは、きっと今の自分の姿を重ねているからだ。少し前まで希望という名の葉をあんなにもたくさん纏っていたのに、今は一枚も残されていない。この腕が動かなくなって希望は潰えてしまった。そして今も一歩も動けずにいる。そんな自分が許せないままだった。

もうすぐ貯金も底を突こうとしている。なにか適当な仕事を探さなければ。でもこんな僕を誰が雇ってくれるっていうんだ？　僕が歩ける道なんて、この世界のどこにあるんだ。

腕の傷は癒えても、彼の心は壊れたままだった。

玄関に通じるドアが開いて、桃葉がスマートフォンを手に戻ってくる。誰かと電話をしていたようだ。「ちょっといい？」と背後に立たれたので、歩橙はのっそりと首だけで振り返った。

「青緒ちゃんから電話があったの。これから長崎に行くって」

「長崎？」

「一時に桜木町の駅から出るバスで空港へ行くって」

歩橙は「そう」と呟き、逃げるように視線を窓の方へ移した。

「いいの？」

「なにが？」

「本当にそれでいいの？」

耐えきれず、歩橙は顔を伏せた。

「追いかけなくて、歩橙は本当に平気なの？」

「そんなの」と動かない右腕をさすった。「そんなの無理だよ」

「その無理っていうのは、腕のこと？　それとも青緒ちゃんの病気のこと？」

昔もそんなふうに訊かれたな。父さんに靴職人になりたいことを言えずにいたときだ。

「どっちもだよ。だからもう諦めるしかないって」

インターホンが鳴った。

ソファから動こうとしない歩橙を見かねて桃葉が玄関へ向かう。

こんな腕の僕なんかじゃ、追いかけたところで青緒ちゃんの手は摑めない。彼女が望む夢の靴も作れない。それに一緒にいたらまた傷つけてしまう。だからもう諦めるしかないんだ。

ドアが開かれて桃葉が戻ってきた。なにも言わない彼女が気になり、振り返ると、

「……先生」

そこにいたのは、黒のロングコートを纏った榛名だった。

「夏目君、少しいいかい？」

家の近くの掃部山公園までやって来ると、榛名と並んでベンチに座った。真冬のように冷たい風に真紅のダウンジャケットのチャックを上げようとする。しかし左手だけでは手間取ってしまう。こんな当たり前の動作すらも苦戦することが情けない。苛立ちに顔を歪めていると、

「渡良井青緒さんから、これを預かったよ」

先生はオレンジ色の包装紙に包まれたものをこちらに向けた。

「彼女からの贈り物だ。君のために描いた、とっておきの絵本だそうだよ」

「とっておきの絵本……」

──だからいつか届けるよ。わたしが描いた、とっておきの絵本を。

あの約束、覚えていてくれたんだ……。

震える左手で絵本に触れようとしたが、手を引っ込めて眉の間に皺を寄せた。

「受け取れません。僕にはそんな資格はありませんから」

背中を丸めると、榛名のため息が耳に届いた。

不甲斐ない弟子に落胆したのだろう。しかし、

「君と僕は、よく似ているね」

意外な言葉に顔を上げ、先生のことを見た。

「かつての自分を見ているようだ。なぁ、夏目君。人って生き物は、どうしてこうも簡単に諦めてしまうんだろうね」

「分からないですよ、そんなの」と歩橙は吐き捨てるように言った。

「きっと自分に失望したくないからだろうな」

「失望……？」

「人生は辛いことの連続だ。努力をしたところで報われることはほとんどない。能力の差を見せつけられて挫折することも少なくない。辛くて、苦しくて、痛いことばかりだ。だから諦める。逃げたくなる。もうこれ以上、無様な自分を見たくないと思って。そしてだんだんと悔しい気持ちも薄れてゆく。本当は無様だっていいのに。情けなくたっていいのに」

「そんなの綺麗事ですよ。僕には無理です。一番大切なものはもう手に入りません。だから諦めるしかないんです。靴を作ることも、青緒ちゃんを幸せにすることも、もう叶わないんです」

「どうして？」

「どうしてって……だってこの腕は動かないんです。僕が傍にいたら青緒ちゃんは傷つくんです。だからどれだけもがいても、あがいても、どうせもう無理に決まってますよ」

「でも彼女は立ち向かった」

榛名はオレンジ色の包装紙に包まれた絵本を歩橙の膝に置いた。

「これを渡しに来たとき、彼女の姿は痛々しかった。顔は橙色の痣に覆われ、右の頬は腫れていた。この絵本を渡す手すらも痛々しい色をしていたよ。きっとすさまじい痛みに耐えて、君のためにこれを描いたんだ。どれだけ苦しくても、痛くても、歯を食いしばって立ち向かったんだ。君の幸せを願って。もう一度、君に笑ってほしいと心から願って」

青緒ちゃん……。歩橙の胸に熱いものが来た。

「いいかい、夏目君」

榛名先生が大切なことを言うときのいつもの口癖だ。

「一番大切なものだけは、なにがあっても諦めるな」

「先生……」

「生きることは醜くあがくことだ。だから美しくなくたっていい。無様でもいい。人に笑われたって構わない。大切なものを諦めずに地を這ってでも進もうとする姿は、なによりも、どんなものよりも、尊いものなんだから」

「でも」歩橙は俯いて奥歯を噛んだ。「怖いんです……」

涙が溢れてまつげの先からこぼれ落ちた。

「もう一度、夢を追いかけて躓（つまず）くことが。こんな自分じゃ無理だって痛感することが。青緒ちゃんを笑顔にできないって思い知らされることが。怖くて怖くて仕方ないです。

だからもう――」

「どうして君を弟子にしたと思う？」

歩橙は顔を上げて榛名を見た。先生は静かに笑っていた。

「見てみたかったからだよ。君が世界一の靴職人になるところを。僕が叶えられなかった夢を、君がその手で叶える姿を」

そう言って、歩橙の左腕に手を添えた。

「君にはまだ左腕がある。足がある。口だってある。なにを使ったっていいじゃないか。どれだけ無様でもいいじゃないか。なにもせずに後悔するくらいなら、どれだけ痛くても、無様でも、歯を食いしばって諦めずに歩き続けなさい」

榛名はその手に力を込めた。なんて大きくて力強い手なんだろう。歩橙が焦がれるほど憧れたヒーローの手だ。

「それから、これを」

先生はそう言うと、傍らに置いてあった紙袋を取った。

その中には、捨てたはずの靴作りの道具が入っている。

「どうして……？」

「彼女が託してくれたんだ。『いつか歩橙君が、それでも僕は靴職人になりたいと言ったとき、これを渡してほしい』って」

青緒ちゃん……。君は僕の夢を守ろうとしてくれたんだ。

僕の青春のすべてを。みんなとの繋がりを。

この道具は、青緒ちゃんや桃葉、玄太おじさん、そして、父さんとの繋がりだ。

――歩橙、お前は自分のコンプレックスを生きる力に変えられる、立派な男になったんだな。

父の言葉を思い出し、歩橙は右腕をそっと撫でた。

負けたくない……。こんなコンプレックスになんて負けたくない。

「夏目君、君の気持ちは初めから変わっていないだろ？　君は青春時代からずっと、今も変わらず、世界一の靴職人になりたいままなんだろ？」

そうだ。僕はあの頃からずっと、今もずっと――、

「高校生の君が、なりたくてなりたくてたまらなかった世界一の靴職人がなんなのか、もう一度よく思い出してみなさい」

榛名が去ると、歩橙は絵本を手に取った。青緒がくれたとっておきの絵本を。包装紙を破くと愛らしいブルーの絵本が顔を覗かせた。そのタイトルを見て、歩橙の目から一粒の涙がこぼれた。

そこには、『恋に焦がれたブルー』とあった。

あるところにシンデレラに憧れる女の子がいました。
ブルーという女の子です。
ブルーはいつもひとりぼっちでした。
ボロボロの靴を履いて、いつも下を向いて暮らしていました。
でもそんなとき、彼女の前にひとりの男の子が現われました。
彼はブルーにこう言ったのです。

「あなたの足に触らせてください!」

ブルーはびっくりして彼の前から逃げてしまいました。

だけど彼はとっても素敵な男の子でした。
ブルーのぎこちない笑顔を、
「好きだよ」って言ってくれました。
ブルーのために、
「ガラスの靴を作りたいんだ」って言ってくれました。
それがとっても嬉しくて、
ブルーも彼を大好きになりました。

でも、ブルーには秘密があったのです。
恋する気持ちで身体がチリチリ焦がれてしまう、
不思議な病気だったのです。

本当は彼と一緒にいたい。
ずっと一緒に歩いてゆきたい。
でもその願いは叶いません。
だって、そばにいたらこの身体は痛くなる。
彼のことを苦しめちゃう。
だから一緒にはいられないんだ。
ブルーは男の子の前から姿を消してしまいました。

でもね、ほんとはね、
ほんとのほんとはね、
ずっとずっと思ってたんだ。

歩橙君のシンデレラになりたいな……って。

そんなある日のことです。
彼の大事な右手が動かなくなってしまいました。
ブルーは悩みました。
いっぱいいっぱい悩みました。
彼を助けたい。
だけどこんなわたしじゃ、なんにもできない。
そばにいたら、またあなたを傷つけちゃう。
でも、だけど、
やっぱりわたしは……

歩橙君を笑顔にしたいよ。

そしてブルーは決意しました。
あなたに絵本を描こうって。
とっておきの絵本を届けようって。

だからこれは、わたしからの最後のラブレターです。

歩橙君、諦めるな！
どれだけ辛くても、心が痛くても、絶対に諦めちゃダメだよ。
あなたが歩くその夢は、あなただけの夢じゃないんだよ。
桃葉ちゃんの、
桃葉ちゃんのお父さんの、
天国のお父さんの、
お母さんの、
榛名先生の、
それにわたしの、
みんなの夢でもあるんだよ。
みんな、あなたと一緒に歩いているの。
歩橙君が世界一の靴職人になることを、
誰かを笑顔にすることを、
心の底から願ってるんだよ。
それに、きっといるはずだから。
あなたの靴を待ってる人が、
この世界のどこかにきっと。

あなたの靴で、好きな人に告白したい女の子。
あなたの靴で、デートに行きたい男の子。
あなたの靴で、仕事を頑張りたいビジネスマン。
あなたの靴で、結婚式を挙げたい恋人たち。
あなたの靴で、誕生日のお祝いをしたい老夫婦。
あなたの靴で、大切な人に「ありがとう」って伝えたい人。
みんな待ってるから。きっと待ってるから。
あなたの靴に出逢う日を、今からずっと待ってるから。

だから歩橙君、
どんなに今が痛くても、どんなに苦しくても、
歩くことを諦めないで。
世界一の靴職人になる夢を、
たくさんの人を幸せにする靴を作る夢を、
どうかどうか、諦めないで……。
いつかわたしに魔法をかけてくれたよね。
辛くて挫けそうだったわたしに、笑顔になれる素敵な魔法を。
今度はわたしがあなたに贈るよ。
歩橙君なら絶対に、絶対絶対、大丈夫って魔法を。
歩橙君、あなたならきっと……、
きっと笑顔で歩いていけるよ！
あなたの靴でたくさんの人を笑顔にできるよ！
わたしはそう信じてる。
心から信じてる。
なにがあっても、ずっとずっと、信じてるから。

それでいつか自慢させてよ。
わたしが恋焦がれた王子様は、
世界でたったひとりだけの王子様は、
素敵な靴で、みんなを笑顔にしたんだぞって。
世界一の靴職人なんだぞって。
大声で自慢させてよ。
そんな日が来ることを、わたしはいつも、いつまでも、
この青い空の下で願ってるよ。
ずっとずっと願ってる。
あなたが見る空が、明日も明後日も、ずっとずっと、
ずーっと素敵な青色でありますようにって。

だから負けないで、歩橙君……。

渡良井青緒

山下公園のベンチに座っている青緒は、眼前に広がる紺碧の海を眺めていた。

このベンチは歩橙と並んで座った思い出のベンチだ。彼がいた隣の席をそっと撫でると、そこに歩橙と過ごしたぬくもりの残像を感じる。青緒は痣に覆われた顔を綻ばせてにっこり笑った。


この場所は、わたしの青春のはじまりの場所だ。

あの日、歩橙君のあの言葉を聞いたときから、わたしの青春ははじまったんだ。

――僕が作ります。あなたが胸を張って笑顔で歩きたくなる靴を。

その夢は叶わなかったけど、歩橙君はわたしにたくさんのことを教えてくれた。

人生は、こんなにも素敵でキラキラ光るんだって。青春は、この海のように青くて、眩しくて、見ているだけで涙がこぼれそうになるほど愛おしいって。誰かを好きになって、友達がいて、追いかけたい夢があるだけで、人生はうんと綺麗に色づくんだって。

彼と出逢っていなかったら、めぐり逢えなかった気持ちばかりだ。

わたしはずっと悔しかった。もしも病気じゃなかったら、普通の女の子みたいに彼の前で笑えるのにって。もしも病気じゃなかったら、歩橙君の靴を履けるのにって。一緒に歩いてゆけるのにって、何度も何度もたくさん思った。でも今は違う。わたしはわたしでよかった。わたしは今の自分が大好きだ。こんな自分をちょっとくらいは誇りに思える。歩橙君にとっておきの絵本を届けることができたから。今までは夢をもらってばっかりだった。叶えてもらってばっかりだった。でも生まれて初めて自分の力で叶えたんだ。だからわたしはわたしを褒めたい。渡良井青緒、あなたは今日まで一生懸命生きてきたねって、負けずに踏ん張って生きてきたねって、たくさん褒めてあげたい。

「青緒ちゃん」

ベージュのコートを着た数子が向こうから歩いてくる。青緒はバレないように涙を隠して「遅いですよ」と冗談っぽく頬を膨らませた。

「ごめんなさいね。急なカンファレンスが入っちゃって。一時のバスよね？　もう出ないと」

「もぉ、本当です。でも最後に会えてよかった」

数子は言葉なく頷いた。きっと同じ気持ちでいてくれているんだ。青緒は立ち上がり「今日までありがとうございました」と握手を求めた。しかし数子は微動だにしない。

「先生？」と訊ねると、彼女の薄い唇が微かに震えて言葉が漏れた。

「ごめんね、青緒ちゃん」

細く澄んだ目がみるみる潤んでゆく。そして手を伸ばし、青緒の橙色の頬にそっと触れた。

「なにもしてあげられなかったね。主治医として、友達として。だからごめんね……」

初めて会ったとき、先生はこんなふうにわたしの痣を触った。でもあのときとは大違いだ。今はすごく優しくて、すごくすごく胸が痛そうだ。

「泣かないで、スージー先生」

「もぉ、その呼び方はやめてって言ってるでしょ？　だってそれ、シンデレラの友達のネズミだもの。ネズミなんて大嫌いよ。ネズミなんて……」

瞬きをした拍子に涙がひと粒こぼれ落ちた。

「大嫌いだわ……ネズミにしかなれない自分が……。もしもあなたの魔法使いになれていたなら、こんな病気すぐに治してあげられるのに。痛みだって取ってあげるのに。このほっぺの痣だって、ちゃんと綺麗にしてあげられるのに……」

自分の無力さを嘆いているんだ。その気持ちが伝わって涙がこぼれそうになる。でも青緒はぐっと堪えた。そしてまだ痣が消えていない右手で、頰に触れる数子の白い手を包んだ。

「わたしね、この病気になってよかったなぁって思うことがあるんです」

怪訝そうに首を傾げる数子に、青緒は目一杯の笑顔を向けた。

「スージー先生に会えたこと」

「青緒ちゃん……」

「だからそんな顔しないで。そんなふうに言わないで」

数子は本格的に泣き出した。美人が台無しだ。青緒は彼女の手をぎゅっと握った。

「わたしはもう魔法がなくても大丈夫。魔法がなくても幸せになれるから。強くなれるし、笑顔にだってなれるから。それに魔法がなくても、わたしは……わたしは……」

青緒は涙ながらに微笑んだ。

「王子様に出逢えたから！」

わたしは小さな頃からの夢を叶えた。素敵な王子様に見つけてもらって、素敵な恋をするって夢を。魔法なんてなくたって、ガラスの靴がなくたって、ちゃんとめぐり逢えたんだ。恋をすることができたんだ。だから今なら胸を張って言える。

わたしはシンデレラより、うんとうんと幸せだって……。

わたしはこの恋を、この痛みを、今は心から誇りに思っている。

数子と山下公園の前で別れると、キャリーケースを引っ張って桜木町の駅を目指した。

空は青く突き抜けるように美しく雲ひとつない。まるで青緒の旅立ちを祝福してくれているようだ。それでもさっきより風は冷たい。雪でも降ってきそうな寒さだ。だけどそんな寒さすらも今は心地よい。

横浜で過ごす最後の日が、最後に見上げる空が、こんなにも美しくて本当によかった。

桜木町駅の傍の郵便局の前に空港行きのバスが停まっている。キャリーケースを係員に預けてチケットを渡すと、青緒はバスに乗り込んだ。運転手が青緒の顔を見てぎょっとしている。他の客たちもそうだ。でも気にしなかった。堂々と胸を張って通路をゆくと、一番後ろの席に腰を下ろした。ポケットからイヤホンを出して耳に差し込む。音楽を聴こうとしたら一通のメールが届いた。榛名からだ。別れ際に連絡先を交換したのだ。メールには『旅立ちのプレゼントです』と書いてあって、ひとつの動画が添付されていた。青緒は首を傾げ、そのファイルをタップする——と、

画面に高校生の歩橙が現われた。緊張の面持ちをしてカメラ目線だ。

驚きと同時に笑みをこぼす。そんな青緒に向かって、歩橙は意を決して叫んだ。

『榛名藤一郎さん！　僕を弟子にしてください！　お願いします！』

弟子入りを志願したときに彼が送った決意表明の動画だ。

『僕は世界一の靴職人になりたいです！　いえ、なってみせます！　才能があるかどうかは分かりません！　それでも、たとえ世界中が笑っても、世界中が無理だと言っても、ほんの少しの人だけが活躍できる世界だとしても、僕はどうしても世界一の靴職人になりたいんです！』

あの朝、大さん橋で叫んでいた言葉だ。青緒の胸が、あの日の朝日のように温かくなる。

『僕が思う世界一の靴職人は、有名な靴職人ってことじゃありません。高い靴を作れる靴職人でもありません。たったひとりでいいんです。たったひとりでいいから、僕は幸せにしたいんです』

青緒は指先で涙を拭った。

『あなたの作った靴に出逢えてよかったって思ってもらえる……その人にとっての世界

一に僕はなりたいんです。それが僕の思う世界一の靴職人です。だからなにがあっても諦めません。修業が辛くても挫けません。諦めません。いつか僕の靴で、その人を幸せな場所へと連れていけるように』

頑張ってほしい。負けないでほしい。これからどれだけ辛いことがあっても、苦しいことがあっても、自分のハンディキャップを言い訳にしながら生きないでほしい。わたしは彼に教えてもらった。どんな困難が待っていたとしても、歩くことをやめなければ、きっといつか素敵な場所にたどり着けるって。もしかしたら夢は叶わないかもしれない。でも必死に生きてゆけば、その気持ちはきっと心に残り続ける。だから逃げずに歩いてほしい。ゆっくりでもいいから、一歩一歩でもいいから、痛かったら休んでいいから、これからもずっとずっと歩き続けてほしい。

青緒は音楽を再生させた。甘く切ない声がイヤホンから聞こえてくる。

カーペンターズが唄(うた)う『愛は虹の色』だ。

歩橙は走った。必死に地面を蹴り、歯を食いしばって坂を駆け下りる。動かない腕が情けなくぶらぶらと揺れても、苦しくて肺が悲鳴を上げても、股関節に激痛が奔っても、立ち止まることなく走り続けた。もう一度、青緒に会いたかった。会って今の気持ちを伝えたかった。ただその一心で、白い息を吐きながら懸命に足を動かし続けた。

桜木町駅に着くと、人の流れに逆らって走った。肺が肋骨を突き破りそうだ。痛くて、苦しくて、立ち止まりたかった。もう走れないと筋肉が叫んでいる。それでも歩橙は止まらなかった。


お願いだ、もう少しだけ走らせてくれ！　青緒ちゃんに会わせてくれ！

青緒ちゃんと別れてからずっと後悔していた。どうしてあのとき諦めたんだろうって。青緒ちゃんの病気に向き合うことを、青緒ちゃんの痛みを受け止めることを、どうして諦めてしまったんだろうって。どうして「もう一緒には歩けない」って投げ出してしまったんだろうって。ずっとずっと後悔していた。でももう諦めない。諦めたくない。

右足の付け根を激痛が貫いた。バランスを崩して転びそうになる。手で支えようとしたが右手が動かない。歩橙は顔から地面に転倒してしまう。それでも足に力を込めて立ち上がろうとした。しかし右手が使えず身体を上手く支えられない。そのまま地面に突っ伏した。道ゆく人たちの冷たい視線が刺さる。それでも諦めなかった。駅構内の時計は一時を指している。青緒が行ってしまう。震える足でようやく立ち上がると、右足を引きずりながらバスの発着所を目指した。

バスの出発場所である郵便局の前にたどり着くと、係員らしき人を見つけた。歩橙は「空港行きのバスは!?」と摑みかからんばかりの勢いで訊ねた。初老の係員が「今さっき出発しましたよ」と道路の向こうを指さす。ブルーの車体のバスが遠くの赤信号で停車している。

青緒が行ってしまう。痛む足に力を込めて必死にバスを追いかけた。

道路脇の歩道を懸命に走る。しかし足が動かない。ぜぇぜぇと激しく呼吸が乱れている。右足が攣って激痛が奔る。それでも足を引きずりながら走った。

信号が青に変わってバスが動き出す。

徐々にスピードを上げてゆく。どんどん離れてゆく。

諦めるな！　絶対に諦めるな！

歩橙は走りながら叫んだ。

「青緒ちゃん!!」

大好きな人の名前を必死に叫んだ。

ねぇ、青緒ちゃん……。君もおんなじ気持ちだったのかな。イギリスへ向かう僕を、君も同じような気持ちで追いかけてくれたのかな。きっと諦めなかったはずだ。必死に走ってくれたはずだ。だから僕も諦めないよ。君がそうしてくれたように、僕も最後まで諦めないから。

やっぱり僕は届けたいんだ。どうしても作りたいんだ。だから——、
バスはみなとみらい大通りに右折して北仲橋を渡ってゆく。歩橙は車の往来が激しい交差点に飛び出した。けたたましくクラクションが響く。それでも止まらなかった。交差点を渡ってバスを追いかけた。しかし臀部が痙攣して転んでしまった。アスファルト

に倒れると、歩橙は左手一本で身体を起こそうとした。でももう限界だ。腕にも足にも力が入らない。顔を擦りむき、額から血が流れている。それでも諦めなかった。左手一本で這うようにして遠ざかってゆくバスを追いかけた。歯を食いしばり、血を流し、決死の形相で青緒を追いかける。

先生が言った通りだ。足がダメなら腕がある。腕がダメなら顔でもいい。なんでもいいから追いついてみせる。会うんだ。絶対に会うんだ。もう一度、青緒ちゃんに会いたいんだ。

そして歩橙は、最後の力を振り絞って叫んだ。

「青緒――――!!」

そのときだ。キイィィ！　と激しいブレーキ音を轟かせ遠くでバスが急停車した。

バスのドアが開いて誰かが飛び出してきた。

歩橙の視界が一気に滲んで、涙がぶわっと溢れ出た。

青緒だ。彼女が泣きながら走ってくる。その顔は、橙色の痣に覆われていた。

身体に力が漲り、歩橙は立ち上がって足を引きずりながら青緒のもとへ向かった。

「歩橙君!!」

青緒が叫んだ。歩橙は左腕で青緒のことを抱き寄せた。

その拍子に足の力が抜けて二人は地面に崩れる。青緒は胸の中で声を上げて泣いている。子供のように泣いている。彼女の体温を感じる。そのぬくもりに歩橙も涙が止まらなくなった。

「どうして……」

青緒が涙声で唸るように言った。

「どうして追いかけたりしたの……どうして……」

「諦めたくなかったんだ」

青緒が歩橙のダウンジャケットを握りしめている。

橙色の小さな手で、子供のようにしがみついて震えている。

「こんな腕だけど……もう動かないけど……でも僕は……やっぱり僕は――」

一番大切なものは諦めない。なにがあってももう諦めたくない。

僕はあの頃からずっと、今もずっと――、

「君にとっての世界一の靴職人になりたいんだ」

歩橙は青緒を強く抱きしめた。

「君のために作りたいんだ」

「歩橙君……」

「青緒ちゃんが胸を張って笑顔で歩きたくなるガラスの靴を」

青緒は今まで以上に激しく泣いた。涙の温度が伝わってきて、歩橙の頬をいくつもの涙が伝う。そして青緒の変わり果てた顔を左手でそっと包んだ。青緒は目を真っ赤にして泣いている。いくつもの涙が橙色の頬を濡らしている。もしかしたら、こうしている間にも痣は増えているのかもしれない。痛い思いをしているのかもしれない。それでも、青緒の顔がゆっくり笑顔へ変わってゆく。

空色の笑顔だ。どれだけ姿が変わっても、彼女の笑顔はあの頃のままだ。

いや、あの頃以上だ。

青緒は歩橙の右手を優しく握った。

「待ってる……」

きっと僕の言葉が、僕の気持ちが、今も青緒ちゃんを傷つけている。

それでも君は笑ってくれている。必死に、目一杯、僕に笑顔をくれている。

「ずっと待ってる……」

青空から真っ白な雪がふわりと舞い落ちてきた。太陽の光を浴びた雪が美しい輝きを放つ。まるで若葉色に染まったかのように。その希望の色をした雪の中で青緒がふわりと笑う。歩橙の右手を握りしめ、幸せそうに笑っている。その笑顔が、初めて見た日の笑顔に重なった。

「ねぇ、歩橙君……言ってほしい言葉があるの」

青緒のこぼした涙が若葉色に輝く。

「出逢ったときに言ってくれた、あの言葉をもう一度言ってほしいの」

「でも青緒ちゃんは――」

言ったらきっと身体が痛くなってしまう。

「いいの。その言葉さえあれば、ずっとずっと待っていられるから」

青緒は歩橙の背中を押すように笑った。

「だからお願い……もう一度だけ聞かせて……」

初めて会ったときからそうだった。

ずっとずっとそうだった。これからだってずっと。

高校生のあの日、ボロボロの靴を履いた君を一目見たときから、ずっと……。

ずっとずっと君は、

「青緒ちゃん、君は――」

歩橙は若葉色の雪の中で青緒に伝えた。

「ずっとずっとこれからも、君は僕のシンデレラだよ」

青緒は痛みで顔を歪めた。目をぎゅっと閉じた拍子に涙が溢れる。ぶるぶると痛みに堪えている。心配で手を伸ばそうとすると、彼女は大丈夫と首を振り、顔を上げて笑ってくれた。

顔をまん丸にして、頬にえくぼを作って、美しい雪の中で幸せそうに笑っている。

「わたしも……」

青緒は歩橙を抱きしめた。強く強く抱きしめた。

そして、五年前の手紙の返事をくれた。

「わたしにとっての王子様は、世界でひとり、あなただけだよ……」

腕の中にいる最愛の人の形を感じながら、歩橙は心に誓った。
僕はこのぬくもりを忘れない。
一生忘れない。死ぬまでずっと忘れない。
もう二度と、なにがあっても、立ち止まらないように。
僕らのハッピーエンドが分かったよ。
諦めない——。
それが僕と君との、ハッピーエンドだ。

第四章　夕陽色の恋

あれからいくつもの季節が流れ、あの輝かしい青春時代の思い出は時と共に遠い過去へと追いやられてしまった。思い出は空に浮かぶ雲と同じかもしれない。あの日見た雲の形なんて誰も覚えてはいない。忘れずにいるのは、この世界できっとひとりだけ。あの空に魅せられた自分だけだ。彼も忘れてしまったに違いない。そう思うと少し寂しい。でもそれが生きてゆくということなんだ。生きるってことは、痛みと一緒に歩き続けることなのだから。

長い長い冬がようやく終わりを告げて、柔らかな春の気配がすぐそこまで迫っている朝。青緒は鍋冠山(なべかんむりやま)の展望台から、すり鉢の形をした長崎の街並みを見下ろしていた。もう十年もこの場所から街を眺めている。それでも一度だって退屈したことはない。対岸の山々は目に染みるほどの深緑を湛え、その麓(ふもと)には青く輝く海が陽光を浴びて万華鏡のように煌めいている。湾の端には玩具(おもちゃ)のような豪華客船が停泊しており、再び大海原へ旅立つことを今や遅しと待ちわびているようだ。早春の風の中には、ヒバリのさえずりが薄く交じって空に優しく響いていた。

深呼吸をすると花の香りが鼻腔をくすぐる。展望台の下の花壇では可愛らしい花たちが風に吹かれてにこやかに笑っている。それを愛でる人々もすっかり春の装いだ。いつもよりも人が多いのは少し早く開花した桜を見るためだろう。冬が終わった途端、太陽がびっくりしたかのように気温が一気に上昇し、桜は普段よりもうんと早くに起こされた。まだ三月の中旬だというのに、もう愛らしい花をつけている。でもまだ少し眠そうだ。七分咲きの花は風の中で目をこすっていた。

青緒は左手首の時計を見た。もうすぐ十時になろうとしている。そろそろ出勤しようかな。そう思ってトントントンと階段を勢いよく下りる。駐車場に並ぶ檸檬色のビートル。シックな色の国産車たちに挟まれてちょっとだけ居心地が悪そうだ。数年前に父から贈られた青緒の愛車だ。

「長崎は坂の街だ。車のひとつでも持つべきだよ」

そう言って自分勝手に選んでしまったのだ。車種は素敵だけど、色はもう少し落ち着いたものがよかったんだけどな。とはいえ、この車は重宝している。買い物や仕事のことを考えると、坂の多いこの街では車は必需品といえる。運転は今も苦手だ。しかも長崎市内のドライバーはみんなちょっとだけ運転が荒いのだ。初心者ドライバーの頃はいつもビクビクしていたけれど、今では遅い車の後ろに付くと「あーもぉ、さっさとしなさいよ」なんて悪態が口から飛び出してしまう。

青緒は年々がさつになってゆく自分に苦笑し、車のシートに深く腰を沈めた。シートベルトを締めてバックミラーの位置を直していると、顔の上半分が鏡に映った。

もう痣なんてちっともない。あれから十年も経ったんだ。当然と言えば当然だ。

この街に来て半年ほどが経った頃から痣は徐々に薄くなった。今では顔だけでなく、首筋や、白いシャツから覗くデコルテラインも健康的な色を取り戻している。だからジロジロ見られることもない。そういう意味では幸せだ。でも同時に寂しさもある。恋をしてない証拠なのだから。それに、痣が消えてゆくたび、彼との思い出がひとつひとつ消えてゆく気がして悲しかった。

橙色はわたしにとって恋の色だった。彼を思い出す特別な色。それがなくなってゆくたびに、わたしは痛感させられる。あーあ、今も歩橙君のことが好きなんだなって。はぁ、なに考えてるのよ。あなたもう三十三歳よ？　いつまで女子高生みたいなこと言ってるの。いいかい、青緒ちゃん。いい加減大人になりなさい。今さら昔を恋しく思ったって無駄なんだから。だって——、
青緒はため息と共に車を発進させた。

だって歩橙君は、もう結婚しちゃったんだから。

彼は今、桃葉ちゃんと横浜で幸せに暮らしている……。

こっちに来て一、二年は桃葉と頻繁に連絡を取っていた。歩橙と話すことはなかったけれど、彼女を通じて近況を聞いたりもしていた。でもお互い忙しくて、だんだんと疎遠になっていった。だけどそれでよかった。歩橙の話を聞くたびに嫉妬していたから。

いいな、桃葉ちゃんは彼と一緒にいられて……なんて思ってふて腐れていた。

連絡が途絶えてから数年が経った頃、やっぱり歩橙のことが気になってしまった。だからネットで彼の名前を検索してみた。もしかしたら靴職人として再スタートしているかもしれないと思って。もちろん怖かった。肌が痛くなるかもしれない。また会いたくなるかもしれない。そう思いながら、恐る恐るスマートフォンで『夏目歩橙』と検索した。でも、青緒は調べたことを後悔した。

野毛商店街を紹介するネット記事に歩橙の笑顔を見つけたのだ。彼は『落窪シューズ』で働いていた。掲載されていた写真を見て、青緒の肌と胸はチクチク痛む。店の前で撮った集合写真。桃葉の父と肩を並べる笑顔の歩橙がそこにいる。その左腕には、小さな女の子が抱っこされていた。傍らには桃葉がいて、左手の薬指には結婚指輪が光っていた。

幸せそうな彼の笑顔を色のない指先でそっとなぞると、青緒は眉尻を下げて悲しく笑った。

そうだよね。あれから何年も経ったんだ。結婚してて当たり前だよね。それに相手が桃葉ちゃんなら嬉しいことじゃない。他の誰でもない最高のライバルなんだから。

でもよかった。本当によかった。彼が今も靴に携わっていて。靴職人には戻れなかったのかもしれないけど、今も幸せそうに笑っていてくれて心から嬉しい。

幸せになったんだね、歩橙君……。

だからもう忘れよう。最後に交わしたあの約束も。彼は新しい一歩を踏み出したんだ。

わたしもちゃんと忘れないとな。青緒は自分にそう言い聞かせ、青春の輝きに蓋をした。

でも本当は——信号待ちの交差点の向こうに広がる碧天を見た。

雲ひとつないその青さは、十年前に彼と最後に見た空と同じ色をしている。

でも本当は、本当の本当は、これからも変わらずにいたい。どれだけ時が流れても、世界が変わっても、この空の青さみたいに歩橙君への気持ちだけは変わらずにいたい。

彼がわたしを好きでいてくれる気持ちも、あの頃のままでいてほしかったんだけどな……。

カーステレオから流れるカーペンターズの『イエスタデイ・ワンス・モア』が、なんだか今日はやけに胸に沁みて痛かった。


鍋冠山から車で十分ほど走った先にあるログハウス風の絵本店が青緒の仕事場だ。なんと今では店長だ。十年前からお世話になっているご夫婦が高齢になり、二年前にこの店を継いだのだ。今ではすべての業務を青緒が差配している。とはいえ、従業員は青緒とバイトの女の子だけなのだが。

車を二台停められる駐車場から、露草色をした外壁を有する建物までは石段が延びている。その階段の下にはアーチ型の門があって、賑やかな花々が今日も笑顔で出迎えてくれる。夕陽色のマリーゴールドに囲まれた木札には店名が記されていた。

『シンデレラ』という名前だ。

オーナーご夫婦が「青緒ちゃんが店長になるなら心機一転、好きな名前を付けるといいよ」と提案してくれたので、この名前に即決した。

シンデレラは青緒にとって特別な一冊だ。母との思い出であり、歩橙との思い出でもある。幼い彼女に夢をくれた恩人のような絵本だ。

檜(ひのき)の香りに包まれた店内は、柴山さんが営んでいた『どうわのくに』と比べればかなり広い。それでも築年数はかなり経っている。木の階段を上ると二階には子供たちが読書できるスペースがある。毎週末ここで読み聞かせをしているのだ。青緒は地域の子供たちとの交流を大切にしていた。お母さんが読んでくれた絵本の思い出を胸に、心を込めて子供たちに絵本を読んであげている。

「店長〜」と甘ったるい女の子の声がした。アルバイトの樺島由美(かばしまゆみ)だ。

「水辺の森公園でやる絵本フェアに出す本、ちゃんと決めてくれましたぁ？」

由美の鋭い視線が胸に刺さると、青緒は「うっ」と目を逸らした。

しまった、一週間前に頼まれたのにすっかり忘れてたや……。

片目を瞑って「今日中には必ず！」と平身低頭で謝って、お詫びにコーヒーを淹れてあげた。

「絵本の執筆、そんなに忙しいんですか？」

「ううん、そんなことないよ」と青緒は店の奥の小さなキッチンで、コーヒー豆をミルで挽きながら背中で笑った。実のところを言えば、ここ三日ほどロクに寝ていない。

横浜を離れて半月ほどが経った頃、コンクールに入選した報せが出版社から届いた。大賞ではなく佳作だったけれど、それでももちろん嬉しかった。でも本音を言えば「今さら」ってちょっと思った。歩橙君が隣にいる頃だったら一緒に喜んでもらえたのにな。だから「刊行を目指してみませんか？」と提案されても二の足を踏んでしまった。けれど青緒は自分の頬にパンチをした。

コラコラ、そんなんじゃダメよ。しっかりしなさい。柴山さんにも言われたじゃない。わたしの絵本を待っている小さな子供たちが、この世界のどこかにいるはずだって。それに、みんなプロになりたくても、なれなくて必死に頑張っているんだ。歩橙君だって諦めずに頑張ってるんだ。わたしが夢に向かって歩かないでどうするのよ。

そう思って、青緒は絵本作家としての道を歩き出したのだった。

とはいえ、絵本はそんなには売れない。専業作家など夢のまた夢だ。一番売れたのはデビュー作の『幸せの檸檬色』で三回ほど重版してもらえた。でも原稿料と印税だけでは生活はできない。この絵本店と掛け持ちして、なんとかギリギリ暮らしている。それでもこの十年で十冊ものオリジナル作品を世に送り出すことができたのは、懇切丁寧に対応してくれる出版社と担当編集者のおかげだ。今でも時々大型書店の片隅で『幸せの檸檬色』を見かけると嬉しくなる。

「――やっぱり店長の淹れるコーヒーは美味しいなぁ～」

手作りの青いマグカップを手に、由美は二十歳の女の子らしい若々しい笑みを浮かべている。張りのある肌を見ていると悲しくなる。最近、目尻の皺が増えてきた。大きな悩みのひとつだ。

「いいかい、由美ちゃん。コーヒーを美味しく淹れるコツは、インドネシア産の豆を使って焙煎度合いはシティロースト。酸味が微かに残って、甘みと苦みとコクのバランスが取れて、豆が持つ本来の香りを引き立たせることができるの。あとそれから――」

「店長って、ずっと彼氏いないんですか？」

「な、なによ、急に。人がまだしゃべってる途中でしょうが」

「コーヒーの話は耳にタコです。店長の私生活を教えてくださいよ。どうして彼氏作らないの？」

「それは嫌みかな？　作らないんじゃなくて、作れないの。わたし全然モテないもん」

「またまた～。店長って歳(とし)の割にはまぁまぁ可愛いじゃないですか。知ってますよ？市役所の観光課の武田(たけだ)さんにぐいぐい言い寄られてること」

「歳の割には余計です」と青緒は橙色のマグカップを傾けてずずとコーヒーを啜った。

「もしかして、忘れられない男がいたりして」

まったく。最近の若い子は人のプライベートにズバズバ切り込んでくるのね……って、わたしもおばさんみたいなことを言うようになったものだ。

「そんな人はいません。わたしの恋人は絵本だけですから」

「ふーん、つまらないの」と由美は立ち上がった。

「じゃあ、この歩橙って人は違うのか～」

歩橙君？　なんで由美ちゃんが？

ドキリとして彼女を見ると、その手には絵葉書がある。

みなとみらいの街並みの絵葉書だ。

もしかして歩橙君からの……。

そんな期待でチリチリ肌が痛くなる。何年かぶりの痛みだ。

強引に由美から絵葉書を奪うと、食い入るように覗き込んだ。その差出人は、

「桃葉ちゃん……」

それは、親友からの手紙だった。


巨大な飛行機が分厚い雲をくぐり抜けて東京国際空港を目指している。青緒は窓際のシートに腰を埋め、緊張の面持ちで小窓の向こうに広がるミニチュアのような大都会を眺めていた。その手には桃葉がくれた絵葉書がある。そこにはこう記されていた。

『久しぶりに会おうよ！　横浜においで！　歩橙も会いたがってるからさ！』

桃葉らしい簡潔なメッセージだ。とはいえ『歩橙も会いたがってる』という文字に激しく動揺してしまった。おかげで左のふくらはぎの痣がチリチリ痛い。青緒はコバルトブルーのプリーツスカートをめくってふくらはぎを撫でた。

やっぱりわたしは今も歩橙君のことが好きなんだな。それなのに、こんなわたしが今

さら会いに行ってもいいのかしら？　昔の恋人が訪ねたりして迷惑じゃない？　歩橙君が会いたがってるっていうのは、桃葉ちゃんのリップサービスかもしれないぞ。それを真に受けたとしたら恥ずかしすぎる。穴があったら入りたい。その穴の中で朽ち果ててしまいたい。

なんてね、と青緒は水色のシャツを捲って腕組みをした。馬鹿馬鹿しい。深く考えすぎだよ。別に今さら再会してなにかが変わるわけじゃない。だって歩橙君は人の夫だ。そうだよ、わたしたちの恋は遠い昔に終わったんだ。だからこれは同窓会みたいなものだよ。久しぶりに会って、二人と思い出話をして、今度こそ歩橙君から卒業するんだ。

それに、わたしの青春からも……。

青緒は機内のＷｉ－Ｆｉに繋がったスマートフォンを出すと、この十年、何度も何度も見返してきたあの動画を再生させた。イヤホンから歩橙の声が聞こえる。高校生の彼が頭にカニを載せて踊っている動画だ。今も消えずにネット上に残っている。

あの頃の彼が知ったらきっとショックだろうな。十五年先の未来人がこの動画を見てくすくす笑っているんだもの。

画面の中の歩橙は、あどけない顔を強ばらせ、青緒を守るために必死に勇気を振り絞っている。辛いとき、苦しいとき、寂しいとき、何度も何度も見返して勇気をもらった王子様の戦う姿だ。

十年ぶりに会えるんだね……。嬉しくて肌がチリチリ痛いよ。

　空港から一歩外に出ると、「青緒ちゃん！」と声が聞こえた。弾けるようなその声に、青緒の胸は懐かしさに包まれる。ひまわりみたいな華やかな声だ。目を向けると、桃葉がトヨタカローラの前で手を振っている。「久しぶり！」と駆け寄ったかと思えば、桃葉にぎゅって抱きしめられた。彼女の匂いはあの頃からちっとも変わっていない。甘いシャンプーの香り。懐かしい友達の匂いだ。

「青緒ちゃん、おばさんになったねぇ！」

「桃葉ちゃんこそ！」

　顔を見合わせ、あははと声高らかに笑い合った。お互い三十を過ぎて目尻に皺も増えたし、肌に張りもなくなった。でも十年ぶりに会った桃葉は、あの頃からちっとも変わっていない。それは彼女の笑顔のせいだ。なんて可愛い笑顔なんだろう。素敵な歳の取り方をしている証拠だ。

　桃葉の後ろに少女を見つけた。十歳にもなっていないであろうその子は、小麦色の肌に、くりくりの大きな目をして、ちょっとだけ生意気そうだった。桃葉の愛娘だ。

　じゃあ、この子が歩橙君の……。背中がチリチリと痛んだ。

　でも痛みに堪えて身を屈めると、視線を合わせて「こんにちは」と微笑みかけた。

「ほら、青緒ちゃんに挨拶しなさい」と桃葉が少女の背中を押す。口調はすっかりお母さんだ。

「はじめまして。亜麻音っていいます」

絵本店をやっているからよく分かる。このくらいの年齢の女の子は人見知りが多い。それにちょっとおませさんだから子供扱いしちゃいけないんだ。そう思いながら「渡良井青緒です。よろしく」と手を差し出した。彼女は少し躊躇っていたけれど、小さなその手で握り返してくれた。

笑うとちょっと歩橙君に似てるかな……。

それから桃葉の車に乗り込んで一路横浜を目指した。桃葉の運転はちょっとどころじゃなく荒かった。前をゆく車をどんどん追い抜いてゆく。後部座席の青緒は顔面蒼白でアシストグリップを引きちぎらんばかりに強く握りしめている。運転の荒いドライバーたちに揉まれて自分もそこそこ荒くなったと思っていたけど、桃葉はそれの比ではなかった。シフトレバーを巧みに操りギアをチェンジさせながらスピードをどんどん上げてゆく。あまりに恐ろしくて「お、お母さんっていつもこんな感じ？」と亜麻音に訊ねたら、「今日は抑え気味ですね」とあっけらかんとした様子で言われてしまった。

じゃあもっと飛ばすかもしれないの？　口から胃が飛び出しそうだ。

「心配しないで！　こう見えても事故ったことは一度もないから！　歩橙の腕のことがあったでしょ？　事故ひとつで誰かの人生を変えちゃうことくらい分かってるから！」

桃葉はそう言ってアクセルをベタ踏みする。

いやいや、説得力が全然ないよ……と、青緒は苦笑いした。

長旅の疲労なんて忘れて、一刻も早く横浜に着くことを心から願った。

彼女の運転にも慣れた頃、「でもすごいね、青緒ちゃん」とバックミラー越しに桃葉が笑った。

「本当に絵本作家になっちゃうんだもん！　あ、この子ね、小さい頃から青緒ちゃんの絵本で育ったんだよ。だからあなたの大ファンなの。朝からずーっと緊張してたの」

「もぉ、変なこと言わないでよぉ！」と亜麻音は母の肩を叩いた。

恥じらいつつもこちらを見てぺこりと頭を下げる亜麻音に、青緒の胸に熱いものが込み上げた。

柴山さんの言ってたとおりだ。本当にいたんだ。

わたしの絵本に出逢うことを待っていてくれた子が……。

長い長い夢が叶った気がして、青緒の琥珀色の瞳がじんわりと涙で染まった。

「親友として、ほーんと誇らしいよ！」

「そんなことないよ。一年に一冊は刊行してもらえてるけど、部数はどんどん少なくなってるの。最近子供も少ないでしょ？　だから絵本は売れなくて。今も絵本屋さんとの二足のわらじだよ」

「でも立派立派。こうやってファンもいるんだから」と桃葉は娘の肩をぽんぽんと軽く叩いた。

「たまにはこっち来てるの？　出版社との打ち合わせとかでさ」

「ううん、全然。打ち合わせは全部リモートでできるから。買い物も長崎市内で事足りちゃうしね。だからこっちに来るのは十年ぶりかな」

「あの親戚は？　ほら、シンデレラに出てくる意地悪な継母とその娘みたいな」

「芽衣子伯母さんとあすなちゃん？」青緒はクスッと笑った。「年に一回くらいは会ってるよ。旅行で九州に来てくれるの。子供と一緒に三人で」

「そっかぁ。じゃあ関係はまずまず良好なんだね。よかったよかった。榛名さんは？」

「あの人は今、五店舗目にかかりっきりでイタリアにいるから。もう何年も会ってないなぁ」

微苦笑しながら足元の古びたローファーを見た。

「それは寂しいねぇ。せっかく親子が再会したのに」

「この歳で改めて親子になっても、なんだかちょっと恥ずかしくて。向こうもそうみたい。あ、でも仲はいいのよ。車も買ってもらっちゃったし」

「いいなー、さすがは世界的な靴職人。太っ腹ね。歩橙の近況は？　先生からなにか聞いてる？」

「ううん、なんにも。ねぇ、わたしの話はもういいから、桃葉ちゃんの近況も聞かせてよ」

「今もブライダルの仕事してるよ。わたし今、ウェディングドレスのデザイナーなんだ〜」

「えぇ!?　桃葉ちゃんがデザイナー!?　似合わない！」

「なによそれ。運転してなきゃ頭殴ってるよ」

「ごめんごめん。ちょっと意外で。ウェディングのお仕事を続けてたことも」

「青緒ちゃんと歩橙のおかげかな」

「どうして？」

「あれから何度も辞めようって思ったの。先輩はウザいし、上司は厳しいし、新郎新婦は注文が多いしさ。元々は学校の先生になりたかったけど箸にも棒にもかからなくて、夢を諦めて仕方なく就いた仕事だったから、いつ辞めてもよかったんだ。でも頑張りたいって思ったの。二人の恋を近くで見てたから、結婚って本当にすごいことだと改めて思ったんだ。式場に来てくれるお客さんは、みんないろんな困難や試練を乗り越えて今ここにいる。苦しいことも、悲しいことも、二人で力を合わせて乗り越えて、今日という日を迎えたんだなぁって。だから幸せへの第一歩を踏み出す新郎新婦には、最高のお祝いをしてあげたいと思ったの。でね、その幸せの象徴がウェディングドレスなんだって気づいて、死ぬ気で勉強してデザイナーになったの」

　きっとすごく努力したんだな……。

　バックミラーに映る彼女の顔は誇らしげで、見ているだけで心を打たれる。

「桃葉ちゃんの作ったウェディングドレスを着られる花嫁さんが羨ましいよ。きっと素敵なんだろうね。桃葉ちゃんの優しさがいっぱい詰まってて。あーあ、わたしも着てみたかったたな」

「なに言ってんのよ。まだ三十三でしょ？　これからじゃん」

「うーん、わたしはちょっと無理そうだなぁ」

「んもう、そんなこと言ってると頭叩くよ。わたしの新しい夢なんだから」

「新しい夢？」

「そっ、青緒ちゃんに最高のドレスを作ってあげるの。んもうね、シンデレラもびっくりするようなブルーの素敵なドレスをプレゼントしてあげるんだから」

「じゃあ、もうちょっとだけ頑張ってみようかな」

身体のこともあるからきっと無理だと思うけど、それでも友達の気持ちが素直に嬉しかった。

「だけど亜麻音ちゃんも誇らしいね。ママが立派なお仕事してて」

「立派かどうかは分かりませんけど、わたしは将来ママの作ったドレスを着ることが夢なんです」

「あらぁ、なかなかいいこと言うじゃない」と桃葉が快活に笑った。

「結婚したい人がいるんです」

「誰かしら？　同級生の男の子かな？」と青緒は訊ねた。

「違います。子供なんて相手にしてません」

「またはじまった」と桃葉は呆れている。

亜麻音は顔だけで振り返ると、気恥ずかしそうに微笑んだ。

「わたし、歩橙さんと結婚したいんです」

言葉の意味が分からず、青緒は石のように固まった。

「歩橙君と？　ああ、そっか！　亜麻音ちゃんはお父さんが大好きなのね！」

「お父さん？」と亜麻音が首を傾げた。すると横から桃葉が、

「ねぇ、青緒ちゃん。なんか勘違いしてない？」

「勘違い？」

「この子のパパ、歩橙じゃないわよ」

「えぇぇ!?」

「わたしの夫は『LOKI Japan』で働いてる靴職人よ。今は店長をやってるわ。歩橙の代わりに入った五つ上の職人さんでね、もうさぁ、猛プッシュされちゃったわけよ。断り続けてるのにしつこく『大好きです』って何度も何度も言われちゃってさ。それで思ったの。やっぱ女は愛されてナンボだなって。想うより想われたい。愛するよりも愛されたい生き物よね」

「ま、待って！　わたし見たのよ!?　歩橙君が亜麻音ちゃんを抱っこして、桃葉ちゃんと写ってる写真を！　ほら、靴屋さんの前で撮った！」

「あれはただの集合写真よ。あれぇ～、もしかしてそれで勘違いしたんでしょ～？　そっかぁ～、だから連絡しても素っ気なかったのか～。どうせ思ったんでしょ？　歩橙君は桃葉ちゃんと幸せになったんだから、二人の邪魔しちゃダメだって」

そ、その通りだけど……。恥ずかしくて耳まで熱くなった。

「でも、あの写真を見たら誰でも間違えるよ！」

桃葉は大口を開けて「確かにそうね」と豪快に笑った。

「安心して、青緒ちゃん」

そう言うと、バックミラー越しに青緒に微笑みかけた。

「歩橙は今でも青緒ちゃんのことが一番よ」

歩橙君が……今もわたしを……？

目頭がじんわり熱くなってゆく。このままじゃ泣いてしまいそうだ。でもいい歳して泣いたら恥ずかしい。だから「ありえないよ」と苦笑いで誤魔化した。すると助手席の亜麻音が「ママ！　それどういうこと!?」と桃葉の腕を引っ張った。その拍子にハンドルが動いて防音壁にぶつかりそうになる。今言われた嬉しい言葉が台無しだ。桃葉は娘を怒鳴って、青緒は大声で悲鳴を上げた。

窓の向こうのベイブリッジが、青緒の十年ぶりの帰郷を出迎えるように笑っていた。

コインパーキングに車を停めて、みなとみらいの日本大通り(にほんおおどおり)を三人で並んで歩いた。

「桃葉ちゃんの家に行くんじゃないの？」と小首を傾げると、彼女は「いいから、いいから」と娘と一緒にさっさと行ってしまった。なにか企んでいるみたいでちょっとだけ怖い。

時刻はもう五時を過ぎていた。西日が帝冠様式の神奈川県庁舎を照らしている。久しぶりに目にした瀟洒なその建物を見上げて、青緒は「やっぱりだ」と思った。横浜と長崎はやっぱり似ている。同じ港町ということもあるけれど、こういう歴史を感じさせる建物がまだ街に残っているところも似ている。長崎を好きになった理由がなんとなく分かった気がした。

青緒は懐かしい故郷の景色を眺めながら、海へと続く大通りを進んだ。

その道中、桃葉が歩橙のあれからを教えてくれた。

「歩橙ね、あれからうちの靴屋で働いたの。働きながら手術も受けてリハビリも頑張ったんだよ。いつかまた靴職人になってみせるって。動かなくなった右腕もちょっとずつだけど動くようになってさ。日常生活で左手をサポートするくらいまでには回復したの。でもやっぱり『ＬＯＫＩ』に復帰するのは難しくて。指先を使った細かい作業ができるまでにはならなかったんだ。榛名先生は自分のサポート役とか店の金庫番とか、そういう仕事で復帰しないかって提案してくれたんだけど、あいつってば頑固だから『先生の下で働くなら、靴職人以外はあり得ません！』って最後まで首を縦に振らなかったの」

そうだったんだ……。きっとすごく悔しかったんだろうな。

「でもね！」と桃葉がくるりと振り返った。その顔には笑みが溢れている。

「歩橙の奴、先生に言ったの。いつか『ＬＯＫＩ』が既製靴を作るようになったら、僕に売らせてくださいって。自分で作った靴じゃなくても、きっと靴で誰かを幸せにすることはできるからって」

国道の突き当たりまでやってくると海にぶつかる。桃葉は太平洋に臨む広場で足を止め、青緒に清々しく微笑みかけた。その目には涙が浮かんでいる。

「それでね、高校生の頃からの夢を叶えたんだよ！」

彼女が指さすその先を見て、青緒の胸は夕陽のように温かくなった。

そして、いくつもの涙が溢れた。

大さん橋へと続く海辺に小さなレンガ造りの建物がある。倉庫を改築したような佇まいだ。壁にはペンキで店名が書いてある。

その文字を見て、青緒は大きく笑って、涙をこぼした。

かつて彼に伝えた言葉が胸を過った。

——夏目君がたくさんの人に魔法をかけてあげる、そんな素敵な靴屋さんになってほしいから。だからサンドリヨン……どうかなぁ？

——それだよ!!　それしかないよ!!

涙で滲む視界を何度も何度も拭った。それでも堪えられずに涙はどんどん溢れてくる。

でも確かに見える。間違いなく書いてある。

『Cendrillon（サンドリヨン）』って書いてある。

歩橙君、忘れないでいてくれたんだ……。

わたしが言ったお店の名前、覚えていてくれたんだ。

わたしとの約束を、あの日話してくれた夢を、叶えるために今日までずっと……ずっとずっと、ずっとずっとずっと頑張っていてくれたんだ。わたしはいつの間にか諦めてた。歩橙君は幸せになったんだ。結婚しちゃったんだ。だからわたしとの約束なんて忘れちゃったんだって、そう思って諦めてた。十年っていう時間が流れて、わたしたちの思い出が遠い過去に流されてゆくのが怖くて、あなたの過去になるのが怖くて、いつの間にか逃げてしまっていたんだ。でも歩橙君は、ずっとずっと、この十年、ずっとわたしとの約束を叶えるために諦めずに歩き続けてくれていたんだ。

青緒の身体を痛みが貫く。思わずその場にうずくまると、桃葉が「大丈夫!?」と慌てて駆け寄ってくれた。青緒は頷き立ち上がる。今は痛みになんて負けたくない。

だって見たいから。どうしても見たいから。歩橙君の夢の結晶を。

「ここから先は、ひとりで行っておいでよ」と桃葉が背中に手を添えてくれた。

傾きかけた太陽が桃葉の愛らしい笑顔を照らす。

ずっとこの笑顔に憧れていた。こんなふうに笑ってみたいと思っていた。女の子の幸せになる条件を百パーセント満たすような素敵な笑顔で。

でも、わたしだって負けてない。今はそう信じてる。

だから青緒は負けじと笑った。

胸を張り、口を大きく広げて、白い歯を輝かせて笑ってみせた。

「うん！　行ってくる！」

そして、歩橙が直してくれた母のローファーで歩き出した。

店の前までやってくると緊張で胸に手を当てた。鼓動が手のひらに伝わってくる。この扉の向こうに歩橙君がいる。そうと思うと不安と期待で肌が痛くなる。久しぶりに飲んだ痛み止めはあと数分もすれば効くだろう。だから少しの時間なら耐えられるはずだ。大丈夫、勇気を出そう。

ドアを押し開け足を踏み入れると、真新しい木の匂いがする。つい最近リノベーションを終えたばかりなのだろう。板張りのフローリングは艶っぽく、白い壁には汚れひとつない。天井でくるくる回るシーリングライトファンの下では靴たちが整然と並んでいた。オーソドックスな黒いダービー、オックスフォード、フルブローグ・オックスフォード。値段は安いものから高いものまで様々だ。そして、棚の一番目立つところには『LOKI』の既製靴が誇らしげに飾られていた。

店内には淡く音楽が流れている。青緒の大好きな曲。

カーペンターズの『青春の輝き』だ。

このお店は、わたしと歩橙君の青春の輝きそのものだ。

店内に彼の姿はない。もしかしたら奥の仕切り棚の向こうにいるかもしれない。青緒は息を吸って彼の名前を呼ぼうと――息を呑み込んだ。

仕切り棚に絵本が並んでいる。そのタイトルを見て、青緒は表情を保てなくなった。

わたしの絵本だ……。

この十年で書いた十冊の絵本が綺麗に飾られている。

ずっと気にかけていてくれたんだ。

この空の下から、わたしの夢を応援してくれていたんだ。

わたしたちはこの空で繋がっていたんだ。それが嬉しい。すごくすごく嬉しい。

背後でドアのカウベルが鳴った。

彼の声がした。十年ぶりに聞いた声は、あの頃とまったく同じだった。大好きな歩橙の声だ。

「青緒ちゃん……？」

振り返れば彼がいる。歩橙君がいる。きっと顔を見たらこの身体は痛くなる。耐えられなくなる。でも身体は振り返りたがっている。十年ぶりにその笑顔に触れたがっている。

だから青緒は笑った。最高の笑顔で。

歩橙君が好きだと言ってくれた、空色の笑顔で。

そして勇気を出して振り返った。夕陽射す店内が涙で滲んで見えなくなる。その揺らめきの中に彼のシルエットが浮かぶ。目を細めてもう一度、満面の笑みを向けると、涙が一気にこぼれた。視界が晴れて歩橙の顔がはっきり映る。十年ぶりに見た実物の彼はすごく大人になっていた。髪の毛は短く、身体は大きくなっている。不自由な腕を守るために鍛えたのだろう。右手は今も垂れ下がったままで、随分と細くなっていることがシャツの上からでも分かる。

彼はこの十年で見違えるように逞しくなっていた。でも変わっていないところもたくさんある。太い眉毛、すっと通った鼻筋、天然パーマの髪質。それに、優しそうな表情も。

笑うと少年みたいな笑顔の歩橙がそこにいた。

「久しぶりだね」と歩橙の目の中で涙が輝く。

「十年経ってもちっとも変わってないや」

青緒は首を振った。男の人と女の十年は明らかに違う。あの頃の、まだ二十代前半の若々しい自分はもういない。

「さっき桃葉ちゃんとも話してたの。お互いおばさんになったねって」

歩橙は目を弧にして「そんなことないよ」と否定してくれた。

「そんなことあるよ。腰は痛いし、化粧ノリも悪いし、肌は水を弾かないし、運転してて前の車が遅いと『さっさとしろ!』って怒鳴っちゃうの」

「本当に?」と歩橙は声を出して笑った。

「だからもう、いい歳のおばさんなの。でも――」

ぽろぽろと涙が、そして笑顔が、心の底から溢れ出した。

「でもこんなふうにあなたと話していると、青春時代に戻ったみたいだよ」

あなたを大好きだった頃の自分に会えた気がした。

一生懸命恋をしていたあの頃の自分に。

それに、なにより嬉しいのは、わたしの心が覚えていたことだ。

歩橙君を大好きなことを、この肌が、この心が、痛みに変えて伝えてくれる。

わたしは今も、歩橙君のこの笑顔が大好きなんだ。

恋の色をした、夕陽色のこの笑顔が……。

「青緒ちゃんに渡したいものがあるんだ」

彼はそう言うと、店の奥へ向かった。アンティーク調の戸棚の前で膝をつき、扉の中からなにかを取り出す。そして立ち上がり、こちらを振り返った。

左手に乗せられたそれを見て、青緒は心から思った。

生まれてきてよかった……。今日まで頑張って生きてきて本当によかった。痛いことばっかりだったけど、苦しいことばっかりだったけど、恋をして、夢を追いかけ、今日まで歩いてきて本当によかった。それになにより、わたしが恋をした人が、この人で本当に本当に、本当によかった。

そう思いながら両手で顔を覆って痛みの中で涙をこぼした。

歩橙の左手には不格好な靴がある。青いローファーだ。

きっと利き腕じゃない左手と不自由な右手で一生懸命作ってくれたんだ。十年もの間、この靴を作り続けてくれたんだ。そのことが分かるからどうしようもなく泣けてしまう。彼の十年の努力が、諦めない気持ちが、青緒との夢を叶えようとしてくれた想いが、今こうして目の前に存在している。

身体が痛かった。痛み止めを飲んでいるのに、こんなにも痛くなるなんて。

でも青緒は堪えた。だってここにあるんだから。

わたしのガラスの靴が、今ここにあるんだから。

こぼれ落ちた涙が母のガラスの靴に弾けると、青緒は顔を上げて涙の中で微笑んだ。

「ガラスの靴はローファーなの？」

「高校生の頃に手紙に描いた靴は、今の僕の腕じゃ作れないから。でもね、ローファーがいいと思ったんだ。だって僕が好きになったのは、入学式のあの日、みんなが真っ新な靴を履く中で、ひとりだけボロボロのローファーを履いていた君なんだから」

歩橙はまっすぐな瞳で青緒に笑いかけた。

「だから僕にとってローファーは、青春の象徴なんだ」

ずっとずっとこのローファーが嫌いだった。みんなに笑われて、『ボロアオ』なんて不名誉なあだ名で呼ばれて、何度も何度も捨てようと思った。でもこの靴がわたしに魔法をかけてくれた。お母さんがこんなに幸せな場所までわたしを連れてきてくれた。よかった。本当によかった。挫けずに歩いてきて、諦めずに歩き続けて、本当によかった……。

「痛くない？」

身体を心配してくれているんだ。青緒は「大丈夫。もうそんな歳じゃないよ」と嘘をついた。今は余計な心配をさせたくなかった。

「この靴、ずっと昔に測った足のデータを基に作ったから、もしかしたらぴったりじゃないかもしれないんだ。それでもよかったら——」

彼はそう言うと、ガラスの靴をこちらに向けた。

「僕の靴を、履いてくれませんか？」

「敬語になってるよ」

「本当だね」歩橙はあの頃みたいに笑った。それから目で「どうかな？」と訊ねた。

青緒は「もちろん」と頷いた。「だってわたしは――」

涙を拭って最高の笑顔を彼に向けた。

「歩橙君の夢の証人だもん！」


二人は店のすぐ近くの大さん橋へとやって来た。大勢の観光客が海を眺めながら笑っている。春の風は優しく、落日を迎えようとしている地平線は鮮やかな黄金を纏っていた。

青緒と歩橙は、あの日のあの場所で立ち止まる。彼が夢を叫んだ場所だ。ここから歩橙の夢がはじまった。二人の夢がはじまった。ガラスの靴を履くのは、ここが一番ふさわしい。

歩橙がひざまずき、こちらを見上げて微笑んでいる。

その笑顔を見て、青緒は高校生のときのように思った。

ガラスの靴を履かせてもらうとき、シンデレラはこんなふうに王子様に見上げられていたんだな。恥ずかしそうで、愛おしそうで、顔を真っ赤にしている王子様。ううん、きっとそれ以上だ。

あのとき、わたしは自分のことをシンデレラじゃないって思った。どこにでもいる普通の高校生だって。でも今はシンデレラより幸せだ。

だって、わたしの王子様は歩橙君なんだから。わたしのガラスの靴を作ることを、ずっとずっと夢に見続けてくれた、世界一の王子様だ。

青緒は心の中で「ありがとう」と囁き、母のローファーを脱いだ。

ありがとう、お母さん……。

今日まで本当にありがとう。

わたしをこんなに幸せな場所に連れてきてくれて……。

歩橙は靴を腿に置いた。青緒の左足が青いローファーへと吸い込まれてゆく。その向こうで輝く夕陽が靴を七色に染める。まるで本物のガラスの靴のようだ。

青緒の足が靴に収まった。

ぴったりだ。ちっとも痛くない。

これはわたしのガラスの靴だ……。

「すごく似合ってるよ」と歩橙は褒めてくれた。「まるで本物の――」

水色のシャツにコバルトブルーのスカート姿の青緒はまるで本物の、

「シンデレラみたいだ」

「歩橙君……わたしね……」

青緒の目からいくつもの涙が落ちた。

「あなたの靴に出逢えてよかった」

ずっと言いたかった言葉だ。伝えたかった言葉だ。

歩橙も涙している。喜びの涙だ。

ずっと夢見てきた世界一の靴職人になれた瞬間だ。

青緒にとっての、世界一の靴職人に。

もう片方の足にも靴を履かせてもらうと、その瞬間、スカートから伸びた青緒の右足が橙色に変わってゆく。夕陽を浴びたように、足首から腿の方へと橙色が広がった。恋の色に染まっていった。

その痣を見た歩橙の目から、ひとしずくの涙がこぼれ落ちる。

きっとバレてしまっただろう。

彼のことを、まだこんなにも想っていることが……。

心配させたくない。困らせたくない。でもどうしても色は止まらない。

恋の色に焦がれてしまう。

「もしこの靴を履いてくれたら、ずっと言おうと思っていたんだ」

彼は涙ながらに青緒を見上げた。

「もう一度、僕と一緒に歩いてくれませんか？」

青緒の目から涙がこぼれて輝いた。

歩橙は立ち上がり、その涙を右手でぎこちなく拭ってくれた。

彼の右手が動いている……。それがまた涙を誘った。

「君を諦めたくないんだ」

「歩橙君……」

「どうしても諦められないよ」

その言葉が嬉しくて、身体がうんと痛くなる。涙が止まらなくなる。でも、

「でも歩橙君に迷惑かけちゃう……痛くなって一緒にいられなくなっちゃう……だから……」

「だったら一緒にいなくてもいいんだ」

「え？」

「手紙だけでもいいから。ずっと昔、青緒ちゃんがくれたあの不思議な折り方の手紙を送るよ。電話でもいい。毎日五分だけの会話でもいいから」

「でも……」

「会うのだって数ヶ月に一度で構わない。年にたった一日でも、一時間でも、十分間でもいいんだ。ほんの少しの時間でも、何年、何十年って一緒にいれば、きっと大きな思い出になるはずだよ」

「もしそれでもダメだったら？」

「そのときは、また二人で探そうよ。僕らの新しい道を。きっと大丈夫だよ。だって——」

歩橙はあの頃のようにはにかんだ。

「だって僕には、君を笑顔にする才能があるから」

「歩橙君は本当にそれで幸せなの……？」

「この十年、何度も無理だって思ったんだ。青緒ちゃんと生きてゆくことはできないって。僕が隣にいたら君の身体は痛くなる。肌が橙色に染まってしまう。また君を傷つけてしまうって。でも青緒ちゃん……やっぱり僕は……どうしようもなく思っちゃうんだ……」

歩橙の瞳から美しい涙が落ちた。

「君の笑顔が、やっぱり今も大好きだって」

青緒は歩橙の右手をそっと握った。彼の指がぴくりと動く。青緒のぬくもりを感じたのかもしれない。歩橙の瞳が滲んで新しい涙に彩られる。そしておどおどと、ゆっくりと、青緒の手を握り返した。その感触が嬉しくて、痛くて、青緒はまた涙をこぼした。

「もう一度、僕のシンデレラになってくれませんか？」

「いいの？　ずっと一緒にいられない、すぐに魔法が解けちゃうシンデレラでも」

「それでも僕は、青緒ちゃんと歩きたいよ」

諦めない。もう絶対に諦めない。

わたしはこの恋を、なにがあっても諦めない。

青緒の目からこぼれた涙が頬を伝って橙色の線を引く。

「わたしも……」

青緒は空色の笑顔を浮かべた。

「わたしも歩橙君と歩きたい！」

あなたのシンデレラでいることを、もう二度と諦めない。

明日も、明後日も、一年後も、十年後も、もっともっとその先も、わたしは歩橙君のシンデレラでいたい。子供の頃からのこの夢を、もう絶対に諦めたりしないんだ。

天高く広がる青空を傾きかけた太陽が橙色に染める。同じ空の中で、青色と橙色が混じり合うように輝いている。まるで恋をしているかのように。

その空の隅では、檸檬色の月が穏やかに笑っていた。

青く輝くガラスの靴に、青緒は優しく微笑みかけた。

わたしたちなら一緒に生きてゆける。

諦めなければ、いつかきっとたどり着ける。

この靴が、わたしたちをハッピーエンドへ連れていってくれるはずだ。

だから歩こう。ここから歩いていこう。

歩橙君と一緒に……。

青と橙に染まる恋色の空に汽笛の音が鳴り響く。幸せがはじまる鐘の音だ。

二人は靴のように並び立ち、溢れる幸福を笑みに乗せた。隣で歩橙が笑っている。愛おしい空色の笑顔で。顔を見合わせ頷くと、彼の右腕に手を添えた。

そして青緒は胸を張り、笑顔で一歩を踏み出した。
ガラスの靴で次の一歩を。
この道が、色鮮やかな未来へと続くことを信じて。

謝辞

執筆にあたり、オキザリス靴工房の石田昌博氏に大変お世話になりました。
心より御礼を申し上げます。

――著者

【参考文献】

『製靴書―ビスポーク・シューメイキング　オーダーからその製作技術と哲学まで』
山口千尋監修　誠文堂新光社
『手作り革靴の本　作り手の思いと技、革靴の基本、メンテナンス法』誠文堂新光社

本書は、二〇二一年三月、書き下ろし単行本として集英社より刊行されました。

本文デザイン／目﨑羽衣（テラエンジン）
本文イラスト／ごろく
靴デザイン画／石田昌博（オキザリス靴工房）

宇山佳佑の本

桜のような僕の恋人

美容師の美咲と恋に落ちたカメラマン見習いの晴人。だが、美咲が人の何十倍もの早さで年老いる難病を発症して……。きっと、涙が止まらない。桜のように儚く美しい恋の物語。

集英社文庫

宇山佳佑の本

この恋は世界でいちばん美しい雨

建築家の誠とカフェで働く日菜。同棲中の二人は事故で瀕死の重傷を負うが、「奇跡」の力で生き返る。それは、二人合わせて二十年の余命を奪い合う苛酷で切ない日々のはじまりで――。

集英社文庫

集英社文庫

恋(こい)に焦(こ)がれたブルー

2023年5月25日　第1刷　　　定価はカバーに表示してあります。

著　者　宇山佳佑(うやまけいすけ)
発行者　樋口尚也
発行所　株式会社　集英社
東京都千代田区一ツ橋2-5-10　〒101-8050
電話　【編集部】03-3230-6095
【読者係】03-3230-6080
【販売部】03-3230-6393（書店専用）
印　刷　大日本印刷株式会社
製　本　大日本印刷株式会社

フォーマットデザイン　アリヤマデザインストア　　マークデザイン　居山浩二

ISBN978-4-08-744522-0 C0193